Anna K. Franco

Vivirás

VR
YA

Para todas las Chloe de este mundo.

#YoTeAbrazo

"Apunta alto, porque las estrellas están escondidas en tu alma. Sueña profundamente, porque cada sueño precede la meta".

—Pamela Vaull Starr

1

Historias sin final

Ahí estaba yo: llorando otra vez. Kang Je Joon acababa de morir atropellado por un camión, y no lo podía creer. Había pasado quince capítulos del k-drama esperando el reencuentro con Song Hyun Hee. Y el beso. Siempre esperaba los besos. Pero en los dramas coreanos eran apenas roces de labios.

Tomé un pañuelo descartable de la caja y me limpié la nariz mientras la madre de Kang Je Joon golpeaba, desesperada, la puerta de la casa de Song Hyun Hee y le gritaba que, por su culpa, su hijo había muerto. ¡Pobre Song Hyun Hee! Ahora tendría que vivir con el dolor de haber perdido al amor de su vida y, encima, con la culpa.

—¡Glenn! —gritó una de mis hermanas. Me levanté de la cama de un salto y pausé la reproducción justo cuando ella abrió la puerta—. ¿Otra vez estás mirando eso? —protestó.

Cerré la puerta deprisa y le sujeté los brazos.

—No digas nada. ¿Ya llegó mamá?

—No. Tampoco papá.

—Entonces puedo seguir mirando. Ya casi termina; Kang Je Joon no puede haber muerto, tengo que enterarme si está vivo.

El ceño fruncido de mi hermana de doce años me adelantó sus conclusiones.

—¿De qué estás hablando? —contestó—. A veces creo que te estás volviendo loca.

Sí. El encierro a veces me enloquecía. ¿A quién no?

—¿Qué necesitas? ¿Para qué entraste a mi habitación? —indagué para cambiar de tema.

—Porque también es el dormitorio de Ruth y ella me pidió que le alcanzara su libro.

Asentí y me senté sobre la cama para esperar a que mi hermana se fuera. Cuando empecé a impacientarme, miré la hora en el móvil. Estaba tardando demasiado; si no se apresuraba, no podría terminar de ver el episodio antes de que llegaran mis padres.

Abrió la puerta con las manos vacías. No se iba.

—¡Ruuuuth! —gritó. ¡Y vaya que tenía voz!, casi tuve que taparme los oídos—. No encuentro tu libro. ¡Tendrás que subir tú!

Ruth entró a la habitación murmurando.

—Ni siquiera puedes hacer un favor, Delilah —se quejó, y empezó a revolver su mesa de noche—. Te dije que estaba en la gaveta. ¿Sabes lo que es una gaveta? —siguió revolviendo un rato y luego se quedó quieta—. No está. Tiene que tenerlo Chloe. ¡Chloe!

Poco a poco, todas mis hermanas terminaron en mi habitación: Ruth, Delilah, Chloe, Ava, y por último entró la pequeña Gabrielle.

—¡Tú! —me señaló, con su dedo índice diminuto y una enorme sonrisa, y asentó la punta en mi mejilla. Después se echó a reír como si yo fuera un objeto gracioso. Quizás lo era: nada podía quitarme la expresión de agotamiento. En una familia numerosa, la privacidad se convertía en un sueño inalcanzable. Para colmo, pasábamos casi todo el tiempo en casa, también en vacaciones. Ese año, como en dos semanas yo tenía que partir a New Hampshire para asistir a un seminario bíblico, mis padres habían decidido cancelar nuestro breve viaje. Necesitábamos dinero para que ellos pudieran visitarme y para que yo regresara a casa algunos fines de semana.

A veces encontraba algo de tranquilidad en el baño. Con la excusa de hacer lo segundo o darme una ducha, me encerraba a escuchar mi música favorita, aunque fuera prohibida. Mamá y papá solo nos permitían escuchar canciones religiosas, pero yo admiraba a Whitney Houston, Barbra Streisand, Celine Dion y otras intérpretes grandiosas. Soñaba con subir a un escenario y cantar como ellas, así como cantaba en la iglesia.

Mis hermanas no se iban; se indagaban unas a otras para ver quién tenía el libro. Solo Chloe permanecía callada, esperando a que las demás resolvieran el conflicto. Ella ya había dicho que no había visto nada, y eso era todo. Nunca discutía ni se enojaba, siempre estaba seria y era muy tímida. Era una chica de pocas palabras.

Tuve que resignarme: hasta el siguiente rato a solas, no me enteraría de si Kang Je Joon vivía o si de verdad había muerto. Cerré la ventana del k-drama y borré el historial de navegación. Recogí mi móvil y bajé las escaleras.

Me senté en el sillón y abrí el archivo de *Harry Potter y las Reliquias de la Muerte*. Con suerte podría leer un capítulo antes de que llegaran mis padres. Ni siquiera eso: Ava y Gabrielle, mis hermanas de ocho y tres años, las menores de la familia, se arrojaron sobre mí en el sofá, acabando con mi momento de paz. Se pusieron a conversar de juguetes, y yo traté de leer en compañía de sus voces hasta que oí la puerta. Mamá entró, nos saludó, y después de resolver el asunto del libro por el que Ruth y Delilah seguían discutiendo, se puso a preparar la cena con ayuda de Ruth.

Las tareas se dividían y cambiaban a lo largo de la semana: ese día me tocaba poner la mesa. Para cuando llegó papá y se sentó en la cabecera, ya estaba todo listo.

Nos tomamos de las manos, cerramos los ojos e inclinamos las cabezas. Papá hizo una oración. Cuando finalizó, mamá sonrió y comenzamos a pasarle nuestros platos. Primero le servía a papá, después a cada una de nosotras, de menor a mayor. Como yo era la más grande, siempre me tocaba esperar. Ella se servía por último. La consigna era: cuida a la que es menor que tú. Y eso implicaba servir primero a las niñas.

—Glenn —resonó la voz gruesa de papá—. ¿Es cierto que esa compañera tuya, Liz, está embarazada?

Los labios de mamá se entreabrieron por la sorpresa. Me removí en el asiento, un poco incómoda. De pronto ya no tenía ganas de cenar.

—¿Cómo te enteraste? —pregunté en voz baja. Solían decirme que tenía un tono muy dulce, pero cuando estaba frente a mis padres, parecía el de una niña.

—Sabes que el consejero escolar asiste a nuestra iglesia y, como las clases ya terminaron y ella ya no es alumna del colegio, me lo contó. ¿Tú lo sabías? —mi silencio fue una respuesta—. ¿Lo sabías y no me lo dijiste?

—¿Por qué te lo diría? Es la vida de Liz —respondí con un hilo de voz.

—Nunca me gustó esa chica —intervino mamá, negando con la cabeza—. Se maquilla desde los trece años, no entiendo cómo algunos padres permiten eso.

—¿Qué opina su padre del embarazo? —siguió indagando papá.

—Su padre no vive con ella —contesté, cabizbaja. Conocía la historia de Liz, y no merecía que la juzgaran. Hubiera querido ser capaz de defenderla.

—Ahora todo tiene sentido —acotó mamá—. Las familias disfuncionales resultan en este tipo de cosas. Un bebé siempre es una bendición, pero qué pena por esa chica que no supo esperar al matrimonio.

—Tiene dieciocho y ahora vive con el padre de su hijo, que es la persona más buena del mundo —argumenté. Liz había formado una familia, eso era positivo.

—Glenn —intervino papá—. ¿Te parece adecuado que una chica de dieciocho años quede embarazada antes de terminar el colegio y se vaya a vivir con su novio?

—No sé, pero ella conoció el amor. Y Dios es amor.

—Cariño —intervino mamá—. Claro que Dios es amor, pero las personas confunden ese concepto. Por ejemplo, una pareja del mismo sexo no es amor. El niño que espera tu amiga es bendecido por Dios, pero un embarazo no deseado y una convivencia a los dieciocho años tampoco es amor. Es una circunstancia que debieron haber evitado con abstinencia.

—Entonces, si se hubieran casado, ¿sí sería amor? Muchas chicas de la iglesia se casan a los dieciocho, ni bien terminan el colegio.

—Glenn, ¿acaso estás discutiendo? —me regañó papá. Volví a agachar la cabeza.

—No —respondí en voz baja, manteniendo a raya mi pasión.

—Imagino que no volverás a reunirte con esa chica; no tiene nada en común contigo.

Lo miré de golpe, rogándole en silencio que no me apartara de mis amigas.

—Esa otra, Val, tampoco me agrada demasiado —aportó mamá—. Antes era de una manera, pero de pronto cambió y… no sé, ya no me genera confianza.

—Son las únicas amigas que tengo fuera de la iglesia y las quiero —repliqué, procurando ocultar que era una queja.

—En cuanto entres al seminario conocerás muchas personas con tus ideales, tus convicciones y valores —respondió mamá—. Esas chicas te sirvieron para hacer trabajos y estar acompañada en el comedor mientras ibas al colegio; ya no es necesario que las veas.

—¿Es una propuesta o es una orden? —indagué.

Ruth me miró con los ojos muy abiertos. Nunca contestábamos a nuestros padres.

—No me gusta el tono que estás utilizando —me amonestó papá—. En cuanto a Liz, es una orden. En cuanto a Val, podemos negociarlo. Por lo menos ella irá a la universidad. Cambiemos de tema, esa chica ya arruinó nuestra cena.

Perdí las ganas de cenar, pero, como en mi casa también estaba prohibido dejar algo en el plato, comí. Millones de personas padecían hambre en el mundo y nosotros, que teníamos comida en la mesa, debíamos honrarla sin desperdiciar una sola sobra.

Esa noche, en mi dormitorio, me senté en el escritorio mientras Ruth leía en la cama y Chloe estudiaba una partitura para el domingo; tocaba el piano en la iglesia. El libro, al final, había aparecido debajo de la cama; lo había hallado mamá y se le había caído a la misma Ruth.

Espié por sobre el hombro y, como las vi a cada una concentrada en lo suyo, abrí el chat especial que tenía con Val para el *baby shower* de Liz.

GLENN.

> Val, ¿estás?

VAL.

> Sí.

GLENN.

> ¿Pensaste cómo podría ser la decoración? A Liz y a Jayden les gustan los libros, ¿por qué no hacemos algo con eso? ¿Cómo dijo que se llamaban en Nameless? ¿Lady Macbeth y Shylock?

VAL.

Jajaja, ¡Glenn! Apenas está de cinco meses, faltan tres
para el baby shower. Pero sí, me gusta la idea.

GLENN.

Es que me voy al seminario y volveré esporádicamente.
Tengo que ocuparme ahora. Ve pensando en los invitados
y en la comida. ¿Hacemos muffins caseros?

"¡Chicas!", exclamó mamá desde el pasillo. "¡Hora de la revisión!".

–Ay, no… –balbuceé.

Eliminé el grupo del *baby shower* a la velocidad de la luz y traté de recordar si había algún chat en el que hubiera dicho algo problemático. No hice a tiempo: mamá abrió la puerta y nos pidió que fuéramos al comedor.

Nos quedamos de pie junto a la mesa, como cada vez que a mis padres se les ocurría hacer la revisión, y esperamos nuestro turno de ocupar la silla junto a papá. Él siempre se sentaba en la cabecera, mamá a la izquierda y yo a la derecha. La derecha, ahora, estaba libre para ir alternando entre nosotras.

Gabrielle, Ava y Delilah, por su edad, no tenían móvil, así que la primera en pasar fue Chloe, siguiendo la norma de respetar el orden de menor a mayor. A ella siempre le iba bien, era la más callada y obediente de todas. Tenía catorce años, unos ojos enormes y el mismo pelo rizado que todos en mi familia.

–Muy bien –aprobó papá, después de revisar su teléfono. Ella se levantó y regresó a nuestra habitación–. Adelante, Ruth.

Ruth se sentó y esperó a que papá revisara su móvil. Tenía dieciséis años y un arte para salirse con la suya.

—Eso no es mío —dijo en cuanto la foto de un chico con el torso desnudo apareció. Papá la miró.

—¿Y entonces por qué está en tu teléfono? —cuestionó.

—Abre el chat del colegio, seguro lo enviaron allí mientras bajaba las escaleras, por eso no pude eliminar esa foto inapropiada de mi teléfono.

En efecto, una chica había subido la imagen hacía cinco minutos, y así, Ruth se salvó.

—Glenn.

Me senté y le entregué el móvil con un nudo en el estómago. Tragué con fuerza, orando para que no hubiera olvidado alguna foto o conversación riesgosa. Lo primero que revisó fue la galería de imágenes.

—Sigues guardando coreanos —protestó. Como estaban vestidos y tenían cara de buenos, nunca me pedía que los eliminara. Entrecerró los ojos—. No estarás viendo esas novelitas de nuevo, ¿no? —indagó.

—No —respondí, negando con la cabeza—. Solo me atrae el idioma. —Y los *coreanos*, debía estar pensando él, pero no dijo nada y me permitió conservarlos.

No emitió palabra cuando revisó los chats. No podía hacerme cargo de lo que decían los chicos de la escuela, y en la conversación con mis amigas lo último que habíamos comentado era que el clima estaba espantoso. Había eliminado todos los mensajes que hicieran referencia al embarazo y convivencia de Liz o al noviazgo de Val ni bien los había leído. Me había habituado a eliminar en el momento todo lo que pudiera traerme problemas.

El corazón se me anudó cuando se le ocurrió revisar las descargas. Cerré los ojos y bajé la cabeza. Apreté los dientes mientras pensaba en un insulto, aunque eso también estuviera prohibido.

—¿Por qué tienes otra vez ese libro de Harry Potter aquí? —indagó papá.
No revisaba las descargas de mis hermanas; sus lecturas no eran peligrosas, de hecho a ellas les compraba los libros en papel. En cambio las mías…

—Debe haber quedado de la otra vez.

—¿Acaso me estás mintiendo, Glenn? —preguntó con tono autoritario.

Cuando me miraba con expresión severa, me temblaban las piernas. Papá era moreno, robusto y muy alto, y a veces daba miedo.

—No —me apresuré a responder.

—Lo eliminaste el mes pasado delante de mí.

—No era este. Era *El Misterio del Príncipe*.

¡Maldición! Era tan ingenua que acababa de delatarme.

—Ya te expliqué por qué no es bueno que leas ese tipo de libros.

—Son solo libros, es ficción.

—Habla de magia, mueve espíritus oscuros.

—También dijiste eso de *Fausto* y lo leímos en el colegio. Por favor…

—No quiero que leas libros que arruinen tu mente, Glenn. Bórralo y, si vuelves a descargarlo, me quedaré con tu móvil —sentenció—. En dos semanas te irás al seminario. Representarás a nuestra familia en New Hampshire, tengo que saber que puedo confiar en ti.

Suspiré y eliminé el archivo delante de él. Quizás, cuando me fuera al seminario, pudiera conocer el final de la historia del mago.

2

266 millas de libertad

La tarde que partía a New Hampshire me despedí de mis hermanas y repasé el contenido de mi mochila temiendo olvidar algo. Teléfono, cargador, identificación, dinero, mi Biblia. Lo básico estaba, el resto era prescindible.

Bajé las escaleras y me encontré con mamá; papá estaba cargando mi bolso en el coche. Mientras íbamos a la estación de autobuses, me llenaron de recomendaciones. Eran tantas que tuve que hacer una lista abreviada en mi cabeza:

Hacer quedar bien a la familia.
Mantenerlos informados día a día.
Ser siempre obediente.
Evitar a los extraños.
No salir de noche.
Prestar atención en clase.
Aprender más de Dios.

La lista continuaba, pero me distraje cuando una mujer nos pasó por al lado en bicicleta. Me recordó a la protagonista de la última novela romántica que había leído a escondidas. Ella vivía en Italia y también andaba en bicicleta.

Cuando leía o miraba k-dramas, a veces deseaba que la vida de los personajes fuera la mía. Lo que sucedía en la ficción era mucho más interesante que la realidad. Por lo menos, más que la mía. Y en ese momento me pregunté si la vida de esa chica que estaba pasando junto a nosotros se parecería a una novela romántica.

—¿Entiendes, Glenn? —interrogó mamá, devolviéndome al mundo real.

—Sí —contesté, pero no tenía idea de qué había dicho.

En la terminal, papá entregó la maleta por mí y los dos me despidieron delante de la puerta del autobús.

—Cuídate, por favor —rogó mamá, acariciándome las mejillas.

Papá apoyó una mano sobre mi frente y murmuró una bendición. Los abracé y me despedí con una sonrisa. Subí el primer escalón del ómnibus. Me volví y los saludé con la mano, como una niña. Ellos respondieron de la misma manera; papá tenía un brazo sobre los hombros de mamá y ella se enjugaba las lágrimas mientras cada uno agitaba la mano libre.

Terminé de ascender y empecé a transitar el pasillo. Recién entonces me di cuenta de que por primera vez me alejaría de casa sola, y se me anudó el estómago. Ser responsable de mí misma me daba bastante miedo.

Me senté con un fuerte deseo de bajar y regresar a mi casa. Había añorado ese viaje desde que papá había tomado la decisión de que fuera al seminario antes de empezar la universidad, pero ahora que el día había llegado, temía no resistir lejos de mi hogar. Nunca había dormido en otra cama que no fuera la mía, ni siquiera me dejaban quedarme a dormir en lo de mis amigas, y de repente estaba alejándome doscientas sesenta y seis millas de mi familia.

Un señor con una barriga enorme se sentó a mi lado. Me saludó con una sonrisa, a lo que respondí del mismo modo. Eso no quebraba la regla de cuidarme de los extraños, ¿cierto? Si no respondía, habría faltado a la norma de ser amable y respetuosa.

Miré a mamá y a papá: todavía estaban del otro lado de la ventanilla. Ella tenía expresión de preocupación. Él, de orgullo. Antes de salir de casa había dicho que estaba tranquilo, porque en el campus me cuidarían. Todos los residentes eran chicos de mi edad y de la misma religión, y eso los hacía confiables. Las autoridades eran pastores y voluntarios con los que papá había compartido muchas conferencias, así que su preciosa hija mayor sería libre a medias.

Apoyé una mano en el vidrio justo cuando el autobús empezaba a moverse. ¿Cómo se sentiría vivir lejos de casa? ¿Podría hacer amigos en el campus? ¿Qué haría con la libertad que, de pronto, tenía entre mis manos? Cuando mis padres desaparecieron de mi vista, me atravesó una profunda sensación de soledad.

Permanecí un rato aplastada en el asiento, mirando la ciudad; se dificultaba avanzar por el tránsito. Para cuando alcanzamos la carretera, el nudo en mi estómago se había disuelto, aunque no conseguía aplacar la ansiedad.

Para distraerme extraje los auriculares, los conecté al teléfono y abrí el reproductor de música. La noche anterior había descargado todos los libros que me apetecía leer, había guardado las canciones prohibidas que quería escuchar y había creado de nuevo el chat del *baby shower* de Liz. Ya no sería necesario borrar nada de todo eso: si ahora era independiente, papá no volvería a citarme para la revisión. Sin embargo, aunque había ganado libertad, estaba estancada, mirando el móvil. La noche anterior no sentía culpa, ¿por qué ahora sí? Cada regla de mis padres resonaba en mi memoria: "no quiero que leas libros que arruinen tu mente", "esa música es pecaminosa", "¿te parece adecuado que una chica de dieciocho años quede embarazada antes de terminar el colegio y se vaya a vivir con su novio?".

Mi dedo tembló sobre *I Will Always Love You* de Whitney Houston, que hasta la noche anterior había sido mi canción favorita. Desobedecer en casa era un desafío; aquí, perdía la gracia. Finalmente, decidí escuchar música religiosa.

El viaje hasta New Hampshire me pareció larguísimo. No estaba acostumbrada a andar sola; siempre había recorrido distancias largas en compañía de mis hermanas, y extrañaba conversar con alguna de ellas. La risa de Ava, los gritos de Delilah, el entusiasmo de Gabrielle... Excepto Chloe, las demás se hacían notar todo el tiempo, y mientras que antes odiaba no tener un instante de silencio, ahora añoraba sus voces. Además, estaba nerviosa, y no pude dormir.

Cuando el autobús se detuvo en mi parada, casi salté del asiento; no veía la hora de bajar. Me dirigí a la baulera en compañía de otras personas, y una vez que obtuve mi maleta, busqué a un voluntario del campus de la iglesia. Lo hallé del otro lado del predio, con una camiseta amarilla que tenía el logo de la institución. Para entonces, solo quedábamos una chica rubia que había bajado del mismo autobús y yo.

—¿Vienes por el seminario? —le pregunté.

—¡Sí! —contestó ella con una sonrisa. Me puse contenta: acababa de hacer mi primera conocida, y sonreí también.

—Soy Glenn.

—Louise.

El voluntario nos recibió con una expresión alegre y se presentó como Fred. Comenzó a contarnos detalles de la vida en el campus aún antes de subir a la camioneta. Era de tez morena, como yo, y tendría unos veinte años.

—A las ocho comienza la hora del desayuno. Los días de semana, a las nueve tomarán la primera clase, que dura hasta las doce. De dos a cuatro tomarán el segundo turno. A las seis se sirve la cena. A las nueve hay toque de queda: ¡cada uno en su cuarto! Los sábados hacemos algunas tareas de mantenimiento, pero tienen el resto del tiempo libre. A veces proponemos campamentos y festejamos los cumpleaños de la semana. También ensayamos música y coro. Los domingos asistimos a la celebración y luego tenemos el día libre. Será muy divertido, ya verán.

Louise y yo nos miramos y sonreímos, ilusionadas. Nos contamos a qué iglesia íbamos cada una, dónde vivíamos, cómo estaban formadas nuestras familias. Por lo que comentó, me di cuenta de que sus padres no eran tan estrictos como los míos, pero su padre no era pastor. El mío siempre se quejaba de que algunos fieles eran demasiado permisivos.

El paisaje me abrumó: había mucho verde y, a lo lejos, se divisaban algunas montañas. Como estaba amaneciendo, todo se hallaba teñido de un tono anaranjado que confundía el verano con el otoño. La carretera era sinuosa y angosta, adecuada al tamaño de la población de la zona.

Nos metimos por un camino donde había un cartel con el dibujo de una iglesia y algunas palabras escritas que no alcancé a leer. En menos de cinco minutos llegamos a un cerco. El campo se veía magnífico, no podía creer que iba a pasar nueve meses en ese sitio.

Fred saludó al portero, y el hombre entrado en años abrió el cerco. Seguimos andando hasta acercarnos a una enorme edificación rectangular de una sola planta y bajamos del vehículo. Me quedé asombrada de la maravilla que me rodeaba: había árboles con hojas de diversos colores, arbustos con flores y una hermosa iglesia a unos cuantos metros.

Una mujer salió a recibirnos mientras Fred nos entregaba las maletas.

—¡Llegaron las chicas de Nueva York! —exclamó, abriendo los brazos para acogernos. Todos eran tan amables que, así, era fácil sentirse como en casa.

Nos contó que se llamaba Tracy y que era la celadora de las chicas en el campus. Tenía tez blanca, su pelo era rojizo y abultado, y usaba algo de maquillaje. Todo un acontecimiento para mí, que solo me había maquillado unas pocas veces a escondidas de mis padres y que no había visto hacerlo a mamá o a mis hermanas. Una vez más comprobaba que no todos vivían la religión como nosotros y volví a preguntarme, como tantas otras veces, si acaso era necesario ser tan estrictos.

Mientras nos dirigíamos al edificio principal, envié un mensaje a mamá para que supiera que había llegado bien. Ella respondió enseguida: el pastor amigo de papá ya le había avisado que yo estaba a salvo. Me deseó suerte y prometió que hablaríamos más tarde. Ya me parecía que alguien iba a mantenerlos informados.

Recorrimos la sala, el comedor y los salones de estudio. Tracy nos presentó a algunos seminaristas que ya habían llegado y volvimos a salir en dirección a los dormitorios, que estaban en construcciones separadas. Uno era para las chicas, y el otro, para los chicos.

En nuestro sector había ya unas veinte chicas, la mayoría de piel oscura. Debían llegar unas treinta más. El campus de New Hampshire era un sitio codiciado, y solo se admitían cien estudiantes por año. Antes de hacerte un espacio, evaluaban tu familia, tu nivel de compromiso con la iglesia y había que enviarles un video exponiendo tus aspiraciones y por qué querías ingresar al seminario. El valor de la cuota se equiparaba al nivel de las exigencias.

Era domingo y las clases comenzaban al día siguiente, así que pasé la mañana conversando con algunas compañeras mientras iban llegando las otras. Había chicas de todas partes, incluso de rincones remotos de los Estados Unidos. El tema principal fue la vida de las iglesias a las que cada una de nosotras concurría, aunque terminamos hablando de nosotras mismas.

—¿Y a ti qué te gusta? —me preguntó una de ellas.

—Me gusta cantar, leer y mirar dramas coreanos —respondí. Ninguna me miró como papá cuando mencionaba las "novelitas asiáticas", como él las llamaba.

—Ay, a mí también me encantan los k-dramas —dijo Sandra—. ¿Ya viste *Playful Kiss*?

—¿Quién no vio *Playful Kiss*? Debe ser el primer drama que miramos todas —intervino Helen.

¡No podía creerlo! Hasta ese día solo había podido canalizar mi pasión por las "novelitas asiáticas" de manera virtual, en foros repletos de desconocidas.

—No sé qué es eso —manifestó una tercera.

—Yo tampoco.

—Son series asiáticas. A mí me gustan las de amor —explicó Helen.

—Yo prefiero tocar la guitarra —contó Louise. Entonces hablamos de música.

—A mí me gusta cantar —comenté. Tocaba algunos instrumentos, pero lo mío era el micrófono.

—¡A mí también! —dijo alguien más. Nunca me había sido tan fácil hacer amigas. En la escuela, solo contaba con Val y Liz; a los demás les parecía aburrida y un objeto de burla. Cuando era niña, se reían de mi pelo abultado de rizos pequeños. En la preadolescencia, mi religión se transformó en una barrera, y terminé aislada hasta que aparecieron otras dos solitarias: Val y Liz. Nos transformamos en un trío de chicas muy distintas, pero que nos llevábamos bien. Nos había unido un tonto trabajo de Ciencias a los trece y, desde entonces, habíamos sido mejores amigas.

Papá me llamó para verificar que todo estuviera en orden y hablamos un rato. Al mediodía, Tracy nos fue a buscar para el almuerzo. Nos informó que a partir de esa noche tendríamos que ir al comedor por nuestra cuenta en el horario estipulado. Además nos advirtió que debíamos respetar el cronograma si no queríamos perder puntos en nuestra libreta de calificaciones. La obediencia también se tenía en cuenta a la hora de considerarnos buenos seminaristas.

En el comedor, por primera vez nos encontramos con los chicos. Podíamos sentarnos donde quisiéramos, así que empezamos a mezclarnos con ellos. Como a la primera que había conocido era Louise, nos mantuvimos juntas mientras llenábamos nuestras bandejas y luego buscamos una mesa con sitio libre para las dos. Miré hacia la izquierda al tiempo que ella estudiaba el lado derecho: todo parecía ocupado. Pasé la vista por una mesa, por otra... y entonces mis ojos se detuvieron en alguien.

Mi corazón empezó a latir muy rápido. ¿Acaso era él? Ben Williams, el chico que había conocido en un campamento de la iglesia a los trece años y con el que había soñado hasta los dieciséis.

Me detuve a observarlo: era moreno y bien parecido. Sus ojos grandes y su mirada vivaz invitaban a admirarlo. Cuando sonrió, no tuve dudas de que era él y de que ahora me parecía todavía más encantador que a los trece.

—¿Te parece ahí? —señaló Louise.

Seguí la dirección de su dedo. Por mirar a Ben, no me había dado cuenta de que había dos lugares libres justo en su mesa. Me puse nerviosa y tardé en responder. Para cuando me decidí a decirle que sí, otras dos ocuparon el lugar. Terminamos sentándonos en otra mesa.

Mientras almorzábamos, no dejaba de intentar mirarlo por sobre el hombro. ¡Ben Williams! Todavía recordaba la primera vez que lo había visto en el campamento. Estábamos corriendo y, de golpe, caí a sus pies. Su amigo había interpuesto la pierna delante de las mías. Ben rio a carcajadas, pero aunque se estuviera burlando de mí, me pareció hermoso. Ni hablar cuando extendió su mano y me ayudó a levantarme.

—¿Estás bien? —me preguntó—. Debes tener más cuidado —me aconsejó. Y siguió corriendo.

Fue suficiente para que me pasara el resto del campamento suspirando por él.

Lo agregué a Instagram y él me aceptó. Tenía cientos de seguidores; era esperable, siendo tan atractivo. Desde entonces nos cruzamos un par de veces más en eventos de nuestras iglesias y yo le daba me gusta a sus publicaciones. Él jamás respondió a las mías. Con el tiempo, la vida nos distanció, incluso en el espacio virtual, y dejé de prestar atención a sus actualizaciones.

Por la tarde nos dividieron y nos llevaron a distintos salones. Allí nos explicaron el funcionamiento del campus, nos dieron los horarios por escrito y un plano para ubicar cada clase. No había posibilidad de elegir, todos cursaríamos todo, pero alternados. No sabía si me tocaría con Louise, con Ben o si jamás compartiríamos una sola asignatura.

Esa noche, después de la cena, me indigesté mirando el Instagram de Ben para ponerme al día. Había mucha información atrasada de la que no tenía idea. Al parecer, no estaba en una relación. Necesitaba contarle a alguien que nos habíamos reencontrado, así que, una vez en la cama, abrí el chat que tenía con Val y Liz. Mis amigas de la iglesia podían develar mi secreto, en cambio ellas no podían contárselo a nadie, porque no conocían a mis compañeros de la iglesia. Además, siempre daban buenos consejos.

GLENN.

Chicas. ✓

VAL.

¡Glenn! ¿Ya llegaste a New Hampshire?

GLENN.

Sí. ¿Cómo estás tú? ¿Cómo está Luke? ✓

VAL.

> *Muy bien, preparándonos para la universidad.*

GLENN.

> *¿Has sabido algo de Liz?* ✓

VAL.

> *No.*

LIZ.

> *¡Aquí estoy!*

VAL.

> *¡Ey! ¿Cómo estás? ¿Cómo está nuestro sobrino postizo?*

LIZ.

> *Bien. Creciendo.*

GLENN.

> *¿Y Jayden?* ✓

LIZ.

> *Trabajando, para variar. ¿Cómo estás tú?*

VAL.

> *¿A esta hora?*

LIZ.

Sí, y a veces regresa más tarde.

¿Qué tal el seminario bíblico, Glenn?

GLENN.

Las clases empiezan mañana. Pero… ✓

VAL.

¡¿"Pero" qué?!

GLENN.

¿Se acuerdan de Ben, el chico con el que las volví locas ✓
desde octavo hasta décimo grado?

VAL.

¿Cómo olvidarlo? Solo hablabas de él.

GLENN.

Está aquí. ¡Está aquí!, ¿entienden? ✓

LIZ.

¿Es ese idiota que se había reído de ti?

GLENN.

¡Tenía trece años! La gente cambia. Dudo que ahora se ría de mí. ✓

LIZ.

Como sea. Eres buena siguiendo reglas, así que sigue estas normas básicas:

1. No lo justifiques si es malo contigo, sin importar lo que diga tu pastor.

2. No te ilusiones por demás. La vida no es un drama asiático.

VAL.

¿Puedo agregar algo?

3. Por lo que más quieras, ¡no le digas en la primera cita que quieres casarte y tener hijos mañana!

GLENN.

Jajaja, son insoportables, pero las quiero y las extraño.
Espero que nos veamos pronto. Me voy a dormir,
a las nueve hay "toque de queda".

VAL.

Jajaja, ¿quién hizo ese chiste tan malo?

GLENN.

Un voluntario.

VAL.

Tenía que ser. ¡Adiós!

LIZ.

Adiós.

Suspiré, apoyando el teléfono sobre mi pecho como si lo abrazara.

De pronto, había perdido el miedo a la libertad. Doscientas sesenta y seis millas me separaban de casa. Era hora de aprovechar.

3

Lógica

La primera mañana de clases fue tranquila. Éramos veinte en el aula. Nos presentamos y contamos experiencias sobre estudios bíblicos que habíamos hecho antes del seminario. Al finalizar nos asignaron una tarea para la clase siguiente: hacer una lista de las épocas y los lugares que aparecían en el Antiguo Testamento.

Durante la hora del almuerzo se respetaron los lugares del día anterior. Por el momento ese sería mi sitio, hasta que los lazos de amistad se fueran rearmando y la gente empezara a intercambiar asientos.

A las dos recogí mis útiles y me dirigí a otra aula. Puse un pie adentro mirando los horarios. ¿A qué hora podía hacer la tarea? Si me duchaba a las seis, quizás…

La distracción me hizo tropezar con alguien. Una mano fuerte y segura me sujetó del codo. Cuando alcé la cabeza con el pelo delante de la cara e intenté ver a través de mis pequeños rizos castaños, me pareció distinguir a Ben. Me aparté el cabello con rapidez: sí, era él. Y sonreía delante de mí.

–¿Estás bien? –preguntó. Al parecer, mi destino era tropezar con él y que él terminara sosteniéndome. Mi imaginación se disparó, haciendo que me sonrojara. Era un buen inicio para una historia de amor.

—Sí —contesté, mucho más segura que a mis trece años.

Tal como había afirmado a mis amigas, Ben ya no se reía de mí. De hecho parecía bastante interesado.

—Soy Ben.

—Glenn.

—¿Nos conocemos?

Reí, bajando la cabeza. Me había puesto nerviosa, y así, parecía más ingenua de lo que era.

—Sí.

—¡Vaya! Me resultas familiar, pero no te recuerdo. ¿De dónde nos conocemos, exactamente?

—Nos conocimos en un campamento cuando teníamos trece años. Quedamos conectados a través de Instagram; todavía te sigo.

Estaba boquiabierto. Yo quise que me tragara la tierra: solo había un modo de que me acordara tanto de él cuando él ni siquiera reparaba en mí. Había dejado claro que me atraía.

—Estoy asombrado —dijo—. ¿Tomas esta clase?

—Sí.

—Lo siento, sigo en tu camino. Pasa —se movió, y yo avancé haciendo un gesto de agradecimiento con la cabeza.

Nos sentábamos en pupitres individuales, pero quedamos uno junto al otro. Él había buscado sentarse junto a mí.

—¿Recuerdas de dónde soy? —indagó. No podía creer que tuviera ganas de conversar conmigo.

—Eres de Nueva Jersey.

Otra vez me había delatado. Creería que yo era una *stalker*.

Soltó una carcajada y puso un brazo en el respaldo de mi silla. Mi corazón empezó a galopar, emocionado.

—¿Tú de dónde eres? —preguntó.

—Soy de Nueva York —contesté; mis mejillas ardían.

—¿Dices que todavía me sigues en Instagram? —buscó su teléfono y comenzó a mirar entre sus contactos—. ¿Cómo es tu apellido?

—Jackson. Soy Glenn Jackson.

—¡Ah! Aquí estás —me miró sonriente—. Lamento no haberte reconocido.

—No hay problema.

Cuando entró la profesora, quitó el brazo de mi asiento y yo sentí que me desabrigaban. Había sido como si me abrazara.

Durante la clase tuvimos que trabajar en equipo con otra pareja de chicos. La asignatura trataba de cuestiones adolescentes abordadas desde una perspectiva religiosa. El tema de la semana eran los tatuajes y piercings.

—Para nosotros son una cuestión de gusto o moda, pero no constituyen un pecado —concluyó una compañera en nombre de su grupo.

—Tienes razón —admitió la profesora—. El asunto es que tu cuerpo es un templo y debes cuidarlo. Los tatuajes y las perforaciones duelen. Entonces, si agredieras tu cuerpo, es decir, si le provocaras dolor, estarías agrediendo a Dios.

Mi amiga Liz se cruzó por mi mente y levanté la mano.

—Parir duele —dije—. Entonces, ¿el embarazo es una agresión a Dios?

La profesora rio. No había querido discutir, pero siempre había tenido dudas sobre los conceptos de mi padre, ¿y qué mejor que resolverlas ahora?

—Eso es natural, así lo dispuso el Señor, pero no te ha enviado a tatuarte —contestó la mujer—. Abran sus Biblias, consulten Génesis 3:16 —todos hicimos caso—. "A la mujer dijo: Multiplicaré en gran manera los dolores en tus preñeces; con dolor darás a luz los hijos". La mujer pecó y tiene que pagar el precio.

–Entonces, si el día que tenga que dar a luz quiero una anestesia, ¿eso iría en contra del mandato de Dios? –preguntó otra compañera.

Los varones empezaron a reír y a mirarse entre sí; supuse que consideraban que eran dudas femeninas y se sentían un poco incómodos.

–Tranquila –le dijo la profesora–: para cuando tengas hijos, estarás preparada para lidiar con el dolor. Tu mente sabrá llevarlo adelante con fortaleza y entrega.

Me quedé callada, aunque con el ceño fruncido. Muchas cosas me sonaban raras, pero yo debía estar equivocada.

–Otro día conversaremos sobre relaciones sexuales y embarazo adolescente –continuó la profesora–. Volvamos al tema de la clase: los tatuajes y piercings van en contra de Dios. No solo porque agreden nuestro cuerpo, sino, además, porque son costumbres y ritos paganos que datan de cuando el hombre no conocía la Palabra. En Levítico 19:28 se pide a los israelitas que no se hagan "marcas de tatuaje" para que no se parezcan a otros pueblos que se grababan símbolos de dioses paganos.

Con eso me acalló. Tenía lógica.

Esa noche volví a escribir al chat de mis amigas.

GLENN.

> ¡Ben me habló, chicas! No se acordaba de mí, pero me pidió disculpas por no haberse dado cuenta de que todavía lo seguía en Instagram. Supongo que ahora me prestará más atención, ¡no veo la hora de encontrar un "me gusta" de él! Trabajamos juntos toda una clase. Y, para tu información, Liz: no se rio de mí.

Liz.

> Jajaja, ¡bien por ti! Más te vale mantenernos informadas
> de cómo sigue tu historia de novela.

Val.

> Lo mismo digo. Estaré atenta.

Al mediodía siguiente, Ben me invitó a sentarme en su mesa. Una chica se había cambiado de lugar y solo quedaba un sitio, así que tuve que avisarle a Louise que me apartaría. Percibí que a ella no le agradó la noticia, pero esperaba que me comprendiera. Como la noté un poco distante el resto del día, le conté que Ben me había encandilado a los trece años y que había desistido de intentar obtener su atención a los dieciséis, pero que ahora la vida nos estaba dando una nueva oportunidad y que él al fin parecía interesado en mí.

Empezamos a sentarnos juntos en el almuerzo y separados en la cena. En su mesa se hablaba mucho de las clases y de lo que íbamos sumando a nuestros conocimientos religiosos. En la mía, a veces conversábamos sobre el seminario también, pero siempre nos íbamos por las ramas y terminábamos contándonos asuntos de nuestras vidas, nuestros gustos personales y nuestras familias.

La semana siguiente, el tema de la clase que compartíamos fue la sexualidad.

—"Digo, pues, a los solteros y a las viudas, que bueno les fuera quedarse como yo; pero si no tienen don de continencia, cásense, pues mejor es casarse que estarse quemando" —leyó la profesora, y nos miró—. ¿Qué quiso decir Pablo con estas palabras en la primera carta a los Corintios?

Levanté la mano.

—Por lo que dice allí, significa que tanto el hombre como la mujer deben ser vírgenes antes del matrimonio o evitar las relaciones sexuales en la viudez. ¿Por qué, entonces, solo se insiste siempre en la virginidad y abstinencia femeninas?

Oí algunas risas de varones. Me sonrojé: ¿acaso había ido demasiado lejos? ¿Solo la profesora podía usar los términos que correspondían y los demás debíamos utilizar eufemismos? ¿Habría sido mejor guardarme la pregunta?

—Lo que sucede es que, si la mujer se hace respetar, menos hombres pecarán —respondió la profesora—. Si todas las mujeres cumplieran el mandato de casarse vírgenes, los hombres no tendrían más remedio que casarse también, porque no habría con quién tener sexo antes del matrimonio, manteniendo así su virginidad. Recuerden: ¿quién tentó a Adán?

—¿No es un poco injusto que siempre se nos vea como las culpables de todo? —insistí. Ahora que mi padre no estaba cerca, no podía contener mi lengua. La profesora suspiró. No quería irritarla; no me di cuenta de que lo hacía hasta que fue demasiado tarde.

—No es que las mujeres seamos culpables, pero sí responsables —contestó—. Esas chicas que salen mostrando todo, ¿acaso valoran su cuerpo? ¿Por qué tientan a los hombres y luego se espantan si abusan de ellas?

—Hay chicas que, aunque vayan bien vestidas, sufren de un abuso —se atrevió a decir una compañera.

—Pues el hombre que abusa de una chica bien vestida como de una que va mostrando todo merece que el peso de la justicia humana y divina caigan sobre él —respondió la profesora con ímpetu—. Sin embargo, eso no habilita a las mujeres a provocarlo. Chicas: cuanto más se respeten a ustedes mismas, más las respetarán los varones.

Como siempre, terminé guardando silencio antes de meterme en problemas.

Ben levantó la mano.

–Yo creo en el matrimonio y en la familia –dijo con convicción–. Por eso, aunque algunos chicos se rían de lo que pienso, solo voy a hacerlo por primera vez con mi esposa, el día que me case, sin importar cuánto me provoque alguna chica.

La profesora sonrió.

–¡Eso es tener coraje! Bien dicho, Ben.

"Solo voy a hacerlo por primera vez con mi esposa, el día que me case". Me quedé mirándolo, sorprendida. ¿Entonces sí existía alguien que quería lo mismo que yo? Tenía razón cuando les decía a mis amigas que un chico de mi religión me comprendería. Ya no solo me atraía Ben: me estaba enamorando de él.

"No te ilusiones por demás. La vida no es un drama asiático".

Bajé la cabeza y apreté los dientes; no quería recordar las reglas de Liz. No quería reglas por una vez en mi vida, solo hacer lo que a mí me parecía que estaba bien.

Cuando salimos de la clase, Ben me abordó en el pasillo.

–Me gusta cómo piensas, Glenn. ¿Por qué no salimos este fin de semana? Me contaron los chicos que hay una sola cafetería cerca, pero que sirve buenos batidos.

–¡Me encantan los batidos! –exclamé.

Acordamos que saldríamos el sábado.

Ben y Glenn, dos almas gemelas. Era una cuestión de lógica.

4

¿Qué te importa?

Miré la hora en el móvil: las tres y diez. Había pensado que Ben me pasaría a buscar por la casa de las chicas y que iríamos juntos a la cafetería. A las dos me había avisado por mensaje que había salido antes del campus para hacer unas compras, que fuera sola a la cafetería y que lo esperara en la puerta.

La idea me atemorizó en un principio; no quería atravesar un sendero de campo y luego caminar por una carretera en un lugar desconocido. Pero tampoco quería perderme la cita y que Ben creyera que era una ñoña que nunca había salido de casa, aunque lo fuera. Reuní coraje y le respondí que no había problema. Y ahí estaba, en la puerta de la cafetería, esperándolo. Ben tenía que llegar a las tres, se había atrasado diez minutos. No se me cruzaba por la cabeza que pudiera dejarme plantada. Era Ben, un chico religioso que quería formar una familia. Jamás se burlaría de una chica.

—¡Glenn!

Su voz puso mi corazón en una montaña rusa. Giré sobre los talones y se me escapó una sonrisa: Ben vestía una camiseta blanca y un pantalón de jean azul. Tenía un estilo clásico y prolijo que resultaba encantador.

Se acercó y puso una mano en mi antebrazo. Mi piel se estremeció.

—Disculpa que me haya demorado.

—No hay problema —dije.

—Entremos.

La cafetería era un pequeño local lleno de ventanas, con cortinas viejas y mesas de madera. Los bancos eran de plástico rojo y tenían el respaldo alto. En el centro de la mesa había kétchup, pimienta, sal y azúcar. También un menú plastificado de una sola página. No era el mejor lugar del mundo, pero servía para pasar el rato.

Un señor asiático se nos acercó. Tenía puesto un delantal; por su aspecto apostaba a que rondaba los setenta años.

—¿Café? —preguntó.

—No. Yo quiero un batido de fresa —contestó Ben.

—Yo también —dije.

El señor asintió y se alejó. Entonces volví a mirar a Ben. No podía creer que lo tuviera enfrente y que al fin estuviéramos solos.

—Cuéntame, Glenn: ¿tienes novio?

Me sorprendió que esa fuera su primera pregunta. Claro que yo no tenía novio, ni él novia; de lo contrario, no estaríamos ahí. ¿Acaso me había invitado como un amigo? ¡No podía ser!

Reí con las mejillas encendidas.

—No.

—Estuve en Nueva York un par de veces después del campamento en el que nos conocimos —comentó—. Qué pena que no hayamos tenido contacto; nos hubiéramos encontrado. ¿Por qué no me hablaste?

Mi corazón volvió a latir muy rápido. No podía dejar de mirarlo: sus ojos grandes, sus dientes perfectos y su aspecto distinguido me atrapaban sin remedio. ¡Ojalá me hubiera atrevido a hablarle en aquel momento!

—Tú tampoco a mí —repliqué con amabilidad.

Cuando rio, me sentí todavía más avergonzada: ¿por qué iba a hablarme? Él era exitoso y atractivo, en cambio yo no podía llamar la atención de nadie. Mis amigas se cansaban de decirme que era una de las pocas chicas que resultaban atractivas aún sin maquillaje y con faldas largas hasta la rodilla, pero jamás me lo había creído. Sin duda Val y Liz me querían muchísimo y lo decían por eso.

—¿Eres tímida? —preguntó—. En clase no lo parecías.

Tartamudeé un poco; no sabía qué decir. No era tímida en clase, cuando me dejaba llevar por la pasión. En otras circunstancias, sí.

—A veces no lo soy —respondí. No contaba como una mentira, ¿o sí?

Por suerte el señor asiático nos trajo los batidos y acabó con el momento incómodo. Probamos la bebida al mismo tiempo.

—¡Hmm! —exclamé—. Está muy bueno. Mejor que los que consigo en Nueva York.

—Cuéntame un poco de ti: ¿cuántos novios has tenido?

Volví a sentirme un poco incómoda, aunque segura de mi respuesta. Le diría la verdad; después de todo, Ben sin duda valoraba a las chicas vírgenes, porque en casa me decían que solo las vírgenes nos convertíamos en esposas de chicos como él.

—Ninguno.

—¡¿Ninguno?! —exclamó, riendo otra vez, y bebió otro sorbo de su batido—. Por cómo hablabas en clase, creí que... Bueno, ya sabes.

Me quedé pasmada. ¿Qué imagen estaba dando en las clases? Solo me interesaba por los temas que abordábamos y quería salir de algunas dudas; la fe se fortalecía cuestionándonos cosas. Empecé a temer que hubiera quebrado sin querer la primera regla de mi familia: hacerlos quedar bien. ¿Para quedar bien había que callar? ¿Tan solo debía asentir?

—No, yo… —balbuceé—. ¿Crees que esté mal que pregunte si algunos asuntos no terminan de convencerme?

Se encogió de hombros.

—No. Pero no sé cómo te atreves, sin dudas eres bastante rebelde.

—*¿Rebelde?*

Ahora, la que rio fui yo. No hacía más que vivir sujeta a las normas de mi familia, ¿y Ben creía que era "rebelde"? Nunca hubiera querido dar esa imagen, mucho menos a él.

—Me contaste que cantas en tu iglesia —continuó.

—Sí —*Gracias, Ben. Gracias por cambiar de tema.*

—Yo también.

Al fin me sentí cómoda otra vez.

Hablamos de las canciones de la iglesia, de las mejores celebraciones a las que habíamos asistido, de que él tocaba la guitarra desde los ocho años. Por lo que Ben decía en las clases, yo sabía que era ortodoxo, por eso evité contarle de mi pasión por algunas intérpretes que no entraban en el repertorio religioso. Por supuesto, con él tampoco hablé de libros ni de dramas coreanos. No quería seguir dándole una imagen equivocada. Sin querer terminamos conversando otra vez de las clases.

—Siempre me quedo con dudas —confesé—. Por ejemplo, cuando hablamos sobre tatuajes: ¿qué ocurre si la persona se tatúa una cita bíblica? ¿También es una ofensa a Dios?

—¡Eres de lo más ingeniosa, Glenn! —exclamó él, riendo—. Nunca se me hubiera ocurrido pensarlo de ese modo.

Me sentí bien de que me halagara y seguí haciendo uso de mi grandiosa imaginación.

—¿Y el rock cristiano? Si el rock es satánico, ¿por qué el rock religioso sí está permitido?

—Algunos creen que no está bien —argumentó él.

—Mi padre, por ejemplo.

—¿Y qué piensas tú al respecto?

Me quedé en blanco. Si tenía que ser fiel a las normas de mi familia, debía decir que estaba de acuerdo con mi padre. Si era fiel a mí misma, no pensaba en el origen de la música, solo en si me gustaba y si podía cantarla o no.

Como no supe qué opción elegir, me encogí de hombros.

—Todavía estoy decidiendo —respondí. No quería volver a sentirme incómoda, así que cambié de tema—. ¿Quieres que te recuerde cómo nos conocimos? Un amigo tuyo me hizo caer y tú te reíste de mí.

Abrió la boca como si estuviera a punto de comer.

—¡Me acuerdo de eso! —exclamó. Iba a contarle que luego me había extendido su mano para ayudarme y que había sido muy amable, pero, al parecer, ya lo recordaba.

—¿En serio? —indagué.

—Sí. ¡Es increíble! Ahora lo recuerdo como si hubiera sucedido ayer: caíste y tuve que levantarte porque me había visto la celadora. ¡Me salvé de que se diera cuenta de que te habíamos hecho tropezar a propósito!

Él rio a carcajadas con una mano sobre el abdomen mientras que yo me quedé como una estatua. De modo que Ben no había sido amable en aquel momento, sino que solo estaba pensando en su beneficio.

"No te ilusiones por demás. La vida no es un drama asiático", me había dicho Liz. ¿Y si mis amigas tenían razón? ¿Y si era una tonta creyendo en príncipes azules y cuentos de hadas?

Casi al mismo tiempo recordé la frase de Ben: "Creo en el matrimonio y en la familia. Por eso, aunque algunos chicos se rían de lo que pienso, solo voy a hacerlo por primera vez con mi esposa, el día que me case". No podía culparlo por una actitud egoísta e inmadura que había tenido a sus trece años. Lo importante era que ahora se había transformado en un chico valiente y lleno de valores. En un chico como el que siempre había soñado para mí.

—Me gustó mucho lo que dijiste en clase sobre tu primera vez —comenté de repente, y él dejó de reír—. Opino lo mismo que tú: solo voy a hacerlo con mi esposo después del matrimonio. Así será mi hermosa primera vez.

Me pareció que se puso un poco rígido. ¿Acaso había metido la pata de nuevo? No pensé que Ben pudiera sentirse incómodo hablando de sexo, y mucho menos de matrimonio. Me había equivocado. ¿Cómo se me ocurría mencionar un tema tan espinoso a un varón con tanta liviandad? Era tan, ¡tan tonta!

Me mordí el labio mientras él se removía en el asiento.

—Oye: voy al baño —dijo, y se levantó.

Me tomé la cabeza con las manos en cuanto lo vi desaparecer en un pasillo. Mi inexperiencia me jugaba malas pasadas y me transformaba en una máquina de cometer errores. ¿Por qué no era como Val o Liz? Seguro ellas no titubeaban ante un chico como me ocurría a mí.

Suspiré y bebí el último trago de mi batido. Seguía con la cabeza gacha, y así permanecí durante mucho tiempo. Quería que me tragara la tierra; me odiaba por ser una ingenua sin experiencia con los chicos.

No supe qué sucedía alrededor hasta que alguien se sentó frente a mí. Di un respingo cuando descubrí que no se trataba de Ben. El chico moreno y bien vestido, de sonrisa amplia y ojos enormes, había sido sustituido por uno de tez trigueña, ojos rasgados y ropa desaliñada. Su rostro era anguloso y llamativo, atractivo a su manera, y tenía el pelo y los ojos negros. Mirando dramas asiáticos había aprendido a reconocer las nacionalidades orientales por la forma de los párpados, y apostaba a que ese chico era coreano, como el señor que nos había servido los batidos. Su piel parecía muy tersa, típica de los asiáticos; era una pena que estuviera cubierta de tatuajes. Tenía puesta una camiseta gris sin mangas y los músculos de sus brazos estaban demasiado trabajados para la contextura física que acostumbraba a ver en las novelas. En realidad, todo su torso, aunque no era robusto como el de los protagonistas de las películas de acción, parecía hierro puro, y me perturbaban los expansores que tenía en los lóbulos de las orejas. Por suerte no eran tan grandes y, si se los quitaba, con el tiempo podría hacer de cuenta que nunca los había tenido.

—Hola —dijo. Tenía la voz grave, debía de pasar los veinte años.

—Hola —respondí con desconfianza. El diseño raro del tatuaje de su brazo izquierdo me hacía sentir incómoda.

—Soy Dave.

Respiré profundo: ese chico daba miedo. Era mejor ignorar la regla de ser amable. Convenía aplicar la de evitar a los extraños.

—Disculpa, no sé por qué te has sentado aquí, pero estoy acompañada.

—Creo que ya no —contestó—. No quiero ser aguafiestas, pero tu cita se fue hace un rato. Supuse que no te habías dado cuenta.

Me sonó tan increíble que se me escapó una sonrisa con subtítulos: "a otra con ese cuento".

—Vete, por favor.

—Es en serio. Te he estado observando desde que estabas esperando en la puerta, porque me pareces muy linda. Cuando el chico llegó, se saludaron como amigos, pero mientras hablabas con él te veías excitada. Por eso supuse que era tu cita. Trabajo aquí, yo preparé tu batido. Se lo ordenaste a mi tío mientras yo, en ese momento, me había metido en la cocina.

Enterarme de que ese chico me había estado observando me desorientó. "Me pareces muy linda". ¡Tenía que estar bromeando!

—Mi cita no se fue, está en el baño —repetí, remarcando las palabras.

—¿Desde hace diez minutos? —replicó él. Cuando enarcó las cejas, me pareció un poco menos temible y bastante más simpático—. Créeme: ningún chico tarda tanto en el baño, ni siquiera si se lava las manos.

Imaginar que los varones salían del baño sin lavarse las manos después de haberse tocado sus partes íntimas me produjo una mueca de asco. Por otro lado, la manera de contarlo que tenía ese chico me resultó divertida, y ahogué la risa.

—¡Qué asco! ¡Eres un descarado!

—¡No me digas que recién ahora te enteras! La mitad de los chicos sale del baño como si nada hubiera ocurrido. ¿Sabes cuánto dura la recarga de jabón en el sanitario de las mujeres? Dos días. ¿Sabes cuánto dura en el de los varones? ¡Una semana!

Sacudí la cabeza.

—No me importa el asunto del jabón —dije—. Por favor, vete. Mi compañero no se fue, te lo aseguro. Jamás se iría. Quizás esté descompuesto o algo.

—Lo vi salir por esa puerta —señaló con el pulgar la única que había—. Oye: no sé qué habrá ocurrido, pero no mereces que te planten. No se le hace eso a una chica.

Negué con la cabeza. No iba a seguir escuchando. No sabía si Ben se había ido de verdad, pero aun así me puse de pie.

—Adiós —dije, y empecé a alejarme.

La voz del desconocido me retuvo un instante.

—Espera. Eres nueva por aquí, al menos dime tu nombre.

—¿Qué te importa? —respondí, desilusionada, y me fui como si él tuviera la culpa de mi desengaño.

5

Mejor en silencio

Nunca había caminado tan rápido como ese día. Parecía una lunática: miraba hacia atrás por sobre el hombro, temiendo que el tal Dave me siguiera. Nunca había visto un coreano tatuado, tenía que ser un mafioso o algo por el estilo.

Por otro lado, estaba Ben. ¿De verdad se había ido? ¡¿Por qué?! No veía la hora de llegar al campus y comprobar que había creído la mentira de un desconocido.

Para mi sorpresa, ni bien entré al comedor, hallé a Ben sirviéndose una bebida en la cafetería. Estaba con dos chicos que solían compartir la mesa con él. Me acerqué y, cuando me vio, se puso tenso.

—¿Qué ocurrió? —le pregunté. Oculté que tenía ganas de llorar, no podía creer que el mafioso de la cafetería hubiera tenido razón.

—Disculpa, mis padres me llamaron y tuve que regresar deprisa. Nos vemos después —explicó, y se alejó con sus amigos.

Lo dijo con la misma liviandad con que me había pedido perdón por haber llegado tarde a nuestra cita: sin culpa ni remordimiento. Entonces, ¿así eran las relaciones en el mundo real, fuera de mi imaginación y de las novelas? ¿Debía tomar un plantón con la misma indiferencia que Ben?

Corrí al baño, como solía hacer en casa, porque era el único lugar donde podía estar tranquila, y abrí el chat de mis amigas.

GLENN.

Si estuvieran en una cita con un chico y el chico les dijera que se va al baño pero en realidad se fuera de la cafetería. ¿Qué harían? ¿Cómo se sentirían?

LIZ.

¡Maldito estúpido! No vuelvas a salir con ese idiota de tus trece años, Glenn. Te lo ordeno.

VAL.

¿Hizo eso?

GLENN.

Nadie me hizo eso, se lo hicieron a una amiga.

VAL.

¡Anda! Seguro le dijiste que querías casarte y tener hijos lo antes posible.

¿Habría sido eso? ¿Entonces Val tenía razón y los chicos huían de mí porque quería una relación con compromiso? Pero Ben era diferente, había dicho que él se casaría y que creía en la familia.

Liz.

No importa qué le haya dicho Glenn: salió corriendo literalmente, Val. Cuando mencionábamos eso era metafórico.

Val.

Lo sé. Nunca supe de una actitud tan inmadura.

Liz.

Nunca más, Glenn. Prométemelo. Eres grandiosa y mereces mucho más que eso.

No pude responder. Me sentía tonta, como si hubiera sido utilizada. Me había ilusionado sin tener en cuenta que la vida no es un drama asiático, tal como Liz había predicho. Tenía que dejar de soñar.

Esa semana, en la clase de Adolescencia, hablamos sobre música.

—Las letras de rock por lo general tratan de asuntos demoníacos, sexo explícito y drogas —explicó la profesora—. En la próxima clase hablaremos de adicciones, así que no se queden con ello. Quiero que piensen en la violencia de la música. El rock nos incita a ser agresivos.

—Glenn tiene una teoría bastante interesante sobre eso —dijo Ben de la nada.

Lo miré por sobre el hombro y noté que, a su lado, Louise reía. Le estaba festejando un chiste a mi costa, uno que retomaba parte de una conversación que habíamos tenido a solas. Presentí que se la había contado y que algo se cocía a mis espaldas, pero era imposible que esos chicos con mis valores y convicciones me traicionaran. Esto era un seminario bíblico, no el colegio. Teníamos entre dieciocho y veinte años, no había modo de que se estuvieran burlando de mí.

Reuní coraje y decidí ser honesta, como había sido siempre.

—Mi padre dice que el rock es demoníaco, pero yo no estoy tan segura. Me gusta la música, e investigando descubrí que surgió en los años 50 como una combinación de otros géneros. En el origen de esos géneros tampoco hay rastros de asuntos demoníacos.

—Lo demoníaco no está en el origen del género, sino, como ya mencioné, en el tipo de vida promiscua que promueven las letras y en la actitud de las personas que tocan y escuchan ese estilo de música. ¿Saben cómo han muerto decenas de cantantes de rock? Se han suicidado o han tenido una sobredosis. Jimi Hendrix, Kurt Cobain, Amy Winehouse...

La clase continuó sin más intervenciones de mi parte. Me sentía mal, tan incómoda como cuando apenas había intentado encajar en el colegio. Rogaba que aparecieran otras chicas como Val y Liz para tener un grupo de amigas.

Por la tarde, mientras hacía tareas sobre mi cama, la celadora fue a buscarme.

—Glenn, te citan de la dirección —anunció. Si bien su tono era amable, me puse nerviosa.

La seguí procurando ablandar el nudo que comprimía mi estómago y entré a la dirección estrujándome las manos. El director me saludó con cortesía y me pidió que me sentara frente al escritorio.

—Nos han llegado los primeros reportes de las clases. Queremos saber si te sientes cómoda en el seminario —dijo.

Apreté los puños. No podía decirle que mi cita con un compañero había fracasado y que a partir de ese día me sentía fuera de lugar en ese sitio. Tomaría a mal que hubiera pensado en ligar en un seminario bíblico donde nuestra prioridad tenía que ser Dios. Además, se lo diría a mi padre, y tal vez terminara en casa antes de lo esperado.

—Sí, estoy muy bien —respondí. *Perdóname, Señor, sabes que es una mentira piadosa.*

—Si hay algo que te incomode, me gustaría saberlo; solo así podría ayudarte —permanecí en silencio. ¿Y si ya sabía mi secreto? ¿Y si alguien me había visto con Ben en la cafetería o, peor, con el coreano lleno de tatuajes? Suspiró—. De acuerdo, seré más directo: algunos profesores me han comentado que intervienes en sus clases con algunos comentarios un poco anticristianos.

Me quedé helada. De modo que Ben no era el problema, sino mis dudas y mi necesidad de resolverlas.

—Yo… —balbuceé—. Es que…

No sabía qué decir, así que callé, como callaba delante de mi padre por temor a lo que pudiera pensar de lo que yo tenía para decir. El director debía tener razón: ¡había sido una mala creyente! No quería que mi padre se enterara y se molestara. No quería volver a casa.

—Cuando vimos tu video de postulación nos pareció que estabas plenamente convencida de tus creencias y que las defenderías ante cualquiera.

—Así es —aseguré. No tenía dudas de eso.

—Tus intervenciones en las clases demuestran lo contrario. No es que no nos guste que participes, al revés. Solo es nuestro deber descubrir si este seminario es en realidad lo que quieres y si estás preparada para él.

—Quiero estar aquí —respondí, angustiada.

—Te creo, gracias por ser sincera —dijo, ofreciéndome una sonrisa cálida, pero firme—. En ese caso, te ayudaremos para que puedas resolver tus dudas de manera privada. En la clase, por favor, intenta no perturbar a tus compañeros.

Fruncí el ceño. Todo lo anterior había tenido sentido, pero eso… Eso no.

—¿Acaso alguno se quejó? ¿He… "perturbado" a alguien?

—Tal vez. Pero eso no importa ahora. No te preocupes, te asignaré una tutora para que puedas conversar con ella sobre tus dudas fuera del horario de clases. ¿Estás de acuerdo?

¿Qué otra opción tenía?

—Sí.

—Gracias. Nos vemos después. Que Dios te bendiga.

—Igualmente —dije, y me levanté.

La palabra "tranquilidad" se había convertido en un sueño para mí; no quería perder también la libertad. Tenía que contenerme. Como en casa, como con mi familia. Nada había cambiado.

En la cena me mantuve distante. No había vuelto a sentarme con Ben, así que Louise ocupó mi lugar en su mesa y yo me quedé con los chicos de siempre. Tenía miedo, así que evité las conversaciones: no sabía quién se había quejado de mi actitud; suponía que la profesora de Adolescencia, pero podía haber alguien más. Para colmo, esa noche me llamó papá.

—Glenn: estás honrando tus compromisos, ¿verdad? —preguntó de forma misteriosa. Supuse que el director le había contado nuestra conversación.

—Lo haré mejor, te lo prometo.

—Así me gusta. Te amamos, cariño.

—Y yo a ustedes.

Esa semana me mantuve aislada de todos. Me sentía incómoda; había retrocedido a la época en la que había comenzado la preparatoria. Necesitaba a mis amigas más que nunca y empecé a sentirme muy sola. No encajaba en la escuela, y ahora tampoco en el seminario. Sin dudas el problema era yo.

Al día siguiente, la celadora me citó en su oficina para conversar sobre mis dudas. La reunión duró, con suerte, media hora. Había entendido que, a veces, convenía callar si había preguntas. Quizás, algún día, la fe se encargara de limpiar la incertidumbre con su propia fuerza y todo fueran certezas.

El sábado, después de las tareas conjuntas, fui a dar una vuelta por el parque. Había una huerta y, del otro lado, una arboleda donde podría leer y escuchar un poco de música sin que nadie me viera. Después de saber que me rodeaban personas capaces de quejarse de mí, me atemorizaba abrir el archivo de Harry Potter u oír la música que no era religiosa en la habitación, donde podía verla alguna chica ortodoxa y restar otro punto a mi libreta.

Me senté con la espalda apoyada en un tronco y abrí el navegador. La señal de Internet en esa zona era pésima, pero quería ampliar mi reperto-rio musical con algo más "rebelde", ya que decían que yo lo era. Repasé las canciones de Whitney Houston, Barbra Streisand, Celine Dion y Adele que guardaba en mi teléfono. Seguía buscando el lado negativo de su música, pero no lograba convencerme de que no era agradable para Dios. En clase no ha-bían dicho nada de ese estilo, solo del rock. Hice honor a mis dudas abriendo un video de Madonna. Eso sí que era promiscuo, pero por algo la llamaban "la reina del pop". Para mí, tenía un talento llamativo.

Interrumpí la reproducción, asustada, cuando me pareció oír voces. Me apresuré a esconder el teléfono en el bolsillo y me levanté. Una chica soltó una carcajada detrás de mí. Giré sobre los talones, y entonces la vi: era Louise. Louise, con la espalda apoyada contra un árbol, las piernas enredadas en la cadera de Ben y los dedos en su pelo rizado. Él tenía los pantalones bajos y ella le mordía el lóbulo de la oreja. Había una blusa tirada en el suelo, entre el césped. No había dudas de lo que ocurría: estaban teniendo sexo.

El momento en que Louise me vio fue catastrófico. Abrió mucho los ojos y golpeó a Ben repetidas veces en el hombro. Él la soltó de golpe y giró cubriéndose sus partes íntimas con una mano.

–Yo… No… –balbuceé.

No pude decir más y salí corriendo.

6

La verdadera Glenn

Pasé una de las peores tardes de mi vida. Repasé lo que Ben había asegurado en clase sobre su primera vez y nuestra conversación en la cafetería. Ahora entendía todo: sí se había ido de nuestra cita porque le había dicho que quería casarme antes de tener sexo. Se había ido porque era un hipócrita que decía todo lo contrario de lo que hacía, y yo había caído en su mentira. ¿Así vivía él sus creencias? ¿Mostrando una cara mientras la verdadera era otra? ¡Y Louise! Le había contado que Ben me gustaba desde los trece años. Casi parecía a propósito que se hubiera fijado en él.

Esa noche, mientras nos servíamos la cena, Louise me llevó por delante. Cuando se acercó a mi oído, me temblaron las piernas.

—Si abres la boca, le diré al director que te vi masturbándote. No será difícil que me crea, viniendo de ti.

Se alejó y yo me quedé congelada con la bandeja entre las manos. ¿En qué momento el seminario se había convertido en una prisión estatal? Me sentía como una condenada, ¡si hasta me estaban amenazando con mentiras!

Caminé hasta mi mesa y me senté con un chico y una chica. Cada vez quedábamos menos, apostaba a que en unos días terminaría comiendo sola. Necesitaba un poco de esparcimiento, así que al día siguiente me levanté temprano y fui a la cafetería.

Era cierto: Dave, el mafioso que había estado observándome, trabajaba allí. Se hallaba del otro lado del mostrador, abriendo un tarro de crema. Otra vez se había puesto una camiseta sin mangas. No hacía tanto calor, por eso supuse que preferiría estar desabrigado en caso de que le tocara trabajar en la cocina.

Tomé coraje, respiré profundo y me acerqué.

—Hola —dije, apoyando los codos sobre el mostrador—. Un batido de fresa, por favor.

—¡"Qué te importa"! —exclamó él, con una alegría que contrastaba con mi mal humor—. ¿Cómo estás?

Suspiré; me sentía triste y no tenía ganas de lidiar con su audacia.

—Solo quiero un batido, por favor.

—¿Qué sucede? ¿Qué opaca tus ojos tan hermosos? ¿Te dije que eres muy linda?

—Basta, te lo ruego. Deja de decir eso.

—¿Por qué, si eres linda?

—Porque es el típico modo en que los chicos intentan ligar con cualquier chica. Tendré que dejar de venir si insistes en tratarme de esa manera, y esta cafetería es el único lugar cercano donde puedo conseguir batidos.

Sonrió de costado y asentó dos tazas de café sobre el mostrador.

—Dime, "Qué te importa": ¿cuál de estos cafés te gusta más a simple vista?

Fruncí el ceño, un poco confundida por la pregunta. Era fácil decidir: una de las tazas tenía un hermoso corazón hecho con canela sobre la crema, y la otra, el café solo.

—Este —señalé el del corazón.

—¿Por qué has escogido ese?

—Es evidente: es más lindo. ¿Por qué no le haces el corazón también al otro?

Rio y se inclinó sobre el mostrador. Aunque lo tenía muy cerca, fue la primera vez que no sentí miedo de él y no retrocedí. Olía muy bien.

—Porque el otro es para un hombre, ¿quieres que piense que quiero algo con él?

Me cubrí la boca y, también por primera vez, no resistí la tentación de reír. Siempre me había costado interpretar las bromas de la gente, pero a Dave lo entendía muy bien. Era simpático y tenía una mirada muy expresiva. Me había causado gracia desde que me había hecho imaginar a un chico saliendo del baño sin lavarse las manos, y me sorprendió que pudiera cambiar mi mal humor otra vez.

—¿Te das cuenta? —siguió exponiendo—. Elegiste el café que más te gusta porque te pareció lindo. Todos admiramos la belleza.

Mi sonrisa se borró de golpe, pero no había dejado de divertirme. Discutir con Dave, el mafioso, se había convertido en un desafío.

—Pero yo no soy un café, y tampoco soy linda —respondí—. ¿Puedes prepararme el batido sin echarme veneno ni un sedante para secuestrarme, por favor?

Ahora el que rio fue él. Y, por primera vez —ese domingo estaba lleno de primeras veces—, me pareció que tenía una sonrisa encantadora. Resaltaba su belleza exótica.

—Entrego esto y te lo preparo —prometió, y se llevó los cafés.

Giré y me apoyé contra el mostrador para observarlo. Llevaba puestos unos vaqueros negros rotos y zapatillas de lona. Los tatuajes se perdían en su espalda, debajo de su camiseta sin mangas, y cobraban distintas formas según cómo se tensaran sus músculos. Era más alto que yo, aunque no gigante, y, excepto por los rasgos de su rostro, en especial los ojos, tenía muy poco de los coreanos que guardaba en mi teléfono.

Habló con los clientes un momento y giró para volver. Me di la vuelta también, rogando que no me hubiera descubierto observándolo, casi como había hecho él conmigo durante mi encuentro con Ben.

–Ahora sí: soy todo tuyo –dijo, yendo del otro lado del mostrador–. ¡Batido de fresa! Y, para que veas que no quiero matarte ni secuestrarte, lo prepararé delante de ti.

Seguí sus movimientos mientras cortaba las fresas y las colocaba en la licuadora junto con los demás ingredientes. Era imposible distinguir algunos de sus tatuajes, aunque otros eran muy claros: un reloj con números romanos, una inscripción en otro idioma dentro de una bandera alargada, una mujer con un león en la cabeza.

Me entregó el batido: también tenía tatuajes en los dedos, eran letras.

–*Kamsahamnida* –dije.

Dave se echó a reír.

–¿Y eso? –preguntó.

Me puse roja como la banqueta en la que intentaba acomodarme.

–¿Lo dije mal? Perdón. Lo saqué de los k-dramas.

Él seguía riendo.

–No, no está mal. Sucede que es un agradecimiento un tanto formal.

–Entonces eres coreano.

–Debes ser la primera que lo nota. Para todos los occidentales, los asiáticos tan solo somos chinos.

La forma en que lo dijo, entre resignado y ofendido, me hizo reír con muchas ganas.

–¿Del sur o del norte? –indagué.

–Del sur, por suerte.

Entendí el "por suerte" enseguida: la situación política en Corea del Norte era preocupante.

—¿Viviste en Corea mucho tiempo?

—Nunca viví en Corea, nací en Estados Unidos. Mis padres nacieron en Seúl y emigraron a San Francisco hace veintitrés años. Tengo veintiuno.

—¿Pero has ido de visita?

—Sí, algunas veces hasta los catorce años, más o menos. Tengo parientes allí.

Me moría por preguntar más, pero no quería ser indiscreta, así que introduje el sorbete en mi boca y empecé a beber.

—¡Hmm! Está todavía más rico que el del otro día —comenté.

—Eso es porque lo preparé especialmente para ti —respondió—. ¿Y tú? ¿De dónde eres?

—Soy de Nueva York.

—¿Estás de visita en New Hampshire?

—Estoy en el seminario bíblico.

—Ah, sí. Vivimos de ustedes nueve meses al año —bromeó.

Y otra vez reí. Era increíble el modo en que se las había ingeniado para que me relajara y confiara en él. Ya ni siquiera miraba sus tatuajes, los expansores o la camiseta sin mangas. Solo sus ojos, y eran los más sinceros y transparentes que había visto en mucho tiempo. Me sentía más cómoda conversando con él que en la escuela o en el seminario.

Me preguntó cuántos años tenía, si había terminado el colegio, si pensaba estudiar alguna carrera después del seminario. No me atreví a hacerle las mismas preguntas. Supuse que, si estaba en la cafetería de un pueblo, no tenía muchas expectativas para su futuro, y temía quedar como una entrometida.

Un rato después, mientras él atendía a los clientes de una mesa, robé un bolígrafo y un anotador que se hallaban junto a la caja registradora y escribí:

Me llamo Glenn.

Le dejé eso junto con el dinero en pago por mi bebida y me fui.

Mientras caminaba por la carretera repasé algunos fragmentos de nuestra conversación y no pude dejar de sonreír. Cuando llegué al camino que llevaba al campus, me puse los auriculares y, ya que estaba sola en medio de la nada, me atreví a entonar *Come In Out Of The Rain*, una canción de Wendy Moten que me encantaba. Estaba contenta, me sentía bien. Me gustaba más cuando podía ser yo misma, la verdadera Glenn.

Un batido

Para el mediodía del lunes, en el comedor, estaba sola. Sola en una mesa en la que cabían seis personas. Nunca hubiera imaginado que eso pudiera ocurrirme en el seminario bíblico; creí que mis días aislada de la gente habían quedado en los primeros años de la secundaria.

Traté de no hacerme problema y comí como si nada hubiera sucedido. Era imposible que jamás encajara en ningún grupo, en alguna parte tenía que haber alguien con quien pudiera hablar sin ocultarle nada, así como hacía con Liz y Val. ¡Ellas sí que eran buenas amigas! Si me criticaban o se reían de las normas de mi familia, lo hacían con cariño, creyendo que así me ayudarían; nunca con saña. Añoraba reunirme con personas que no me criticaran y que no se rieran de mí, gente con la que no tuviera que fingir.

En clase no quería hacer grupo con los mismos de siempre, pero tampoco tenía con quién ir. Todos los asientos estaban ocupados, así que me coloqué la máscara que me había sugerido utilizar el director del campus y moví mi pupitre en dirección a Ben, Louise y Junior, mis compañeros en la clase de Adolescencia.

—No encuentro pasajes bíblicos que refieran al embarazo fuera del matrimonio —manifestó Junior. Parecía ajeno a lo que sucedía entre Louise, Ben y yo—. Creo que constituye un pecado por añadidura, ya que deriva de no haberse mantenido virgen hasta después de la boda.

Louise me miraba con expresión fría mientras se enredaba un mechón en un dedo. De pronto apartó la mano y la depositó sobre la de Ben, que estaba sobre el pupitre. Él levantó la cabeza con desaprobación y retiró la mano enseguida; sin duda temía que alguien los viera y su máscara social cayera. Sonreí con resignación y aparté los ojos de Louise para recorrer las páginas de mi Biblia. Era la primera vez que no me interesaba buscar citas; no tenía ganas de sustentar opiniones que no eran mías. Me gustaba más cuando leía las escrituras sin que nadie me obligara a entenderlas a su manera.

Dejé que el grupo discutiera. Me mantuve al margen mientras ellos se llenaban la boca de conceptos sobre vivencias que desconocían.

—Con la cantidad de información disponible, es imposible que una chica no sepa que existen los métodos anticonceptivos —argumentó Junior.

—Algunas no quieren utilizarlos —aseguró Louise—. Además, muchos no son aceptados por la iglesia, como el dispositivo intrauterino. Lo mencionaron en una clase de biología el año pasado en el colegio.

—No creo que no los utilicen por eso —discutió Junior.

—El embarazo fuera del matrimonio está asociado a la infidelidad, el desprecio de la virginidad y el aborto —sostuvo Ben.

—Es innegable que una mujer que se embaraza debe seguir adelante con el lío que armó. El aborto agrediría todavía más a Dios —aportó Louise.

—Una mujer *a la que embarazan* y el lío que *armaron* —dije sin darme cuenta. Todos me miraron—. No "se embaraza", alguien *la* embaraza, por eso el lío es de los dos.

Apreté los puños, ¿por qué tan solo no podía mantenerme callada?

—Una mujer que *se* embaraza sin esposo es una idiota —replicó Louise, destacando el pronombre.

—Además, una ligera —intervino Ben. Pero si seguíamos su criterio, ¡¿su "novia" y él qué eran?! Andaban teniendo sexo en la arboleda, y que yo sepa no llevaban ninguna sortija. No eran más que dos hipócritas.

—En conclusión, estamos en contra de las relaciones sexuales fuera del matrimonio, las cuales pueden derivar en un embarazo precoz, pero aún más del aborto —intervino Junior—. Así que, cometido el pecado de la pérdida de la virginidad antes de la noche de bodas, si se produjera un embarazo, se debería evitar otro trayendo al bebé al mundo. Después de todo, el niño ya es una creación divina.

—¿Saben qué? Yo creo que el anticristo nacerá de una madre soltera —soltó Louise de la nada, rayando el colmo de su estupidez, respaldada en el asiento mientras se tocaba el pelo de nuevo.

Ben asintió con la cabeza.

—Sería un buen tema para una película de terror.

—¿Miras terror? —indagó Junior con desaprobación. Ben rio.

—¡Claro que no! Solo decía.

Estaba segura de que miraba películas de terror. Pero, como por lo general se valían de temas que iban en contra de la religión, eso también estaba mal visto y había que decir que no. Así como hacía yo con los k-dramas, la música y los libros.

Cuando llegó la hora de exponer las conclusiones a las que había llegado cada equipo, me cansé de escuchar argumentos que no me convencían en lo más mínimo. Que los embarazos no deseados solo le ocurrían a la gente que no utilizaba métodos anticonceptivos, que por lo general derivaban de relaciones sexuales mantenidas tras consumir drogas o alcohol, que casi todas las familias que se formaban "de emergencia" por un embarazo fracasaban.

—Una madre soltera debería recibir orientación espiritual urgente. Por lo general, para colmo, son reincidentes —opinó un compañero.

Apreté los labios. *No digas nada, no digas nada, no digas nada.* Sin que yo iniciara los debates, nadie se atrevía a ponerse en contra de las afirmaciones de la profesora. Sentía que, en el fondo, muy pocos pensaban lo mismo que los adultos de ese sitio, todos de la misma corriente de pensamiento de mi padre, pero nadie se atrevía a manifestarlo. Era más fácil repetir cosas que no sentíamos.

Todos acordaron, con ayuda de la profesora, que el mejor método para prevenir un embarazo no deseado era la abstinencia. También que en el matrimonio se debían utilizar los métodos anticonceptivos aceptados por la iglesia para el control de la natalidad, aunque algunos eligieran tener la cantidad de hijos que Dios dispusiera.

Respiré aliviada cuando la clase terminó. Había logrado mantenerme al margen, sin embargo, no estaba en paz.

Esa noche, mientras cenaba, abrí el chat con Liz. Me sentía culpable por no haber defendido a mi amiga de los ataques que indirectamente había recibido ese día. Seguro a Liz no le importaba lo que dijeran un par de personas a doscientas sesenta y seis millas de la casa donde ella estaba iniciando su hermosa familia, pero aún así necesitaba serenar mi conciencia.

GLENN.

> Hola, Liz. ¿Cómo están todos por ahí? ✓

LIZ.

> ¡Hola! Bien. Aunque no lo creas, estoy cocinando, jaja. Pobre Jayden
> y pobre nuestro bebé, cocino horrible, pero al menos no morimos de hambre.
> ¿Cómo va el seminario?

GLENN.

> Bien… Seguiré orando por ustedes, para que siempre sean felices
> y sientan el mismo amor que creó a su hijo.

LIZ.

> Me has dejado helada. ¿Por qué me dices eso? ¿Ocurrió algo?
> ¿Soñaste que me moría?

GLENN.

> JaJa, ¡qué ocurrencia! ¡No! No pasó nada. Gracias por ser mi amiga.

LIZ.

> ¡Y ahí vas otra vez! Me estás preocupando.

GLENN.

> No te preocupes. Es tarde para las personas de este lugar,
> en un minuto comienza el "toque de queda", jaja.
> Hablamos mañana. Saludos a Jayden.

LIZ.

> No te creo, pero soy la menos indicada para insistirte
> para que me cuentes lo que te ocurre, así que estaré aquí
> cuando me necesites. Te quiero. Cuídate.

Suspiré y cerré el chat sin hacer aclaraciones. No veía la hora de sentirme de nuevo yo misma, si es que alguna vez lo había sido. Sí, por momentos lo era.

El sábado, ni bien terminé con la tarea de mantenimiento que la celadora me había asignado, hui a la cafetería. Caminar por el campo a solas me hizo bien, y poco a poco volví a sentirme libre.

Entré a la tienda soñando con mi batido de fresa y una nueva conversación distendida con Dave. Mi fantasía se derrumbó más rápido de lo esperado cuando, del otro lado del mostrador, vi que solo estaba su tío y, en unas mesas, unos compañeros del seminario. Pensé en irme; no quería sentir que estaba de nuevo en el comedor del campus. A la vez pensé que retirarme habría sido injusto, así que decidí seguir adelante.

Me acerqué a la barra mordiéndome la parte interna de la mejilla, un poco avergonzada por lo que iba a preguntar al hombre asiático.

–Hola. ¿Está Dave?

El anciano me miró y señaló hacia la izquierda.

–Está en el garaje, lavando mi auto –explicó. Hablaba un inglés matizado con su idioma original.

Le agradecí y salí. Doblé a la izquierda por el costado de la tienda y entonces vi la que debía ser la casa del hombre. A unos metros había una construcción que servía como garaje. El portón estaba abierto y, delante de él, había un coche viejo con las puertas abiertas. Junto al vehículo divisé tres perros de gran tamaño y otro pequeño, ninguno de raza.

Ralenticé mis pasos, planeando qué decir. A medida que me acercaba, empecé a oír música; provenía del estéreo del automóvil. Por extraño que pareciera, sentí alegría cuando encontré a Dave agachado, lustrando el paragolpes plateado. Otra vez se había puesto una musculosa y pantalones de jean rotos. Tenía las manos y los brazos sucios y el pelo desordenado.

–Hola –dije, más tímida de lo habitual.

Alzó la cabeza con expresión de sorpresa, aunque enseguida apareció su bella sonrisa.

—¡Hola, Glenn! —exclamó. Así que había leído mi nota... Frunció el ceño—. ¿No está mi tío en la cafetería para preparar tu batido?

—En realidad te estaba buscando a ti —era inútil planear qué decir, mi mente siempre acababa traicionándome. ¿Por qué no servía para los ocultamientos? ¿Por qué no aprendía a mentir de una vez?

Dave enarcó las cejas.

—Ah... —dijo, un poco sorprendido de nuevo, y señaló el asiento trasero del coche—. ¿Quieres sentarte?

Acepté. Él recogió un trapo y empezó a limpiarse las manos.

—Conozco esa voz —comenté, apuntando el estéreo con el índice.

—Claro que la conoces. La canción es *Estranged*, de los Guns N' Roses.

Conocía el nombre de la banda, pero no mucho de su música.

—Es rock... —murmuré. Pensaba que, si lo que decían en el seminario era cierto, Dave estaba condenado al infierno. A pasar varios siglos en el infierno, si al hecho de que escuchaba rock le sumábamos los tatuajes, las perforaciones y vaya a saber cuántas cosas más.

—Sí, es rock. ¿Qué música te gusta? —indagó.

Cada vez que alguien me hacía esa pregunta, estaba acostumbrada a mencionar canciones de la iglesia. Sin embargo, no le vi sentido a mantener la costumbre con Dave. Él no parecía juzgarme, sin importar lo que dijera.

—Whitney Houston, Barbra Streisand, Celine Dion, Adele, Tony Braxton... —tenía más para enumerar, pero supuse que con eso podía hacerse una idea.

—No es mi estilo, pero tienen unas voces increíbles —contestó él.

—Sí —sonreí con ilusión—. Quisiera algún día cantar como ellas.

—¿Estudias canto?

—Desde los cinco años, ya que canto en la iglesia.

—Entonces, quizás sí cantes como ellas.

Sonreí otra vez, un poco avergonzada.

—No es que me crea una experta, pero cantar se me da muy bien. Me refiero a que algún día me gustaría presentarme sobre un escenario para miles de personas, como mis cantantes favoritas.

—¿Y qué te lo impide?

—La realidad.

Asintió, cabizbajo, mientras sonreía también. Ya casi terminaba de limpiarse las manos con el trapo.

—Te entiendo —respondió, y volvió a mirarme—. ¿Quieres que vayamos a la cafetería, así te preparo el batido?

—¿Te molesta si lo tomo aquí? Hay unos compañeros y no quiero estar cerca.

Otra vez frunció el ceño mientras se pasaba el costado de la mano por la frente. Seguí el movimiento de su brazo cuando hacía eso, preguntándome por la telaraña tatuada que le rodeaba el codo. ¿Por qué se la habría hecho? ¿Tendría algún significado? ¿No le bastaba con una sola muestra de arte en su cuerpo, que tenía que tatuarse tanto?

—¿Tienes algún problema con tus compañeros? —preguntó. Suspiré.

—Creo que no encajo muy bien con ellos. Con nadie, en realidad.

—¡Bienvenida al club! —exclamó, riendo—. Espera aquí, te traeré el batido.

Lo miré alejarse sin ánimo de moverme. Había ido allí para alejarme de mis conocidos, así que no tenía intención de volver a la cafetería. La música seguía sonando, siempre del mismo estilo, aunque no del mismo grupo. Llamé a un perro y me entretuve tocándole la cabeza. Enseguida se me aproximaron otros dos, buscando el mismo cariño.

Dave regresó con mi batido cinco minutos después.

—¿Cómo se llama esta canción? —indagué.

—*Sound of a Gun*, es de Audioslave —rio—. ¿De verdad nunca has escuchado rock? —negué con la cabeza.

—¿Son tus perros? —pregunté.

—Sí, amo los perros. Todos estos fueron abandonados y los adopté.

—¿Cómo se llaman?

—Arthur es el más viejo. Lo abandonaron en la carretera hace un año, más o menos, con un alambre de púas enredado en el cuerpo. Lo recogí, lo llevé al veterinario, y cuando se repuso de la maldad que habían hecho con él, lo traje aquí —lo señaló. Era grande y negro, y el único que se había quedado echado cuando los demás se habían acercado para que los acariciara—. Este es Gandalf. Mira —dijo, tocando al que era blanco, y le alzó la cabeza. Tenía una larga barba debajo del hocico, como el personaje de *El señor de los anillos*. Reí—. Esta es Tomb Raider —me mostró la perra café, y yo volví a reír.

—¿Por qué la llamaste así? —indagué.

—Porque al principio ni siquiera se dejaba tocar. Con el tiempo, la amansé. El más pequeño es Minion. Lo encontré hace unas semanas. Cuando mi tío me vio llegar con él, intentó echarme con los perros y todo —volví a reír imaginando la discusión entre Dave y su tío hasta que noté que su ánimo había cambiado—. Oye, mientras preparaba el batido estuve pensando en lo que dijiste. ¿Sabes qué creo? Que todos somos peculiares, algunos más que otros. El asunto es encontrar a los que son un poco más peculiares que la mayoría, aunque no sean del mismo tipo que nosotros, para encajar con alguien. Supongo que en tu círculo también habrá personas como tú.

—Sí, seguro hay. El problema es que siempre me encuentro con la parte equivocada. ¿Y tú? ¿Tienes muchos amigos?

—En este pueblo casi no hay gente de nuestra edad.

—¿Y qué haces en este lugar? ¿Por qué sigues aquí? Dijiste que tu familia era de San Francisco.

—Es una larga historia. ¿Cómo me quedó el batido?

Me moría por conocer esa historia, pero acepté que quizás no quería contarla.

—Cada día sabe mejor —respondí.

Asintió y volvió a ocuparse del coche. Como la música nos impediría hablar, salí y me planté a su lado.

—¿Qué vas a estudiar después del seminario? —preguntó.

—Todavía no lo sé. Supongo que algo relacionado con la música. ¿Y tú? ¿Quisiste estudiar alguna vez? Intuyo que, si trabajas aquí, no estás estudiando.

—Estudié actuación hace muchos años.

—¿Y qué pasó con eso?

—Terminé aquí.

—¿Querías ser actor?

—Me hubiera gustado. Pero es imposible.

Se estiró sobre el capó y comenzó a lustrarlo.

—¿Eres fanático de los autos? —indagué.

—No, pero mi tío insiste con que todo lo hagamos nosotros mismos. Por eso te gustan tanto nuestros batidos, son caseros y con elementos naturales, no una preparación industrial. ¿Lo habías pensado? —dijo, guiñándome un ojo.

Me hizo reír. Negué con la cabeza y bebí un poco más.

—¿Qué hay de tus padres? ¿Tienes hermanos? —pregunté.

—Tengo un hermano mayor y una hermana menor. Soy el del medio.

—¿A qué se dedican tus padres?

—Tienen una pescadería en San Francisco. Mi hermano mayor va a la universidad, está obteniendo una maestría en finanzas. Mi hermana está en el último año de la secundaria, pero ya se postuló en varias universidades para ser ingeniera en informática y, por sus calificaciones, tiene probabilidades de entrar en la que más le guste. ¿Qué hay de tu familia?

Me sorprendió que los hermanos de Dave fueran estudiantes universitarios mientras que él tan solo estaba allí, en la cafetería de su tío, en un pueblo perdido que se llenaba de seminaristas religiosos. Iba a indagar un poco más sobre eso de que había estudiado actuación, pero no quería eludir su pregunta.

—Mi padre es pastor y mi madre es la encargada de la iglesia. Somos seis hermanas, yo soy la mayor. ¿Tus padres son de alguna religión?

—Son budistas.

—¿Y tú?

Negó con la cabeza con expresión indiferente. Volví a sumar: tatuajes, piercings, rock, agnosticismo. Si mi padre se hubiera enterado de que la única persona con la que congeniaba en New Hampshire era alguien así, me habría arrancado de los pelos del seminario. ¿Por qué me sentía tan cómoda con Dave? ¿Por qué me atrevía a contarle cosas que nadie más sabía en mi entorno? Apenas lo conocía y, aún así, después de la primera impresión que me había llevado de él, nunca había vuelto a pensar en la cláusula de desconfiar de los extraños. Con Dave no me sentía en pose, como con los demás chicos. No tenía que cuidarme de lo que dijera y, como si fuera poco, me divertía.

Cuando terminó de lustrar el coche, se sentó en el suelo mientras yo volvía al asiento trasero. Me acomodé con las piernas hacia afuera y seguimos riendo y conversando mientras el rock sonaba de fondo. Ni siquiera me di cuenta cuándo o cómo me relajé tanto que terminé diciendo cosas que mi padre hubiera considerado una blasfemia.

—Por tu culpa tendré que acompañarte al infierno. Escucha lo que dice esta canción: "Un clavo en mi cabeza de mi creador. Tú me diste la vida, ahora enséñame cómo vivir" —me había dicho que la canción se llamaba *Show me How to Live*, y que era de Audioslave.

—¿Cómo imaginas el infierno? —preguntó él—. Yo, con mucho alcohol y chicas desnudas. La verdad, es bastante tentador.

—No me interesan las chicas, paso —dije. Él rio.

—Bueno, ¿chicos desnudos para ti?

Estallé en carcajadas. Dejé mi sandalia sin hebilla en el suelo, levanté la pierna y lo golpeé en el hombro con el pie. Dave me atrapó el talón y tiró de mí. Se detuvo cuando grité, a punto de morir de risa, mientras me sujetaba con fuerza de los apoyacabezas de los asientos.

—¡Por favor, no! —supliqué. Él tiró de nuevo, y mi trasero se arrastró otro milímetro por el asiento. No quería caer al suelo y golpearme la espalda con el borde del vehículo—. ¡Basta! —grité, riendo todavía.

Me soltó, tan divertido como yo. Entonces me di cuenta de que mi falda se había levantado casi hasta mi ropa interior y de que tenía las piernas abiertas. Las cerré despacio, con una sensación nueva. Normalmente, me habría sentido muy avergonzada de adquirir una posición sensual delante de un chico, o incluso estando a solas. En ese momento, en cambio, me sentí atractiva, y esa emoción me sentó muy bien. Fue como si, gracias a ella, mi autoestima desplegara sus alas.

Me fui a las siete y media, olvidando pagarle el batido.

8

Volar

—Glenn —me llamó la celadora—. El director necesita hablar contigo. Puse los ojos en blanco. La única vez que había hecho eso tenía trece años y mi padre me había dado un cachetazo y un sermón tan contundentes que se me habían ido las ganas de hacer cualquier expresión de impaciencia o desacuerdo.

Apagué la pantalla del móvil en la mejor parte de la novela romántica que estaba leyendo y me levanté de la cama. La celadora me llevó hasta la oficina del director y cerró la puerta después de que yo había entrado.

—Buenos días, Glenn —me saludó, con su tono pacífico tan habitual—. Siéntate. ¿Cómo te preparas para el servicio de hoy?

—Muy bien.

—Me contaron que estuviste ensayando algunas canciones con el coro y que eres muy buena. ¿Vas a cantar hoy?

—Gracias. Sí, cantaré hoy.

—Todavía tenemos que resolver eso de que te sientas sola en el comedor, esperemos que la situación cambie pronto. También supe que habías mejorado en las clases, eso me alegra mucho. Sin embargo, recibimos una información que nos preocupa un poco.

Escondí las manos, mis palmas se habían humedecido. ¿Y ahora qué? ¿Qué había hecho mal? Ya no opinaba en las clases, casi no hablaba con mis compañeros y me la pasaba evitando los problemas.

Seguí mirándolo callada. Entonces continuó:

—Unos compañeros te vieron ayer en una situación bastante indecorosa. ¿Tienes idea de cuál puede ser? ¿Quieres contarme algo al respecto?

¿"Indecorosa"? ¿Por qué me decía eso? Sus estudiantes modelo tenían sexo en la arboleda de su propio campus, ¡¿y yo era la "indecorosa"?! Mi corazón empezó a latir muy rápido. Estaba segura de que se refería al momento en el que había puesto mi pie sobre el hombro de Dave.

—No tengo idea de a qué se refieren —contesté.

—¿Fuiste ayer a la cafetería?

—Sí.

—¿Estuviste hablando con el sobrino del dueño?

—Sí.

—Glenn, necesito saber si tus compañeros interpretaron la escena de manera correcta, así que cuéntame: ¿de qué conversaron con ese chico? ¿Tienen mucho en común? Te lo pregunto como si fueras mi hija. Tus compañeros parecían preocupados por lo que vieron, pero ya sabes: no se puede confiar del todo en las interpretaciones, así que espero tu explicación antes de creer o desestimar lo que me han contado.

—¿Qué le han contado?

—¿Intentaste seducir a ese chico? —no pude contener la risa, apenas la disimulé ahogándola en mi garganta. Dave ni siquiera era el tipo de chico que me gustaba, su único punto a favor era ser coreano. Y yo jamás, jamás sabría cómo seducir a nadie, porque ni siquiera me consideraba atractiva.

El control me tenía cansada. Nada de lo que hacía parecía conformar a los demás, siempre demandaban más.

—Señor Ferguson, no sé qué le habrán dicho mis compañeros, pero ¿usted me cree el tipo de chica que se fijaría en ese chico?

Lo dije convencida, sin embargo, sentí una opresión en el pecho cuando terminé de pronunciar las últimas palabras. Había dicho "ese chico" con el mismo tono despectivo que usaban muchos de los adultos que conocía, y me sentí mal por ello. Dave era el único que me hacía bien en New Hampshire y no merecía una actitud tan ingrata de mi parte. Lo sabía, y aún así elegí salvarme. ¿Acaso eso no era pecar? ¿Estaba bien ser egoísta?

—La verdad que no. No creo que pudiera atraerte esa clase de chico —contestó el director—. Ten más cuidado la próxima vez, ¿de acuerdo? No quiero llamar a tu padre todos los fines de semana.

—No se preocupe, no tendrá que hacerlo —prometí.

Salí de la oficina pensando en Dave. Me sentía tan mal como cuando había permitido que en clase hablaran mal de las chicas que quedaban embarazadas, como le había sucedido a Liz.

Enseguida mi mente se trasladó a mis compañeros. Repasé los rostros de los que había visto en la cafetería el día anterior: Patrick, Susan, Oli… Era probable que, mientras estaba con Dave, hubieran llegado muchos más. Sería difícil deducir quién le había ido con el cuento al director, y si lo había hecho para perjudicarme o porque de verdad estaba preocupado por mí. Incluso podían haber sido Ben y Louise como venganza. Tendría que reprimir mi actitud también en la cafetería si no quería volver a casa.

El fin de semana siguiente me quedé en el campus. Al otro, fui a Nueva York. Llevaba un mes en el seminario y era hora de ver a mi familia.

Me formularon preguntas sobre las clases, los profesores y los compañeros. En ningún momento hicieron referencia a la cafetería, así que supuse que el director había desistido de advertirles sobre mi conducta en ese sitio. Se hacía evidente que no querían más problemas o que yo al fin había aprendido que no siempre convenía ser honesta.

Esa noche, mientras utilizaba el móvil en mi habitación, mi alma dio un vuelco.

—¡Hora de la revisión! —gritó mamá en el pasillo.

Cuando recordé que ya era libre de las revisiones, respiré de nuevo. Mientras mis hermanas se dirigían al comedor, me quedé en el dormitorio, acordando un encuentro con Val y Liz al día siguiente, antes de que tomara el autobús que me regresaría a New Hampshire.

Un rato después, Ruth se asomó por la puerta.

—Glenn, es tu turno —dijo.

¡¿Mi turno?! Había creído que, después de irme de casa, las revisiones se acabarían.

Bajé borrando el chat del *baby shower*. Era lo más importante: si papá lo descubría, me impediría continuar, y era lo único que no resignaría.

Me senté a la mesa con una sensación de enojo muy extraña; nunca me sentía así respecto de mi familia. Estaba cansada de las revisiones, cansada de que, aún a los dieciocho años, no tuviera un instante de intimidad.

—Creí que las revisiones se habían acabado para mí —me atreví a objetar.

Papá entrecerró los ojos. Siempre procuraba mantenerse tranquilo, pero sus expresiones solían atemorizarme.

—Entiendo lo que sientes, pero aunque no lo creas, no estamos invadiendo tu territorio. Te estamos protegiendo. Esa es la función de los padres.

—¿Y cuando ustedes ya no estén? ¿Cómo me protegeré si siempre lo han hecho por mí?

Hizo caso omiso a mi réplica y revisó las imágenes. Solo seguía guardando actores coreanos y algunas fotos del campus del seminario, así que no había nada que decir. Los chats fueron el primer problema. Si bien había eliminado el del *baby shower*, el de mis amigas estaba activo, y en los últimos comentarios, que era lo que papá revisaba, mencionábamos el embarazo, la convivencia, el *baby shower* y el asunto del sorteo para ver quién iba a ser la madrina del bebé. Para colmo, Liz había escrito: "Jamás lo bautizaré. Dejaremos que él decida si quiere pertenecer a alguna religión cuando sea grande, así que tendrá una madrina simbólica".

—Has respondido con un "jajaja" —señaló papá—. ¿Qué te hace gracia de eso, Glenn? Por cómo se expresa esa chica, da la impresión de que su hijo crecerá sin orientación espiritual, y tú apruebas esa decisión. Te estás riendo de palabras que atentan contra tus creencias.

Dejé escapar el aire y me encorvé, como si acabaran de echarme un enorme peso sobre la espalda.

—Papá, es gracioso. Liz es como los que dicen que no estudiaron y aún así les va bien en el examen: ella afirma que está convencida de ciertas cosas, pero luego se da cuenta de que nada es tan determinante y hace lo contrario. No dejaré de creer en Dios por reír de algo que tiene que ver con la religión.

Se fijó en la música.

—De nuevo canciones que hablan de tonterías. Todo lo que hagas debe servir a Dios, incluso escuchar música y, en especial, cantarla. No quiero que cantes estas canciones vacías.

Revisó las descargas.

—Otra vez Harry Potter. ¡Y una decena de novelas románticas! —me miró—. Hemos hablado de esto cientos de veces, Glenn. ¿Por qué insistes con esos libros?

—Porque son historias de ficción, papá. No existen Hogwarts ni Voldemort ni tampoco los protagonistas de las novelas románticas. ¡Ojalá existieran!

—¿Contienen escenas sexuales?

–No. Bueno, algunas sí. Pero, ¿y eso qué? Ya sé cómo se hacen los bebés. No estoy desesperada por tener relaciones porque lea novelas románticas, ni me interesa practicar magia porque lo hace Harry Potter.

–Creímos que el seminario te haría bien, pero me parece que está haciendo lo contrario. Te seguiremos de cerca, Glenn. Hoy te molesta, pero mañana nos lo agradecerás. Elimina todo eso, por favor, y me quedaré con tu teléfono. No te lo llevarás.

–¡Papá!

–Si discutes, tú tampoco volverás a New Hampshire.

Apreté los labios; por primera vez tenía ganas de gritar. Tendría que haber borrado todo antes de ir a casa. ¡¿Por qué no se me ocurrió que no era tan libre como soñaba?! Me obligaban a mentir y ocultar, y eso era lo que más odiaba. ¿Por qué nadie podía aceptarme siendo yo misma? ¿Por qué las reglas eran más importantes que las personas? Las cosas pasaban de muchas maneras que a veces escapaban a las normas.

El domingo fui a la cafetería donde había quedado en encontrarme con Val y Liz. No tenía idea de si el evento seguía en pie o se había cancelado, puesto que mi padre se había quedado con mi móvil. Por suerte, mis amigas aparecieron enseguida. Entramos, buscamos una mesa y ordenamos lo que queríamos a la camarera.

–¿No vas a comer nada, ni siquiera tomarás un batido? –preguntó Val a Liz.

Nuestra amiga solo había solicitado agua del grifo, que en Nueva York era potable y no se cobraba. Era muy raro, ella siempre pedía batidos, y como le encantaba la Nutella, sumaba algo para comer con esa crema.

–No –contestó Liz. Fue suficiente para que yo intuyera que no tenía dinero.

–Trae un batido de fresa también para mi amiga, por favor –solicité a la camarera.

–No, gracias. De verdad no quiero –se apresuró a decir Liz, ruborizada.

—Yo invito, así que tendrás que beberlo. Mi sobrino postizo necesita muchos batidos para nacer contento —contesté, restándole importancia al asunto. Aunque ella no se quejaba, yo conocía los sacrificios que hacían con Jayden para vivir como una pareja y convertirse en padres, y no quería que se sintiera avergonzada—. Hablando de eso… Mi padre me ha quitado el teléfono. El mes que viene les toca viajar a ellos a New Hampshire, así que recién volveré y me reencontraré con mi móvil el otro mes; dudo que me lo devuelva antes. Eso nos sitúa justo en la fecha del *baby shower*.

—No se preocupen, no es necesario que hagan nada —intervino Liz—. Ni siquiera tendría a quién invitar.

—Nosotras sí —objetó Val.

—Me ocuparé de la decoración, que es lo que puedo hacer a distancia. Tú, Val, ocúpate de la comida y de las invitaciones —propuse.

—Es un hecho —contestó Val—. Oye, ¿por qué tu padre te quitó el móvil? ¿No estás un poco grande para eso?

Respiré profundo, asustada de la respuesta afirmativa.

—Ya cambiará —dije.

—¿Cuando te cases con un controlador igual que él? —soltó Liz—. Lo siento —se retractó enseguida—. No debí decir eso, disculpa.

Siempre que a mis amigas se les escapaba algo duro, yo guardaba silencio. En el fondo, sabía que tenían razón, pero era difícil aceptarlo.

—¿Qué tal tus compañeros? —preguntó Val, quizás para sacar de la incomodidad a Liz—. Imagino que en un seminario bíblico habrás hecho muchos amigos.

—No. Solo uno —contesté, y sonreí bajando la cabeza. Pensar en Dave me hacía ilusión.

—¿Otra vez Ben? —indagó Liz con tono de reproche.

—No. Ni siquiera me hablen de Ben.

—Como pusiste la misma cara que ponías cuando hablabas de él…

Me eché a reír.

—¡Imposible! —exclamé.

—¿Por qué?

—Porque Dave no es mi tipo, jamás me sentiría atraída por él. Es mi amigo. Mi mejor amigo de New Hampshire, si quieren. El único.

Val revoleó los ojos en dirección a Liz, y Liz se cubrió la boca disimulando la risa. Creían que no me daba cuenta cuando tenían códigos en común, pero siempre sabía que estaban hablando con miradas y qué querían decir. En ese momento, pensaban que ya estaba perdida y que Dave, en realidad, sí me atraía. Era evidente que no tenían idea de cómo lucía Dave y de lo incompatibles que éramos.

—¿Qué tal la universidad? —pregunté a Val, haciéndome la desentendida.

—¡Excelente!

Y así seguimos conversando de nuestras vidas hasta que se hizo tarde y corrí a casa en busca de mi maleta. Si no me apresuraba, perdería el autobús.

Regresé a New Hampshire sin teléfono y sin ánimo de asistir a clases, pero con más ganas que nunca de ir a la cafetería. Cuanto más me reprimían, más crecían mis alas. Cuanto más me enjaulaban, más ansiaba volar. Lo haría algún día.

9
Las reglas que vamos a romper

–Hola –dije a Dave, colgándome del mostrador.

–¡Glenn! –exclamó él mientras colocaba crema en la parte superior de un batido. Como se quedó mirándome mucho tiempo, el vaso se rebalsó–. ¡Mierda! –murmuró, sacudiéndose el dedo sucio de crema. Insultos. Estaban prohibidos, pero en él esa mala palabra me resultó divertida–. ¿Qué te pasó? ¿Por qué desapareciste? –preguntó, y limpió el mostrador con un trapo.

–¿Tienes un rato para prepararme un batido de fresa e ir afuera?

–Sí, claro. Deja que termine de atender esa mesa y que le avise a mi tío.

Asentí y me quedé allí mientras él se ocupaba de los clientes. Había algunos compañeros del seminario en una mesa. Trataban de disimular que me miraban, pero eran malos en ello. Les sonreí y los saludé con la mano. Respondieron del mismo modo y fingieron que seguían en lo suyo. Ya no sabía en quién confiar, quién era sincero y quién solo era hábil para mentir.

Quince minutos después, Dave y yo estábamos sentados en los escalones del porche de la casa de su tío, con un batido en la mano y los perros alrededor.

–¿Por qué desapareciste? –preguntó–. ¿Estabas ocupada con el seminario? ¿Tienen exámenes ahí?

–El primer fin de semana no pude venir. El segundo, fui a mi casa.

–¿Y cómo te fue? –mi rostro debe haberle enviado las señales correctas, porque se echó a reír–. ¿Tan malo es volver a Nueva York?

Suspiré.

–Estoy cansada de normas que no logro entender. Me parecían buenas cuando era una niña, pero desde hace dos años, más o menos, no logro congeniar con ellas. Últimamente, no las soporto.

–¿Por ejemplo?

–Tengo móvil desde los catorce años. Desde entonces, mi padre hace una revisión del aparato sin aviso previo al menos dos veces por mes.

–¡Vaya mierda! –exclamó él. Por su cara, resultaba evidente que no lo podía creer.

–Pensé que la revisión terminaría cuando viniera al seminario, pero el fin de semana pasado, que estuve de visita, me obligó a mostrárselo. No había eliminado nada de lo que le desagrada, excepto un chat con una amiga. Se molestó porque tenía algunos libros que me pidió que no leyera, la música que te conté que me gusta y una conversación en la que mi amiga, que quedó embarazada antes de terminar la secundaria, decía que no iba a inculcarle ninguna creencia religiosa a su hijo.

–¿Tu padre siempre fue tan estricto?

–Sí. Ni siquiera me dejó ir al funeral de la hermana de mi amiga para que no faltara al servicio y me perdí mi fiesta de graduación porque no le gustó el vestido que me había comprado, aunque mamá lo había autorizado. Decía que mostraba demasiado, aunque apenas me llegaba arriba de la rodilla.

–¡¿Es broma?! –negué con la cabeza–. Lo siento, Glenn.

Suspiré otra vez.

–Ya cambiará –solté.

–¿Tú crees?

Me quedé callada mirando la nada. Arthur movía la cola para espantar una mosca. *Cuando me case con un controlador igual que él*, pensé.

–Sí –contesté. No era una mentira, era esperanza.

–Te entiendo mejor que nadie, ¿sabes? Mi familia también es muy estricta. Supongo que conoces algo de nuestra cultura por los dramas –asentí.

–¿Es cierto que todavía existen los matrimonios arreglados?

–En algunas familias sí. En la mía no, pero existen otras normas que son igual de exageradas. Como te imaginarás, las he roto todas. Por eso terminé aquí. Había que esconderme, Glenn.

"Había que esconderme, Glenn". Las palabras resonaron en mi mente un buen rato mientras mirábamos el atardecer de un sábado fresco de otoño. Yo también sentía que me estaba ocultando. Escondía mi voz, mis sueños, mis dudas y mis gustos. ¿Y todo para conformar a quién? A cualquiera menos a mí misma.

–¿Me dices la hora? Ya no tengo teléfono, tú tendrás que decirme –pedí de repente.

Dave sacó el móvil.

–Son las siete.

–Tengo que irme. Se me pasó la hora de la cena y en dos empieza el "toque de queda" –dije, burlando la voz del voluntario, y me puse de pie.

–Espera –pidió él, levantándose también–. A las ocho cerramos. Quédate a cenar conmigo en la cafetería.

–No puedo. Si llego tarde, se lo contarán a mi padre.

–¿Qué harás allí? Ni siquiera tienes el móvil para entretenerte leyendo o conversando con tus amigas. ¿No es eso lo que solías hacer? –asentí–. Entonces quédate. Te llevaré al campus en el coche de mi tío cuando nos cansemos de hacer nada.

Me desacomodé algunos rizos rascándome la cabeza. No sabía qué hacer. Si pensaba en las reglas, tenía que correr al campus antes de que me amonestaran. Si, en cambio, me dejaba guiar por mis deseos, quería permanecer allí. Era sábado, había sido una alumna modelo durante dos semanas… Merecía una noche libre.

–De acuerdo –acepté.

Esperamos a las ocho en el porche. Entonces Dave fue a la cafetería y cerró la puerta y las cortinas. A las ocho y media se fueron los últimos clientes. Él y su tío contaron el dinero de la caja registradora, el hombre se lo llevó deseándonos buenas noches y nos quedamos solos.

Fuimos a la cocina de la tienda.

–¿Qué quieres cenar? –me preguntó Dave.

–Algo coreano que mencionen en los dramas.

–¿*Ramen* con *kimchi* está bien?

–¡Sí!

Cenamos conversando sobre algunas normas de su familia. Para empezar, no se podía mirar a su padre a los ojos. Había que inclinarse para saludar, evitar el contacto físico, en especial en público, y callar durante las comidas; la conversación solo era admisible durante la sobremesa. También entendí por qué había llenado mi vaso varias veces mientras cenábamos: era una costumbre para ellos, y esperaban lo mismo de quien tenían enfrente. A partir de ese momento, yo también llené su vaso. Los tatuajes y piercings, por supuesto, se consideraban inmorales, y en Corea eran ilegales, pues en sus orígenes solo los poseían los coreanos del bajo mundo, los mafiosos y los delincuentes.

—No te ofendas, pero la primera vez que te vi te puse como apodo "el mafioso" —le conté.

—Eres una maldita —dijo, y me arrojó una servilleta arrugada. Reí y giré en el asiento para señalar hacia atrás.

—¿Esa rockola funciona?

—Sí. Ven, te enseñaré a usarla.

Me planté con entusiasmo delante de la máquina. Dave se puso detrás de mí, con el torso contra mi espalda, y me tomó una mano para indicarme dónde colocar una ficha.

—¿Qué quieres escuchar? —preguntó cerca de mi oído, y un cosquilleo placentero recorrió mi columna. Curiosamente, otra vez me sentía atractiva.

—No conozco nada —dije, sonriendo.

Él eligió por los dos y dio un paso atrás en cuanto la canción comenzó. Giré sobre los talones y apoyé las manos y la cadera en la rockola.

—Antes de que preguntes, es *Speed*, de Billy Idol —aclaró.

Empezó a cantar y a bailar de forma rara, como los cantantes de rock sobre el escenario. Cuando aprendí el estribillo, lo seguí también. Para cuando la canción terminó, habíamos quemado tanta energía que el silencio me angustió.

—Dame otra ficha —solicité.

Sacó una del bolsillo y me la arrojó. La atrapé en el aire, volví a la rockola y accioné la misma canción. Cuando me di la vuelta, Dave sostenía una botella verde frente a mi rostro. En la otra mano llevaba una para él.

—Es *soju* —explicó.

—No puedo, eso tiene alcohol —contesté.

—¿Sabías que en Corea es de mala educación rechazar si alguien te ofrece alcohol? En especial si se trata de una persona mayor.

—¡Tú no eres una persona mayor!

—Tengo veintiuno y tú me dijiste que tienes dieciocho. Eso ya cuenta como mayor. Al menos soy mayor que tú. Soy tu *oppa*.

Oppa era otra palabra común en los k-dramas. La utilizaban las chicas para referirse a sus hermanos mayores o a sus... novios.

Reí mientras le sacaba la botella de la mano, más intrigada por cómo sabría la bebida que tantas veces mencionaban en los dramas que por el alcohol en sí. El primer trago me hizo toser, y eso hizo reír a Dave. La bebida era mucho mejor en mi imaginación. En la vida real no me gustaba, pero aun así seguí bebiendo. Iba muy despacio: mientras yo consumía un milímetro de *soju* cada vez que inclinaba la cabeza hacia atrás con el pico de la botella en la boca, Dave consumía centímetros.

Pusimos canciones en la rockola, hasta que yo también terminé mi bebida, y entonces elegimos un rock and roll. Me tomó de la mano y me enseñó a bailar. Después de varias canciones, mis pasos torpes se volvieron un poco más decentes, así que pusimos la primera canción de nuevo y seguimos practicando.

—Basta —dijo Dave de repente, muy serio. Su cambio de humor fue tan drástico que, si no estallaba en risas, habría creído que de verdad tenía un problema.

—Eres un excelente actor —dije.

—Basta de rockola —aclaró—. Quiero escucharte cantar.

—¡No! —exclamé, sonrojada.

—Dijiste que cantabas en la iglesia —me recordó él, tirando de mi mano para llevarme hacia las mesas—. Canta algo. Lo que quieras, pero que no sea de la iglesia.

Jamás había tomado alcohol antes, así que estaba un poco mareada y alegre. Muy alegre, a decir verdad.

Dave me dio la mano para que subiera a un banco y de allí, a la mesa.

Agarré un salero para fingir que era un micrófono y abrí la boca. No pude cantar una sola palabra: me eché a reír inclinándome hacia adelante.

Dave, que también reía, se sentó en una banqueta de la barra y empezó a aplaudir.

—¡Glenn! ¡Glenn! ¡Glenn! —vitoreó—. ¿Cómo es tu apellido?

—Jackson —dije avergonzada, todavía entre risas.

—¡Ah, como Michael! Glenn Jackson. Me gusta, es nombre de superestrella. Con ustedes: ¡Glenn Jackson!

—¿Serás mi presentador?

—Siempre.

—Busca un karaoke en tu teléfono —pedí—. Quiero *I Have Nothing*, de Whitney Houston.

Cuando la música comenzó a sonar, sentí emoción. Nunca había cantado en público si no eran canciones religiosas en la iglesia, así que se podía decir que Dave era mi primer espectador.

Aunque me puse un poco nerviosa al principio, el efecto del *soju* ayudó y terminé compenetrándome en la canción. Sabía que Dave estaba mirando, sin embargo solo existíamos la música, un enorme público imaginario y yo. Cuando cantaba, ya sea canciones de la iglesia o música pagana, sentía que estaba haciendo algo milagroso.

Canté la última frase mirando a Dave. Él estaba con la boca abierta y enseguida se puso a aplaudir.

—¡Eres majestuosa, Glenn! Ya puedo verte sobre un escenario con un vestido largo y brilloso. Si fueras a uno de esos concursos de televisión, ganarías sin dudarlo.

—¡Cállate! —exclamé, poniendo un pie en el asiento.

Dave se acercó y salté a sus brazos para terminar de bajar. Cuando estábamos tan cerca, mi corazón se aceleraba sin razón.

Terminamos bebiendo otra botella de *soju* entre los dos, sentados en el suelo detrás del mostrador. Reímos de algunas anécdotas de nuestra vida escolar durante un rato y después, mientras él me contaba que lo habían expulsado de dos colegios, me acosté en el suelo. En menos de un segundo, Dave estuvo a mi lado, pasando una mano por debajo de mi cuello. Me acurruqué contra él.

–No me has dicho tu apellido –murmuré.

–Kim. Mi nombre es David Kim, pero todos me llaman Dave –susurró contra mi pelo.

–Ah, qué bien –dije, ya sin mucha conciencia de lo que ocurría, y me dormí.

10

Acepto

–Glenn. ¡Glenn!

Apenas pude abrir los ojos cuando me pareció oír la voz de Dave. Con esfuerzo me espabilé y lo encontré sosteniéndose sobre mi rostro. Había mucha luz. ¡Era de día!

–¿Qué hora es? –pregunté, sentándome de golpe.

–Son las siete treinta. En media hora tengo que abrir la cafetería.

Palidecí.

–No puedo volver al campus. A las ocho es la hora del desayuno. Se darían cuenta de que no pasé la noche allí y llamarían a mi padre. Mañana estaría en Nueva York para no volver.

–Tranquila. Te llevaré en el coche por un camino alternativo. Me colaré por la granja de un amigo que es vecina al campus del seminario. Tendrás que cruzar una arboleda, pero si vas directamente al comedor, nadie se dará cuenta de que pasaste la noche afuera. Inventa una excusa para tus compañeros, diles que te quedaste leyendo en algún sitio.

–No puedo mentir.

—Algunas personas merecen que les mientas.

Bajé la cabeza.

—Me llevas por un mal camino —dije, asustada, y me levanté—. Apresúrate, por favor. Tengo que cantar en el servicio de las once y casi no tengo voz. Necesito algo tibio.

Me alejé antes de que se le ocurriera ofrecerme café, té o chocolate. Quería huir lo antes posible de allí.

Salimos por la puerta de servicio y fuimos al garaje. En menos de diez minutos nos detuvimos en un camino de tierra. Bajamos y Dave levantó el cerco de alambre para que pasara del otro lado. La diferencia con la noche anterior era abismal, ni siquiera hablábamos. Quizás se había ofendido por lo que le había dicho. Tenía miedo de que las autoridades del campus se dieran cuenta de que había pasado la noche afuera y me sentía culpable por todas las reglas que había quebrado; no podía preocuparme por lo que sintiera Dave.

—¿Vienes también? —indagué cuando noté que acababa de cruzar el cerco detrás de mí.

—¿Sabrías por dónde ir?

Ni siquiera tenía idea de dónde me encontraba, así que no, no sabía cómo llegar al campus del seminario si no me acompañaba él. Me sorprendió que lo hiciera a pesar de que lo había culpado de mis errores. Nadie hacía lo que no quería, por eso a pesar de lo que había dicho, tenía claro que la única culpable si papá me regresaba a casa era yo.

Caminamos unos diez minutos hasta que alcanzamos otro cerco. Reconocí la arboleda del otro lado: ya estábamos en el campus. Dave levantó el alambre para que pudiera pasar, y me escabullí.

—Hasta luego, Glenn —dijo, y se fue.

Mientras caminaba, pensé en lo último que le había dicho antes de abandonar la cafetería y en lo bien que lo había pasado la noche anterior. Me estaba dejando llevar por los vicios mundanos, traicionando las enseñanzas de mis padres. Dave no era malo y no hubiera querido lastimarlo, pero tampoco podía permitir que lo de la noche anterior se repitiera. Beber, escuchar rock y dormir afuera no era la única manera de divertirse. Había formas con las que mis padres estarían de acuerdo.

Llegué al comedor peinándome con los dedos; ni siquiera me había mirado en un espejo antes de irme de la cafetería. Entré fingiendo que nada había sucedido, como si fuera un día cualquiera, y me apoderé de una bandeja. Con suerte, todos creerían que había sido la primera en despertar.

Me serví el desayuno y me senté en mi mesa. Recién entonces me di cuenta de que tenía el estómago revuelto; debía ser culpa del *soju*. Bebí un poco de café al tiempo que revolvía los huevos; tenía terror de oler a alcohol. Muy pronto el resto del comedor se llenó. Por lo menos no tendría que dar explicaciones, ya que me sentaba sola. ¿Por qué entonces había un chico caminando hacia mí?

–¿Está ocupado? –preguntó.

Negué con la cabeza. Él sonrió y se sentó. Lo conocía del coro, pero no compartíamos ninguna clase y apenas habíamos hablado alguna vez solo por asuntos de música. Era moreno y bien parecido. No tan lindo como Ben, pero tenía ojos grandes con abundantes pestañas y una voz extraordinaria.

–Desde hace un tiempo noté que eres bastante solitaria –continuó–. Me preguntaba el motivo, y me propuse descubrirlo pasando tiempo contigo. Ojalá no te enojes –la extensa explicación me hizo reír–. Soy Eric.

–Glenn –contesté.

–Estamos juntos en el coro. Eres un genio para el canto.

–Gracias. Tú también.

Se encogió de hombros, negando con la cabeza.

—Me esfuerzo mucho. En tu caso, se nota que tu voz nace desde adentro. Eres como una caja acústica —otra vez reí—. ¿De dónde eres?

—De Nueva York, ¿y tú?

—De aquí.

Le pregunté a qué iglesia iba y le conté de la mía. Cuando me preguntó qué música escuchaba, decidí ser sincera. Él me dijo que era admirador de los Beatles y hasta me confesó que usaba una camiseta de ellos debajo de la camisa.

Esa mañana, durante el servicio de las once, me la pasé pidiéndole perdón a Dios por lo mal que me había comportado a la noche. Seguía sintiéndome culpable por haber roto las reglas y le rogué que me llenara, que me hiciera sentir completa sin acciones mundanas. Cuando pensaba en la madrugada, sabía que había sido feliz, pero no era el modelo correcto de felicidad al que debía aspirar.

A partir de ese día, me hice de un nuevo amigo. Con Eric llegaron también Melissa y Debra, que eran sus compañeras en varias clases. Había hablado de k-dramas con Melissa ni bien había llegado al seminario, así que ahora que nos sentábamos juntas, comentábamos sin parar nuestras series favoritas. Por suerte, cuando me dijeron que les había parecido que no había ido a dormir una noche, se creyeron la excusa de que me había quedado leyendo en la biblioteca y que me había dormido en un sillón. No había cámaras ni modo de comprobar si mentía. Supuse que ese rumor se esparció y que por eso no tuve problemas. "Algunas personas merecen que les mientas", me había dicho Dave. Melissa, Eric y Debra no eran de esas personas, y aún así tuve que mentir. No quería volver a tener que hacer nada así.

Pasé con ellos dos fines de semana. El primero nos quedamos en el campus y el segundo fuimos a un campamento que habían organizado los voluntarios. Disfruté de las actividades, aunque una parte de mí recordaba cada vez más detalles de la noche que había vivido con Dave y lo extrañaba. Me esforzaba como una condenada para olvidar lo bien que lo pasaba con él, y aun así, allí estaba: mi cabeza siempre volvía a situarme sobre una mesa, cantando *I Have Nothing* o bailando rock and roll. Bebiendo *soju*, riendo a carcajadas, durmiendo abrazada a Dave.

El tercer fin de semana lejos de la cafetería, mi familia fue de visita a New Hampshire. Como papá era pastor, él y mamá tenían reservada una habitación en la casa del director y me invitaron a cenar allí el sábado.

Ni bien llegué, pedí permiso para ir al baño. Mi sorpresa fue enorme cuando, camino al tocador, me encontré con Eric que bajaba las escaleras.

—¿Qué haces aquí? —pregunté—. ¿Tu padre también es pastor y se está hospedando en casa del director?

Bajó la cabeza torciendo la boca.

—No, Glenn. Sucede que… soy su hijo.

—¿El hijo del director? —repetí, con asombro y desilusión. Él asintió.

—Por favor, no se lo digas a nadie. No quiero que piensen que me tienen preferencia o algo.

—Pero el director es blanco y tú eres…

Eric rio.

—Mi madre es morena. ¿Todavía no la conociste? Debe estar vistiéndose en su habitación.

Su secreto estaba a salvo conmigo. ¿Estarían a salvo los míos con él?

Fue una cena rara, como si me sintiera en confianza y a la vez en un laboratorio donde yo era la rata que todos observaban. Que Eric fuera el hijo del director había arruinado mi confianza. Se había mostrado agradable y jamás me había sentido juzgada cuando le contaba que soñaba con ser cantante o que leía libros que a mi padre le disgustaban. Sin embargo, ya no era lo mismo; no sabía hasta qué punto podía confiar en él. ¿Y si se había acercado a mí para espiarme e informar a su padre sobre mi conducta? ¿Sería cierto que le gustaban los Beatles? El director parecía tan estricto… Quizás Eric le ocultaba la verdad sobre sí mismo, como yo hacía con el mío.

—¿Quieren ir a conversar a la sala? —nos ofreció el director en cuanto terminamos de cenar.

Miré a mi padre, y él asintió. Resultaba evidente que confiaba en Eric. Yo, en cambio, sentía desconfianza, aunque Eric no tuviera la culpa.

Fuimos a la sala y miramos un poco de televisión. Los canales de documentales casi siempre estaban permitidos.

—Siento que estás distante —me dijo, acercándose en el sillón.

—Lo siento —dije con sinceridad—. Tú no tienes la culpa, es que esto es muy raro.

—Por eso no quiero que los demás compañeros del seminario se enteren de quién soy.

—No se lo diré.

—Lo sé. Pero ahora te has distanciado, y eso no me agrada. ¿De qué tienes miedo?

—De que le cuentes a tu padre lo que yo te he contado a ti.

—Eso no sucederá —prometió—. Yo también tendría miedo de que le contaras lo que yo te he confesado. No sabe que escucho los Beatles ni que leo novelas policiales. Tampoco que he bebido alguna vez. Bueno, eso no te lo había dicho, pero ahora lo sabes. Creo que ellos también hicieron todas esas cosas cuando tenían nuestra edad y saben que son malas, por eso quieren prevenirnos. En realidad nos están cuidando.

El problema es que, cuanto más estrictos sean, más querremos hacer "todas esas cosas", pensé enseguida, pero no se lo dije. Estaba muy confundida: ahora no sabía si en realidad había disfrutado cada instante de la noche con Dave o si el disfrute solo había sido una fantasía producto del tiempo que había pasado encerrada en una burbuja, "prevenida" del mundo exterior por mis padres.

—Intentaré olvidar quién eres —prometí. Eric me lo agradeció.

Procuramos recuperar nuestra amistad comentando el programa de televisión. El modo en que se reproducían los camarones no era lo más interesante del mundo, pero era lo que podíamos mirar sin que nuestros padres pusieran el grito en el cielo.

Al día siguiente, antes de que mamá y papá se fueran, les rogué que me devolvieran el teléfono.

—Te lo devolveré el mes que viene, cuando vengas de visita, y solo si todo sigue bien aquí —contestó él.

Tenía que hacer buena letra si quería recuperar mi móvil.

El sábado siguiente, a mis amigos se les ocurrió ir a la cafetería. Intenté negarme, pero el grupo de Eric, Debra y Melissa eran los únicos con los que había logrado congeniar en el campus y no quería perderlos como amigos. ¿Qué iba a hacer todo el día sola? ¿Mirar a Ben y Louise tener sexo en la arboleda? Además, debía enfrentar a Dave alguna vez. Extrañaba sus batidos. Sus batidos, su personalidad, su sonrisa…

¡Basta!, me ordené a mí misma.

—Vamos —dije a los chicos.

A la hora de entrar a la cafetería me puse nerviosa; rogaba que solo estuviera allí el tío de Dave. Como tenía mala suerte, detrás de la barra, también estaba él.

Nos sentamos en una mesa cerca de una ventana y las chicas empezaron a hablar de una clase. A mí me devoró la nostalgia: era la mesa sobre la que me había parado a cantar. Volví a la realidad cuando sentí la mirada de Eric sobre mí. Le sonreí con los labios apretados para disimular. Mi cuerpo se estremeció cuando se nos acercó Dave.

—Hola —dijo en general. Lo miré sin llegar a sus ojos: como ya estaba haciendo frío, había reemplazado la musculosa por una camiseta, y ese día se había sacado los expansores—. Hola, Glenn —agregó.

Mis labios se entreabrieron en busca de aire, me puse roja.

—Yo quiero un batido de chocolate —dijo Melissa.

—Lo mismo para mí —agregó Debra.

—Para mí un café —solicitó Eric.

—Yo… —comencé, titubeando.

—Ya sé lo que tú quieres —me interrumpió Dave, y se volvió hacia la barra.

—¿Venías mucho aquí? —me preguntó Melissa.

—Solo vine tres veces, pero todas ordené lo mismo —expliqué.

—Qué bien que el camarero lo recuerde —manifestó Debra.

—Sí… Pero es un poco atrevido, ¿no? No me gustó el tono de confianza que utilizó contigo —protestó Eric, mirándome. Yo no sabía dónde ocultarme. Por suerte las chicas siguieron hablando de otros asuntos, y el tema Dave quedó en la nada.

Aunque mi cerebro exigía que me concentrara en la conversación con mis amigos, mi corazón me hizo girar la cabeza para buscarlo. Había desaparecido, supuse que estaría preparando los batidos en la cocina.

—¿Ya viste los estrenos de este mes? —me preguntó Melissa, tocándome el brazo.

—No. Mi móvil se rompió y quedó en una casa de reparación de Nueva York —respondí. Aunque me sintiera mal al mentir, me daba vergüenza confesar que mi padre me lo había quitado a mis dieciocho años y, además, eso los habría llevado a pensar que había hecho algo indebido con él.

—¡Qué mal! ¿Quieres que te preste el mío si necesitas comunicarte con alguien?

Era la mejor idea del planeta, ¿cómo no se me había ocurrido antes? El problema era que solo necesitaba hablar con Val y Liz y ellas podían decir cosas que me metieran en problemas. Era mejor desistir.

—No necesito hablar con nadie, gracias —volví a mentir—. ¿Me muestras los estrenos? —pregunté.

Me entretuve mirando las novedades de dramas coreanos hasta que Dave regresó con los batidos y el café. Le dejó a cada uno lo suyo y se fue. Yo me quedé congelada frente al mío.

—¡Vaya! —exclamó Debra—. El tuyo es el único al que le hizo un corazón.

Me estremecí al recordar una de nuestras primeras conversaciones: "¿cuál de estos dos cafés te gusta más?". Yo había elegido el del corazón.

—Al final va a resultar que el chico malo es un tierno —bromeó Melissa.

—Eso solo ocurre en las películas —intervino Eric—. No sé cómo alguien puede arruinar su cuerpo de esa manera. Tantos tatuajes y perforaciones… ¿No les da un poco de asco?

Las chicas rieron estudiando con disimulo a Dave, que se había ido a la barra.

—"Asco" es una palabra un poco extrema —contesté—. Además, no debemos juzgar a las personas por su apariencia —lo había aprendido, porque yo había hecho lo mismo, y al final me había dado cuenta de mi error.

Por la forma en que Eric me miró, supe que tal vez debía callar, como en las clases. Pero esos eran mis amigos, y se supone que una es sincera con ellos. Se supone que te quieren aunque no estén de acuerdo con lo que piensas. Al menos así era mi relación con Val y Liz.

—Bueno, en el pueblo sabemos bastante sobre ese chico, así que sé de lo que hablo —respondió Eric.

—¿Qué sabes? —indagué. Él se encogió de hombros.

—Cosas… ¿Por qué podría importarte?

—Dejemos de hablar del mesero, por favor —intervino Debra—. Por lo único que me interesaría en él sería para que me preparara batidos. ¡Este está buenísimo! –exclamó, y volvió a introducir el sorbete en su boca.

Desde ese momento, no pude dejar de pensar en Dave. Era injusto que lo prejuzgaran y que creyeran saber cosas de él. Apostaba a que Eric solo creía en rumores y que, por el aspecto de Dave, los daba como ciertos. Su actitud con él me hizo dar cuenta de que, aunque fuera parecido a mí a escondidas del director, también era parecido a él y, en especial, a mi padre. El prejuicio, la sensación de poseer una verdad absoluta y la necesidad de control escapaban por sus poros. ¿Y si yo también era así y no me daba cuenta? ¿Y si andaba juzgando a la gente como si yo misma fuera Dios?

El domingo, después del almuerzo, regresé a la cafetería sin compañía. Dave estaba solo en la barra, sirviendo una soda. Sentí un nudo en el estómago al verlo, pero reuní coraje y me atreví a acercarme.

–Hola –dije.

–Hola. ¿Batido de fresa? –preguntó, un poco frío.

Me resultó imposible darme cuenta de si estaba enojado. Había hecho un corazón con chocolate sobre la crema de mi batido el día anterior, creí que eso significaba que todo estaba bien, pero al parecer me había equivocado. Debía ser fiel a mis creencias –a lo que yo creía de verdad, no a lo que me habían inculcado los demás–, y actué conforme a ellas.

–Lamento cómo terminamos el otro día. Fue mi culpa, no debí responsabilizarte de lo que hice por voluntad propia. Tampoco debí ser tan ingrata cuando lo pasé bien contigo. ¿Podemos hacer de cuenta que esa mañana y estas semanas no existieron?

Dave respiró profundo. El silencio que siguió a mis palabras me anudó el estómago. No quería que me rechazara, lo había extrañado mucho.

–Si me das un momento… –contestó–. Tengo que llevar este batido a una mesa.

Asentí, y él salió de detrás del mostrador. Lo esperé con ganas de comerme las uñas hasta que volvió. En lugar de hablarme, se puso a preparar otro batido.

—¿Te han encargado más? —indagué, buscando conversación.

—Es el tuyo —respondió.

Se puso de espaldas para colocarle la crema y el *topping*. Cuando se dio la vuelta y lo asentó sobre el mostrador, sentí el calor invadiendo mis mejillas. Se me escapó una sonrisa: había dibujado otro corazón.

—¿Eso significa que estoy perdonada? —indagué con emoción.

—Significa que te dejaré trabajar para que te perdone.

—¿Qué tengo que hacer?

—Aceptar que demos un paseo el sábado.

Sonreí, presa de una estúpida e inexplicable ilusión.

—Acepto.

11

Mi otro yo

El sábado, después del almuerzo, atravesé la arboleda y me encontré con Dave en el campo de su amigo. Esa ruta alternativa prometía convertirse en nuestro mejor aliado si decidíamos reunirnos otro día y evitar la cafetería a la que iban mis compañeros.

El coche de su tío estaba en el camino de tierra; supuse que íbamos un poco lejos. Ni bien subimos, Dave encendió el estéreo. Otra vez había elegido rock. En el asiento de atrás había una canasta cubierta con una lona.

—Parece que vamos de picnic —deduje en voz alta.

—Busca: hay una caja para ti —indicó Dave mientras conducía en reversa para regresar a la carretera por el camino de tierra.

—¡¿Para mí?! —pregunté con entusiasmo, y giré para hurgar en la canasta.

—Hubiera querido dártelo antes, pero no hubo oportunidad. Desapareciste, luego viniste con tus amigos y después estaba muy atareado en la cafetería.

—¿Es esto? —pregunté, desconcertada, volviéndome con una caja de filtros para café. Su silencio me dio a entender que era mía, así que la abrí. Dentro había un móvil y un cargador–. Dave… –susurré.

–Ya no lo uso. Iba a revenderlo, pero puedes quedártelo mientras no tengas el tuyo. Ya le cargué libros que me parece que te podrían gustar, la música que me dijiste que escuchabas… y mi número –me miró sonriendo y me guiñó un ojo.

Me puse muy nerviosa. Ningún chico había hecho nunca algo así por mí.

–No puedo aceptarlo –balbuceé, sonrojada.

–¿Por qué no? –indagó él con tono despreocupado.

–Porque es tuyo y no lo pagué. ¿Y si te lo compro?

La sonrisa de Dave se transformó en una carcajada.

–Úsalo, no te preocupes. Después vemos.

Aunque quizás solo lo dijo para tranquilizarme, hizo bien. Estaba entusiasmada de volver a tener un teléfono y una conexión con el mundo.

Lo encendí. Recordaba de memoria el número de mis amigas, así que las agregué y enseguida envié un mensaje a Val.

> Hola, Val, soy Glenn. No preguntes, pero conseguí un móvil. Agrégame ✓
> al grupo que tenemos con Liz.

Mientras esperaba que mi amiga respondiera, revisé los libros que había cargado Dave. Eran novelas juveniles y románticas. Ya había leído algunas; otras ni siquiera las había oído nombrar y muchas las había deseado desde que se habían publicado. No podía pedir más, pero también estaba la música. Las mejores canciones de todas las intérpretes que había mencionado y los éxitos de los Guns N' Roses.

–Pusiste rock –comenté, riendo.

–No puedes pasar por esta vida sin saber quiénes fueron los Guns N' Roses –respondió él.

Estaba tan contenta que, sin cuestionarme ningún mandato, subí el volumen de la música en el estéreo.

—¿Y esto qué es? —indagué, prestando atención a la canción.

—Eso es *Aerials*, de System of a Down —explicó Dave. Abrí la ventanilla y me asomé. Poco a poco, acabé con medio cuerpo afuera.

—¡No! —gritó Dave, riendo, y tiró de mi sudadera para que me introdujera de nuevo en el coche. Consciente de que era peligroso, me senté.

Como quería atraer su atención, le apreté el brazo. Lo sentí rígido bajo mis dedos, y tuve la incontenible necesidad de mirarlo. Mi mano se hallaba sobre el tatuaje de la mujer con el león en la cabeza.

—Tengo ganas de cantar —le hice saber—. Pongamos una canción que sepa.

Dave volvió a reír.

—¡No podemos viajar por carretera escuchando Whitney Houston! —se quejó—. Pondré una que ya conoces.

Apretó un botón una decena de veces hasta que empezó a sonar *Show Me How To Live*. Como ya la habíamos escuchado, recordaba algo de la letra, pero cantarla sería osado y pecaminoso. Probé murmurando el estribillo. Al comprobar que seguía en el coche, sintiéndome libre y feliz, y que nadie me castigaría, terminé permitiendo que la voz escapara de mí. Dave se acopló un momento después, y al final terminamos cantando juntos.

Estacionamos en los alrededores del lago Winnipesaukee una hora después. Bajamos con la canasta y nos ubicamos debajo de los árboles. El otoño teñía la costa de tonos dorados, y ofrecía un paisaje tan acogedor como majestuoso. Tomé algunas fotos con mi móvil usado —que para mí era de estreno—, y me senté frente a Dave. Todavía no había señales de Val.

—No te hacía el tipo de chico amante de los picnics —bromeé mientras él sacaba una botella de *soju* y una de agua. Intenté recoger la de agua, pero colocó su mano sobre la mía y una electricidad recorrió mi brazo.

Nos miramos al mismo tiempo.

—El agua es para mí; yo soy el que tiene que conducir —explicó.

—No puedo acabar como el otro día por beber *soju* —le advertí.

—Beber un poco no te matará ni te convertirá en una pecadora.

La última frase accionó una alarma en mi cabeza. No me molestaba cuando yo era la que pensaba que hacer algo prohibido no me convertiría en una rebelde. Sin embargo, que lo dijera alguien que había quebrado todas las normas de su familia me hizo pensar por un momento que otra vez me estaba incitando a ir por el mal camino.

Bajé la cabeza, mordiéndome el labio.

¿Cuál era el límite entre ser libre y convertirme en una renegada? ¿Por qué me sentía bien haciendo lo que durante toda mi vida me habían dicho que estaba mal? No estaba enojada con Dave por ofrecerme el camino prohibido, sino conmigo misma por disfrutarlo. ¿Cuánto tenía de malo lo que estábamos haciendo? ¿Acaso si tomaba otra botella de *soju* estaría aceptando el mal?

—Glenn… —murmuró Dave. Sin dudas se había dado cuenta de que yo dudaba—. Sé que no terminas de confiar en mí, pero jamás te incitaría a hacer nada que te lastimara o que fuera peligroso para ti. Lo malo no es el alcohol, sino cuánto bebas.

De nuevo y sin darse cuenta, hizo uso de la enorme capacidad que tenía para relajarme. Tenía razón. Ahora que escuchaba sus argumentos, los míos me parecían estúpidos, porque en realidad no me pertenecían.

Destapé la botella y bebí un poco. Sabía mejor que la primera vez, y como supe detenerme a tiempo, no me mareé ni me alegré por demás. Mi felicidad era cien por ciento mi responsabilidad.

Después de la merienda, dimos una vuelta y nos acercamos al agua. Recogí un poco con la mano y se la arrojé a Dave.

–¿Estás iniciando una guerra? –preguntó con tono amenazante. Me encogí de hombros fingiendo inocencia, y él se echó a correr detrás de mí.

Una raíz enorme se convirtió en un obstáculo para mi escape y Dave terminó atrapándome. Cuando sus brazos me rodearon la cintura y me levantó apretándome contra su pecho, de pronto sentí mucho calor. Dave era suave y cálido, aunque su aspecto presagiara lo contrario. No entendía cómo había podido prejuzgarlo el día que se había sentado frente a mí por primera vez. ¿Y si yo siempre había actuado de la misma manera sin darme cuenta? ¿Con cuántas personas habría sido injusta? ¿Cuántas me habría perdido de conocer? Tal vez no era tan inocente como pensaba, quizás no era tan buena. Era probable que, en realidad, mis actitudes me hubieran alejado del cielo.

Después de pasar la tarde juntos, riendo y contándonos anécdotas, regresamos al pueblo antes del anochecer. Me acompañó hasta el cerco de alambre y lo levantó para mí. Antes de atravesar la arboleda le prometí que al día siguiente iría a la cafetería y volví a agradecerle por el teléfono.

Mientras me dirigía al edificio principal del campus, no dejaba de pensar en la tarde que había vivido con Dave. Tenía claro que no era el tipo de chico que me atraía, pero aún así había algo en él que me fascinaba. Tal vez se debía a que era el mejor amigo que nunca había tenido y se había atrevido a hacer lo que yo jamás haría. Desafiar límites no era mi estilo.

Ni bien entré al comedor, Eric se aproximó.

–¿Dónde estabas? –indagó con preocupación–. Queríamos ir a la cafetería, pero se nos hizo tarde por buscarte.

–Fui a dar una vuelta –dije.

–¿Por dónde saliste? Le preguntamos al portero si te había visto y dijo que no.

Mi corazón se aceleró. "No mentirás". Era un precepto tan básico que estaba en los diez mandamientos.

—Nunca salí. Di vueltas por el predio del campus, nos debemos haber desencontrado.

Bien: ahora la tierra tenía que abrirse debajo de mí. Una mano roja me atraparía el tobillo y jalaría hasta que me hundiera en dirección al infierno suplicando perdón.

Nada de eso sucedió. Todo lo que ocurrió fue que Eric se creyó la mentira y me instó a seguirlo a la mesa. Aún así, no me sentía bien. No me gustaba mentir. No porque me lo hubieran ordenado mis padres durante dieciocho años, sino porque esa mentirosa no era yo.

Esa noche, Val me agregó al grupo y les conté a mis amigas la larga historia de cómo había conseguido un teléfono.

Liz.

> *Ese Dave sí que me gusta.*

Glenn.

> *Jajaja, ¡ni siquiera lo conoces! Solo me llevó de picnic*
> *y me dio un teléfono que pensaba revender.*

Val.

> *Y te hace batidos con corazones, te incita a cantar, te enseña a bailar...*
> *¡Aaawww! Ya me enamoré. ¡Y eso que la soñadora eres tú!*

Glenn.

> *Es mi amigo. Y sí, es un chico estupendo.*
> *Pero no me atrae, en serio. Me atraen los chicos como Ben.*

VAL:

> Blah, blah, blah. Por eso guardas coreanos en tu teléfono.

LIZ.

> Jajaja. ¡Bien dicho, Val! ¡Jaque mate!

GLENN.

> Esos son coreanos ideales, actores de dramas. Les aseguro que Dave poco tiene que ver con ellos. Se parece más bien a un cantante de rock de una banda alternativa.

VAL.

> ¡Glenn! Deja de hablar así o abandonaremos a nuestros novios para ir a buscar al tuyo.

LIZ.

> Jajaja, me hacen reír.
> Chicas: tengo que irme. Hoy Jayden llega temprano y quiero tener la cena lista para que pueda irse a dormir.

VAL.

> Adiós, mujer ocupada.

LIZ.

> Adiós, chica indecisa. ¿Todavía sigues con Luke o ya se dejaron de nuevo?

VAL.

> *Jajaja. Veo que ni siquiera eres dulce con un bebé en tus entrañas.*
> *No has perdido la perversidad, Lady Macbeth.*

LIZ.

> *Ni la perderé jamás. Hasta luego, fracasadas.*

GLENN.

> *Adiós, fracasada número uno.* ✓✓

LIZ.

> *:P*

Apagué el teléfono con una sonrisa imborrable. Había extrañado mucho a mis amigas y había vivido un día genial.

A partir de entonces, aunque sabía que podía meterme en problemas, empecé a salir con Dave todos los fines de semana. Un sábado me quedé con Eric y las chicas para disimular, y acabé extrañándolo tanto que terminamos conversando hasta la madrugada por chat.

El fin de semana anterior a mi visita a Nueva York, me llevó a comprar los elementos para decorar el *baby shower* de mi amiga. Pasamos el domingo recortando corazones de colores y pegando sobre ellos las fotos de personajes de libros en la casa de su tío. Jugando pusimos a Gandalf en honor a su perro e hicimos bromas con pasajes de libros que había copiado para hacer un juego durante la celebración.

Nuestro tiempo juntos era lo que más disfrutaba de estar en New Hampshire. Sin embargo, me había transformado en una experta en mentiras, y eso no me gustaba en absoluto. Por otro lado, había perdido interés en el seminario: me había convertido en una alumna mediocre que apenas aprobaba los exámenes. Como siempre, también había un lado bueno: mi tiempo con Dave me ayudaba a resistir en silencio las clases sin dejar entrever mis dudas y las ideas que tantos problemas me habían ocasionado en un comienzo. Era como si pudiera liberar ese lado de mí cuando estaba con él, entonces no tenía necesidad de liberarlo en otra parte. Canalizaba mis gustos y deseos con Dave.

Si lo meditaba, en realidad siempre había mentido. Cuando eliminaba los libros y conversaciones de mi teléfono, cuando me encerraba en el baño a escuchar música, cuando le decía a mi padre que no tenía más relación con Liz mientras planificaba la bienvenida a su bebé.

"Algunas personas merecen que les mientas".

¿Quién tenía la culpa de esta persona en la que me había convertido? ¿Dave o las normas? ¿La tentación o mi padre? Desde que tenía uso de razón, me habían enseñado a ser dos personas a la vez: la que se mostraba y la que se escondía. La que vivía de acuerdo con las normas y la verdadera Glenn. Y la verdadera Glenn tenía sueños que cada día crecían con más fuerza.

12

El peso del silencio

Mamá fue por mí a la parada del autobús. Cuando me abrazó para darme la bienvenida, la noté extraña. La miré con el ceño fruncido. Ella sonrió y me acarició una mejilla.

—Te extrañamos tanto, preciosa —dijo.

—Y yo a ustedes —respondí, y nos abrazamos otra vez.

Fuimos hasta el auto y emprendimos el regreso a casa. Aunque había viajado toda la noche y tenía mucho sueño, no podía darme el lujo de acostarme cuando llegara. A las dos empezaba el *baby shower* de Liz. Tenía que salir después del almuerzo y convenía ir preparando el terreno.

—A las dos tengo que estar en lo de Val —comenté—. Acordamos que iría a visitarla hoy.

—Glenn… Pasas tan poco tiempo con tu familia, ¿es necesario que el único fin de semana del mes que estamos juntos te veas con una amiga de la secundaria?

—Solo será un rato.

Por suerte no siguió haciéndome reclamos.

En casa me encontré con mis hermanas. Gabrielle, la más pequeña, corrió a saludarme, mientras que Ava y Delilah se mostraron más recatadas. Ruth apareció con expresión de aburrida. Solo faltaba Chloe. Supuse que se hallaba en la iglesia, ensayando con el piano. Papá llegó al mediodía para el almuerzo.

–¿Dónde está Chloe? –pregunté. Me parecía raro que todavía no hubiera aparecido.

–Está ocupada –respondió papá.

Mamá continuaba sirviendo ensalada en nuestros platos, mis hermanas comían. Todo parecía normal, excepto que a él nunca le había gustado que faltáramos para alguna de las comidas, y en este caso no parecía enojado porque mi hermana se hubiera ausentado.

Seguí mirándolo en espera de explicaciones. Al comprobar que no habría más aclaraciones, me dirigí a mis hermanas. Todas estaban cabizbajas.

–¿Y dónde está? –insistí.

–Ya volverá. Come –pidió mamá.

Si bien no había obtenido una respuesta, había vivido dieciocho años con mi familia y sabía que era inútil insistir. Chloe era la más callada y obediente de todas, así que descarté la opción de que la hubieran castigado por alguna travesura. Ella casi no tenía amigas; era improbable que estuviera en casa de alguna, y si se había reunido con un grupo para hacer un trabajo del colegio, me lo habrían dicho. Tenía que estar en la iglesia; no entendía por qué tan solo no me daban una respuesta.

–Cuéntanos del seminario, Glenn. ¿Cómo va todo? –solicitó papá.

Suspiré, dándome fuerzas para ocultar la verdad.

–Marcha genial –respondí.

–¿Te has hecho amiga de Eric? –indagó mamá. Había cierta picardía en su tono; se hacía evidente que pensaba que Eric me atraía.

–Sí. También de algunas chicas –respondí. Por supuesto, tenía que ocultar que mi mejor amigo de New Hampshire era un chico coreano, tatuado y con piercings que escuchaba rock y bebía *soju*. Aunque fuera injusto para Dave, mi familia jamás debía enterarse de su existencia o me impedirían tener contacto con él.

—Eric es un chico muy agradable —continuó papá—. Sería bueno que en este tiempo se conocieran. Es ideal para ti. Espero que, en cuanto termines el seminario, pienses en formar una familia.

Había una frase común en las novelas románticas que decía: "un frío le recorrió la columna". Nunca me había dado cuenta de lo que significaba en realidad hasta ese momento. Siempre había soñado con formar una familia, pero... ¿y la universidad? Si papá insinuaba que debía casarme ni bien terminara el seminario, muy pronto su deseo se transformaría en un mandato.

Quería decirle que había pensado en postularme en algunas universidades para estudiar una carrera relacionada con la música. Sin embargo, callé. Siempre callaba. Había obedecido con la cabeza gacha cuando me había impedido ir al funeral de la hermana de Val, cuando me había prohibido ir a la fiesta de graduación, cuando me había pedido que no volviera a ver a Liz. Y así, infinitas veces más. La culpa me sofocaba cada vez que me oponía a sus deseos y me moría de miedo cuando lo desafiaba a escondidas.

Ayudé a lavar los platos y, aunque tenía mucho sueño, a la una avisé que me iba. Llevaba todo lo que había armado para decorar la sala de Val en una mochila y el regalo que había comprado para el bebé en una bolsa cubierta por otra de una librería de textos religiosos. Mamá volvió a hacer reclamos, pero por suerte no se opuso a que me fuera.

Viajé en metro hasta la casa de Val mientras le contaba por mensaje a Dave que había llegado bien y que me dirigía a lo de mi amiga. Me deseó suerte y se despidió con una broma sobre la decoración que me había ayudado a hacer.

En cuanto Val y yo nos encontramos, nos abrazamos dejando escapar un exagerado grito de alegría. Añoraba la costumbre de ver a mis amigas a diario, como cuando iba a la escuela. En ese tiempo en el seminario, de verdad las había extrañado, y sin dudas a ellas les ocurría lo mismo.

Enseguida nos pusimos a decorar la sala. Los padres de Val no estaban, se habían ido a propósito para que pudiéramos hacer el *baby shower*. El apartamento que alquilaban Liz y Jayden era muy pequeño y estaba lejos de la ciudad. En mi casa era imposible, y no queríamos meternos en la de sus familias, así que nos habíamos decidido por lo de Val.

Conversamos de su experiencia en la universidad, de Luke y de Dave. También le conté un poco de Eric y lo que había dicho mi padre durante el almuerzo.

—Tienes que hacer lo que sientas, Glenn —me sugirió mientras colgaba un banderín con el rostro de Al Pacino interpretando a Shylock.

—Es difícil —respondí, y corté un trozo de cinta adhesiva.

—Entiendo que sea complicado eludir sus reglas, pero ya no eres una niña y no puede obligarte a nada. ¿Vas a casarte con el chico que él elija, como si fuera un matrimonio acordado? Tiene que entender que no vivimos en el siglo dieciocho.

—Eric es el chico ideal.

—¿Y te atrae? ¿Sientes que podrías enamorarte de él? —me encogí de hombros. Val suspiró—. Inténtalo. Pero no te engañes: siempre estuviste enamorada del amor. No confundas eso con amar a alguien.

Mis amigas me conocían mejor que nadie. Val tenía razón, pero aún así no sabía si era capaz de desafiar a mi padre si acaso había tomado la decisión de que yo no estudiara. Había repetido hasta el cansancio que anhelaba amar y ser amada, formar una familia. Ni siquiera me había besado con un chico esperando el amor de mi vida. Tenía que existir en alguna parte, pero no sentía que fuera Eric. Ben me había atraído durante años, y aún así nunca habíamos llegado a ser tan cercanos como para besarnos. Mientras esperaba por ese amor que para las demás personas solo existía en las novelas, quería estudiar. No me gustaba sentirme presionada para que ese amor apareciera o tener que conformarme. Quería sentirme enamorada como lo estaban mis amigas, quería ser feliz. Solo que no parecía existir la persona ideal para mí.

Una vez que terminamos de decorar, preparamos las bandejas con la pastelería que había hecho Val con ayuda de su madre y nos sentamos a conversar un poco más. Diez minutos después, llegaron Liz y Jayden.

Era increíble ver a mi amiga tan feliz. Con cuánto había criticado a los chicos y lo descreída que era respecto de las relaciones, que al final tuviera su propia familia y brillara más que nunca me hacía reflexionar sobre mis propios deseos. Liz siempre había dicho que quería ir a la universidad para estudiar abogacía, y en cambio su verdadera elección había sido Jayden, su hijo y convertirse en fotógrafa en el futuro. ¿Y si mis deseos tampoco eran los que siempre había creído? Decía que soñaba con convertirme en cantante y que quería formar una familia. ¿Qué sucedía si invertía los verbos? "Soñar" sonaba lejano. "Querer" parecía posible. Ocurría que convertirme en cantante era una utopía. En cambio, casarse era una regla.

Pronto empezaron a llegar los invitados. Luke, el novio de Val; las madres de Liz y Jayden, algunos amigos que tenían en común. No éramos muchos, pero éramos valiosos, y pudimos formar dos equipos para jugar a lo que tenía planeado. Había que adivinar de qué libro habían salido algunas frases. Liz y Jayden parecían ser los únicos que sabían casi todo, además de mí, que había buscado las citas y coordinaba la actividad.

Esa tarde develaron el nombre que le pondrían a su bebé: sería Devin.

—Pensé que elegirían el nombre de algún personaje de un libro —comentó Val.

—Investigamos sus orígenes y se puede interpretar de diferentes maneras según varias culturas —explicó Liz—. Para los norteamericanos significa "inteligente". Para otras lenguas, "amado" o "resplandeciente". La que más nos gusta es la que dice que es amado.

Pasamos una tarde tan divertida que lamenté cuando terminó. Me quedé para ayudar a Val a ordenar su casa y regresé a la mía reflexionando. ¿Cómo me postularía para una carrera, si mi padre ya tenía en mente que me casara pronto? Para él, las mujeres debíamos ser la mano derecha de nuestros esposos, como mamá. "Enseñen a las mujeres jóvenes a amar a sus maridos y a sus hijos, a ser prudentes, castas, cuidadosas de su casa, buenas, sujetas a sus maridos". Eso decía en Tito 2, un libro de la Biblia. No hablaba de casarse con la persona indicada ni de enamorarse. Ojalá me hubiera sentido enamorada de Eric, como se notaba que sucedía con mis amigas y sus novios. Ojalá mi padre no hubiera sido tan estricto.

Esa noche, Chloe tampoco estuvo presente durante la cena. Sabiendo que interrogar a mis padres sería inútil, cené atenta a las conversaciones de mis hermanas sobre el colegio y esperé la hora de dormir para acosar a Ruth con preguntas.

Cuando fuimos al dormitorio, ella se puso a leer un libro. Yo tenía ganas de usar el móvil, pero mis padres no sabían que tenía uno alternativo, así que lo dejé apagado, oculto en el fondo de la mochila. Esperé un rato en mi cama con un devocional en la mano, fingiendo que leía mientras aguardaba a que la probabilidad de que mis padres durmieran estuviera a mi favor. Cuando Ruth dejó el libro sobre la mesita y adiviné su intención de apagar la luz, me senté deprisa.

—Ruth —ella interrumpió sus movimientos y me miró—. ¿Dónde está Chloe?

—Tengo sueño, Glenn —replicó, y apagó la lámpara.

Me levanté, me senté en la orilla de su cama y la encendí de nuevo.

—Necesito saber qué sucedió, por qué no está aquí.

Ruth suspiró.

—Por favor… De eso no se habla —susurró.

—¿Qué significa que "de eso no se habla"? ¿Dónde está? ¿Por qué no puedes tan solo decírmelo?

—Papá no quiere que hablemos de ello.

—¡Pero tengo que saber! ¿La envió a la casa de alguien? ¿Por qué haría eso?

—No la envió a ninguna parte. Chloe está en el altillo.

—¿En el altillo? —creí que había entendido mal. Mi ceño se frunció; no había nada que hacer todo el día en ese lugar—. No bajó para almorzar ni para cenar.

—Mamá le lleva comida ahí.

—¿Desde cuándo?

—Desde hace tres días.

—¡¿Tres días?! ¿Por qué?

—Ya te dije demasiado. Por favor, no insistas. Papá nos prohibió hablar de eso.

—¡Tengo derecho a saber! —proclamé—. Dime qué ocurrió o iré allí y le preguntaré a ella.

—¡No! —suplicó, atrapándome la muñeca—. Si subes, papá me asesinará por haberte contado. Está castigada.

—Es imposible que esté castigada. ¡Es Chloe, por el amor de Dios! Es la más callada y obediente de las seis.

—Lo que hizo es aberrante, ni siquiera debería mencionarlo —hizo una pausa y respiró profundo. Aunque hablábamos en susurros, bajó aún más la voz para continuar—. La encontraron escondida en un baño de la escuela, besándose con una chica. Mandaron a llamar a mamá y a papá. ¿Imaginas la vergüenza que les hizo pasar? Todavía estamos avergonzados. Papá es el pastor de la iglesia a la que asiste el consejero escolar, ¿qué estarán diciendo de nosotros a nuestras espaldas? ¿Qué van a pensar los fieles? Si en la iglesia se enteran… Para colmo, cuando la trajo a casa y se sentaron con ella para interrogarla, Chloe se echó a llorar y les dijo a los gritos que le gustaban las chicas. ¡Dijo que era lesbiana! Está enferma. Papá dice que tiene el diablo adentro.

Mis manos empezaron a temblar como si mi alma estremecida se concentrara en ellas. Estaba en shock.

—Tú no crees eso, ¿verdad? —pregunté; casi no podía hablar—. Tú no crees que esté enferma ni que tenga el diablo adentro. ¡Muchos cristianos no creemos eso!

—¡Claro que sí! ¿Acaso tú no?

No sabía si me indignaba más por la reacción de mi hermana o por la de mis padres. Jamás hubiera imaginado que Chloe podía ser homosexual. Era la hija perfecta; siempre callada, siempre sumisa. Nunca le habían encontrado nada en su teléfono, jamás habían tenido que regañarla. Nunca se me hubiera ocurrido que no estaba viviendo conforme a las reglas. Entonces estaba enterrándose en ellas, llena de miedo y dolor, para no enfrentar a mis padres y al inmenso sistema que nos aplastaba desde que habíamos nacido.

—No lo puedo creer, Ruth —balbuceé, negando con la cabeza.

—Yo tampoco.

—No hablo de Chloe, hablo de ti y de nuestros padres. ¿Cómo permitiste que la interrogaran de esa manera y que la encerraran en el ático?

—¿Qué hubieras hecho tú? Sabes lo que dice papá: ser… eso que ella dice que es, es la peor aberración que puede existir. Así que está equivocada. Está confundida. Por eso la enviarán a hacer una terapia de conversión.

Me levanté, incapaz de soportar una palabra más. Me acosté y me cubrí con la sábana hasta el cuello, de espaldas a Ruth. Mi corazón latía con violencia; apretaba los dientes. Ruth apagó la luz y se acostó también.

—Por favor, no le digas a papá que te lo conté —rogó—. Nuestras hermanas menores no lo saben ni deben saber. Esto es tan vergonzoso, tan humillante…

—Quiero dormir —la interrumpí.

Dejé transcurrir una hora, la más larga de mi vida. Mi mente no se detenía, era un torbellino en el que se mezclaban el dolor, la indignación y el miedo. Tenía dos años más que Ruth. Había vivido veinticuatro meses más oyendo lo que decía papá y sabía muy bien qué pensaban muchos religiosos y no tan religiosos acerca de la homosexualidad. Pero Chloe era mi hermana, y no podía creer que mis padres la estuvieran castigando con el encierro. No aceptaba que ocultaran lo que creían un problema grave en el ático.

Cuando percibí que Ruth se había dormido, me levanté a hurtadillas y revolví una gaveta de la cómoda. Solía guardar allí una llave extra del altillo, donde conservábamos juguetes y otras cosas que ya no usábamos. Salí de la habitación sin hacer ruido, bajé la escalera que se ocultaba en el techo del pasillo y subí en busca de mi hermana.

Lo que vi al entrar me estremeció. Chloe estaba sentada de espaldas a la puerta, encorvada sobre un viejo escritorio, escribiendo a la luz de una lámpara. Tenía puesto un pijama blanco con dibujos de ositos y llevaba el pelo suelto y despeinado. Me aproximé a ella despacio, no parecía notar mi presencia. Hice un esfuerzo para comprender lo que escribía con letra temblorosa en un cuaderno: "sáname". La misma palabra, una y otra vez, quién sabe a lo largo de cuántas páginas.

—Chloe… —susurré, acercando una mano a su pelo sin atreverme a tocarla.

Cuando me miró, sentí que mi alma se escurría por mis pies. Su mirada estaba vacía; su rostro, pálido y triste. Más que de costumbre. Ahora entendía por qué siempre me había parecido inexpresiva. Comprendí de golpe su obediencia, su sumisión, su silencio.

—Chloe, ¿cómo estás? —le pregunté. No contestó, tan solo me miraba.

Puse una mano sobre su hombro y lo sentí muy frío, aún a través de la tela. Era como si hubiera muerto–. Por favor, deja eso. Deja de escribir, no tiene sentido.

–Necesito sanarme –dijo con un hilo de voz.

Mis ojos se inundaron de lágrimas. En ese momento, poco me importó lo que decía mi padre que decía la Biblia. Estaba segura, como de nada en toda mi vida, que Dios jamás querría la destrucción de una chica.

–Dios no tiene que sanarte, porque no estás enferma –respondí–. No importa lo que diga papá, tienes que soportar mientras piensas en alejarte y vivir la fe de otra manera. Dile a él lo que quiere escuchar, y en cuanto seas mayor de edad, vete de aquí. Vete y haz tu vida. Sé feliz.

–Si lo pido con fe, Cristo me sanará.

–¡Basta de repetir eso! –la sacudí tomándola del hombro.

–No quiero ser así, no quiero ir al infierno.

–No seas estúpida, no irás al infierno. ¿De verdad crees eso? Yo no. No creo que alguien merezca ir al infierno por hacerse un tatuaje, por amar a otra persona o por escuchar rock. ¿De verdad crees que Dios te quiere encerrada aquí, escribiendo en un cuaderno a la medianoche, como una desquiciada? Dios te quiere feliz. Te quiere riendo, paseando por las maravillas que ha creado para nosotros, ayudando a los demás.

–¡Déjame! –comenzó a llorar–. ¡Mientes! Tú también eres el mal. Eres el mal y la tentación.

–Chloe, por favor… –sollocé, y me cubrí la boca para no estallar en llanto.

–¡Tú también estás enferma! ¡También irás al infierno!

–No puede ser… Te han vuelto loca. ¡No dejes que papá te enloquezca!

–Vete. ¡Quiero que te vayas! –gritó, y continuó escribiendo.

Retrocedí temblando. Parecía un avance de una película de terror de esas que nunca me habían permitido mirar. Eso no podía estar pasando en mi familia, esos no podían ser mis padres. Mis padres eran estrictos, pero no encerraban a su hija en el ático, no la castigaban de esa manera.

Me negaba a aceptar la realidad, así que bajé a buscar otra versión de los hechos. Abrí la puerta del cuarto de mis padres sin golpear. Los dos se sentaron de inmediato, alertados por una invasión que jamás antes se había producido.

—¡Díganme que no han encerrado a Chloe en el ático y le están haciendo escribir hasta el cansancio que Dios tiene que sanarla!

Mamá encendió la lámpara mientras yo hablaba. Papá se levantó e intentó asirme de los brazos. Me aparté con un movimiento brusco.

—Ve a la cama, Glenn —ordenó.

—¡No! —le grité. Lloraba—. Necesito comprobar que no son dos monstruos que enloquecieron a su hija.

—No hemos sido nosotros, ha sido el mal.

—¡¿En serio crees eso que estás diciendo?! ¡El mal eres tú!

—No me faltes el respeto.

—¡Entonces dime que no la encerraste ahí por lesbiana!

—¡No lo pronuncies!

—¡Lesbiana! —volví a gritar, y una bofetada me dio vuelta la cara. Respiré profundo; temblaba. Lo miré con los ojos ardiendo de furia y traté de hablar con calma—. Sácala de ahí ahora.

—No te metas en esto —ordenó papá.

—¡Déjala salir!

—Ve a dormir. Hablaremos mañana.

—Si no le dices que no está enferma y la sacas del ático, me iré ahora.

—Duerme. Mañana hablaremos contigo de esta actitud preocupante que estás teniendo —sentenció, y me cerró la puerta en la cara.

Me quedé un momento mirando la madera blanca, incapaz de moverme.

—¿Glenn? —susurró Gabrielle. Giré para mirar a mi hermana menor. Estaba en el pasillo, frotándose los ojos.

—Ve a dormir —le pedí, procurando sonar calmada.

—¿Qué sucede?

—Nada, ve a tu habitación —repetí, y me aproximé para acompañarla con una mano en su espalda.

Después de que logré tranquilizarla, regresé a mi dormitorio y me eché sobre la cama.

—Eres una traidora —susurró Ruth; la pelea con papá se había escuchado en toda la casa.

No respondí. Otra vez estaba en shock, o quizás nunca había salido de él. Quería irme en ese preciso momento. Quería cumplir mi palabra. Pero, si me iba, ¿qué sería de Chloe? ¿Quién podría ayudarla?

No dormí en toda la noche. A la mañana, todos fuimos a la iglesia, fingiendo que nada ocurría. Solo faltaba Chloe. Papá les dijo a sus conocidos que estaba enferma y que por eso no había podido asistir al servicio. Mientras tanto, yo buscaba con quién hablar para pedir ayuda. Nadie me comprendería allí. Estaba sola, pero por primera vez en mi vida no dudaba de que yo no era la equivocada. No tenía claro si ser homosexual era realmente un pecado o no, pero sin dudas no era una razón para castigar así a una hija. Lo malo era que no sabía qué hacer para acabar con la locura.

Después de la celebración, papá y mamá enviaron a mis hermanas menores a la casa de un matrimonio amigo. Ruth y yo volvimos con ellos en el auto. En casa nos sentaron en la sala para conversar.

—Ruth: ¿por qué le has contado a tu hermana lo que te ordenamos que mantuvieras en secreto? —preguntó papá.

—Le dije que no tenía permitido hablar, pero ella me obligó —se defendió Ruth.

—¿Por qué has forzado a tu hermana si te dijo que no podía hablar? —interrogó papá. Por primera vez le sostuve la mirada.

—¿Por qué encerraron a su hija en el ático y la obligan a escribir en un cuaderno como una loca? —repliqué yo.

—¿Te das cuenta del nivel de desobediencia y falta de respeto que estás teniendo?

—Ocultar lo que te avergüenza no es una solución —contesté, como si no hubiera oído su pregunta.

—Lo estoy haciendo por amor. Aceptar lo que dijo sería condenarla. Es mi hija, quiero salvarla. Tengo que sanarla, y ella quiere que Dios la sane.

—Fíjate lo que has dicho: "tengo que sanarla, y ella quiere que Dios la sane". En esa frase, tú eres Dios. Y no es cierto. No eres más que un hombre que cree entender su palabra.

—El Señor va a sanarla. Para eso ella hará la terapia de conversión.

Se me anudó el estómago. Si habían convencido a Chloe de que estaba enferma, no había mucho que pudiera hacer para ayudarla. ¿Cómo revertir lo que le habían dicho mis padres y las creencias de toda una vida? Yo no era tan fuerte como ellos, ni tenía tanto poder. Solo Dios era capaz de tanto.

"Dile lo que quiere escuchar, y en cuanto seas mayor de edad, vete de aquí".

Mi propio consejo resonó en mi mente y decidí hacerle caso.

El silencio era la única manera de sobrevivir.

13

El precio de la libertad

El lunes por la mañana estaba de regreso en el seminario. Ni siquiera había encendido el móvil, solo había orado por mi hermana todo el viaje. La imagen de Chloe en el ático ocupaba mi mente todo el tiempo, y el silencio se clavaba en mí como una estaca, capaz de matar a un vampiro. ¿Sería yo el vampiro? Mi boca tenía que callar, pero mi alma gritaba.

Esa noche encendí el teléfono pero ignoré los mensajes de mis amigas y los de Dave. Pasé horas consultando en Internet debajo del edredón para que nadie me viera violando el "toque de queda".

Envié mensajes a una decena de páginas que hablaban de los derechos de las comunidades LGBTQ+, incluso a un abogado que se ocupaba de casos de discriminación. Necesitaba que alguien se metiera en mi casa y se llevara a mi hermana a cualquier parte que no fuera ese ático. Quería que hablara con un terapeuta y que la protegieran de la homofobia y la terquedad de mis padres. No tenía dudas de que nos amaban hasta el infinito, pero con Chloe estaban cometiendo el peor error de sus vidas.

Al día siguiente, en la clase de Adolescencia, se trató el tema del adulterio. No tenía idea de qué decían, solo esperaba a que la hora terminara para encender el teléfono y verificar si alguien había respondido mi pedido desesperado de ayuda.

Recién pude revisar el correo por la noche. Encontré solo dos respuestas: una general y una automática. En la primera el emisor me indicaba que acudiera a la policía, pero era impensado denunciar a mis padres. Creían que estaban salvando a su hija; le daban de comer y no la castigaban físicamente. No tenía modo de probar que la estaban enloqueciendo o que, para mí, tenerla allí, escribiendo en un cuaderno, era un tipo de maltrato. Por otra parte, aunque lo consiguiera: ¿qué sería de mis hermanas si mis padres perdían la custodia de sus hijas? No podía condenarlas a casas de acogida. Sabía por trabajos de caridad que llevábamos adelante en la iglesia que podía tocarte un hogar decente como un infierno en vida. El remedio podía ser peor que la enfermedad.

Respondí a la conversación con mis amigas sin contar nada de Chloe y le dije a Dave que me esperara el sábado. No veía la hora de hablar con él.

El resto de la semana, mientras seguía orando por Chloe, recibí otras respuestas. Ninguna era demasiado útil. Me sugerían conversar mucho con mi hermana, aun en contra de lo que dispusieran mis padres. No podía hacer eso, porque no estaba en casa, así que descarté esa propuesta y evalué otra. Había que seguir muchísimos pasos para presentar una demanda y que alguien defendiera los derechos de Chloe. Derechos que ella no creía poseer y que no le interesaba defender, porque creía que estaba enferma y que con una terapia de conversión podía volverse heterosexual.

—Qué mierda —opinó Dave. Estábamos sentados en los escalones del porche de la casa de su tío, viendo el atardecer.

—No sé qué más puedo hacer. Para colmo, solo hablo con mamá o papá cuando me llaman al teléfono del campus. Si le escribo a mi hermana Ruth desde el teléfono que me diste, les dirá que tengo un móvil y será peor. Por supuesto, después de lo que pasó, no me devolvieron el mío.

Dave suspiró. Transcurrió un momento en silencio.

—Sigue con tu vida, Glenn —sugirió finalmente—. Hay cosas que escapan a nuestro control. Si te encierras en el problema, enloquecerás también. Eso no significa que no debas seguir buscando ayuda de un tercero para Chloe. Investigaré también para ver si encuentro algo.

—Gracias.

—No tienes que agradecerme. Tu hermana saldrá adelante, ya verás. Quizás no pudo asimilar tu sugerencia en ese momento, pero más adelante hará lo que le dijiste. Es lo más inteligente en estos casos: decir lo que quieren escuchar hasta poder volar de allí.

Asentí. Intentaría seguir adelante, como le había sugerido a mi hermana.

Envié algunos mensajes más, sin resultado. También llamé a casa desde el teléfono del campus varias veces en los horarios en los que sabía que mis padres no estaban. Tenía la esperanza de que atendiera Ruth. Solo lo conseguí dos veces.

—¿Cómo está Chloe? Dime que le han permitido salir del ático.

—Sí, y está yendo a la iglesia otra vez. También retomó las clases, aunque papá la cambió de escuela. No quiere que vuelva a ver a la chica que la pervirtió.

—¿Qué ocurrió con la terapia de conversión?

—Papá dice que podrá evitarla mientras ella demuestre que entiende que lo que hizo estuvo muy mal y que quiere cambiar.

Que mis padres hubieran desistido por el momento de la terapia de conversión y que mi hermana hubiera retomado sus actividades me tranquilizó de cierta manera. *Ojalá esté siguiendo mi consejo,* pensé. Tenía la esperanza de que lo hiciera.

Unas semanas después, llegó un mensaje de Liz.

> Les presento a Devin.

La foto de su hijo recién nacido removió muchos sentimientos en mí y me emocionó hasta las lágrimas. Era un bebé precioso, idéntico a Jayden.

VAL.
> ¡Es lo más lindo que vi en mi vida, Liz! ¡Felicitaciones para ti y para Jayden!
> Te dejaré tranquila unos días e iré a visitarlos. ¿Puedo?

GLENN.
> ¡Estoy llorando de emoción! Dios los bendijo y serán muy, muy felices.
> En cuanto vuelva a casa, correré a la tuya.

LIZ.
> Gracias. Estoy enamorada de mi bebé. Tanto como del padre, jaja.
> Les avisaré para que puedan venir. Besos a ambas.

El nacimiento del hijo de Liz me puso a reflexionar de nuevo. No dejaba de pensar en mi hermana, ni en lo que yo había vivido hasta ahora. Si Chloe había enterrado su verdadero ser durante años, ¿acaso no podía sucederme lo mismo? Callada, obediente, sumisa… escondida. ¿Y si yo también me había ocultado? ¿Si no quería casarme, ni tener hijos enseguida, ni continuar en un seminario al que no le prestaba atención desde hacía más de un mes? Tal vez en realidad solo quería cantar y ser libre. Ser yo misma.

Sacudí la cabeza para librarme de esos pensamientos rebeldes. Siempre me había sentido feliz. Dios me llenaba y jamás dejaría de ser así. Solo quería algo más. Algo terrenal.

Me esforcé por resistir. Lo intenté con todas mis fuerzas, pero la clase de Adolescencia no ayudó. El tema de la semana era la homosexualidad, y mi corazón latía tan fuerte que creí que me delataría, como sucedía en un cuento de Poe que habíamos leído en la escuela.

—Es antinatural —sentenció Louise en nuestro pequeño equipo de debate—. Hombre con hombre y mujer con mujer no pueden concebir hijos. Eso lo dice todo.

—Dios creó dos sexos: hombre y mujer —señaló Junior—. Todo lo demás es mentira.

—Además, ¡qué asco! —exclamó Ben—. Yo creo que un chico que se siente atraído por otro chico tiene algún tipo de perturbación mental.

—Los gays son todos afeminados, y las lesbianas, marimachos —opinó Louise.

—Nos estamos yendo por las ramas —intervino Junior—. La profesora nos pidió que justificáramos nuestra posición sobre la homosexualidad, no que hiciéramos un catálogo de cómo son los gays. No olviden que condenamos el pecado, no al pecador.

Yo apretaba los puños, muda, debajo del pupitre. Mi hermana no era una "marimacho" ni tenía ninguna perturbación mental hasta que le habían dicho que estaba enferma y que tenía que sanar. Era una chica buena y aplicada, una eximia pianista que obedecía todo sin chistar.

Silencio. El silencio pesaba y me hacía doler el alma.

Como siempre, una vez que terminó la media hora de debate por grupos, la profesora pidió que colocáramos los pupitres en la posición original para exponer nuestras ideas y arribar a una conclusión general. Esta vez, a diferencia de otras, todos los equipos estaban de acuerdo en que la homosexualidad debía ser censurada. Sin dudas era un tema muy espinoso para la iglesia, como alguna vez lo había sido el divorcio.

No aguantaba más. Me temblaban las piernas, apretaba los puños procurando cantar en mi mente para no seguir oyendo. Me dolía callar, más que cuando había permitido que mi padre prejuzgara a mi amiga por haber quedado embarazada. Pensaba en qué estaría haciendo Chloe en ese momento, en cuánto estaría sufriendo al sentirse rechazada, en cuánto dolor le causaban las personas que decían lo mismo que mi padre.

–Dice en Levítico 18:22: "No te acostarás con varón como los que se acuestan con mujer; es una abominación" –comentó la profesora–. ¿Qué significa "abominación"? Es una palabra cruda, dura, que no admite dobles interpretaciones. La homosexualidad es uno de los temas sobre los que la Biblia es más clara. "Abominar" significa condenar y maldecir. De modo que algo abominable condena y maldice. Por eso, también en Levítico 20:13, dice: "Si alguno se acuesta con varón como los que se acuestan con mujer, los dos han cometido abominación; ciertamente han de morir".

¿"Morir"? Mi hermana no condenaba ni maldecía a nadie. Mi hermana no era una abominación y, ¡por Dios!, no merecía morir.

Me levanté bruscamente, haciendo temblar el pupitre.

–¡Cállese! –le grité–. ¡Cállese ya, maldita sea! Deje de llenar la cabeza de todos estos chicos con mentiras. Lo abominable es que se pare ahí a hablar como si usted fuera superior a todo el mundo y defienda una forma de vivir la fe que ya casi no existe. ¡Lo abominable es que diga que otro merece la muerte!

–Glenn, por favor –balbuceó ella.

–¿Acaso piensa que de este modo está haciendo el bien? ¿Piensa que Jesús quiere que estemos sentados aquí, juzgando a todo el mundo, hablando de sentimientos y experiencias que nunca vivimos, pero de las que creemos saber más que el que las vivió? Le aseguro que no. Él estaría junto a los que lo necesitan, amándolos, no condenándolos a la humillación y la crueldad social. Lo dice la misma Biblia que todo el tiempo estamos citando.

–Basta, Glenn. Retírate.

–¡Sí! ¡Claro que me retiraré! Quédese con sus estudiantes perfectos que le dicen que sí a todo lo que usted enseña y luego andan follando en la arboleda.

–¡Oh! –exclamó una compañera, cubriéndose la boca.

–¡Retírate! No estás preparada para este seminario –repitió la profesora.

–¡Gracias a Dios no lo estoy! –repliqué, reuniendo mis cosas.

Salí del aula temblando, con los ojos llenos de lágrimas, la mochila colgando de un brazo y los libros contra el pecho.

No fui consciente de lo que acababa de hacer hasta que me senté en la cama de la habitación y empecé a recapitular. Tenía frío, mucho frío, y afuera llovía a cántaros.

No sé cuánto tiempo pasé quieta ahí, como en estado catatónico. Reaccioné cuando vi una bota en el suelo. Seguí subiendo por la pierna y el torso hasta dar con el rostro de la celadora.

–El director pide hablar contigo urgente, Glenn –dijo. Parecía más bien compungida cuando debía estar muy enojada.

La seguí sin ánimo de nada. Era como si me hubieran desinflado.

Me senté frente al escritorio con el pecho vacío. No sentía culpa, ni dolor, ni siquiera miedo.

–¿Qué ha sido ese exabrupto en la clase de Adolescencia, Glenn? –interrogó el hombre. Siempre calmado, siempre ocultando algo.

–Lo que siento –contesté. Hablaba como en pausa, pero con la tranquilidad de que por primera vez estaba siendo completamente honesta.

–Dijiste que la Palabra de Dios es una mentira.

–No dije que la Palabra de Dios fuera una mentira, sino lo que algunos interpretan de ella y cómo la llevan a cabo.

—¿Entonces sostienes lo que dijiste en la clase?

—Sí. Cada sílaba.

Suspiró, mirando una carpeta.

—En ese caso, tendré que llamar a tu padre. Le pediré que pase por ti mañana a la mañana. Estás expulsada.

Seguía sin sentir nada y no sabía si eso era peligroso o alentador.

Me levanté sin esperar su permiso y salí de la oficina. Afuera me esperaba la celadora para acompañarme de nuevo al dormitorio de las chicas.

Llegué y me puse a armar mi maleta. Como todos estaban en clase, me hallaba sola en una habitación inmensa. Sola con mis ideas. No veía la hora de salir de allí, aunque no supiera qué me esperaría una vez que mi padre me recogiera y qué haría ahora de mi vida.

—Lo siento mucho, Glenn —dijo la celadora—. Pienso como tú, pero ya sabes cómo es.

Le agradecí con una sonrisa desanimada y seguí armando mi maleta. La celadora recibió un llamado al intercomunicador y se retiró para atender una necesidad en otro sector del campus.

Cuando terminé de reunir mis cosas, volví a sentarme en la cama, como una zombi. Papá llegaría por la mañana y me llevaría a casa. Estaba segura de que me diría que yo también lo había avergonzado, como Chloe, y que tenía que curarme de mi rebeldía.

Me imaginé en lugar de mi hermana y se me heló la sangre. Miré la maleta y miré la lluvia del otro lado de la ventana. No terminaría en el ático, escribiendo en un cuaderno que quería que Dios me sanara. No acabaría ocultándome para cumplir los mandatos de mi padre, no acabaría muerta en vida.

Me levanté, tomé la maleta y salí del edificio, sumergiéndome bajo la lluvia hacia un destino incierto.

El precio de la libertad podía ser muy alto. Estaba dispuesta a pagarlo.

14

Detrás de un sueño

Me detuve en la puerta de la cafetería y dejé caer la maleta sobre un charco. Había caminado una distancia considerable cambiándola de mano, intentando soportar el peso y que mi cuerpo resistiera los embates del clima. Mi ropa estaba empapada y yo temblaba de frío.

Una cortina de agua caía por delante de los vidrios, nublando la imagen de Dave. Sonreía a una clienta mientras echaba crema a su café. Lo contemplé un momento; parecía tan seguro y tenía tanta personalidad… No tenía a dónde ir ni a quién ofrecerle lo que le iba a ofrecer. Era el indicado. Tenía que ser él.

De pronto levantó la mirada, como si mi mente lo hubiera llamado. A pesar de la distancia, distinguí su expresión de confusión cuando me vio en la acera, tiritando delante de la puerta.

Dejó lo que estaba haciendo y se acercó muy rápido. En menos de un segundo lo tenía frente a mí, mojándose también. Había salido sin importar nada, como si la lluvia no existiera para él.

–Glenn, ¿qué haces aquí? ¡Estás empapada! –me miró de arriba abajo–.

¿Qué sucede? ¿Estás bien? —el nudo en mi garganta se apretó de golpe y se convirtió en lágrimas. Me eché a llorar, dudosa de si podría sostenerme en pie—. ¡Por favor, dime qué ocurre! —rogó él, pero yo no podía hablar—. Está bien, no importa —dijo, y en una fracción de segundo estaba abrazándome.

Me aferré a su camiseta y oculté el rostro sobre su pecho, agradecida a Dios de que me sostuviera a través de los brazos de Dave. No me arrepentía de lo que había hecho, solo sentía angustia y miedo a lo desconocido.

Me quedé allí, refugiada en él, mientras procuraba calmarme. Nada podía ser tan malo, nada me haría retroceder.

—Tenemos que entrar —dijo Dave unos minutos después, apartándose para recoger mi maleta sin romper el contacto físico.

Me abrazó contra su costado para guiarme a la casa de su tío. Una vez adentro, me llevó al tocador y me hizo sentar sobre la tapa del retrete. Me dio una toalla y salió avisándome que iba en busca de ropa en condiciones. Me sequé el rostro y me quité el suéter y la camisa. Mi camiseta sin mangas se había adherido a mi cuerpo, al igual que los pantalones. Me quité las zapatillas: podía meter peces dentro de ellas y vivirían mejor que en un acuario. Los calcetines no servían más, el lodo había penetrado en ellos y jamás podría quitarles el tono oscuro que habían adquirido.

Poco después, Dave regresó con un pantalón deportivo, una camiseta sin mangas, un par de calcetines y zapatillas. Lo miré en espera de que me diera las prendas, pero él se había quedado estático, con la mirada clavada en mi cintura. Sin dudas no quería mirarme a la cara, mi pelo enrulado estaba casi lacio y caía como un arbusto sin forma sobre mi rostro.

Estiré la mano, y al fin me entregó las cosas. Volvió a salir, y yo me sequé y me vestí. Su ropa me quedaba grande, pero serviría hasta que se secara alguna de las prendas que llevaba en la maleta.

Cuando salí del baño con la ropa mojada hecha una pelota, encontré a

Dave esperándome en la sala. Llevó la bola de prendas al lavadero y me pidió que me ubicara en el sofá. Ni bien me senté, me cubrió con una manta y me acercó una taza de café que había dejado sobre la mesita.

Su preocupación tan genuina le devolvió el calor a mi pecho. Quizás no estaba sola, como había creído. Dios me había enviado a Dave en el momento adecuado, justo cuando más lo necesitaba. Tenía que haber una razón para que lo hubiera conocido.

—Me expulsaron del seminario —dije sin vueltas.

Los ojos rasgados de Dave casi se volvieron redondos.

—¿Qué? ¡Es imposible! ¿Por qué?

—Por defender a los homosexuales, las madres solteras, los padres y madres adolescentes, las personas que tienen tatuajes, los que se hacen piercings, los que escuchan rock y mucha gente más.

Respiró profundo con los labios apretados.

—¿Te lo dijo el director? Quizás sea solo una advertencia.

—No. Me echó.

—Bueno. Bienvenida también a ese club.

Recordé que me había contado que lo habían expulsado de dos colegios. No costaba imaginarlo; por su aspecto, algunos supondrían que ni habría terminado sus estudios.

Pasamos un momento en silencio. Me parecía increíble poder pensar de pronto en Dave y en cómo lo habrían echado de dos institutos en lugar de estar aterrada por mi futuro.

—¿Y qué vas a hacer? —preguntó de repente.

—Mi padre vendrá a buscarme por la mañana. Pero yo ya no estaré aquí —me acomodé en el asiento para mirarlo de frente. Por suerte la manta ocultaba mis manos y el nerviosismo con que las apretaba sobre mi regazo—. Dijiste que querías actuar. ¿Soñabas con ser actor de Hollywood?

—Todos soñamos con eso o con Broadway cuando estudiamos actuación, pero muy pocos lo logran —explicó, riendo.

—¿Alguna vez lo intentaste? ¿Fuiste a Hollywood a probar suerte?

—No —negó con la cabeza, reforzando la idea con una expresión de que no le importaba intentarlo—. ¿Para qué lo haría? Terminaría trabajando en una cafetería igual que aquí. Es un mundo muy competitivo y la mayoría fracasa.

—No importa lo que le ocurra a la mayoría, tú eres tú, y tienes que vivir tu propia experiencia. Nunca lo has intentado siquiera. Ya has dado por sentado que fracasarías sin hacer la prueba.

—¿A dónde quieres llegar?

—A que yo lo intentaré. Iré a California e intentaré ser cantante.

Suspiró, respaldándose en el sofá, como si no lo pudiera creer. Se pasó la mano por el rostro y bajó la cabeza. Se golpeó la rodilla con el puño distraídamente, era imposible saber qué pensaba.

—No quiero ser aguafiestas, pero es muy peligroso, Glenn —dijo—. Sé el tipo de chica que eres, y perdona que te lo diga, pero has vivido en una caja de cristal. No tienes idea de cuán dura puede ser la calle, cuán cruel puede ser la gente y cuán difícil puede volverse la vida cuando intentas abrirte paso por ti misma. Crees que te he contado mucho de mí, pero no es cierto. Quizás no estabas tan equivocada en tu primera impresión: no siempre estuve aquí, preparando batidos. Sé lo dura que es la calle, lo crueles que podemos ser las personas y lo difícil que es vivir. No quiero eso para ti.

—¿Tienes dinero? —pregunté, como si no lo hubiera oído, aunque lo había escuchado claramente.

—Sí, tengo algunos ahorros y te los daré todos si insistes en irte. Pero…

—No son para mí, son para ti —lo interrumpí—. Tengo dinero para mi pasaje y para vivir un mes. ¿Qué tienes tú?

—C… creo que no entiendo —balbuceó.

—Sí que entiendes. Te estoy invitando a venir conmigo e intentarlo también.

Sonrió, bajando la cabeza. Se hacía evidente que estaba retrocediendo. El chico seguro de sí mismo, bromista y encantador, se estaba cubriendo de un velo de inseguridad y temor.

—No, yo… No puedo ir. No puedo volver a la Costa Oeste.

—¿Por qué? —suspiró. Estaba acostumbrada a los silencios, así que respeté los de él—. No puedes darte por vencido si nunca lo has intentado. No me quedaré aquí para que mi padre me encierre en su ático, no te encierres también.

—No es que no quiera… No puedo.

Tomé aire y cerré los ojos un momento. Me hubiera gustado que Dave también se atreviera a ir en busca de sus sueños, pero no podía obligarlo si todavía no era su momento.

—En ese caso, te extrañaré.

Apretó los puños y giró la cabeza, se lo notaba contrariado. Le di tiempo para que reflexionara y pusiera en orden sus pensamientos. Volvió a mirarme poco después.

—Puedo hacer el intento —propuso—. Pero tengo que asegurarme de algo primero. ¿Puedes esperar un poco?

—Tengo que irme antes de que llegue mi padre, así que compraré el pasaje, como tarde, esta noche. Puedo esperar hasta entonces.

—De acuerdo.

Bebí un poco de café mientras Dave pensaba vaya a saber en qué. Me preguntó por mi hermana y le dije que no sabía más que lo que le había contado la última vez: que ya había regresado a la escuela y a la iglesia, así que suponía que todo marchaba bien. Sin duda mis padres no habían desistido, pero esperaba que ella hubiera seguido mi consejo. No todas las iglesias eran tan estrictas como la que lideraba mi padre, solo había que encontrar el lugar adecuado para compartir la fe en comunidad y ser libres.

Después de terminar el café y de pasar un rato más sentados en el sofá, Dave me ofreció su cama para que me acostara un rato. Las últimas horas me habían dejado exhausta, era como si hubiera pasado días sin dormir, así que acepté.

Me llevó a su habitación, un cuarto que nada decía de él. Resultaba evidente que esa, en realidad, no era su casa, y que estaba allí de paso, pero por alguna razón se había estancado.

Me acosté y Dave se sentó a mi lado. Apoyé la cabeza sobre su pierna y él empezó a acariciarme el pelo.

–¿Cuándo te hiciste el primer tatuaje? –pregunté.

–Fue cuando tenía trece años.

–¿Trece? ¿No necesitaste una autorización de tus padres?

–Tenía un amigo tatuador. De hecho me enseñó la técnica y empecé a hacer mis propios diseños. Algunos me los he tatuado yo.

–¿De verdad?

–Sí. Algunos tienen un significado, otros solo son artísticos.

Conversamos un poco más hasta que me quedé dormida.

Desperté con la voz de Dave. Sonaba embotada, hablaba fuera de la habitación. Había oscurecido y seguía lloviendo. Por lo que se veía detrás de la cortina de la ventana, supuse que eran cerca de las siete de la tarde.

–¿Estás seguro? No puedo volver si él está ahí –como no oí respuesta, entendí que hablaba por teléfono–. De acuerdo –otra vez hubo unos segundos de silencio–. Sí. Gracias.

"No puedo volver si él está ahí". Estaba segura de que se refería a su padre. Me quedaba claro por qué me sentía cómoda y contenida cuando estaba con Dave: a los dos, aunque de manera distinta, nos había ocurrido lo mismo. Él había escapado de su padre, y ahora yo quería huir del mío. Para nosotros, nuestras familias representaban una prisión, pero estábamos dispuestos a romper nuestras cadenas. Él las había roto antes que yo.

Regresó a la habitación y se sentó en la orilla de la cama.

–Glenn –me llamó, tocándome el pelo. Hice de cuenta que no había oído su conversación y abrí los ojos despacio–. Iré contigo –dijo con una sonrisa–. Saquemos los pasajes: California nos está esperando.

15

Compartir

Conseguimos dos asientos en un vuelo de una aerolínea de bajo costo para las siete de la mañana. El avión despegaba de Boston y debíamos estar dos horas antes en el aeropuerto. Había poco más de una hora de viaje desde New Hampshire, así que, temiendo llegar tarde, sacamos un pasaje en autobús para las tres de la madrugada. Todo lo habíamos pagado con la tarjeta de crédito del tío de Dave, separando el dinero en efectivo para devolvérselo.

A las ocho y media, el hombre golpeó a la puerta. Dave salió de la habitación y cruzaron unas palabras en coreano. Volvió a entrar poco después.

–¿Le dijiste que nos vamos? –pregunté en cuanto cerró la puerta.

–No. Solo me recordó las reglas de la casa. Creo que eres la única persona en el mundo que confía en mí.

–¿"Las reglas de la casa"? –indagué, frunciendo el ceño.

–¿Y tú querías ir sola a Los Ángeles? –rio él. Yo seguía sin entender–. No quiere que duerma con chicas aquí. ¿Entiendes a qué me refiero con "dormir"?

Me sonrojé de golpe. Bajé la cabeza como si no hubiera oído nada y seguí buscando un apartamento en el navegador del móvil. Necesitábamos un lugar donde vivir con el dinero que nos quedaba después de haber apartado una cantidad para comer durante un mes.

Estuvimos buscando durante horas hasta que al fin hallamos uno barato en una zona accesible con el transporte público. Hicimos la reserva a la medianoche.

Pasé otra hora ayudando a Dave a armar su maleta. Después nos sentamos en la cama para descargar información. Estudiamos los negocios en los que podíamos pedir trabajo y los alrededores del apartamento alquilado.

A las dos y media, salimos de la casa y fuimos a la cafetería. Dave fue del otro lado del mostrador y escribió una nota para su tío. Nunca había visto a alguien escribir en hangul, el alfabeto coreano, en persona, y me fascinó la velocidad con que lo hacía.

–¿Me enseñarías tu idioma cuando tengas tiempo libre? –pregunté.

Dave sonrió haciendo un gesto afirmativo mientras acomodaba el dinero debajo de la nota. Dejó ambas cosas junto a la caja registradora.

En cuanto salimos, supe que no había vuelta atrás, y se me anudó el estómago. Por suerte había dejado de llover, y aunque mi maleta con la ropa todavía estaba húmeda, no goteaba.

Tomamos el autobús a las tres y cuarto, y a las cinco menos veinte descendimos en el aeropuerto de Boston. Nos permitieron despachar el equipaje antes del horario estipulado y avanzar hasta las puertas de embarque.

La espera comenzó a parecerme angustiosa mientras esperábamos en la sala.

–Te ves asustada –me dijo Dave–. ¿Estás segura de que quieres hacer esto? Todavía podemos volver.

No podía creer que me estuviera proponiendo cancelar nuestro viaje. ¿Y si yo, de pronto, decidía que en realidad no quería ir a Los Ángeles? Nadie más que Dave era capaz de desperdiciar todos sus ahorros por el capricho de una chica que había conocido hacía unos meses.

—No quiero volver —contesté con seguridad—. ¿Y tú?

Se encogió de hombros.

—Siempre odié el frío de la Costa Este y extrañaba el movimiento de la ciudad. Amo la Costa Oeste, siento que es más cálida. ¿Y tú? ¿Prefieres el frío o el calor?

Seguimos conversando un rato; me daba la sensación de que Dave buscaba entretenerme. Se lo agradecía; con él se me olvidaban un poco los nervios.

En cuanto anunciaron que comenzaríamos a embarcar, puse a funcionar la última fase de mi plan.

—Necesito hacer una llamada —le avisé a Dave, y corrí a donde había visto unos teléfonos públicos.

Marqué el número de mi padre.

—¡Glenn! ¿En dónde estás? Me llamaron del seminario. Primero me dijeron que te habían expulsado y que tenía que pasar por ti a la mañana. Luego, que habías desaparecido. Estoy yendo en el coche, ¿qué está pasando?

Su voz me provocó sentimientos encontrados: culpa y audacia, enojo y dolor. No quería alejarme de mi familia, sin embargo, quedarme habría sido peor. Papá sonaba preocupado y a la vez molesto, lo mismo que había sucedido con Chloe. Entendía su desesperación: no había salido del campus por la puerta principal, sino por la arboleda, así que no habían visto que me había ido por mi voluntad. Podían pensar que me habían secuestrado o que estaba muerta. Tenía que dejarlo tranquilo.

—Estoy bien —aseguré—. No hace falta que llegues a New Hampshire, no regresaré. Tampoco iré a Nueva York. Me comunicaré esporádicamente para que sepan que estoy bien.

—¡Glenn, no! —gritó él—. Te ordeno que…

—Detente —le pedí con voz calmada—. Tienes que entender que ya no sigo tus reglas. Lo siento. Lamento que tenga que ser de esta manera, pero no me has dejado opción. Te amo, papá. Los amo a todos. Y, por lo que más quieras, deja en paz a Chloe. Adiós.

Colgué temblando, con los ojos húmedos, y tomé la mano de Dave, que me había seguido hasta el teléfono.

—Tenemos que irnos ahora —dije.

Si los números de los teléfonos públicos aparecían en los móviles, estaba segura de que mi padre ya estaría marcando el del que me había comunicado. No había querido llamarlo desde el teléfono que me había dado Dave o desde el suyo para que no pudiera contactarme si yo no quería, y no iba a responder si llamaba al público.

Ni bien abordé el avión, tuve la misma sensación que cuando había subido al ómnibus que me llevaba de Nueva York a New Hampshire, pero magnificada. Que Dave hubiera aceptado probar suerte conmigo en Los Ángeles aliviaba un poco mi temor, sin embargo la preocupación era inevitable. Jamás hubiera imaginado ser independiente. Me habían criado para pasar de la casa de mi padre a la de mi esposo, y lo máximo con lo que podía soñar era con ir a una universidad cerca de casa. Tampoco querían que fuera, así que lo más probable era que hubiera terminado en un matrimonio con alguien de quien quizás ni siquiera estuviera realmente enamorada.

En un comienzo tuve miedo de que hicieran descender el avión en cualquier aeropuerto para bajarme. Me asaltó la tonta fantasía de que, de alguna manera, papá habría averiguado que había sacado un pasaje a Los Ángeles y que me obligaría a regresar como fuera. Recién me sentí un poco más segura cuando llegamos a la escala programada en Baltimore y abordamos el segundo avión sin problemas.

Siempre había creído que el aeropuerto de Los Ángeles era inmenso y que había tanto movimiento como en el de Nueva York. Me sorprendió encontrar a cambio un lugar bastante tranquilo. Resultaba evidente que la ciudad también lo era.

Dave supo enseguida hacia dónde debíamos dirigirnos. Me di cuenta de que había estado allí antes, o quizás tenía una gran habilidad para ubicarse en las calles. Si hubiera ido sola, habría tenido que consultar a varias personas antes de encontrar la parada del ómnibus y habría sentido miedo de tomar el equivocado.

En el autobús no quedaban asientos libres. Dejé la maleta en el suelo, me aferré a un pasamanos vertical y apoyé la frente en él. Estaba agotada, llevaba muchas horas sin dormir y el miedo mantenía mis músculos agarrotados. Miré a Dave sin poder ocultar mi agotamiento. Él me acarició una mejilla.

–Ya falta poco –dijo. El cansancio jugaba con mi razonamiento, y esa caricia me gustó más que cualquier otra.

Después de nueve horas de viaje entre los dos vuelos, llegar al barrio donde habíamos alquilado el apartamento me pareció un regalo. La zona lucía peligrosa, pero era de fácil acceso con el transporte público, tal como habíamos averiguado por Internet.

La dueña vivía en la planta baja del edificio de color verde militar. Era una anciana de pelo blanco y apariencia descuidada que tenía el aspecto de pasar muchas horas espiando a los vecinos. Había algo en su rostro que me llamaba la atención, pero no sabía precisar qué.

Se presentó como Josephine y nos condujo por un pasillo despintado. La seguimos por una escalera estrecha hasta el primer piso. Como cargábamos las maletas y estábamos tan cansados, íbamos despacio, detrás de ella.

Miré a Dave y encontré que él ya me estaba observando. Había algo extraño en sus ojos, una calidez que antes no había notado. Sonreí y enarqué las cejas, esperanzada de que entendiera mis pensamientos sin necesidad de palabras. Rio en complicidad e imitó el gesto que hacía la señora con la boca al hablar. Aunque yo lo había visto, no me había dado cuenta de que era eso lo que me llamaba la atención hasta que él me lo hizo notar con la broma. Sin duda tenía un don para la actuación, que en definitiva consistía en observar e imitar los gestos ajenos.

Se me escapó la risa, y la mujer me miró por sobre el hombro.

—¿Has dicho algo? —preguntó.

—Nada —contesté, procurando parecer seria mientras tiraba de mi maleta para subir otro escalón.

—Les contaba que mi nieto alquila el apartamento por esa página, pero a mí no me gusta Internet. Todos allí son ladrones o… ¿cómo les dicen? *¿Joters?*

—Hackers —aclaré.

El pasillo del primer piso estaba pintado del mismo color verde que la fachada. Casi no había iluminación, apenas un par de luces amarillentas. La puerta de madera del apartamento tenía la C colgando al revés y no había timbre ni portero eléctrico.

Adentro, el ambiente no era mucho más alentador. El suelo era de madera vieja, se entraba por la cocina, y la sala estaba al fondo, donde había una ventana enorme. Raro de verdad. Había dos puertas a la izquierda: una conducía al baño, y la otra, al dormitorio. Según la página web, se suponía que debía estar equipado, pero solo había una mesada, una cocina, algunas cacerolas, un sofá y, en el dormitorio, una cama de una plaza con una mesa de luz.

—Entonces, ¿se quedarán todo el mes? —indagó la señora después de mostrarnos el lugar.

—Sí —respondió Dave.

—Si no les molesta la pregunta… ¿son novios? No llevan anillo y son muy jóvenes, así que no deben estar casados.

–¡Oh, no! No –reí–. Somos amigos.

–Ah… Entonces tú eres gay –siguió diciendo la señora, señalando a Dave.

Me aferré al brazo de Dave y oculté mi rostro en su costado para no soltar una carcajada.

–No, no soy gay –respondió él, con la misma naturalidad con que había respondido que nos quedaríamos todo el mes.

Volví a mirar a la señora; tenía el ceño fruncido. Al parecer nuestra relación era difícil de entender. Se dio por vencida enseguida.

–Bueno. Que descansen.

La acompañé a la puerta y cerré con el pasador. El lugar era tan feo que temía que alguien más tuviera la llave y se metiera mientras dormíamos.

Cuando giré y vi a Dave de pie en medio de la sala, volví a tomar conciencia de dónde estaba y de lo que habíamos hecho. Sentí que había cometido una locura, que sin mis padres no podría sobrevivir. Tenía mucho miedo, pero a la vez me sentía aliviada. Nunca había sido realmente libre hasta ese momento, y aunque era temible, a la vez esperaba que fuera una experiencia única. Solo debía evitar que mis pensamientos se convirtieran en la única prisión que todavía me amenazaba.

Recorrimos la casa de nuevo para investigar si había algo más que la señora no nos hubiera mostrado. Nada nuevo; no podíamos exigir mucho por el dinero que habíamos pagado.

–Solo hay una cama –comenté en la habitación, con cierta intranquilidad.

–No te preocupes, se ve más cómodo el sofá. Dormiré ahí –decretó Dave.

Lo miré sin entender: ese sillón parecía de madera, no de gomaespuma. Estaba roto y hasta podía tener pulgas. ¡Claro! La primera parte de la frase era una broma, la segunda iba en serio. Me sentí mal de que tuviera que dormir en esa porquería, pero no podía compartir la cama con un chico.

–¿Y si nos turnamos? Una noche tú, una noche yo –propuse. Él rio.

–No hace falta, he dormido en sitios peores. No me molesta usar el sillón, no te preocupes –aseguró, y se alejó.

Lo miré por sobre el hombro, intentando conciliar la imagen del chico lleno de tatuajes que había sido expulsado de dos institutos y que había dormido en sitios peores que ese sillón con el que me había contenido cuando más lo necesitaba, se había animado a probar suerte a mi lado en una ciudad al otro extremo del país y me cedía la cama.

Por primera vez tomé conciencia de algo que ya sabía, pero nunca me había planteado. Dave era un gran chico. Era inteligente, carismático y atractivo. ¿Habría tenido muchas novias? De pronto me hallé pensando en cuántas chicas habría amado y sentí una punzada de celos.

Dave era mi amigo, pero no quería compartirlo con nadie.

16

Vivirás

A la mañana siguiente, me levanté cerca de las diez. Lo disfruté, ya que en casa y en el seminario nunca me habían dejado dormir hasta más de las ocho. Encontré que Dave había hecho algunas compras y estaba acomodando productos en la alacena. Cuando me vio aparecer descalza, con pantalones de pijama y una camiseta, frotándome los ojos, se echó a reír.

—Buenas noches, Bella Durmiente —bromeó.

—No creo parecerme a la Bella Durmiente —respondí, todavía un poco dormida.

—¿Prefieres que te llame "zombi"?

—Eso sería más realista —dije, y me senté en el sillón.

Me preparó un café y me lo entregó. Le había puesto crema y sobre ella había hecho un corazón con canela.

Después de comer, pusimos su computadora sobre nuestras maletas apiladas, las que usábamos como mesa, y nos dedicamos a buscar trabajo sentados en el sillón. Bajamos un modelo de currículum, lo rellenamos con nuestros datos y modificamos el diseño para que fuera atractivo. Toda la experiencia laboral de Dave se resumía a la pescadería de sus padres y a la cafetería de su tío, y la mía, a un voluntariado de la iglesia en el que había organizado juegos para niñas de un orfanato cristiano.

Enviamos un centenar de correos electrónicos y nos encomendamos a Dios. Bueno, Dave en realidad se encomendó a la suerte, pero para mí lo que él llamaba "buena fortuna" era una respuesta divina. Daba igual cómo lo llamáramos, dependíamos de ello para sobrevivir al mes siguiente. Teníamos que conseguir un trabajo pronto.

—Bueno, ahora que hemos terminado con lo más urgente, busquemos castings para ti —propuse, saliendo del correo.

Dave apoyó una mano sobre la mía.

—No te preocupes, hay tiempo para eso —dijo.

—¿No estás ansioso por empezar a probar suerte?

—No. Mejor busquemos algo para ti.

Escribió en el buscador "audiciones cantantes Los Ángeles". Me sorprendió la cantidad de resultados. La mayoría parecían audiciones para personas experimentadas, algunas de mayor edad que yo. Pedían cantantes para anuncios, para cruceros, para espectáculos. Muchos solicitaban que se adjuntara un archivo de audio o de video junto con la postulación.

—¡Este parece genial! —comenté, señalando uno—. Piden cantantes jóvenes para formar un grupo de chicas, y no hace falta enviar audio o video, solo una foto.

Dave se acercó un poco más a la pantalla y leyó con detenimiento.

—No. No irás a ese, es un fraude —determinó.

—¿Cómo sabes que es un fraude?

—Piden que concurras a un apartamento y, además, fíjate el título. Dice "Muñecas". Buscan prostitutas.

Se me estrujó el pecho. No podía creer que las personas fueran tan perversas y que, de no haber sido por Dave, yo habría caído en la trampa. Hubiera querido tener su poder para prevenirme mejor de los males del mundo.

—¿Buscan chicas para ejercer como prostitutas así, abiertamente, en una página de Internet? —balbuceé.

—Sí.

Mientras Dave seguía leyendo los anuncios, contemplé su perfil delicado, su piel trigueña, sus labios bien formados. Me había acostumbrado a verlo, pero alejarme de los ambientes represivos me había liberado, y ahora lo apreciaba de otra manera. Por momentos me parecía una persona nueva; tenía habilidades que desconocía y que ahora salían a la luz. Estaba redescubriéndolo, y me parecía aún más fascinante que antes.

Sin pensar, le toqué el expansor del lóbulo de la oreja. Me miró al instante, un poco confundido. Sonreí con naturalidad, retiré la mano y miré la pantalla.

¿Por qué tenía ganas de tocarlo? ¿Por qué me gustaba su contacto? Sin dudas me estaba encariñando con Dave hasta límites insospechados. Nunca había tenido un mejor amigo y amaba la agradable y novedosa sensación de contar incondicionalmente con un chico. Ellos veían el mundo de forma diferente, y me gustaba que nos complementáramos.

—Este sí que sería un buen comienzo —comentó, señalando un aviso. Lo leí.

—Apenas solicitan a alguien para amenizar una noche en un restaurante —respondí, un poco desilusionada. Ese no era mi sueño. Pensaba que mi voz podía llegar más lejos, y de algún modo me entristecía que Dave no lo creyera así.

—El error más común de los soñadores que se mudan a Los Ángeles es pensar que es sencillo entrar a Hollywood por la puerta grande —explicó él—. Se creen Anthony Hopkins sin tener práctica profesional y no entienden que lo mejor es empezar desde abajo. Si cantas en algunos restaurantes y discotecas, obtendrás experiencia frente a un público que, mientras cantes, no estará orando, sino mirándote, cantando y bailando contigo, y para eso necesita tu carisma. No estarás con un coro, sino sola, y serás responsable de la diversión de muchas personas. Créeme, puede ser una presión muy grande, y creo que te hace falta conocer el ambiente. Es oscuro, duro y a veces perverso, pero tienes que pasar por él si quieres llegar lejos. Es mejor aprender frente a un público pequeño que ante uno grande, porque mientras aprendemos nos equivocamos. El juicio de la masa puede ser terrible y arruinar una carrera brillante antes de que despegue. En cambio, los silbidos de un puñado apenas dañarían un poco tu seguridad personal. Nada que no podamos solucionar.

Me mordí el labio, reflexionando. Cantar en un restaurante no era mi idea, pero no podía negar que Dave tenía razón. Apenas había cantado en la iglesia con el coro, en la ducha y una noche en la cafetería de New Hampshire para un solo espectador. Tenía que salir al mundo, y muy pocos empezaban siendo estrellas.

–Un restaurante es lo ideal –continuó exponiendo Dave–. La gente estará más pendiente de la cena y de sus conversaciones que de tu show, así que, si algo sale mal, será más fácil que lo pasen por alto. Tampoco estarán esperando diversión, solo un poco de entretenimiento. No piden audio ni video. ¿Qué dices? ¿Te postulas?

–Sí –contesté con seguridad, asintiendo con la cabeza.

Completé la solicitud y dejé que Dave presionara el ícono para enviarla. Justo en ese momento, sonó su teléfono. Atendió, arregló un horario y cortó. Entonces me explicó que lo habían llamado de una cafetería que estaba en el Downtown y que lo esperaban para una entrevista a la mañana siguiente. Era evidente que conseguiría trabajo antes que yo.

—Estamos teniendo suerte —comentó—. Estoy seguro de que me contratarán, entonces tendremos menos tiempo para pasear. ¿Por qué no salimos hoy? Quiero llevarte al Paseo de la Fama, Rodeo Drive y Santa Mónica.

—Entonces ya habías estado aquí.

—Sí, claro, pero nunca probé suerte con las audiciones. ¿Vamos?

—Tenemos que ahorrar.

—No te preocupes, si no consigo trabajo en esa cafetería, será en otra. ¿Crees que cualquiera es capaz de preparar mis batidos? —me guiñó el ojo, y yo reí. Me convenció enseguida para salir.

Caminamos por el Paseo de la Fama buscando las estrellas de mis cantantes favoritas. Me sacó fotos con su teléfono; todavía no quería encender el mío. Le pedí tomarnos algunas *selfies* juntos y accedió enseguida. Era muy fotogénico: aunque ponía caras graciosas, salía bien en todas. Estaba segura de que tendría éxito como actor.

Visitamos el exterior del Teatro Chino y el Dolby Theatre, donde se realizaban las ceremonias de los Oscar. De allí fuimos a Rodeo Drive, en Beverly Hills, un paseo repleto de tiendas de lujo. Una vez que cayó la noche, nos dirigimos a Santa Mónica, una zona de playa donde había un parque de atracciones.

Regresamos al apartamento bastante tarde. Si no hubiera estado con Dave, el barrio me habría dado miedo. Nos cruzamos con unos chicos que se alejaron, posiblemente asustados de él, y eso me hizo sentir segura.

Por la mañana preparamos el desayuno juntos. Él volvió a hacer mi café y a ponerle un corazón. Era evidente que siempre habría uno.

Lo acompañé hasta la cafetería donde tenía la entrevista y me quedé en la esquina. Mientras lo esperaba, por primera vez volví a encender mi teléfono.

Aparecieron una decena de llamadas perdidas de mis amigas y mensajes del chat que teníamos en común. No había más, ya que no había querido dar ese número a nadie, solo lo conocían ellas y, por supuesto, Dave.

VAL.

> ¡Chicas! ¿Cómo están? Liz, ¿cómo está Devin? ¿Cómo estás tú?

Liz había tardado bastante en responder.

LIZ.

> ¡Hola! Estamos bien. Adaptándonos. ¿Qué tal tú?

VAL.

> Bien. Estudiando mucho. Con Luke queremos ir a la casa de la playa
> unos días durante el receso invernal, pero con tanto para hacer
> no sé si tendremos tiempo. ¿Sabes algo de Glenn?

LIZ.

> No. Esperemos, quizás se quedó sin móvil de nuevo.

VAL.

> Sí, puede ser.

Unas horas después, Val había enviado otro mensaje.

VAL.

> ¡Liz! Acabo de recibir una llamada del padre de Glenn.

LIZ.

Mamá me acaba de avisar que llamó a su casa también.
¿Te dijo que Glenn había desaparecido del seminario?

VAL.

Sí. Estoy muy asustada, ella jamás se fugaría.
Tienen que haberla secuestrado.

LIZ.

No pienses eso. Quizás ocurrió algo con ese idiota de Ben y decidió irse.

VAL.

¿Sin avisar a nadie? ¡Vamos, Liz! La conocemos desde hace años.
Sabemos quién es nuestra amiga, jamás haría algo así.

LIZ.

Tratemos de comunicarnos al móvil que le había dado ese chico
de la cafetería. ¿Le dijiste a su padre que lo tenía?

VAL.

No. No quise meterla en más problemas, pero no sé si hice bien.
¿Y si fue ese chico? ¿Crees que tendríamos que contarle al padre de Glenn
que ella era su amiga? Tal vez la policía pueda investigar por ese lado.

LIZ.

¿Te dijo que llamó a la policía?

VAL.

> No, pero quizás lo hizo.

LIZ.

> ¿Y si por primera vez nuestra amiga se atrevió a desafiar a su padre
> y tan solo se fue? Espera. No seamos paranoicas; démosle unas horas.

VAL.

> Unas horas podrían marcar la diferencia entre la vida y la muerte.
> Esto puede ser peligroso, Liz.

LIZ.

> Sí, lo sé, ¡lo sé! Pero nunca supimos mucho de su padre,
> solo que no la dejaba hacer casi nada. Cada vez que pedía permiso
> para ir a una cafetería con nostras era un problema. ¡Ni siquiera
> le permitió ir a la fiesta de graduación!
> No deberíamos estar comentando esto en el chat grupal, te hablaré
> por privado.

¡No! Quería que siguieran ahí.

Eso era lo último, aparte de los mensajes individuales en los que me rogaban que me comunicara para hacerles saber que estaba bien. Necesitaba comprobar si habían hablado con papá y cuánta información le habían dado. Lo que menos quería era meter en problemas a Dave.

Llamé a Val enseguida. No quería molestar a Liz, que debía estar con su bebé.

—¡Glenn! —exclamó ella—. ¿Dónde estás? ¿Estás bien?

—Dime que no le dijeron a mi padre que soy amiga de Dave y que no le dieron mi número.

—Íbamos a ir a tu casa con Liz en un rato para decirle, claro que sí. ¡Dios! Casi morimos de miedo. ¿Qué pasó? ¿Dónde estás? ¿Por qué desapareciste?

—No puedo decirte.

De verdad no podía. Si mi padre las presionaba y ellas no se convencían de que me había ido porque quería, terminarían hablando.

—Pero, ¿estás bien?

—Claro que estoy bien. Me fui porque quise.

Se produjo un instante de silencio. Val suspiró, podía ver el miedo bajando de su garganta cuando tragó con fuerza.

—¿Qué ocurrió? —preguntó. Por eso amaba a mis amigas, nunca me juzgaban.

—Me expulsaron del seminario. Estoy segura de que mi padre no les dijo eso.

—No. Solo que habías desaparecido.

—No desaparecí: me expulsaron y me fui. Le pedí a Dave que me acompañara. Mi padre es muy hábil para modificar la realidad a su conveniencia sin mentir.

Val volvió a quedarse callada. Yo nunca hablaba mal de mi familia, era evidente que la había descolocado.

—¿Dave es bueno contigo? —preguntó enseguida.

—Sí. Es mi mejor amigo y la mejor persona que he conocido. No te preocupes, estoy más que bien. Y, por favor, no le digan a mi padre que estoy con él ni le den mi número. Volveré a llamarlo en unos días para que sepa que sigo bien.

—¿Entonces ya le habías avisado que te habías ido por tu cuenta?

—Claro que sí. Te dije que es hábil. Tengo que cortar, explícale a Liz.

—Lo haré. Cuídate, por favor, y cuenta con nosotras.

Mientras hablaba había recibido un mensaje. Lo leí: habían respondido mi solicitud para cantar en el restaurante.

Aparté los ojos del teléfono en cuanto percibí que Dave estaba frente a mí.

—¿Y? —pregunté. Él sonrió.

—Empiezo el lunes.

La tensión que me había sofocado hacía un momento desapareció de golpe. Sonreí, me puse en puntas de pie y lo abracé.

Sus brazos alrededor de mi cintura fueron como un imán que me mantuvo prendida a él durante largos segundos. Cuando nos apartamos, se pasó una mano por la nuca. Me miraba con una intensidad que solo había visto en los k-dramas.

—Yo también tengo buenas noticias —le informé—. Me enviaron un mensaje del restaurante. Tengo que pasar a ver al dueño.

Dave rio, y así transformó mi confusión en un intenso cosquilleo en mi vientre.

—¡Es genial! —exclamó—. ¿Cuándo tienes que ir?

—Esta noche. ¿Me acompañas? Después de lo que me dijiste de ese aviso para captar prostitutas, tengo miedo.

—Sí, claro.

Volví al apartamento pensando en mi padre: estaba usando todos los medios posibles para encontrarme. Ya me parecía que no aceptaría con facilidad que me hubiera ido y que quisiera ser independiente. Algunos chicos del seminario se habían dado cuenta de que era amiga de Dave en New Hampshire y, además, se había ido la misma noche que yo. Ojalá que no se les ocurriera asociar los hechos; temía ocasionarle problemas.

Rogué protección mientras intentaba hallar en el guardarropas del dormitorio qué ponerme esa noche para ir al restaurante. Lo más lindo que tenía era un pijama de pantalón y camiseta sin mangas. El resto de mi ropa parecía la de una anciana, y había dejado la que usaba para las salidas esporádicas con mis amigas en casa. No podía gastar dinero, así que tenía que arreglármelas con lo que había.

Mientras me quitaba una blusa, Dave golpeó a la puerta. Me puse una camiseta sin mangas y le di permiso para que entrara a socorrerme. Revolvimos juntos las prendas de nuevo.

—Aparta esa camiseta blanca y ese pantalón de jean —indicó—. Ahora regreso.

Volvió media hora después, cuando creí que había encontrado un atuendo aceptable: una falda larga hasta la rodilla y una blusa beige. Se las mostré. No me hizo mucho caso y extrajo de una bolsa tijeras y un marcador indeleble que había comprado. Empezó haciendo tajos en los pantalones de jean.

—*Ouch* —dije—. ¿Y eso por qué?

—Porque tienes lindas piernas —respondió él.

No estaba acostumbrada a ese estilo, así que ahora solo podría usar los jeans para convencer a mis posibles contratistas de que valía la pena tenerme en su negocio.

Lo siguiente fue la camiseta. La estiró en el suelo y me pidió que la sostuviera bien tirante. Tomó el marcador y empezó a trazar un dibujo. Era el rostro de una mujer mitad humana, mitad tigre. Por el estilo descubrí quién había diseñado el tatuaje de la mujer con el león en la cabeza: él mismo. Debajo escribió algo en hangul.

—¿Qué dice? —pregunté, sonriente. Me encantaba el dibujo, pero hasta que no habían aparecido esos caracteres en su idioma, no había amado la camiseta.

—Dice "vivirás". Es mi deseo para ti: que a partir de esta noche empieces a vivir lo que siempre has soñado. Necesitas maquillarte. ¿Tienes cosméticos?

Tardé en armar una respuesta. Me había quedado con la palabra y con su deseo, con su mirada y la forma en que pronunciaba que quería que cumpliera mis sueños.

—No uso maquillajes —respondí. Él frunció los labios.

—Tendremos que romper esa prohibición. Lo siento.

Podía hacer eso. Siempre me había parecido una norma exagerada.

Como no teníamos dinero para gastar en ello, golpeé a la puerta de la dueña del apartamento. Inventé que en el avión habían perdido una de mis maletas y que necesitaba que me prestara un par de cosméticos para salvar la noche. Me regaló varios labiales, sombras, rubores, lápices delineadores y máscaras para pestañas que ella ya no usaba y olían a viejo, pero servirían por un tiempo.

Alguna vez me había maquillado en secreto con los cosméticos de Liz, así que sabía cómo hacerlo. Quedé conforme con el resultado. En conjunto con la ropa que Dave había reformado y las botas que por suerte tenía en la maleta, parecía otra persona, una chica mucho más atrevida de lo que era en realidad.

—Me siento rara —confesé a Dave al salir de la habitación.

Por la forma en que me miró, noté que él también estaba contento con el resultado.

—Falta algo —dijo.

Se acercó y anudó mi camiseta a la altura del ombligo. Bajé la cabeza para mirarme.

—¿Crees que sea necesario? Ahora me siento todavía más extraña —murmuré.

—Estás perfecta. ¿Llevas alguna pista por si te toman una prueba en el momento?

—¿Crees que me tomen una prueba en el momento?

Es lo más probable —tragué con fuerza, un poco asustada; nunca me habían gustado los exámenes. Negué con la cabeza, y él rio—. No te preocupes, descargué el karaoke de *I Have Nothing* en mi teléfono, aunque deberías cantarla a capela. Te salía muy bien.

A pesar de que estaba nerviosa y asustada, la compañía de Dave me relajó. Si no me hubiera hallado con él, no habría sabido por dónde empezar. No me hubiera atrevido a salir del apartamento de noche ni a postularme para cantar en un restaurante. Tenía razón cuando decía que había vivido en una caja de cristal, pero él hacía que el quiebre fuera menos aterrador.

En el autobús lo tomé del brazo y apoyé la cabeza en su hombro. Él fue más lejos y me abrazó contra su costado. Me encantaba su perfume, así que no me aparté en todo el camino.

En efecto, la dirección en la que me habían citado era un restaurante y no un apartamento ni nada que resultara sospechoso. Aun así, después de que me anuncié con un camarero, me hicieron ir a un pasillo en penumbras para acceder a la oficina del dueño, y no quise ir sola. Entré seguida de Dave cuando una voz de hombre me autorizó.

El dueño del restaurante era un señor de unos cincuenta años, canoso y de vientre abultado. Sus ojos se abrieron más en cuanto divisó a Dave, parecía sorprendido. Se levantó y me extendió una mano.

—¿Qué tal? Soy Greg.

—Soy Glenn, y él es mi amigo Dave.

También le dio la mano a él.

Dave se ubicó en un sillón que estaba a un costado mientras que el hombre permaneció en la silla de su escritorio.

—Dices que eres cantante —dijo Greg. Asentí—. Muéstrame qué puedes hacer.

Respiré profundo y miré a Dave. Él buscó la pista en el teléfono y esperó a mi señal para activarla. Cuando le hice un gesto con la cabeza, pulsó "reproducir".

Si bien estaba nerviosa, poco a poco mi voz comenzó a fluir con mayor soltura. Cuando pensé que al fin lo estaba haciendo bien, Greg me interrumpió.

—Está bien, es suficiente.

Abrí los ojos, ya que en ese momento los había cerrado, y Dave apagó la música. Me sentí bastante molesta, me parecía una falta de respeto que no me escuchara hasta el final.

—Eres principiante, ¿verdad? —indagó.

—S… sí —contesté. No había cantado mal, no entendía qué le había disgustado tanto como para interrumpirme.

—Te permitiré presentarte el sábado.

—¿"Permitiré"? —repetí. El hombre disimuló la risa frunciendo los labios—. Creí que buscaba contratar a una cantante —ahora rio abiertamente.

—No, linda. Te daré la oportunidad de presentarte para que puedas mostrar lo que haces, así se trabaja aquí.

—¿Quiere decir que cantaré… gratis?

Volvió a reír.

—No sé qué esperabas. Ni siquiera te mueves, se nota que recién empiezas.

Miré a Dave, me sentía humillada. Era cierto que no me movía demasiado, en el coro había un espacio limitado para cada persona y estaba acostumbrada a respetarlo. Pero muchas solistas se quedaban de pie frente al micrófono sin hacer nada; no entendía qué tenía de malo.

Al parecer, mi voz no bastaba. En ese momento entendí que me faltaba mucho por aprender y creí que jamás alcanzaría más que restaurantes donde presentarme gratis, solo por amor a la música.

—¿Podemos salir un momento? —preguntó Dave, levantándose del sillón. El sujeto asintió sin darnos demasiada importancia.

Dave abrió la puerta para que saliéramos al pasillo de luces rojas y cerró tras él. Yo lo miré angustiada, quería huir de allí.

—¿Qué pasa? —me preguntó con voz calmada.

—No quiero hablar más con ese hombre. Con nadie de este ambiente, en realidad. No sé por qué me cuesta tanto relacionarme con la gente, por qué algunos son tan duros e irrespetuosos. Es como si desconociera los códigos de toda la humanidad, las personas me desconciertan, y no sé qué contestarles. No sé cuándo se están aprovechando, cuándo se están riendo de mí, cuándo están bromeando…

—Está bien. ¿Qué quieres hacer?

—Quiero cantar, pero no negociar. Es horrible hablar con estas personas y ponerle un valor a lo que hago. Resulta evidente que no puedo darles lo que están buscando.

—Aguarda —dijo Dave, alzando una mano—. Es tu primera vez, ¿por qué eres tan dura? ¿Quieres que yo lo resuelva?

—¿Lo harías? —él asintió con la cabeza—. Entonces sí, por favor. ¡Hazlo!

Volvimos a entrar, pero esta vez fue Dave quien se aproximó al escritorio. Mucho más seguro, mucho más temible.

—¿Cuánto tiempo tendría que cantar? —preguntó.

—Dos horas. El show empieza a las ocho.

—¿Cuánta gente estima que habrá en el restaurante a esa hora?

—¿Qué pretendes? —Greg rio—. ¿Que te asegure una cantidad de público?

—No. Solo quiero estimar cuánto podríamos ganar en otra oportunidad.

—No será en mi restaurante. Aquí los shows se dan gratis a cambio del espacio.

—Deje de dar vueltas, eso es una ridiculez. Ofrece un show a sus clientes, pero no invierte en él. Un artista es un trabajador, y el trabajo se paga. Usted los está menospreciando, pero eso no me importa ahora. Tomaré como paga lo que Glenn podrá aprender esa noche. Usted necesita un show, yo necesito ver qué le falta para triunfar, y ella, iniciarse. Así que tenemos un negocio. ¿Cuánta gente habrá?

—Unas cincuenta personas.

—¿Tiene que armar su propio repertorio?

—No. Debe elegir de esta lista —sacó un papel de una gaveta del escritorio y se lo mostró. Dave hizo una lectura rápida, supongo que salteó canciones.

—Su voz da para mucho más.

—Esto es lo que les gusta a mis clientes. Es eso o nada.

Dave recogió la lista.

—Hasta el sábado —dijo, y me tomó de la mano para sacarme de la oficina.

En menos de dos minutos de negociaciones, tenía mi primer show.

17

Pesadilla

Lo primero que hicimos fue elegir las canciones de la lista en las que mi voz se destacaba más. Podía cantar lo que fuera, pero había pistas que me sentaban mejor que otras. Ninguna me gustaba demasiado, lo mío no era la música country. Pero confiaba en Dave, y si él decía que me hacía falta cantar gratis en ese restaurante, estaba dispuesta a hacerle caso.

El paso siguiente fue estudiar las letras, buscar los audios y empezar a cantarlas con los intérpretes originales. Como no solía escuchar esas canciones, a veces olvidaba alguna frase o cambiaba una que otra palabra.

—¿Sabes qué hacen los actores para recordar el libreto? —me preguntó Dave.

Negué con la cabeza. Entonces me dio algunos trucos. Para que funcionaran, debía comprender a fondo el texto. Luego, para memorizarlo mejor, podía dividirlo en estructuras menores, repetirlo en voz alta y apelar a la memoria visual. Grabarme, marcar las líneas y palabras que olvidaba y recitarle las canciones a alguien.

En lugar de recitar, las canté, y él marcó para mí las partes en las que yo dudaba o cambiaba la letra original. Canté tantas veces las mismas canciones que algunas terminaron por agradarme.

El jueves recibí un llamado de Liz.

—Me dijo Val que te expulsaron del seminario, que te fuiste con el chico de la cafetería y que no quieres que tu padre sepa de ti.

—Así es.

—¿Estás bien?

—Estoy mejor que nunca.

—¿Estás segura? ¿Necesitas algo?

—No, te lo aseguro. ¿Cómo están Devin y Jayden? ¿Y tú? ¿Cómo llevas la maternidad?

—No cambies de tema, Glenn, estamos preocupadas. Tú no eres así.

—Quizás siempre fui así, solo que no me atrevía a demostrarlo.

Se quedó un momento en silencio.

—Te entiendo —dijo finalmente—. Tienes razón. Sí, puede ser.

—Perdona que no les diga dónde me encuentro, ya lo haré. Es que temo que mi padre las presione y tengan que decírselo.

—No te preocupes, no tienes que decirnos. Solo nos importa que estés a salvo. Nos contarás todo cuando sientas que es el momento.

El viernes me di cuenta de que Dave había pasado todos esos días ocupándose de mi primera presentación, pero no habíamos hecho nada para que él también cumpliera su sueño.

—Estoy cansada y tengo que cuidar mi voz para mañana —dije, acercándome a él, que estaba sentado en el sillón—. ¿Por qué mejor no paramos un poco y buscamos audiciones para ti?

—Te prepararé agua con miel y limón —ofreció, y se levantó.

Me interpuse en su camino, puse las manos sobre su pecho y empecé a jugar con su camiseta.

—¿Qué pasa? ¿No quieres ir a audiciones? Desde que llegamos solo te preocupas por mí. Viniste para ser actor.

—Hay tiempo para eso, ahora tenemos que ocuparnos de tu primer show.

—Dave... ¿estás dilatando el momento de ponerte a prueba?

—No. No es eso, te lo aseguro. Ocupémonos de ti por el momento, ¿sí?

Me sujetó de los brazos, me dio un beso en la mejilla y me esquivó para ir a la cocina.

Tardé en moverme. Me pareció sentir la tibieza de sus labios sobre mi piel un instante más después de que se había alejado y que algo se agitaba dentro de mí.

Esa noche me resultó imposible dormir. Pensaba que algo saldría mal, que ni siquiera podría cantar, y hasta llegué a imaginar que los espectadores me arrojarían con comida, enfurecidos por la pobreza de mi show.

Recogí mi móvil y envié un mensaje a Dave.

> ¿Estás despierto? ✓✓

En menos de un minuto él golpeó a mi puerta. Le di permiso para que entrara y se asomó.

—Estoy nerviosa, no puedo dormir. ¿Me acompañas?

Se acostó a mi lado y me abrazó. De verdad estaba muy nerviosa y me importó más recuperar la calma que romper la prohibición de compartir la cama con un chico. Con Dave a mi lado, al fin pude conciliar el sueño.

La noche del sábado, mientras viajábamos en el autobús, me retorcía las manos. Me había vestido con la ropa que Dave había reformado para mí; solo había agregado una chaqueta de jean a último momento. Tenía sentido, dado que las canciones que interpretaría eran de música country, y él decía que así daba más con el estilo.

Llegamos al restaurante a las siete y media. Nos permitieron ir al pasillo para esperar la hora en que debía salir al escenario, y a las ocho menos cinco nos acercamos allí.

Estaba tan nerviosa que me transpiraban las manos. Tenía un nudo en el estómago y unas ganas de llorar horribles.

Dave se plantó frente a mí y apoyó las manos sobre mis hombros.

—Estaré entre el público —me avisó—. Tengo que verte como ellos.

—Estoy muy nerviosa —confesé, temblando.

—Lo sé —dijo él con voz calmada—. No pienses en nada, solo haz lo que sabes: cantar. Eres increíble, Glenn. Tienes una voz que cualquiera envidiaría. Eres atractiva, simpática y auténtica. Así que respira profundo y sal como lo que serás: una gran cantante. ¿Estamos de acuerdo? —asentí con la cabeza—. Quiero que me lo digas, quiero que te convenzas. ¿Estamos de acuerdo?

—Sí.

A las ocho en punto puse por primera vez un pie en un escenario. Me planté sobre una cruz de cinta adhesiva negra, frente al micrófono que estaba en un soporte, y respiré profundo. Las mesas estaban llenas, por los ruidos apostaba a que había más de cincuenta personas. La penumbra del salón y los focos que me apuntaban me impedían ver dónde se había ubicado Dave, y sentirme sola me transmitió inseguridad. Apenas alcanzaba a percibir los rostros de los que tenía más cerca, pero sabía que había mucha gente.

La música de la primera canción comenzó a sonar antes de que me sintiera lista. Quizás nunca me sentiría preparada, en realidad, así que era mejor empezar. Comencé un instante más tarde de lo adecuado, rogaba que no se hubiera notado. Apresuré un poco otra palabra y alcancé el ritmo enseguida.

Lo que me había dicho el dueño del restaurante la noche que me había tomado la prueba empezó a pesar en mi conciencia. "Ni siquiera te mueves, se nota que recién empiezas". Saqué el micrófono del soporte e intenté inventar algunos pasos para no estar quieta, pero no sabía qué hacer. Temía parecer ridícula.

Dispersar la atención me costó equivocarme en una palabra. Creí que el mundo se vendría abajo, que estaba pasando la vergüenza de mi vida. Miré las únicas mesas que alcanzaba a ver bien. El grupo de amigas que había en una de ellas seguía conversando como si yo no existiera. La pareja que estaba en la otra, en cambio, estaba atenta a mi espectáculo. ¿Se habrían dado cuenta de que acababa de cambiar la letra? ¿Notarían que los nervios me habían hecho desafinar una o dos veces? Y ahí estaba: ¡otro error!

Volví a colocar el micrófono en el soporte y ya no intenté ser alguien que no era. Solo quería cantar, y eso hice. Para la tercera pista, estaba más suelta. Para el final, había descubierto que salir a un escenario no era fácil, que tendría que trabajar muy duro para convertirme en una profesional y que una buena voz no bastaba: había que convertirse en artista.

Ni bien terminé, agradecí a la gente y a cambio recibí aplausos. Quizás no había estado tan mal y lo habían disfrutado un poco, tal vez hasta les había gustado. Ojalá fuera así.

Giré para volver por donde había entrado, y entonces volví a ver a Dave. No se había quedado entre el público hasta el último minuto, había aparecido justo donde lo necesitaba. Casi corrí hacia él. Cuando lo tuve enfrente, lo abracé.

Él rio y me acarició la espalda.

—¡Estuviste muy bien! —exclamó.

—Estaba tan asustada… —susurré.

—Salió genial. Ya diste tu primer espectáculo. ¡Felicitaciones!

Me pidió que nos acercáramos al dueño para despedirnos y emprendimos el regreso a casa. Estaba excitada, y le hice mil preguntas: si se habían notado los errores, si los rostros de las personas evidenciaban conformidad o descontento, si había escuchado algún comentario. Me dijo que no se habían notado los errores, excepto cuando cambiaba palabras, porque él conocía las letras, que no se había concentrado en los rostros de los espectadores y que no había escuchado comentarios por el volumen de la música y porque se encontraba en el fondo, detrás de las mesas.

El domingo, fue menos benevolente.

–Ya tengo claro qué tenemos que trabajar –me hizo saber–. Primero tienes que soltarte. Aquí no estás en un coro: nadie te impide moverte, así que quiero que lo hagas, pero no como en el góspel. Tenemos que lograr que el ritmo se interne en ti y que salga transformado.

»Lo siguiente que haremos será mejorar tus expresiones faciales. Entiendo que esas canciones no te gustaban, pero el público tiene que creer tu interpretación, así que haremos que les transmitas sufrimiento cuando el artista sufra en la letra, diversión, amor, enojo o esperanza. Lo que sea que quiera transmitir la canción.

»Por último, trabajaremos en tu autoestima. Sabes que tienes una gran voz, pero te sientes insegura y eres tímida. El mundo te asusta y eso afecta tu imagen. No puedes salir a un escenario temiéndole a la gente, a su juicio ni a su rudeza. Sí: la gente puede ser una mierda cuando se lo propone, pero eso no tiene que importarte. Si te importa, estás muerta como persona y como artista.

»A decir verdad, transformar tu interior es lo más importante, pero es también lo más difícil, así que iremos despacio, sin presiones. Empezaremos por lo sencillo, e irás convirtiéndote poco a poco. ¿Hay algo con lo que no estés de acuerdo?

Negué con la cabeza; tenía razón en todo.

Ese mismo día comenzó a introducirme en la expresión corporal. Algunos ejercicios me parecían estúpidos: imitar un árbol, imitar un cisne, imitar un perro. Después de que me arrodillé, puse las manos en el suelo y fingí un ladrido sin sonido, Dave se echó a reír.

—Era broma. Ese pedido era broma —aclaró, y me hizo reír también.

Me levanté y lo empujé despacio. Él se dejó caer en el sillón. Aproveché que parecía débil y me senté a horcajadas sobre sus piernas para sacudirlo un poco.

—¡Te estás burlando de mí! —le grité. Dave se cubría el rostro y no paraba de reír.

Le hice cosquillas hasta que dejó de resistir y me rodeó las muñecas. Sonreímos un instante más mientras nos mirábamos a los ojos. Poco a poco, nuestros labios volvieron a convertirse en una línea recta y guardamos silencio. Solo se oía nuestra respiración y los latidos de mi corazón, que retumbaban en mis oídos. No me di cuenta de cuán íntimamente cerca habíamos quedado hasta que sentí un estremecimiento intenso en la entrepierna. Estaba agitada, y mis mejillas se pusieron muy calientes.

—Tengo que ir al baño —me informó él, tomándome de la cintura, y en una fracción de segundo me dejó sobre el sofá.

En cuanto la puerta del baño se cerró, me pareció que Dave acababa de huir, y me sentí fuera de lugar. Me había sentado sobre sus piernas, lo había tocado y había respirado cerca de su boca. Era un exceso de confianza. Me sentí tan mal que me oculté en la habitación con la puerta cerrada.

Cuando Dave salió del baño, golpeó y le dije que me estaba mudando de ropa. En realidad, me había arrojado sobre la cama, intentando superar la vergüenza. Salí recién a la noche, para ayudarlo a preparar la cena.

El lunes empezó a trabajar en la cafetería mientras yo seguía practicando con los ejercicios que me había enseñado el domingo. Tenía el turno de siete a tres.

Antes de que regresara, decidí llamar a casa desde un teléfono público para que mis padres supieran que me hallaba bien. Por suerte atendió la contestadora.

–Hola, soy Glenn. Quería avisarles que estoy bien. Espero que ustedes también. Los amo. Hasta luego.

En cuanto Dave regresó de la cafetería, le pregunté cómo le había ido y luego avanzamos con ejercicios nuevos. Esa tarde me pidió que contara una historia solo con el cuerpo. Me asignó una escena de trabajo en una fábrica.

Al día siguiente, empezamos con la expresión facial. Me hizo observar videos de actores muy famosos en distintas situaciones y me pidió que los imitara. No era fácil, pero al menos era divertido. Luego dijo: "¡Te golpeaste el dedo meñique contra la pata de una mesa!", y yo tuve que hacerle creer mi reacción con mis expresiones. Lo mismo con otras situaciones, algunas muy originales.

–Ahora eres una mujer de unos treinta años intentando seducir a un hombre –dijo.

–¿Qué? –pregunté, nerviosa.

–Lo que oíste. Hazme creer eso.

–No puedo.

–La mitad de las canciones de hoy hablan de sensualidad. Necesitamos que te sientas atractiva, que reconozcas que eres una mujer.

–¿Crees que no reconozco que soy una mujer? –repetí, a punto de sentirme ofendida.

–Creo que huyes de ello como si estuviera mal. No es un pecado ser mujer y ser atractiva, Glenn. Lo eres. Explótalo.

Bajé la cabeza, agitada. Aunque mi primera reacción había sido ofenderme, tuve que reconocer que Dave tenía razón. Había crecido con el discurso de que las mujeres tentábamos y de que la sensualidad era condenable.

Pensé en situaciones en las que me había sentido atraída por alguien. Varios chicos se cruzaron por mi mente, incluido Ben. Pero solo conseguí liberarme cuando recordé mi pie sobre el hombro de Dave después de que él me había arrastrado en el asiento del coche de su tío y el momento en el que me había sentado sobre sus piernas en el sofá de nuestro apartamento.

Tragué con fuerza y levanté los ojos sin alzar la cabeza, buscando los de él. Mi corazón latía deprisa, y mis mejillas ardían del mismo modo que mi bajo vientre. Creí que mi cuerpo era un incendio, y hasta mis pechos se tensaron cuando recordé el modo en que habían estado en contacto con el torso de Dave. Su sonrisa me indicó que, a pesar de mis reservas, lo había hecho bastante bien.

—A eso me refería —dijo él—. Debes tener conciencia de tu cuerpo para saber todo lo que puedes hacer sobre un escenario con él.

Creo que nunca había tenido más conciencia de mi cuerpo que desde que lo había conocido. En esos días no había vuelto a tocarlo y hasta me sentaba un poco más lejos cuando ocupábamos el sofá. No quería volver a excederme en mis actitudes, a pesar de que deseara hacerlo. Cuanto más me contenía, más ansiaba acariciarlo.

El sábado me hizo ir al restaurante de nuevo. Dijo que había arreglado más presentaciones con el dueño y que las aprovecharíamos mientras tuviera que perfeccionar mi técnica escénica.

Antes de salir, volví a ponerme nerviosa. Otra vez se posicionó delante de mí, y con las manos sobre mis hombros me dijo que había mejorado mucho con los ejercicios, que sin dudas me iría muy bien y que tenía todas las cualidades para convertirme en una profesional. Soñaba con serlo, pero me costaba creerlo. A pesar de eso, como había vivido siempre de ilusiones, asentí con una sonrisa y con su apoyo me atreví a salir.

Durante el espectáculo me di cuenta de que estaba más suelta. Sin duda las clases ayudaban bastante, aunque convertirme en una profesional requiriera de mucho más tiempo.

Para no sentirme tan culpable de que, por ayudarme con mi carrera, Dave no se ocupaba de la suya, el lunes busqué audiciones para actores. En una pedían chicos orientales, y pensé que era justa para él.

—Mira esto —le dije mientras cenábamos, mostrándole la captura del anuncio en mi móvil—. Te la enviaré por chat. La audición es mañana a las cuatro, puedes ir después del trabajo.

No respondió, pero aún así le envié la imagen, confiando en que le interesaría probar suerte.

El martes llamé a Ruth desde mi móvil. Sabía que ella contestaría a pesar de que se trataba de un número desconocido y que a partir de que yo hablara se develaría que me pertenecía, pero me sentía más fuerte para poner en su sitio a cualquiera que intentara hacerme retroceder, así que ya no me importó. Lo más difícil había quedado atrás, ahora solo restaba abrirme camino.

—Ruth, soy Glenn.

—¡Glenn! —exclamó ella, entre angustiada y sorprendida—. ¿Qué estás haciendo? ¿Qué significa esta locura? Mamá está aterrada, papá está furioso. Tienes que volver a casa.

—No volveré, lo siento.

—¿Por qué? No sé qué le habrán dicho a papá los encargados del seminario, pero parece que nos has hecho quedar bastante mal. Entre lo de Chloe, y ahora lo tuyo, el trabajo de papá peligra. Los fieles comentan cosas, algunos critican sus sermones.

—Entonces debería revisarlos —dije, sintiéndome cada vez más fuerte.

—Le daré este número.

—Dáselo. Dime cómo está Chloe.

—Vuelve y compruébalo por ti misma.

—Disculpa, Ruth, tengo que colgar. No se preocupen por mí, estoy bien. Te quiero.

Corté la llamada y bloqueé su número. También el del resto de mi familia. Solo hablaría con ellos cuando yo quisiera.

Una hora más tarde, recibí un llamado de un número desconocido. Atendí intuyendo que era papá.

–¡Regresa a casa ahora mismo!

–No puedo.

–Glenn: estás desafiándome. ¡Estás desafiando al Señor!

–Pues parece que al Señor le gusta lo que estoy haciendo, porque me está yendo muy bien. Lo siento, papá, no puedo volver. No espero que me comprendas, pero al menos respétame. Te llamaré para que sepas que estoy bien. Por favor, no me llames. Deja que yo lo haga.

–Necesito saber dónde estás.

–Si te lo digo, vendrás a buscarme, y no quiero. Quiero probar vivir a mi manera.

–¡Tienes dieciocho años!

–Casi diecinueve.

–¡Es lo mismo!

–No, no es lo mismo. Por favor, déjame. Ora por mí como yo estoy orando por ustedes. Adiós.

Colgué y bloqueé también ese número.

Media hora después, recibí otro llamado de un número desconocido. ¿Así sería mi vida a partir de ahora? ¿Tendría que apagar el teléfono o cambiar de chip y llamarlos desde teléfonos públicos? Pero, si cambiaba de número, ¿qué pasaría con todos los currículos que había enviado? No podía enviar todo de nuevo, confundiría a los empleadores y me creerían una tonta.

Atendí.

–Papá, déjame en paz, ¡te lo ruego!

–¿Glenn Jackson? –era una voz desconocida.

–S… sí.

–Te llamo de Starbucks, enviaste tu currículum –rogué que me tragara la Tierra. Acababa de llamar "papá" a quien podía convertirse en mi jefe, y para colmo le había pedido que me dejara en paz–. Tenemos un puesto disponible para un trabajo de medio tiempo y nos preguntábamos si quisieras asistir a una entrevista.

–Sí, claro –dije–. ¿Dónde y cuándo?

Acordamos un lugar y un horario y cortamos.

A las cuatro, cuando vi que Dave no regresaba, supuse que había ido a la audición. Oré por él un buen rato para que le fuera de maravillas y después me puse con mis ejercicios de expresión facial y corporal.

A las siete oí la puerta y corrí a recibirlo.

–¡Ey! –exclamé–. ¿Fuiste a la audición? ¿Cómo te fue?

–No, no fui –contestó él, quitándose la chaqueta.

–¿Sucedió algo? Entonces, ¿por qué llegaste tan tarde?

–Salí con una chica que conocí en la cafetería.

Fue como si me hubieran enterrado un puñal. Mi pesadilla se había hecho realidad.

18

El tigre y la osa

Mientras cenábamos, no dejaba de mirar a Dave. Él actuaba como si nada hubiera sucedido mientras que yo sentía que alguien me estrujaba por dentro.

—¿Así que saliste con una chica? —pregunté, incapaz de contener mi lengua.

—Sí, estuvimos un rato en su casa —explicó, con toda la naturalidad del mundo.

¡Tonta!, me reproché mientras él respondía sin levantar la cabeza, revolviendo el arroz. Siempre acompañábamos todo con eso, fieles a sus costumbres.

—¿En su casa, haciendo lo que pienso? —indagué, con el corazón latiendo rapidísimo—. ¿Seguirán viéndose?

Se encogió de hombros.

—Supongo que sí. Lo pasamos bien.

—¿Tienen una relación?

—No —me miró—. Créeme: lo necesitaba. Y ella también. Pero no tenemos una relación, ni nos queremos, ni nada por el estilo. Solo nos divertimos.

—¿Y te "divertirías" si tuvieras novia?

—Por supuesto. Con mi novia —mi rostro ante la primera oración debió haber sido para una foto, porque enseguida rio—. Glenn, no juzgues. Yo no te juzgo por tus creencias. Las respeto, pero no todos pensamos como tú. Si tuviera novia, solo querría tener sexo con ella, porque no hay nada como tener relaciones con la persona que amas y no estaría con ella sin amor.

—No es que esté juzgando, es que… —me interrumpí—. Nada.

¡¿Qué me pasaba?! Todos los chicos de veintiún años querían tener sexo, y de menos edad también. No podía decirle que estaba celosa. ¿Por qué habría de estarlo? Éramos amigos. ¿Para qué lo quería en abstinencia si no teníamos una relación ni pensábamos tenerla? ¿Por qué me sentía desilusionada de no atraerle o de que le atrajera más la chica de la cafetería? La imaginé rubia y alta, una belleza californiana. Conmigo no había avanzado. ¿Cómo habría avanzado con ella? ¿Y si el sexo se convertía en amor?

Casi al mismo tiempo, me di cuenta de que preguntarme por qué Dave no había querido nada conmigo era estúpido. Primero que sin dudas yo no era su tipo. Las chicas creyentes no parecíamos ser el tipo de nadie. Segundo: aunque le hubiera interesado, si él hubiera avanzado, yo habría salido corriendo, y Dave lo sabía. Me conocía mejor que mi propia familia, y parecía bastante experimentado. Yo estaba actuando como una histérica y no podía evitarlo.

—Me llamaron de Starbucks para una entrevista —comenté, revolviendo el arroz con la cabeza gacha, por más que aún lo imaginara en la cama con la rubia de cuerpo esbelto, desnudos, haciendo lo que leía en las novelas románticas.

—¿Y qué vas a hacer?

—Iré mañana por la mañana.

—¿Estás segura?

—¿A qué te refieres?

—Si empiezas a trabajar, tendrás menos tiempo para tu carrera.

Sonreí, presa de un pesimismo que desconocía.

–¿Qué carrera? ¿Te refieres a cantar gratis en un restaurante?

–Eso cambiará. Solo lo necesitamos como primer escalón para que…

–Dave –lo interrumpí–. Creo que tenías razón: la mayoría de los que vienen aquí fracasan.

–Que no hayas entrado por la puerta grande no significa que vayas a fracasar. Solo estás aprendiendo y adquiriendo experiencia.

–Hoy me siento así –dije, y me levanté para ir a mi dormitorio sin terminar la cena. Necesitaba estar sola.

Por la mañana no me levanté a desayunar. Dave golpeó a la puerta y, como no respondí, se fue sin decir nada. Cuando me levanté, encontré que había dejado una nota sobre las maletas:

No hace falta que aceptes ese trabajo. Podemos sobrevivir con mi sueldo hasta que empiecen a pagarte por cantar. Aun así, si deseas trabajar, ¡buena suerte!

Debajo había escrito algo en hangul.

No era la misma frase que había escrito en la camiseta. Hubiera deseado conocer una manera de traducirlo para averiguar qué decía, pero el único medio que se me ocurría era tomarle una fotografía y exponerla en las redes sociales, y no me parecía justo.

Por supuesto, fui a la entrevista con el gerente de una sucursal de Starbucks. Fue la primera vez que me moví en transporte público por la ciudad sin Dave, y me fue muy bien. En cuanto al puesto, se pagaba poco, pero solo se trabajaba de lunes a viernes de siete a una, lo cual me dejaría libres las tardes y los fines de semana para seguir dedicándome a la música.

Esa tarde le conté a Dave que el lunes empezaría a trabajar y le pregunté qué había escrito en hangul en la nota de esa mañana. Rio y me dijo que algún día me lo diría. La intriga no era uno de mis sentimientos favoritos, sin embargo tuve que aguantármela.

Desde que empecé a trabajar en la cafetería, sentí que teníamos una rutina. Nos levantábamos, preparábamos el desayuno, bebía mi café con crema y un corazón de canela y me iba al trabajo. Tenía mucho que aprender; atender un negocio no era tan sencillo como había imaginado.

A la una y media llegaba a casa, preparaba el almuerzo y dejaba una porción para Dave. Tenía un rato libre hasta que él regresaba y comenzábamos con las clases, así que lo aprovechaba para leer o mirar k-dramas. Cada tarde, él seguía ayudándome con expresión corporal y facial o escuchándome cantar para continuar ejercitando la voz.

Antes de preparar la cena, salía con sobras de comida y alimentaba unos perros callejeros. No podíamos tener mascotas en el apartamento, pero Dave amaba los animales y siempre guardaba algo para ellos. Pasaba un rato acariciándolos, se sentaba en la puerta para hacerles compañía y después subía para preparar nuestra comida. La cena le tocaba a él, y casi siempre la hacía escuchando su música favorita.

Los jueves yo llamaba a papá, a mamá o a Ruth. Quería comunicarme con Chloe, pero mi hermana me contó que le habían quitado el teléfono y me advirtió que no se lo devolverían. En cuanto a mamá y a papá, siempre insistían para que volviera a casa, así que, en cuanto se ponían pesados, les decía que tenía que colgar. Los extrañaba mucho, pero no me arrepentía de haberme alejado de ellos. Tenía que vivir a mi manera.

Los viernes a la noche eran el peor día. Dave salía con su amiga de la cafetería y no volvía hasta el amanecer. Mientras él no estaba, no podía dormir. Daba vueltas en la cama, imaginando a la chica, sus besos, lo bien que lo pasarían riendo y teniendo relaciones.

Nunca había pensado tanto en sexo, casi parecía una desesperada. Me preguntaba qué se sentiría besarse con alguien y que nos viéramos desnudos. Lo peor era que había empezado a imaginar todas esas cosas con Dave. ¡Con mi mejor amigo! Todo era culpa de esa rubia californiana con la que se estaba acostando. Ni siquiera la música, los libros o los k-dramas me quitaban de la cabeza escenas que siempre había reprimido. La curiosidad me estaba matando: quería descubrir qué se sentía, aunque sea, con un beso. Si era capaz de transmitir un mínimo de lo que había sentido cuando me había sentado a horcajadas sobre sus piernas, entendía por qué a todos les gustaba tanto el sexo y por qué él pasaba cada noche de viernes con su amiga.

Los sábados eran nuestros. Seguía acompañándome al restaurante, dándome ánimo antes de salir a escena y felicitándome cuando terminaba el espectáculo. Siempre me ponía nerviosa antes de presentarme, pero al terminar, estaba tranquila. Sentía que cuando Dave me decía que lo estaba haciendo cada vez mejor, no era mentira. Incluso me di cuenta de que algunas personas del público se empezaban a repetir todos los sábados y que prestaban atención a mi espectáculo. Quizás les gustaba lo que hacía.

Los domingos, cuando me levantaba, solía encontrar a Dave haciendo ejercicio. Había conseguido un cajón de madera maciza y lo usaba para hacer lagartijas. Utilizaba un pantalón deportivo y dejaba su torso al descubierto, ofreciéndome una vista sin igual. Amaba el modo en que se tensaban y distendían sus músculos y cómo sus tatuajes cambiaban de forma según sus movimientos. Por suerte para mi pudor, no se daba cuenta de que lo espiaba desde la puerta del dormitorio. Me sentía bien con mi nueva vida. Por primera vez era libre de verdad, y estaba orgullosa de mí misma por usar tan bien ese derecho. No tenía necesidad de hacer nada perjudicial. Solo de cantar la música que me gustaba, leer y mirar k-dramas sin esconderme, ser amiga de quien yo quisiera y, lo más importante, pensar por mí misma.

Sin embargo, comencé a sentir que me faltaba algo, además de mi familia. Una relación que solo había encontrado en un lugar, pero al que, paradójicamente, temía volver.

Nunca imaginé que podría extrañar tanto la iglesia. Por eso decidí enfrentar mis miedos una vez más y busqué una pequeña cerca de donde vivíamos.

El primer domingo que asistí al servicio, llegué cuando ya había empezado y me retiré antes de que terminara. Quería evitar las preguntas. Lo común en nuestra comunidad era acercarnos cuando llegaba un novato e incluirlo como forma de bienvenida. La idea era que se sintiera en familia y que regresara, pero yo no podía ser sincera con ellos. Temía que conocieran a mi padre, dado que él tenía muchos contactos a lo largo de todo el país. Por extraño que pareciera, intuí que no había relación entre estas personas y él, pero aún así evité arriesgarme.

Desde el primer día noté las diferencias. Para empezar, este pastor nada tenía que ver con mi padre. Era un hombre simpático, y su prédica no sancionaba, solo invitaba a seguir a Jesús desde ejemplos irrefutables de bondad y responsabilidad con los otros y con nosotros mismos. En el momento de los anuncios, habló de un proyecto de donación de libros a familias de bajos recursos y personas sin hogar. Lo más sorprendente para mí fue que aceptaban cualquier tipo de material.

A pesar de que el domingo siguiente las buenas sensaciones continuaron, estaba acostumbrada a tener que ocultar, así que continué desapareciendo antes de que terminara el culto.

El tercer domingo, una chica se cruzó en mi camino antes de que pudiera alcanzar la puerta. Me saludó, pero yo respondí en voz baja y con temor. No quería que me hiciera preguntas, y para colmo empecé a pensar que me había reconocido de algún campamento o del seminario.

—Me llamo Avery, soy la hija del pastor —se presentó.

—Lo imaginé; cantas la alabanza —contesté. Ella sonrió.

—Él notó que estás viniendo a nuestra iglesia, pero siempre llegas tarde y te vas temprano. Me pidió que te avisara que quiere hablar contigo. ¿Puedes esperarlo un rato hoy?

El miedo subió del estómago a mi garganta, empujándome a decir que no. Sin embargo, los restos del excesivo respeto a la autoridad que todavía vivía en mí me obligaron a hacer un gesto afirmativo con la cabeza. Avery sonrió otra vez y me invitó a sentarme en un banco del fondo con un gesto de la mano.

Fueron los minutos más tensos que atravesé en esas semanas. Estaba segura de que el pastor me había reconocido y que me daría un sermón acerca de obedecer a mis padres, y a decir verdad no quería más de eso.

Esperé a que todos se retiraran en compañía de Avery. Cuando solo quedaban los músicos reuniendo sus instrumentos en la otra punta de la iglesia, el pastor se acercó y Avery se retiró. Él se sentó a mi lado. Yo tan solo miraba el respaldo del banco de adelante, lamentando que, si ese hombre conocía a mi padre, no podría volver allí. Por las dudas no le soltaría información sobre Dave o sobre mí.

—¿Cómo estás? —preguntó—. Soy el pastor Connor. Noté que comenzaste a venir a esta iglesia, pero siempre te vas temprano. Me gustaría conocerte. ¿Eres de por aquí?

¿Entonces no iba a aleccionarme? Tal vez el poder y el alcance de mi padre no eran tan grandes como siempre había imaginado.

—Hasta hace poco vivía en Nueva York —respondí, dispuesta a descubrir si quería engañarme.

—¡Nueva York! ¡Qué ciudad preciosa! —exclamó, con esa energía alegre que lo caracterizaba. Mi padre era solemne y, ahora que me había alejado de él, también entendí que era soberbio. Este hombre, a simple vista, era todo lo contrario–. Apuesto a que allí cantabas en alguna iglesia o en una escuela de artistas. Lo haces con más pasión que cualquiera aquí dentro. Se nota que le pones mucha dedicación.

–¿Le parecería mal si cantara en una escuela de música que no fuera religiosa? –indagué con el ceño fruncido. Me parecía extraño que hubiera mencionado esa posibilidad con tanta naturalidad.

Sentí que disimulaba la risa.

–¿Por qué me parecería mal? Intuyo que no eres el tipo de chica que cantaría canciones con groserías o algún contenido ofensivo. ¿Me equivoco?

Me conmoví de una manera profunda y sorprendente. Para empezar, a ese pastor no le parecía mal que las personas leyeran o que escucharan música no religiosa. Pero, lo más importante, confiaba en mí sin siquiera conocerme. Ojalá hubiera confiado mi padre.

–No me gustan las groserías y no me interesa cantar, leer o mirar programas ofensivos –respondí. Y él, otra vez, me creyó. Me creyó sin cuestionarme nada y, sobre todo, sin controlarme.

–¿Cómo te llamas? ¿Quieres contarme algo de ti? ¿Con quién vives, a qué te dedicas? Eres muy joven.

–Me llamo Glenn y tengo dieciocho. Trabajo en una cafetería y vivo con un amigo –dije sin dudar, aunque estaba segura de que pondría el grito en el cielo por eso. Esperaba, cuanto menos, una mirada reprobatoria. Pero otra vez me sorprendió porque nada cambió.

–¿Te gustaría probarte en el coro?

Sí, me hubiera gustado. Pero no sabía si convenía que me acercara tanto a toda la gente de esa iglesia y temía no tener tiempo para los ensayos.

–Quizás más adelante. Le agradezco la invitación.

–Te esperamos el domingo que viene, Glenn.

Lo saludé y me fui.

Cada domingo por la tarde, Dave y yo corregíamos lo que no nos había conformado el sábado. Con cada práctica obtenía más expresión, mejores movimientos, nuevos manejos de la voz. Dave no entendía mucho de música, pero yo sí, y contaba con él para preguntarle de qué modo sonaba mejor.

Con su primer sueldo de la cafetería pagamos el alquiler del mes siguiente y guardamos el resto para comer y pagar los servicios que nos correspondían. Quise usar mi dinero para lo mismo, pero me pidió que me comprara ropa. Ya había cantado cinco sábados y nunca había cambiado de atuendo.

—Yo no sé nada de estilo, no sabría qué comprarme. Volvería con la misma ropa de anciana de siempre —le dije.

—¿Quieres que te acompañe?

Al día siguiente, fuimos a las afueras de la ciudad, donde había un *outlet* de tiendas de marca con precios muy bajos. De haber sido por mí, tal como había pronosticado, habría regresado con más ropa de abuela. Me atraían los escaparates donde había camisas blancas, suéteres de botones y faldas largas. Dave me arrancó de todos ellos tomándome de la cintura y tiró de mí para que entrara en otro tipo de locales. De haber sido por él, habría regresado con un vestuario bastante más osado que el de costumbre. Camisetas negras escotadas, pantalones demasiado rotos, blusas con el vientre al descubierto. Terminamos negociando y compramos prendas similares a las que ya estaba usando en el restaurante: ni su estilo ni el mío, solo algo más moderno y digno de cantar una noche en un restaurante o una discoteca.

Por último agregamos un pijama de pantalón corto, ya que mi padre no me permitía utilizarlos pero siempre había querido uno, y regresamos a casa a eso de las siete. Era viernes, así que Dave tenía que salir con su chica de la cafetería. Sin embargo, mientras yo guardaba la ropa, él se puso a preparar la cena. Me coloqué el pijama y salí atándome mi maraña de pelo enrulado en una coleta.

–¿Hoy no vas a lo de tu amiga? –le pregunté.

–Nos dejamos.

Dos palabras. Las únicas dos palabras que había estado esperando, casi tanto como "estás contratada", dicho por un importante empresario de la música. El rock sonaba muy fuerte, al ritmo de mi corazón alegre.

–¿Por qué? –indagué.

Dave se encogió de hombros sin dejar de mirar lo que estaba preparando.

–Me dijo que se estaba involucrando, y no puedo devolverle lo mismo. No me gusta jugar con las personas, así que le propuse que dejáramos de vernos y a ella le pareció lo mejor.

Quería saltar. Quería celebrar, pero no podía demostrárselo, así que me puse a bailar con movimientos de expresión corporal. La calefacción era lo único que funcionaba bien en ese sitio, y dentro del apartamento siempre hacía calor. Por suerte estaba descalza y me había puesto los pantalones cortos de mi pijama y una camiseta sin mangas. Podría hacer lo que quisiera sin morir calcinada en el intento. El rock tenía mucha fuerza, y me llenaba de una energía que en ese momento necesitaba descargar.

Alcé los brazos, moviendo la cadera. Miré un rato hacia la ventana y fui girando despacio con los ojos cerrados para volverme hacia la cocina. Cuando los abrí, descubrí que Dave había dejado de cocinar y me miraba las piernas. Sentí sus pupilas quemándome las rodillas, la cadera, el pecho y finalmente el rostro a medida que iban ascendiendo. Yo seguí moviéndome, sin pensar en que no me gustaba mi cabello o en que no terminaba de sentirme bonita. En ese momento, me sentía hermosa y atractiva.

A la mañana siguiente, me levanté y lo encontré preparando el desayuno. Tenía puesta una musculosa y un pantalón de gimnasia, pero en mi mente recordaba las veces que lo había visto salir del baño con el torso desnudo y una toalla envolviéndole la cadera. Solo sus piernas carecían de tatuajes, y ahora sabía cómo continuaban los que se perdían debajo de su camiseta. Conocía el significado de la frase que tenía en un brazo, sabía que había diseñado a la mujer con el león y amaba el tigre que rugía en su espalda.

No pensé lo que hacía: corrí y me subí a su cadera, rodeándole el pecho con los brazos. Él rio y me sujetó una pierna para ayudarme a mantenerme en su espalda. Ya se había bañado y su perfume era más fuerte y agradable que de costumbre. Tenía el pelo húmedo y la piel de la cara muy suave.

—¿Te gustan los tigres? —le pregunté cerca del oído.

—¿Y eso? —indagó, riendo de nuevo. Intentaba ponerle crema a mi café con una sola mano.

—Hiciste uno en mi camiseta y tienes uno tatuado en la espalda.

—Nací bajo el signo del tigre —declaró—. Y el tigre tiene muchos significados en Corea.

—¿Me explicas? —solicité, y robé un poco de crema de la taza con un dedo.

—¡Ey! —exclamó él, riendo otra vez. Bajé de su espalda y me senté en la mesada—. Dicen que los nacidos bajo el signo del tigre somos apasionados y optimistas, fuertes e impredecibles, y de mucho carácter. Somos aventureros y no nos detenemos hasta alcanzar el éxito. Podemos exceder algunos límites, pero somos honestos y hacemos todo lo posible para proteger a las personas que amamos.

—Casi todo coincide contigo —reflexioné, robando ahora un trozo de tocino.

—También tiene que ver con una leyenda sobre la fundación de Corea. Dicen que un tigre y una osa querían ser humanos. El hijo del rey de los cielos que reinaba en la Tierra les propuso pasar cien días encerrados en una caverna, alimentándose solo de ajo y artemisa. El que aguantara hasta el final se convertiría en humano.

—¿Quién ganó?

—La osa. El tigre no soportó el hambre y salió antes de tiempo para buscar comida.

—Entonces te tatuaste que eres un perdedor en la espalda, y encima es enorme –bromeé. Dave rio.

—Pero también me tatué que soy apasionado, fuerte, impredecible, de mucho carácter…

—Y un vanidoso –lo interrumpí, y le di un beso rápido en la mejilla.

Salté de la mesada y me fui a la habitación. Si no me bañaba y me vestía, llegaría tarde a la cafetería.

La sensación de la piel de Dave en mis labios me acompañó toda la mañana.

19

Mucho más

Pensé en la historia del tigre y de la osa toda la semana. Sabía que nada tenía que ver con nosotros, pero era como si yo fuera la osa, escondida en una cueva, esperando por el amor de mi vida, mientras que Dave era el tigre que no aguantaba y salía en busca de alimento.

¿Hasta qué punto estaba bien mantenerme en la caverna? ¿Qué tipo de chico estaba esperando? Ese que no se aterrara de que quisiera casarme y tener hijos, uno que no estuviera desesperado por mi cuerpo, que me respetara y me protegiera, como yo a él. Ya no estaba tan segura de querer casarme y ser madre enseguida, pero sí del resto. El problema era que la gente menospreciaba el amor, por eso se burlaban de las novelas románticas. El amor estaba desprestigiado, y ahora todo se resumía al sexo, la apariencia física y la diversión del momento.

El domingo, mientras Dave se duchaba, sonó su móvil. Se me anudó el estómago pensando que podía ser su amiga rubia que lo llamaba para retomar su relación, y espié la pantalla. Decía *"aboji"*.

Él salió con la toalla envuelta en la cadera unos minutos después.

—Alguien te llamó mientras estabas en el baño –le avisé. Recogió el móvil y espió. Su rostro no evidenció si el llamado era bienvenido o no–. Vi la pantalla al pasar y leí la palabra *"aboji"*. Me suena, pero al final nunca me enseñaste tu idioma.

—Significa "padre". La agenda no admite el teclado coreano, así que tengo que latinizar las palabras. En mi casa hablan en el idioma natal de mis padres, por eso guardo sus números así.

¡Lo sabía! Sabía que había escuchado ese término bastante seguido en los dramas coreanos. Su padre… Recordé la conversación telefónica que había mantenido antes de mudarnos a Los Ángeles. ¿Entonces no quería ocultarse de él, como yo del mío? ¿Por qué lo llamaba? Temí que estuviera sufriendo lo mismo que yo con mi familia.

—No sabía que hablabas con tu padre –dije–. ¿Se llevan bien? ¿Es amable contigo o te presiona como el mío?

—Antes solía presionarme más. Hacía tiempo que no hablábamos. Llamó ni bien me fui de lo de mi tío, diciéndome que era descortés marcharme sin haber saludado y sin agradecerle que me hubiera recibido en su casa. Ahora llama de vez en cuando para preguntar si no me he metido en problemas.

—¿No te pide que vuelvas a su casa?

—No. No sé por qué me llamó un domingo, siempre lo hace los días de semana mientras estoy en la cafetería. Disculpa, usurparé tu habitación para hablar en privado un rato.

—No hay problema –dije, y seguí haciendo ejercicios de canto.

Dave pasó unos minutos en el dormitorio y regresó al baño para vestirse. Aunque moría por preguntarle de qué había hablado con su padre, me guardé las preguntas. Yo le contaba todo, en cambio él me había ocultado que se comunicaba con su familia. No era que tuviera que decírmelo, pero me habría gustado sentir que confiaba en mí como yo en él. Traté de pensar que, quizás, como la relación con mi padre seguía siendo conflictiva, le daba demasiada importancia a la de él. No quería ser injusta, así que relegué el asunto del llamado y continué con lo mío.

El lunes, Dave tardó en volver de la cafetería. Mi mente comenzó a trabajar y lo ubiqué en una cama con otra rubia californiana. ¡Qué molesto era ser una osa cobarde viviendo con un tigre temerario!

A las seis, cuando oí la puerta, casi me arrojé sobre ella. Por la expresión de Dave, parecía que le había ido muy bien.

–¿Quién es la afortunada esta vez? –pregunté con tono irónico. Fingiría que bromeaba aunque los celos me quemaran por dentro.

–Tú.

Me pidió que me sentara en el sofá y puso un papel sobre las maletas. Era una lista de canciones de moda.

–Es hora de dar el siguiente paso: grabaremos un demo para enviar a las discotecas. Ahí hay más público y tienes mayor responsabilidad: la gente espera divertirse, a diferencia del simple entretenimiento de fondo que esperaban en el restaurante. Ya estuve averiguando, y podemos pagar dos horas en una sala de grabación profesional. ¿Qué dices? ¿Te gusta la idea?

La propuesta me tomó por sorpresa. ¿De verdad él pensaba que ya estaba lista para dar el siguiente paso? Me di cuenta de que era una chica bastante insegura y de que, si fuera por mí, me habría quedado en la comodidad de lo conocido, cantando gratis en el restaurante para unas cincuenta personas, toda la vida. La osa habría seguido en la caverna, mientras el tigre salía a buscar el progreso.

Recogí el papel y repasé las canciones. Estaban escritas con la letra de Dave.

–¿Por qué elegiste esta música? Yo no canto este tipo de canciones pop y electrónicas, sabes que tengo un estilo clásico de los ochenta o noventa.

—Lo sé, ya habrá tiempo para eso. Esto es lo que suena en las discotecas. Si son nuestro objetivo, tenemos que darles lo que buscan.

Suspiré sin saber qué hacer. Después de unos segundos de completa indecisión, me pregunté por qué me atemorizaba. Ya no estaba en casa, donde me sujetaban a un montón de reglas para que el mundo me pareciera peligroso. Ahora estaba en el mundo, pero en lugar de salir, me encerraba en el apartamento, en la cafetería y en el restaurante.

—De acuerdo —dije—. ¿Cuándo la reservamos?

Dave sonrió.

—Ya la reservé para este sábado. Lo siento, sabía que te animarías.

Lo empujé y después me eché a reír con él.

—Ahora tendré que aprenderme al menos dos de esas canciones en cuatro días. Te odio —bromeé.

Dejó pasar un rato mientras yo seguía estudiando la lista.

—¿Y bien? ¿Cuáles eliges? —preguntó.

Me mordí el lado interno de la mejilla hasta que terminé de decidir.

—Vamos con *Titanium* y *We Found Love*.

—Me encantan. Glenn…

—*Oppa* —le dije en broma. Dave sonrió con el apodo.

—Presiento que nunca en tu vida pisaste una discoteca.

—Tu presentimiento es correcto: nunca fui siquiera a un bar con mis amigas. No me dejaban salir de noche. Solo pude ir a algún cumpleaños después de rogarle a mi padre que me diera permiso durante días. Por supuesto, me iba a buscar a la hora en que la carroza de la Cenicienta se convierte en calabaza.

Aunque a mí no me hacía gracia recordar esos tiempos, él volvió a reír.

—Este sábado, después de la grabación, iremos a celebrar a una discoteca —prometió.

—No sé si ese ambiente sea para mí. Ahí la gente solo busca diversión superficial y, a veces, dañina.

—Cantarás varias veces en "ese ambiente", así que será mejor que le encuentres el lado bueno. Te aseguro que lo tiene.

—Así que eres un experto en discotecas.

—Desde que me mudé a New Hampshire no volví a ir a una, pero sí solía ir bastante antes. No pienses en lo que buscan allí muchas personas, enfócate en lo que buscas tú.

El sábado estuvo lleno de nuevas experiencias. Pisar por primera vez un estudio de grabación me hizo sentir en las nubes. Llegamos a grabar las dos canciones que habíamos ensayado en el apartamento y, como nos sobró un poco de tiempo, me di el gusto de grabar también una de mis favoritas. Nos dieron las pistas en un disco compacto y en un dispositivo de almacenamiento.

Celebramos cenando en un local de comidas rápidas y fuimos a la discoteca. No había mesas ni asientos, pero sí un enjambre de personas. No sé por qué lo llamaban "discoteca", si casi nadie bailaba. Solo estaban de pie, bebiendo o besándose, como árboles en un bosque de noche y con niebla.

Dave pidió dos tragos y los tomamos cerca de la barra. Después bailamos un rato junto a los pocos que apenas movían los pies, encerrados en una jaula imaginaria para no llevarse a otros por delante. Desde que practicaba expresión corporal estaba mucho más suelta y sentía el ritmo de la música como una parte de mí. Había aprendido que, cuando cantaba, tenía que comunicar sentimientos a los espectadores, y para ello no solo se requería una buena voz.

Dave y yo estábamos uno frente al otro. El tono de su pelo se veía diferente por las luces de colores. También sus ojos y su piel. ¡Tenía una sonrisa tan hermosa! Pensaba en ello cuando me tomó de la cintura y me apoyó contra su pecho. Alguien me rozó la espalda; resultaba evidente que si Dave no me hubiera movido, me habrían llevado por delante. Apoyé una mano en su hombro mientras un calor súbito se apoderaba de mis mejillas. Mi corazón latía con fuerza. Cuando me soltó, mis ojos se trasladaron a su boca. A sus labios seductores, a sus dientes muy blancos y perfectos. Mucha gente se besaba alrededor, y en ese momento anhelé un beso también. Un beso de Dave.

La voz de un locutor nos interrumpió. Todos giraron hacia donde se habían encendido unas luces, y como Dave también se volvió, tuve que dejar de mirar su perfil y cambiar de ángulo al igual que él.

—Ese será tu escenario —dijo, señalando el lugar donde el locutor había comenzado a presentar a una cantante.

La chica salió con un pantalón tan corto y sensual que parecía ropa interior. Llevaba una blusa ajustada y botas de caña larga. Ropa de esa que yo no tenía ni me interesaba usar.

—Si hay que vestirse así para cantar aquí, ya estoy afuera —dije.

—Hay que darles un poco de lo que quieren sin dejar de ser tú, para que sea original —contestó Dave—. Encontraremos el equilibrio.

Esa semana buscamos avisos de discotecas. Todos solicitaban, además del audio, que enviáramos fotos. Revisamos mi teléfono. Estuve a punto de adjuntar unas cinco, pero Dave las desaprobó.

—Si ninguna de las que tengo te gusta, tómame algunas —propuse, un poco ofendida.

—No te equivoques: todas me gustan, pero no son adecuadas para enviar a una discoteca. Para empezar, en ninguna llevas maquillaje. En una de las que me mostraste, la falda te llega a la rodilla.

—Que me quieran como soy o que me ignoren.

—Glenn: ¿confías en mí? ¿Quieres dejar de cantar en el restaurante o no?

—Si tengo que vender mi alma al diablo para que me paguen, prefiero trabajar en Starbucks para siempre y cantar gratis en el restaurante.

Dave se respaldó en el sillón y se pasó una mano por el pelo.

—Esta bien. Si lo sientes así, enviaremos la que más te guste.

En cuanto él cedió, cedieron todas mis estructuras también. ¿Por qué estaba discutiendo? Tomarme una foto con maquillaje y con una ropa más moderna que la que había usado toda mi vida no me convertía en una indecente. Seguiría siendo yo con mis creencias, mis sueños y mis convicciones, sin importar qué ropa me pusiera.

—No —dije, bajando la cabeza—. Confío en ti. Haré lo que tú digas.

Dave pareció aliviado.

—¿Cuánto dinero te queda? —preguntó.

—Poco.

—A mí también. No importa: pagaremos una sesión de fotos profesional.

—¿Estás loco? ¡No! Usemos como locación este edificio, lo antiguo atrae. Luego le paso las fotos a mi amiga Liz para que ella las edite, es un genio con eso. Quedarán bien sin necesidad de contratar un fotógrafo, ya verás.

—Si queremos triunfar, tenemos que hacer las cosas bien. Necesitas un portfolio. Uno sencillo, luego iremos por más. ¿Quieres llegar lejos o no?

—Sí.

—Entonces hagámoslo.

El jueves, estaba en el estudio de un fotógrafo, intentando olvidar que era una chica tímida y que solo mirar la lente de una cámara me hacía morir de vergüenza. Carecía de originalidad para hacer poses y me costaba mucho soltarme.

Empezamos con una apariencia simple, aunque elegante: un poco de delineador líquido en los párpados superiores, máscara para pestañas y labial en un tono natural. Una camiseta negra un poco escotada, pero no al punto de hacerme sentir incómoda, un pantalón de jean y los aretes de perlas que solía usar.

El fotógrafo me hizo sentar en una banqueta delante de un fondo gris oscuro.

–Relájate y disfruta –dijo. ¡Qué fácil le parecía! Debía estar acostumbrado a tratar con aspirantes a modelos y actrices que adoraban la cámara.

Comencé sonriendo como si fuera a sacarme la foto para el anuario escolar. Cambié de posición la cabeza, miré hacia un costado, miré hacia arriba. Hasta ahí llegaba mi imaginación. Solo quería cantar, ¿era necesario hacer todo lo demás? Sí, lo era. Así que seguí esforzándome para soltarme un poco más.

–Te quiero seria –pidió el fotógrafo–. Así no, eso es poner cara de mala. Deja de sonreír, pero relaja la cara. Así, eso es. Muy bien.

Para el segundo cambio de ropa inventamos una apariencia un tanto hippie: camisa blanca, suéter de colores y el vaquero que había roto Dave. Me quité el delineador líquido y apliqué un poco de sombra café junto con un labial al tono. Dave me acomodó el pelo para que unos mechones cayeran sobre mi frente y revisó los aretes que tenía sobre la mesa. Recogió una pequeña argollita plateada y la colocó entre mis fosas nasales, como si fuera un piercing.

–No –reí, tentada de apartarle las manos.

–Quedará genial, créeme.

La argollita se cayó en tres oportunidades mientras el fotógrafo hacía su trabajo. La última vez que la levanté y conseguí ponérmela, Dave hizo una broma desde un costado. Giré la cabeza y lo miré, riendo. Sentí el *clic* de la cámara. En ese instante tuve la intuición de que esa sería una de las mejores fotografías: espontánea y llena de vida.

Para cuando llegamos al tercer cambio, me sentía como en casa. Me puse una camiseta sin mangas rosada, volví a aplicar el delineador líquido y me pinté los labios con un tono similar al de la camiseta. Fueron las fotos más naturales que obtuvimos, con alguna sonrisa a medias y la mirada profunda y pícara.

Regresamos al apartamento con todo lo necesario para emprender una nueva etapa en mi incipiente carrera. Buscamos varios avisos de discotecas, adjuntamos el demo y las tres mejores fotos, una con cada apariencia, y enviamos las solicitudes.

—Hay algo que no te conté —me dijo Dave. Lo miré al instante. Cada vez que insinuaba alguna noticia, un tsunami se agitaba en mi interior—. Le avisé al dueño del restaurante que no volveríamos. ¿Sabes qué me dijo?

—Te respondió que éramos unos malagradecidos y que nos fuéramos a la... Ya sabes, esa palabra que tú usas y que a mí no me sale tan bien como a ti.

Sonrió y negó con la cabeza.

—Me ofreció dinero para que te quedaras.

—¿Y lo rechazaste? —no cabía en mí del asombro.

—Por supuesto. No puedes estancarte ahí. Además, podía pagar poco. El asunto es que, si esa rata estaba dispuesta a pagar para retenerte, otro pagaría más. Mucho más. Vas a volar, Glenn Jackson.

El ángel

La primera respuesta para cantar en una discoteca llegó tres días después. Fuimos a la prueba, y prometieron que volverían a llamarme. Dave me aseguró que no lo harían.

—¿Por qué? —le pregunté.

—Porque no estás siendo divertida. Olvidas que no estás cantando góspel, lentos o música country. Esto es pop electrónico para una discoteca, tienes que hacer que la gente delire —la expresión de mi rostro debió haberle dado pena, porque enseguida rio y me abrazó contra su costado—. No te preocupes, mejorarás. Ensayaremos y en la próxima prueba te irá mejor. Ya verás.

La segunda respuesta llegó el sábado. Faltaba una cantante y necesitaban un reemplazo con urgencia. Ni siquiera me tomarían una prueba, les bastaba con el demo y las fotos. Era de la discoteca a la que habíamos ido: entonces faltaba la chica del pantalón que parecía ropa interior.

—Seré una monja aburrida en comparación con ella. Las personas me arrojarán con sus bebidas —dije a Dave, mirando el móvil con el teléfono del encargado de la discoteca. No me atrevía a dárselo para que negociara por mi espectáculo.

—No negaré que es un desafío, pero también es una excelente oportunidad. Has estado ensayando mucho; si sientes la música, te divertirás y la gente se divertirá contigo. Si sale mal, prometo interponerme entre lo que te arrojen y tú.

Reí con lo último, entendiendo que era una broma. Bajé la cabeza, moviendo las piernas; estaba tan nerviosa como si tuviera que salir al escenario.

—De acuerdo —dije con un hilo de voz, y le cedí el teléfono.

Dave copió el número en el suyo y llamó. En cinco minutos le sacó doscientos dólares por dos horas de show y cortó.

—Ya no tendremos que comer arroz todo el mes —bromeó.

Me puse a ensayar enseguida; tenía que llenar dos horas con canciones de moda, y aunque había aprendido las de la lista de Dave, no tenía tanto entrenamiento con ellas y temía pasar vergüenza. De los nervios, empecé a quedarme sin voz.

—No hay más miel —me avisó Dave, revolviendo la alacena—. Iré a comprar.

Mientras él iba al supermercado, yo seguí practicando. Ensayé cinco canciones, y todavía no volvía. Le envié un mensaje. Ni siquiera lo miró.

Media hora después, empecé a preocuparme. Supuse que no había conseguido miel en el mercado de la vuelta de casa y que había tenido que ir a otro, que se había reencontrado con su amiga de la cafetería, que se había entretenido con algo. Cuando pasó una hora, salí a buscarlo.

Recibí un llamado de un número desconocido cuando estaba entrando en el tercer supermercado.

—Glenn, no te asustes, soy Dave. Por favor, tienes que venir a la estación de policía.

—¿Qué pasó? —pregunté; sentía el corazón en la garganta.

—Solo ven, por favor. Te daré la dirección y te indicaré cómo llegar.

Aunque sonaba calmado, la palabra "estación de policía" no era un buen presagio. Mientras corría por la calle, hice algunas suposiciones. Lo primero que pensé fue que, en realidad, era un inmigrante ilegal. Recordé enseguida que él había nacido en Estados Unidos, así que tenía que ser algo más. Mi padre. Estaba segura de que todo esto era culpa de él.

Llegué y pregunté por Dave. Me dejaron pasar y me condujeron a una sala abierta repleta de escritorios. Lo encontré sentado frente a un oficial.

—¿Estás bien? —le pregunté, y lo abracé.

Él apenas respondió apoyando una mano en mi espalda. Buscó mis ojos en cuanto me aparté un poco.

—¿Tú estás bien? ¿Tuviste problemas para llegar? —indagó. Negué.

—¿Qué pasa? ¿Por qué estás aquí?

—Señorita Jackson —me dijo el agente, señalando la silla que estaba junto a Dave—. Siéntese, por favor —me dejé caer con expresión preocupada—. Recibimos una orden del estado de Nueva York para averiguar su paradero y el de David Kim. ¿Está todo en orden?

Apreté los dientes, procurando contener un ataque de ira. Si bien sabía que mi padre utilizaría todos los medios a su alcance para obligarme a volver, me sentía decepcionada de que hubiera hecho una denuncia. Lo que menos quería era involucrar en problemas a Dave. Me sentía culpable y estúpida.

—¿Me permite contarle qué ocurrió?

—Necesito que lo haga —contestó el agente.

—David y yo somos amigos. Le propuse que nos mudáramos a Los Ángeles, es decir que yo tuve la idea de irnos de New Hampshire, que fue donde nos conocimos. Le avisé a mi padre que estaba bien y que no regresaría a casa, de hecho lo llamo todos los jueves para que sepa que continúo sana y salva. Puedo mostrarle algunos mensajes que intercambiamos con mi hermana

Ruth. Así comprobará que vine por voluntad propia y que la denuncia que seguramente ha hecho mi padre es una estrategia para que vuelva con él. No lo haré. Soy mayor de edad y tengo derecho a hacer mi vida donde quiera.

Saqué el móvil y busqué el chat con Ruth. Se lo ofrecí y el agente lo leyó. Me devolvió el teléfono después de corroborar lo que yo le decía.

—Puedo enviar un informe a Nueva York explicando que usted manifiesta que es su voluntad permanecer en Los Ángeles. Sin embargo, es mi obligación asegurarme de que esté a salvo.

—Lo estoy.

—Sabía que el señor Kim tiene antecedentes, ¿verdad?

Miré a Dave. Estaba cabizbajo, como avergonzado. ¿Antecedentes? ¿Eso significaba que había cometido algún delito? ¿Qué habría hecho? Podía ser desde una tonta pelea en un bar hasta un asesinato.

Tragué con fuerza y volví a mirar al frente. El agente continuó explicando:

—Un largo historial de noches en diferentes comisarías de San Francisco, Las Vegas, Los Ángeles...

Apreté los labios. Había dicho "noches en diferentes comisarías", eso significaba que no había cumplido ninguna condena. Entonces no había robos, abusos ni asesinatos.

—No, no lo sabía —respondí—. Pero no me importa. No me importa quién haya sido Dave, sino quién es ahora, y es una buena persona, se lo aseguro. Disculpe, pero, ¿podemos irnos? Tengo un compromiso esta noche y no quiero que un capricho de mi padre lo arruine.

El agente asintió con la cabeza y dedicó una mirada severa a Dave.

—Te estaré vigilando —le advirtió.

Nos levantamos y salimos de la comisaría en silencio. Mientras caminábamos de regreso al apartamento, noté una energía diferente en Dave. El chico poderoso y seguro de sí mismo estaba agazapado; el tigre se había escondido.

Lo tomé del brazo y dejé de caminar para mirarlo a los ojos.

—¿Estás bien? —le pregunté—. Lo siento. Mi padre está desesperado. Espero que este sea su último intento por evitar lo inevitable.

—¿No me preguntarás sobre mis antecedentes? ¿Encima me pides disculpas?

—Terminaste en la comisaría, sintiéndote incómodo con lo que me contaba ese policía, por culpa de mi padre. Lo menos que puedo hacer es pedirte disculpas.

Se detuvo y apoyó las manos sobre mis hombros.

—Deja de ser tan buena, Glenn. Te lo pido por favor. Si siempre tienes esta actitud, la gente puede hacerte mucho daño.

—¿Qué esperas? ¿Que te prejuzgue como hice la primera vez que te vi? Es tarde para eso. Ahora te conozco y me siento una idiota por haber pensado lo que pensé aquella vez cuando te sentaste frente a mí.

Bajó la cabeza y me liberó los hombros.

—La mayoría de las veces que me arrestaron fue por desórdenes en la vía pública —explicó.

—Está bien, imaginé que serían tonterías.

—Más o menos.

—¿Sigues haciendo desmanes?

—No.

—Eso es lo único que importa. Jesús perdonó ladrones, ¿por qué yo, que soy una simple humana, no ignoraría fechorías? Vamos, estamos al borde de llegar tarde a mi primer espectáculo en una discoteca.

Giré para seguir caminando, pero él me tomó de la mano y en una fracción de segundo, yo estaba contra su pecho, con sus brazos alrededor de mi cintura.

—Gracias, Glenn —dijo—. Gracias por confiar en mí.

—No lo hagas tan dramático, no pasa nada. ¿Vamos?

No quería que el abrazo se terminara, pero sí la atmósfera de tristeza y preocupación que envolvía a Dave. Nunca lo había visto de esa manera, y resultaba bastante desconcertante. Era doloroso para mí.

Me vestí y me maquillé rápido mientras Dave pedía un taxi. Nos daríamos el lujo de gastar parte de mis doscientos dólares por adelantado, todo para no llegar tarde.

Me puse nerviosa desde que entramos a la discoteca por la puerta de servicio. Fuimos a una oficina, y Dave sirvió de intermediario entre el encargado y yo. Arregló con el disc jockey el orden de las canciones que yo le había indicado y nos acercamos al escenario.

—Estoy muy nerviosa —confesé, mirando mis jeans rotos. Mi blusa roja caída de hombros era atractiva, pero nada tenía que ver con la chica del pantalón corto.

Esta vez, Dave no puso las manos sobre mis hombros, sino que me rodeó la cara. Sus dedos en mi piel agitaron mi respiración, su mirada me cautivó.

—Todo saldrá bien. Has trabajado muy duro para esto, y quien trabaja duro recibe una recompensa. Piensa que lo pasarás bien. Empezarás con *Titanium*, una de las canciones que más te gustan de la lista y que más has practicado. Eso te pondrá de buen ánimo y, así, el público conectará contigo.

—Jamás usaré un pantalón tan corto.

—No necesitas un pantalón corto: eres preciosa así como estás. Amarán tu espontaneidad y tu voz. Recuerda todo lo que practicamos y haz lo que sientas. Solo deja que tu cuerpo se libere de todo lo que todavía te ata y disfruta. Disfruta.

Suspiré mientras el presentador decía mi nombre. Giré sobre los talones con la certeza de que Dave estaba detrás de mí para sostenerme, me encomendé a Dios y di un paso al frente.

La discoteca nada tenía que ver con el restaurante. Había mucho más de cincuenta personas, la música sonaba mucho más fuerte y casi todos estaban pendientes del escenario. Respiré profundo, el miedo me hacía temblar de forma imperceptible. Saqué el micrófono del soporte y traté de focalizar en un punto, al menos para comenzar. Dave me había dicho que lo mejor era buscar la mirada del público para que la conexión fuera más fuerte, pero podía empezar mirando un punto sin gente para no ponerme tan nerviosa.

El disc jockey se equivocó, o hizo lo que se le ocurrió, y en lugar de *Titanium* de David Guetta, puso *Shivers*, un clásico de Armin van Buuren de 2005 que yo había dejado para una tanda de trance más o menos en medio de la presentación. En los espectáculos en vivo siempre surgían imprevistos, y yo debía resolverlos, porque era la cara visible en el escenario. Traté de sobrellevarlo; la canción me gustaba tanto como la otra, solo que no estaba segura de que fuera a convencer al público, porque era vieja.

Intenté relajarme y cerré los ojos para disfrutar más de la música, que era buenísima. En cuanto abrí la boca y la primera nota salió de mi garganta, la gente gritó de excitación. Al parecer, los clásicos nunca pasaban de moda.

Abrí los ojos y los vi bailando, levantando los brazos, cantando conmigo. Pensé que yo tendría que conquistarlos, pero ocurrió al revés. Ellos me conquistaron y me ayudaron a liberarme. Mi cuerpo se hizo uno con la música. No había clases de expresión facial, ropa ni dinero que superara la pasión. Allí, durante dos horas, fui yo misma sin miedos ni cadenas.

Cuando un reflector se encendió y el presentador se metió en el escenario, comprendí que el espectáculo había terminado. Todo había sucedido muy rápido y al público le había gustado, porque pedían otra canción. El sujeto me solicitó al oído que me retirara, así que saludé y me fui. Si algo sabía, era obedecer.

Nunca me había sentido tan excitada. Acababa de gastar toda mi energía;

sentía que había volado sin alas y a la vez que un camión me había pasado por encima. Estaba agotada, pero feliz.

Aunque ya había bajado del escenario, todavía me duraba la emoción. Me quedé un momento detrás de la cortina; por extraño que pareciera, no había rastros de Dave. Él siempre me esperaba junto al escenario cuando terminaba mis shows.

El presentador apareció y me sonrió.

—Estuviste muy bien —comentó—. ¿Quieres?

Al comienzo no entendí bien a qué se refería. Miré su mano extendida y vi unas cuantas píldoras de color naranja en su palma. Levanté la cabeza cuando me pareció ver a Dave: llegaba desde detrás del presentador. Puso una mano sobre su hombro y siguió caminando hacia mí.

—Gracias —contestó, y tomó dos píldoras—. ¿Nos vamos? —me preguntó.

Me puso el abrigo sobre los hombros, volvió a agradecer al presentador y me dio la mano para ir a la puerta.

—¿Dónde estabas? —indagué.

—Cobrando. El encargado tenía que irse y me pidió que pasara antes de que terminara tu presentación. Estuviste genial, les encantó y quieren más.

—¿Estuviste bebiendo?

—Me convidó un trago; era descortés no aceptar —me miró—. No estoy ebrio, ni siquiera un poco, te lo juro. No sé cómo te diste cuenta de que había bebido.

—Cuando bebes, aunque sea un poco, hablas más rápido.

—¿En serio? —rio—. Me sorprende cuánto me conoces.

—Quizás tanto como tú a mí.

Salimos de la discoteca y pasamos junto a varios grupos de chicos que estaban en la acera. De pronto, algo rozó mi pecho y resbaló por mi cuerpo rumbo a mis pies. Miré hacia abajo y descubrí que uno de esos chicos acababa de arrojarme un condón estirado. Al menos no parecía usado. Lo miré con el ceño fruncido, incapaz de creer que alguien fuera tan estúpido. El chico reía a carcajadas.

Dave dejó de caminar y se agachó. No pensé que se había dado cuenta de lo que sucedía, pero así fue. Recogió el condón y se aproximó al chico de una forma que incluso a mí me dio miedo.

—¿Qué haces? —le preguntó con tono autoritario.

Recordé las palabras del policía y me asusté. No quería que Dave se metiera en problemas, así que tiré de su mano. No me hizo caso.

—¡Es una broma! —exclamó el chico, parecía ebrio o drogado—. La vi allí, cantando…

—No, no es una broma. Estás caliente con ella, pero así no te la llevarás a la cama. Ve y hazte una paja, hermano.

—¡Dave! —exclamé. Nunca lo había escuchado hablar como un pandillero y no quería que se rebajara a eso por mí.

Le arrojó el condón en la cara y se volvió. Por un instante temí que el chico quisiera golpearlo. Por suerte, ya sea porque la actitud de Dave le había dado miedo o porque tampoco quería problemas, no lo hizo. Dave continuó caminando conmigo hasta la calle y detuvo un taxi. No convenía volver de otro modo en medio de la madrugada. Indicó la dirección al chofer y me miró.

—Lo siento —dijo, apoyando un brazo sobre mis hombros—. El mundo está lleno de idiotas.

No podía dejar de contemplarlo. Volví a preguntarme por qué estaba en Los Ángeles, por qué hasta ahora no había ido a audiciones. Solo se ocupaba de mí.

El taxi se detuvo en un semáforo, pero justo cuando estaba a punto de preguntarle el motivo, Dave metió la mano en el bolsillo y extrajo las píldoras que había aceptado del presentador. Abrió la ventanilla y las arrojó a la calle. Sabía que no eran nada bueno, pero aún así pregunté.

–¿Qué son esas píldoras?

–Éxtasis –respondió él, cerrando el vidrio.

Pensar que acababan de ofrecerme droga con tanta naturalidad, sin ningún escrúpulo, me erizó la piel. Mi padre tenía razón cuando decía que había lugares que tentaban y llevaban a la perdición.

Me retracté enseguida. Las personas eran libres de elegir su camino, y Dave había elegido el nuestro arrojando las píldoras.

–¿Por qué las aceptaste? –indagué–. No quiero que piensen que somos drogadictos.

–Nadie pensará eso: para ellos es común consumir algo. Nunca digas que no. Cuando te ofrezcan, di "más tarde, gracias", ¿de acuerdo? Podrían sentirse amenazados si la rechazas, tienen que pensar que eres del mismo ambiente. Y, por favor, nunca te muestres horrorizada, porque eso los hará sospechar que los denunciarás y nos traerá problemas.

Respiré profundo. La noche tenía códigos muy elaborados que contradecían mi lógica.

Oculté mi rostro en el pecho de Dave y puse una mano sobre su abdomen, como si lo abrazara. Pensaba que, si yo lo había pasado tan bien en ese lugar oscuro y viciado, solo había sido gracias a él. Era como si Dios me hubiera entregado un ángel protector. Un ángel que se ocupaba de que yo viera lo bueno mientras él se colocaba como escudo para que no me afectara lo malo.

Un ángel al que era imposible no amar.

21

Saranghae

Mi padre me llamó el domingo desde un número desconocido. Quizás esperaba que hiciera eco de su denuncia, pero me contuve y tan solo lo escuché sin emitir palabra.

–¿Has elegido el camino del mal? Muy bien, ahí te quedarás. Deberías seguir el ejemplo de tu hermana Chloe y tratar de sanar. Bajaré los brazos contigo. No vuelvas a llamar –dijo. Y cortó sin más.

Fue como si me hubiera enterrado un puñal. Supongo que todos esperamos que nuestra familia nos apoye en nuestras decisiones, que nos ayude a concretar nuestros sueños. Aquí, el único que me ayudaba era Dave, y ese egoísmo por parte de mis padres dolía mucho. No regresaría a Nueva York por ellos. Era incapaz de imaginarme de nuevo en un seminario con la doctrina de ese al que había asistido o entregando mi intimidad a las "revisiones".

Trabajé en la misma discoteca dos sábados más; su cantante original se había fracturado y tenía más de un mes de reposo para recuperarse. Un miércoles recibí una oferta para trabajar en otro lado, el jueves hice la prueba y el viernes me aceptaron. Pagaban cincuenta dólares más, así que Dave se ocupó de avisar a la otra discoteca que no podría asistir al día siguiente, y el sábado estuvimos en el otro lugar.

En la oficina, después de que arreglamos el orden de las canciones, el encargado me entregó una muda de ropa.

—Tiene que usar eso, es de nuestros auspiciantes —explicó ante la mirada inquisitiva de Dave.

Observé las prendas: eran una falda corta blanca de gasa en gajos superpuestos y una blusa dorada sin un hombro. Miré a Dave.

—Es tu decisión —dijo, haciéndome sentir segura.

Suspiré y asentí, confiando en que los gajos de la falda protegerían mi intimidad. Me vestí en un baño privado. Me sentía un poco incómoda con una falda tan corta, así que tiré hacia abajo para encajarla cerca de mi cadera en lugar de debajo del ombligo y así extenderla un poco. La cintura era estrecha, por eso apenas pude bajarla un milímetro. Fue mejor que nada.

Caminamos hasta el escenario en compañía de un empleado. Espié: había un enorme ventilador en el suelo.

—¿Para qué es eso? —indagué, señalando.

—Lo encendemos en algunos momentos de la presentación —explicó él.

—No quiero —dije, mirando a Dave—. Esta falda es muy liviana. Los gajos se levantarán y me dejará muy expuesta.

El empleado rio.

—Le da más calor al show —bromeó.

—Si ella dice que no, es no —replicó Dave, muy serio, con ese tono autoritario que nadie se atrevería a contradecir. Nadie excepto ese idiota.

—Cuando encendemos el ventilador conseguimos la atención de los chicos —me miró por sobre el hombro de Dave y sonrió—. ¿No quieres atraer a los chicos, bebé? —me guiñó un ojo.

—Parece que no me estás entendiendo —contestó Dave, todavía más severo—. Si ella se siente incómoda, nos vamos, eso es todo. Olvídate del ventilador.

El empleado puso cara de que éramos unos insoportables y terminó asintiendo de mala gana. Dave giró hacia mí, puso las manos sobre mis hombros y sonrió.

—No deberías estar nerviosa, ya te has convertido en una experta —dijo—. Pero, como sé que siempre lo estás, vamos a repasar un poco. Esa ropa te queda fabulosa. ¿Tú estás bien? ¿Te sientes cómoda? —asentí con la cabeza—. Eso es lo importante: que puedas relajarte y disfrutar. Estarás bien.

—¿Crees que este público sea parecido al de la otra discoteca?

—No necesariamente. Pero cuantos más tipos de público seas capaz de conquistar, más masiva serás, y eso es excelente. Te irá bien, lo sé. ¡A por ellos!

Me di la vuelta, suspiré y oré. Mi ángel guardián se llamaba Dave y estaba detrás de mí, envolviéndome con su energía poderosa; no tenía por qué temer.

Habíamos estudiado los movimientos de esa discoteca y creíamos que lo mejor era comenzar con *We Found Love*, de Rihanna. Esta vez no hubo errores por parte del musicalizador, y así fue. El público no era tan receptivo como el de la otra discoteca, pero con un poco de esfuerzo logramos conectar y terminaron disfrutando y permitiendo que yo disfrutara también. Al fin me sentía cómoda y feliz.

La séptima canción era *One Last Time*, de Ariana Grande. Todo transcurrió con normalidad hasta la parte final, cuando el ventilador se encendió y mi falda se levantó. Mi ropa interior acababa de quedar al descubierto para una multitud. Bajé los gajos lo más rápido posible y los sostuve con una mano sin dejar de cantar. La gente gritaba como si le hubiera gustado; no se daban cuenta de que para mí era una humillación. Quizás hasta creyeran que sostenerme la falda era sexy.

Giré la cabeza en busca de Dave. La vergüenza había hecho temblar mi autoestima y necesitaba sentirme valiosa otra vez. Lo vi pasar por el costado del escenario, entre dos cortinas, como un tigre de cacería. Dos segundos después, el ventilador se apagó. Rogaba que terminara la canción.

Dejé el micrófono en el soporte ni bien terminé de pronunciar la última palabra.

—Gracias —dije—. Gracias a todos, que tengan buenas noches.

Aplaudían. Todavía faltaba medio show, pero tenía que salir de allí.

Bajé los escalones y busqué a Dave con la mirada. Estaba cerca de una pared pintada de negro, peleando a golpes con el empleado, y parecía que iba ganando.

—¡Dave! —grité, corriendo hacia él. Giró para mirarme por sobre el hombro. La distracción tuvo consecuencias: un golpe del sujeto alcanzó su mandíbula y lo arrojó al suelo. Dave no pudo reponerse tan rápido, y el tipo se le fue encima. Sabiéndome culpable de su instante de vulnerabilidad, me arrodillé junto a él y lo cubrí con mi cuerpo. Miré al empleado, llena de furia.

—¡Aléjese! —le grité—. ¿Qué? ¿Me va a golpear a mí también? —volví a mirar a Dave, que intentaba incorporarse para seguir peleando—. Basta. Vámonos.

Un guardia de seguridad apareció cuando nos levantábamos. Se aproximó mucho a Dave para amedrentarlo con su estatura de dos metros y el cuerpo de un gorila. Sin que él se diera cuenta, mi metro sesenta volvió a colocarse entre mi ángel guardián y los que pretendían atacarlo, y tan solo nos fuimos. Sin cobrar, por supuesto.

Terminamos en un parque. Dave se sentó en una banca, y yo me planté delante de él. Le giré la cabeza tomándolo de la barbilla para observarlo mejor: le sangraba la comisura del labio. Mi ropa y mi abrigo, donde guardaba pañuelos, habían quedado en el baño privado del local, así que los había perdido. Solo tenía lo que llevaba puesto.

Tiré de un gajo de la falda de gasa y lo arranqué. El costado de mi pierna quedó al descubierto, pero en esas circunstancias, cuando yo lo había elegido, no me importó. Le limpié la herida mientras él me miraba. Era imposible distinguir qué se ocultaba en sus ojos, pero me pareció que sentía una mezcla de enojo, pena y vergüenza.

Me tomó las muñecas y pasó la mirada por mi torso hasta detenerse en la cadera.

—Te juro que no me di cuenta de que estaba a punto de encender ese maldito ventilador. No pude evitarlo. Perdona.

Sentí una alarma interior. Comprendí que Dave no solo había golpeado al empleado para castigarlo por lo que yo había sentido como una humillación, sino también para reparar lo que él creía su error.

Me senté a su lado, temblando de frío y de preocupación. Miré un momento la gasa con sangre y me pregunté cuántas veces habría sangrado antes. Apostaba a que muchas, muchas veces había estado igual o peor.

Reaccioné cuando me di cuenta de que se estaba quitando su chaqueta. Supuse que iba a dármela.

—No —dije.

—Estás temblando.

—¿Y es mejor que tiembles tú? —la pregunta quedó en suspenso—. Dave, hay algo que da vueltas por mi cabeza desde hace tiempo. Creo que es hora de que seamos sinceros. Cuando te propuse venir, dijimos que intentarías ser actor. Sin embargo, desde que llegamos no has ido a ninguna audición, ni siquiera te has postulado para alguna prueba. No entiendo el motivo, ya que eres muy hábil para entender el mercado, saber qué quiere la gente y abrirme camino. Lo mismo que haces por mí deberías hacerlo por ti. Quiero que me digas la verdad: ¿por qué no estás yendo detrás de tu sueño?

—Yo no dije que vendría para ser actor, tú lo dijiste —confesó—. Hace mucho que dejó de ser mi sueño. Da lo mismo que trabaje en una cafetería de New Hampshire o Los Ángeles y, además, me gusta más la Costa Oeste.

»Vine porque me conquistó tu valentía. Eres soñadora y entusiasta, y siempre estás pensando en positivo. Me pareció que tenías una gran voz y mucho coraje al dejarlo todo, en especial una estructura tan rígida como la de tu familia, para aventurarte en Hollywood. De algún modo me sentí identificado contigo, y quería verte lograr tus objetivos. Por eso vine.

Tragué con fuerza, incapaz de asimilar que alguien había sido capaz de tomar mi sueño como suyo y de trabajar tan duro para que lo concretáramos sin esperar nada a cambio. Suspiré, mirando de nuevo la gasa con sangre, y me mordí el labio.

—En ese caso, tendremos que cambiar los términos de nuestro acuerdo —dije, y lo miré—. Tienes razón: yo tengo la voz, los sueños y la ilusión que a ti quizás te falten. Pero tú tienes la fuerza y la inteligencia para concretarlos. Sin ti, no habría conseguido nada de lo que hemos logrado hasta ahora. Habría llegado a esta ciudad, me habría sentido perdida y temerosa, y todavía estaría enviando postulaciones a audiciones profesionales de las que nunca me habrían llamado. Y aunque me eligieran, si tú no estuvieras apoyándome, me daría pánico escénico y no saldría a cantar. Somos un equipo, ¿te das cuenta? Eres la cara oculta de cada logro, y eso también merece una recompensa. Dividiremos las ganancias.

—No —replicó enseguida—. No lo hago por dinero, lo hago porque me gusta verte feliz. Me gusta que puedas concretar tus sueños.

—Lo sé. Pero no es justo. Seamos un equipo formal, no solo afectivo. ¿Cuánto gana un representante? ¿El veinte, el treinta por ciento?

—No quiero tu dinero, Glenn.

—Entonces tendremos que disolver esta sociedad y mis sueños se quedarán a mitad de camino, porque no puedo concretarlos sin ti. Por favor, no permitas que sienta que me estoy aprovechando. Te peleaste con un sujeto por mí esta noche, Dave, y si no aceptas que lo que haces es un trabajo, no podré con mi conciencia.

–Bueno, dame el cinco. Solo hasta que consigas un representante de verdad –dijo. Era evidente que quería darme el gusto.

–El treinta –propuse.

–No.

–El veinte. Menos no.

–Hecho.

Volvimos a casa en taxi.

El lunes, la comisura del labio de Dave tenía un gran hematoma violáceo. Me senté en la mesada mientras él preparaba el desayuno y lo acaricié con suavidad para no provocarle dolor.

–Odio que ese sujeto te haya dejado así –comenté. Dave sonrió.

–Él debe haber quedado peor.

Sonreí y negué con la cabeza, reflexionando sobre el modo en que el tigre defendía su orgullo. Después fui a la habitación para vestirme. Nos despedimos para ir a trabajar y cada uno se fue por su lado.

Cuando regresé a casa, almorcé y me eché sobre la cama con la computadora de Dave para mirar un k-drama. En el último episodio que había visto, Choi Jae Joon había dejado una carta para Song Han Na y ella estaba a punto de leerla. Mi expectativa escaló por las nubes cuando abrió el papel, que estaba doblado en dos. La cámara hizo un primer plano del rostro de Han Na leyendo en silencio, mientras la voz de Jae Joon resonaba como si estuviera presente en ese momento. Lo estaba a través de la carta.

Querida Han Na:

Sé que estarás molesta, pero espero que algún día comprendas por qué me he marchado. Tu familia y la mía están enemistadas, y es inútil intentar ser felices mientras los demás sufren.

Puse los ojos en blanco mientras dejaba escapar el aire por la boca. Ya sabía lo que seguía: Jae Joon se iría por uno o dos años y se reencontraría con Han Na en el último episodio, diez minutos antes de que terminara la serie. Siempre ocurría lo mismo. Algunas situaciones se repetían constantemente: la chica ebria, el chico cargándola en la espalda, los besos que eran apenas roces de labios. Familias enfrentadas, secretos del pasado, relaciones que se terminaban por acción de terceros. Cambiaron a un primer plano de la carta. Por supuesto, estaba escrita en hangul, así que me concentré en los subtítulos. Mi ansiedad era abismal y leí la traducción muy rápido:

Quiero que sepas que te recordaré siempre. Si muriera mañana, lo haría pensando en tu sonrisa.
Te amo.
Choi Jae Joon.

Como terminé de leer antes de que se extinguiera la voz, miré la carta. Puse la pausa. Antes del nombre del personaje, la voz había dicho "*saranghae*". Era una palabra que escuchaba bastante seguido en los dramas coreanos, pero que pocas veces había visto escrita. Además, como no entendía hangul, jamás le había prestado atención hasta ahora. Me acerqué más a la pantalla: si la anteúltima línea correspondía al "te amo", ya la conocía.

Abrí el cajón de la mesa de noche y extraje la nota que me había dejado Dave antes de que fuera a la entrevista en Starbucks. Comparé lo que él había escrito en su idioma con la carta del k-drama.

Era exactamente lo mismo. Había escrito "te amo".

22
Segundas interpretaciones

Me apresuré a guardar la nota de Dave cuando oí la puerta del apartamento. Mi primera reacción fue negar su contenido: podía llegar a admitir que yo sentía algo más que cariño de amigos por él, pero me parecía imposible que sintiera lo mismo por mí. Si bien habían existido indicios, no creía que a alguien como Dave le atrajeran las chicas como yo. Además, vivíamos juntos, y en todo ese tiempo no había avanzado ni un paso hacia otro tipo de relación que no fuera la de mejores amigos. Tal vez "saranghae" podía usarse en más de un sentido, no solo para decirle "te amo" a una novia. Quizás también servía para manifestar aprecio profundo a una amiga. Tenía que ser eso, y la tonta ilusión romántica en la que había pasado mi vida lo estaba confundiendo todo.

Dave golpeó a la puerta de la habitación. Bajé la pantalla de la computadora, me levanté y abrí. Fue como descubrir a una persona nueva. Mi corazón empezó a latir muy rápido, me puse nerviosa.

–Hola –me dijo, y frunció el ceño–. ¿Te sientes bien?

—Sí —contesté—. ¿Tienes hambre? Compré salchichas, ¿te preparo algunas?

—¿Que hacías?

—Estaba mirando un k-drama.

—¡Ah, tú y los coreanos de esos dramas! Para colmo, los descargas en tu teléfono. No me gusta tener competencia.

Cuando hacía esas bromas, siempre había pensado que solo eran eso: bromas. Pero ¿y si en realidad ocultaban algo? Muchas frases y acciones podían interpretarse de otra manera si salía de mi ingenuidad y me convertía por un rato en una chica con algo de experiencia.

Tal vez, cuando me miraba bailar desde la cocina, era porque le resultaba atractiva. Cuando me decía que me admiraba significaba que se había enamorado de mi personalidad. Y cuando en un comienzo me decía que era linda, quería tener algo conmigo. Luego se había dado cuenta de que, de ese modo, jamás lo conseguiría y había abandonado el atajo para ir por el camino más largo. Sin querer, yo había descubierto su objetivo al mencionar que decirle linda a una chica era una patética forma de ligar. A decir verdad, solo se lo había dicho porque no me sentía atractiva, pero daba igual. Dave era el chico más inteligente que conocía y parecía tener experiencia en muchas cosas. Era el tipo de persona que había aprendido de la calle y tenía muy claro qué quería la gente, conocía a las personas. No había dudas de que había descubierto los lados más recónditos de mi personalidad solo con cruzar unas palabras conmigo.

Pensé en la chica californiana: siempre había creído que le atraían las mujeres de ese estilo propio de las películas. ¿Y si en realidad no era así? ¿Si se había acostado con ella porque creía que jamás podría avanzar conmigo? ¿De verdad existía alguien que no me creía aburrida ni puritana y me quería en serio?

—¡Glenn! ¿De verdad te sientes bien? —insistió, riendo ante mi silencio, y apoyó una mano en mi frente. Sentí que me quemaba y que mi cuerpo se derretía solo porque me tocaba–. No tienes fiebre. ¿Te duele la panza? ¿Estás en esos días? ¿Quieres que vaya a comprar algo a la farmacia?

–Estoy bien –contesté, bajando la cabeza. Tenía los labios resecos–. Te prepararé algo para comer.

Salí de la habitación y me refugié en la cocina.

Usamos las salchichas como su almuerzo y como nuestra cena. Me contó algunas anécdotas que le habían ocurrido ese día en la cafetería y cuando terminamos de comer, tan solo nos quedamos en el sofá, uno al lado del otro, haciendo nada.

No quería malinterpretar todo y arruinar la preciosa amistad que teníamos, pero debía comprobar a qué se había referido cuando había escrito "te amo" en hangul. Podía investigar en Internet si la expresión tenía usos distintos de los que le habían dado en el k-drama o podía preguntárselo. Hice una mezcla de ambas opciones y decidí lanzarme a la piscina, introduciendo primero los pies para ver si había agua.

–Dave, ¿has salido con muchas chicas?

Él rio, quizás por lo inesperado de la pregunta.

–¿Tengo apariencia de Casanova? –bromeó.

–No del tipo de Casanova común. Pero sí, a tu modo.

–¿Y cuál es ese modo?

–Apuesto a que has salido con chicas orientales. También con chicas que tienen tatuajes, usan camisetas sin mangas y andan en *skate*. ¿Estoy en lo cierto?

Volvió a reír.

–Sí, hay un par de esas chicas en mi historial.

–¿Te gustan así?

–¿"Así" cómo?

—Con un estilo peculiar, como el tuyo. Y con mucha personalidad.

Se encogió de hombros.

—No tengo preferencias. Me agrada que las personas me sorprendan. ¿Qué hay de ti? Me queda claro que te gustan los coreanos de los dramas.

—Sí. Empecé a mirar k-dramas a los catorce años. A escondidas, por supuesto. Antes de eso, jamás me habría fijado en un chico oriental. Ni siquiera en chicos blancos, solo morenos. Pero desde que empecé a mirar series asiáticas, mi percepción de la belleza cambió. Y sí, ahora puede resultarme atractivo un chico moreno, blanco o asiático.

—Te has enriquecido, porque has abierto tu mente.

—Sí. Creo que sí.

Hubo un instante de silencio. Había conseguido algo de información, pero ni siquiera me estaba acercando a lo que en verdad me interesaba.

—¿Has tenido novio? —siguió preguntando él.

—No. A decir verdad, ni siquiera me he dado un beso con nadie.

Sus ojos se abrieron tanto como su boca.

—¡¿Qué?! —exclamó—. No te enojes, pero era evidente que no habías tenido relaciones sexuales. Sin embargo, un beso… ¿De verdad nunca te has besado con nadie?

—No. Tuve algunas oportunidades con chicos de la iglesia y con uno de mi barrio, pero no quise. Siempre dije que quería que mi primer beso me lo diera un chico que me ame, y sabía que ellos no me amaban.

Nos miramos un instante. Pensé en decir algo estúpido como: "creo que en los dramas 'te amo' se dice '*saranghae*'. ¿Estoy en lo cierto?". Con eso esperaba llevar la conversación hacia el lugar que me interesaba, pero me puse nerviosa y mi boca se quedó cerrada.

No hice a tiempo a reunir fuerzas para continuar con el plan. Una mano de Dave subió hasta mi cuello acariciándome el brazo y sus dedos se enredaron en el pelo que caía sobre mi nuca. Se inclinó sobre mi rostro hasta quedar tan cerca que podía respirar el aroma agradable de su piel. Cerré los ojos. Mis manos empezaron a temblar y mi estómago se convirtió en el hogar de un millón de pájaros que volaban de un lado a otro, así como volaba mi mente.

Sentí algo suave y cálido sobre mis labios, eran los de Dave. No se movían, tan solo me rozaban, como si se hubiera propuesto que todo fuera despacio, a mi ritmo. Curiosamente, esta vez deseé que el tiempo se acelerara. Me moría por el beso. ¿Iba o no iba a dármelo?

Su otra mano me acarició una mejilla. La que estaba en mi pelo se deslizó por mi cuello encendiéndome la piel y se asentó en mi rostro. Sus pulgares me rozaron el borde del labio inferior, mientras los de él seguían acariciándome el superior. Sentí algo húmedo en la línea de mi boca. Era su lengua. Era más de esa deliciosa y lenta tortura que había tensado mis pechos y me provocaba cosquillas en partes de mi cuerpo que nunca habían reaccionado de esa manera tan intensa.

Abrió un poco la boca y yo abrí la mía. Su lengua atravesó la barrera estrecha de mis dientes y se encontró con la mía. Entonces, mi universo se sacudió.

Abracé a Dave por el cuello y me acerqué más a él, hasta que mis pechos se encontraron con su torso. Me moví sin querer, y una marea de sensaciones cobró vida en esos lugares que tanto placer me producían.

Por unos segundos, todo fluyó bastante rápido, pero después volvió a ser lento. Otra vez fue un poco más rápido, hasta que la velocidad fue disminuyendo y el beso acabó con un último roce de la lengua de Dave en mis labios.

Me soltó muy despacio, acariciándome las mejillas, y me besó en la comisura de la boca antes de apartarse por completo.

Abrí los ojos y me mordí el labio, que por primera vez sabía al gusto de otra persona mezclado con el mío. Traté de respirar con normalidad de nuevo. Estaba agitada y sentía un calor abismal en la cara. No podía dejar de mirar a Dave; me parecía más atractivo que nunca. Acababa de darme mi primer beso, y había sido mucho más hermoso que en mis sueños.

—¿Qué significa eso? —murmuré, intentando comprobar por qué lo había hecho.

Él tragó con fuerza. Me dio la impresión de que estaba tan agitado como yo y, además, un poco nervioso.

—Dijiste "un chico que me ame", no "un chico que ame" —contestó.

Entonces esa era la respuesta a la pregunta que nunca le había hecho. Era una confesión abierta y sincera.

Sentí pánico. Pánico de perder la relación maravillosa que habíamos construido cuando su forma de interpretar el mundo chocara con la mía, cuando quisiera tener sexo y yo tuviera que negárselo. Dave no era del tipo que se casaba y yo no era del tipo que tenía sexo fuera del matrimonio. Todos me decían que eso era arcaico, pero yo lo sentía de esa manera y no quería ceder en ello, como no cedería en usar ropa que no me hiciera sentir cómoda o en consumir sustancias que no quería solo para encajar en un grupo.

Seguía agitada y, ahora, indecisa. Mis ojos se llenaron de lágrimas.

—Mierda —murmuró Dave, y se apartó unos centímetros—. Perdóname, Glenn. Lo siento. Usé un agujero en tu discurso para hacer algo que deseaba desde el día que te conocí, pero no hay nada más horrible que besar a alguien que no te atrae. Fui un estúpido. Me siento mal y no sé cómo remediarlo. Ahora no puedo hacer nada, he arruinado tu sueño. Debes querer que desaparezca.

¿Por qué me decía eso? Jamás hubiera querido que entendiera que rechazaba su beso. No pensé en nada más que en hacerle entender que no tenía que sentirse culpable por lo que había hecho y me senté a horcajadas sobre sus piernas. Le tomé el rostro entre las manos y lo besé sin saber bien cómo se hacía, dejándome llevar solo por lo que sentía.

Me abrazó por la cintura y me acarició la espalda. Yo hice lo mismo con sus hombros mientras mi inocencia se iba perdiendo por nuestros labios.

Cuando sentí que si seguíamos avanzando nada nos detendría, apoyé la cabeza sobre su frente, respirando sobre su nariz. Mi intimidad latía de un modo sobrenatural, mis pulmones no alcanzaban a tomar el aire que ya tenían que largarlo. Sus manos se movieron muy despacio y me acariciaron el costado. Un pulgar llegó hasta la parte baja de mis pechos.

–¿Qué significa eso? –preguntó Dave con la voz ronca, emulando mi pregunta de hacía un momento. Había dicho que le gustaba que la gente lo sorprendiera. Apostaba a que yo lo había sorprendido varias veces desde que nos habíamos conocido, incluso ahora.

–Significa que tengo mucho miedo de que todo esto termine con la amistad maravillosa que construimos.

–¿Por qué se arruinaría?

–Porque no somos compatibles. Yo no soy tu tipo.

–Creí que yo no era el tuyo.

Levanté la cabeza y nos miramos. Era tan único, tan hermoso... Le acaricié la cara con una sonrisa.

–Te amo, Dave.

–*Saranghae*, Glenn.

23

Soy tu fan

Casi nunca teníamos ratos libres en la cafetería. Mi mente estaba todo el tiempo ocupada, sin embargo esa mañana no dejaba de pensar en Dave. Si antes era una soñadora, ahora me había convertido en un sueño en persona.

Di mal un vuelto y me confundí con la orden de un cliente. Cuando volvió a reclamar que le había dado un *muffin* de vainilla en lugar de chocolate, estaba con la mano debajo del mentón y el codo apoyado en el mostrador, recordando la deliciosa lentitud de mi primer beso. Había sido perfecto. Había sido mejor de lo que pudiera haber imaginado.

Recogí la bolsa con el pedido erróneo, cambié el contenido y le pedí disculpas con una sonrisa. Se volvió sin responder.

–Qué inútil –murmuró mientras regresaba a su mesa, donde lo esperaba una mujer–. Lo único que tiene que hacer es servir café y lo hace mal.

Incliné la cabeza hacia un hombro, preguntándome dónde estaba escondida toda esa gente malhumorada e intolerante mientras vivía en casa y en la iglesia. Me había cruzado con unos cuantos de ellos en la escuela, pero ninguno llegaba al nivel de irritabilidad de los adultos.

Bajé la cabeza, fingiendo que acomodaba unas servilletas, y oré en silencio. *Señor, dale lo que le hace falta para ser feliz. Haz que sonría, que se sienta tan completo que trate bien a todo el mundo. Gracias. Amén.*

Salí de la cafetería después del mediodía, leyendo la conversación que se había desarrollado entre Val y Liz. Por suerte conseguí un asiento libre en el autobús para seguir usando el teléfono con comodidad. Papá ya sabía dónde me encontraba y casi me había dicho que me desheredaba, como sucedía en los k-dramas. No tenía claro cuándo mi vida se había transformado en una novela, pero era hora de contárselo a mis amigas.

GLENN.

Chicas, ya puedo ponerlas al tanto de lo que ha estado ocurriendo.

LIZ.

¡Al fin! Casi logras que me ponga a orar por ti.

VAL.

Jajaja. Estoy entrando a una clase, pero si el cuento se pone bueno, leeré debajo del pupitre.

GLENN.

No van a poder creerlo.

Les resumí la historia de cómo me había ido del seminario omitiendo la parte de mi hermana y los ataques a la situación que había vivido Liz. Les dije que tan solo me había cansado de los argumentos poco convincentes de los profesores y del control de mis padres y que había decidido probar con mis propias convicciones. Les conté más de Dave y que vivía con él.

> *¿¿¿Vives con un chico???*

Liz amaba la ortografía; si había utilizado tres signos de interrogación significaba que estaba alucinando.

GLENN.

> *Sí. Y ayer me ha dado mi primer beso.*
> *El mejor primer beso del mundo.*

LIZ.

> *¡Glenn! Estoy más sorprendida que cuando me enteré*
> *de que Shylock era Jayden.*

VAL.

> *¡Tu primer beso! No puedo creer que haya sido como lo soñabas.*
> *Deja los misterios y envíanos una foto de ese chico.*

Reí sin tener en cuenta a la gente que me rodeaba y les envié una de las *selfies* que Dave y yo nos habíamos tomado, mi favorita de las que teníamos en el Paseo de la Fama. Tardaron un momento en seguir comentando.

LIZ.

> *Ahora estoy más sorprendida que cuando me enteré*
> *de que estaba embarazada.*

VAL.

Glenn... No sé qué decir. ¿Lo sacaste de un k-drama?

GLENN.

Jajaja, no. ✓

VAL.

Es increíble. Parece un chico genial. Solo que de verdad nunca hubiera imaginado que te atraerían las perforaciones y los tatuajes. No sé. No sé qué decir.

GLENN.

No me atraen las perforaciones ni los tatuajes. Me atrae él. ✓
Les dije que se sorprenderían.

LIZ.

¡Me siento tan bien por ti! El chico es de lo más peculiar y eso significa que te has liberado. Sigue adelante si te hace feliz. Solo nosotras sabemos lo que de verdad quiere nuestro corazón.

VAL.

Opino igual. Cuando es el chico indicado, la carrera adecuada, la decisión correcta, lo sabemos con seguridad.
Oye, ¿y qué hacen ahí? ¿Por qué se fueron a Los Ángeles y no a otra parte? ¿Querías estar lo más lejos posible de tu padre?

No. Eso fue porque estoy intentando cumplir mi sueño.
Quiero ser cantante.

LIZ.

Me has hecho saltar. ¡Qué emoción!
¿Se lo puedo contar a Jayden cuando llegue?

GLENN.

Jajaja. Sí, claro.

VAL.

Ni siquiera se me ocurriría preguntarte si se lo puedo contar a Luke,
ya lo estoy poniendo al tanto en nuestro chat.

LIZ.

Entiendo por qué no podías contarnos nada. ¿Qué pasó con tu padre?

GLENN.

Me desheredó.

VAL.

¡¿Qué?!

GLENN.

Jajaja, es broma. Lo estoy diciendo
como si fuera una novela; no importa.

> Después de hacer hasta lo imposible para convencerme
> de que regresara, terminó diciéndome que si había elegido
> el camino del mal, dejaría de intentar llevarme al del bien. Algo así.

LIZ.

> Sé que es tu padre, y no hablaré mal de él, pero no has elegido
> el camino del mal. ¡¿Qué es eso?!

GLENN.

> No te preocupes. Tengo muy claro que el camino del mal existe,
> pero no es este.

En ese momento me acordé de que estaba en el autobús y levanté la cabeza. Me había saltado mi parada.

Bajé de inmediato y retrocedí caminando. Por primera vez soñaba despierta con algo de la vida real y no con la ficción, y era mucho más hermoso de esa manera.

Cociné escuchando mis canciones favoritas y cantando tan fuerte que sin duda me escuchaban los vecinos. Esa tarde leí algunos capítulos de una novela romántica, y cuando llegué a la descripción de un beso, sentí por primera vez en carne propia las emociones de la protagonista. Cuando Dave llegó, corrí a experimentarlas.

No podía creer que esa fuera mi realidad ahora. Era fácil convertirse en una fanática de los besos, sobre todo cuando Dave era tan suave y tierno. Casi no tenía experiencia con chicos, pero todo me indicaba que él era excelente besando.

Después de que Dave ingiriera su almuerzo tardío, lavé los platos sucios mientras él encendía la computadora.

—¿Qué haremos hoy? —pregunté—. Pensé que quizás podríamos buscar canciones nuevas para renovar el repertorio.

—Ven cuando termines, por favor.

¿En qué andaba? ¿Por qué no podía decírmelo sin que me acercara? Tanto misterio me impulsó a lavar más rápido para ir enseguida.

—¿Qué ocurre? —pregunté, dejándome caer en el sillón.

Me descalcé y crucé una pierna debajo de la otra. Dave movió la computadora para que pudiera ver la pantalla. La ventana del navegador estaba abierta en la página de una de las audiciones más famosas: *I'm Your Fan*. Soy tu fan era uno de los programas de televisión más exitosos de los Estados Unidos, y su formato se había vendido alrededor del mundo. Existía "Soy tu fan América", "Soy tu fan Reino Unido", "Soy tu fan Países Bajos", y una lista interminable. Se basaba en la votación de los espectadores, por eso el nombre. Los videos de las audiciones más destacadas, ya sea porque habían sido un desastre o porque eran excelentes, poblaban YouTube y las redes sociales.

—Te inscribí —me informó Dave, como si nada.

Lo miré con los ojos muy abiertos.

—No me lo consultaste.

—Dijiste que era tu representante.

—No sé si estoy lista para ir ahí.

Dave respiró profundo. Me dio la impresión de que comprendía que en realidad no quería hacerle reproches, sino que dudaba de estar a la altura.

—¿No era tu sueño? —preguntó—. Me dijiste que querías ser como Whitney, como Celine…

—Sí —intervine, y la ensoñación volvió a apoderarse de mí—. Solo con cantar una sola vez en ese teatro, frente al jurado y a un centenar de espectadores, sentiría que he cumplido mi sueño.

—Lo único que te separa de tu sueño es una audición con los productores. ¿Por qué no la harías, si tu representante considera que estás preparada? No sé si ganarías, lo veremos sobre la marcha, pero estoy seguro de que llegarás frente al jurado. ¿Qué dices? ¿Damos el gran paso?

Me cubrí la boca y reí con las mejillas sonrojadas.

—¿Estás seguro de que no pasaré vergüenza?

—Estoy seguro.

—¿Y si me rechazan?

—Tú misma me dijiste que viniera aquí, que el "no" ya lo tenía, que no podía darme por vencido sin haberlo intentado siquiera…

—Lo sé —lo interrumpí—. De acuerdo. Hagámoslo.

Dave rio, me rodeó la cintura con un brazo y me atrajo hacia él para besarnos. Terminé abrazándolo mientras reíamos de la emoción, y cuando se dejó caer hacia atrás, me acosté sobre su cuerpo. Abrió las piernas y las mías quedaron entre las suyas. Apilé las manos sobre su pecho y apoyé el mentón sobre ellas. Dave me apartó unos rizos de la frente y me acarició las mejillas. Me estiré un poco y le di algunos besos rápidos y suaves.

—¿Qué voy a cantar? —pregunté.

—Lo que siempre quisiste —respondió—. Es importante que aprovechemos a cumplir tu sueño, en caso de que no haya ocasión de intentarlo de nuevo.

—Gracias —le dije con ilusión—. Todos los días le agradezco a Dios que te haya puesto en mi camino.

24

Detrás de escena

La mañana de la audición con los productores, estaba tan nerviosa que a
último momento tuve que correr al baño antes de salir de casa para vomitar.
Ni siquiera les había contado a mis amigas; estaba tan atemorizada de fracasar que había preferido mantener el secreto. Era lunes, y tanto Dave como
yo habíamos faltado a trabajar con una excusa; así que nadie sabía a dónde
iríamos excepto él.

Cuando reaparecí, me estaba esperando en la cocina con un vaso de
agua. Bebí algunos sorbos; tenía el estómago revuelto y temí que el líquido
lo empeorara.

—¿Por qué estás tan nerviosa? —preguntó con calma—. Es cierto: hay mucho por ganar. Pero, si pierdes, ¿qué diferencia hará? Volveremos a lo que
tenemos, y lo que tenemos no está tan mal, ¿verdad?

—No, no está nada mal. No sé por qué estoy tan nerviosa. Quizás porque
es la prueba más difícil que hemos atravesado hasta ahora.

—Los productores buscan cualidades que ni siquiera imaginamos, así que, en realidad, no estarán probando solo tu voz y tu carisma. ¿Entiendes lo que quiero decir? Eres una gran cantante, sin importar lo que digan.

–Gracias.

–Vamos. ¿O necesitas pasar por el baño de nuevo?

–No. Espero que no. En el lugar de las audiciones habrá alguno, ¿no?

–Supongo que sí –respondió Dave, riendo–. Además, todos estarán como tú. Si no tuvieran un baño, su piso sería un asco. Vamos.

Dejó el vaso en la pileta, me dio la mano y fuimos a tomar el autobús.

El lugar de la audición era un enorme estudio en una zona de varios establecimientos similares. Hicimos una fila para llegar a la ventanilla de entrada y nos anunciamos. Nos hicieron firmar una planilla electrónica y me pidieron que me colgara un cartel con un número. Me había tocado el 1583.

Seguimos a un par de chicos por un pasillo custodiado por dos encargados e ingresamos en una gran sala atiborrada de personas. Los participantes llevaban el mismo cartel que yo, todos con el número 15 adelante, y la mayoría se hallaban acompañados.

Había visto el show a escondidas siempre que había tenido oportunidad, pero nunca había imaginado cómo funcionaría en realidad el sistema previo a las audiciones en el teatro que veíamos los espectadores. Se sabía que los productores de Soy tu fan recorrían el país en busca de talentos y hacían una preselección en las ciudades más destacadas de varios estados. Sin embargo, cuando mostraban escenas de la preselección en el programa, siempre había creído que el número de cada participante se sucedía según la cantidad de gente que entrevistaban ese día. Me di cuenta de que era una tontería: preseleccionaban con la foto y el audio que se enviaba por Internet, así que las dos primeras cifras representaban el grupo, y las dos últimas, el orden. En mi caso, el 15 correspondía a las audiciones de Los Ángeles y el 83 a mi turno.

Es decir que, cuando me había llegado la citación, ya había pasado el primer filtro de la producción.

Nos sentamos en un banco disponible y observamos alrededor. Me dio la impresión de que algunas personas ni siquiera parecían muy cuerdas y entendí por qué luego circulaban videos de audiciones graciosas en Internet. Más allá de buscar un cantante exitoso, era un espectáculo, y debían elegir algunos desastres a propósito. Me pareció perverso, dado que sin duda los productores sabían que la gente se reiría de ellos, y me pregunté si estaba preparada para entrar en ese juego. Ya no dudaba de mis dotes artísticas, sino de mi capacidad para ignorar el lado oscuro del ambiente donde podía cumplir mi sueño.

Dejé de pensar gracias a que un chico se sentó a mi lado. Al parecer había ido solo. Llevaba zapatillas blancas, un pantalón de jean suelto, una chaqueta negra inflada y una camiseta blanca. Sus anillos y collares llamaban mucho la atención, eran dorados y grandes, y tenía una gorra en la mano.

Aunque Los Ángeles era una ciudad llena de personas de diversos orígenes, me sorprendió que justo un asiático se hubiera sentado a nuestro lado.

—¿Coreano? —pregunté. Él rio.

—Sí. Veo que tú también —dijo, señalando a Dave—. ¿De dónde es tu familia?

—De Seúl —respondió Dave—. ¿La tuya?

—Busan.

—¡Ah, Busan!

Nos pusimos a conversar de Corea, de Los Ángeles, del concurso y de lo que hacíamos. El chico se llamaba Jason, pero se hacía llamar Lil Sung, en alusión a que era el menor de la familia Sung. Tenía el número 1574 y, con ese nombre y con esa vestimenta, por supuesto que hacía rap.

Como nunca me había relacionado con ese estilo de música, le pedí que rapeara un poco. Compuso unas estrofas referidas a nuestro encuentro y el concurso en el momento, y me dejó boquiabierta.

A medida que transcurrieron las horas, la cantidad de personas en la sala fue disminuyendo. El tiempo pasó más rápido conversando con Lil Sung, y también se aplacaron mis nervios. Al menos hasta que le tocó entrar a la sala de audiciones.

Nos pusimos de pie y le deseamos buena suerte, como si fuéramos parte de su familia. En ese momento nos unía un mismo sueño, así que lo éramos.

Su audición duró diez minutos, como duraba la mayoría. Ni bien salió, nos miró e hizo un gesto negativo con la cabeza. ¡No podía creerlo! De verdad era excelente en lo que hacía, era imposible que lo hubieran rechazado.

Se acercó a nosotros.

—¿Quieren que intercambiemos nuestros números telefónicos? —preguntó—. No nos dejan quedarnos una vez que terminamos la prueba, pero me encantará saber cómo les fue.

Dave le dio su número y anotó el de Lil Sung. No pude con mi ansiedad y le pregunté cómo era la audición.

—Tienes que irte, por favor —solicitó un encargado, antes de que pudiera responder.

Lil Sung hizo un gesto de impotencia con los labios y se despidió de nosotros agitando una mano.

—Tranquila —me dijo Dave, poniendo las manos sobre mis hombros.

—Era excelente, Dave. Si lo rechazaron a él...

—Desconoces el motivo. Nunca te guíes por la experiencia de los demás, tienes que vivir la tuya.

Hice algunos ejercicios para relajar la garganta mientras pasaba el tiempo. Llamaron al 1583 después de una hora y media. Entré acompañada de Dave, retorciéndome las manos.

La sala estaba muy bien iluminada. Las paredes se hallaban revestidas con material aislante y no había ventanas. Vi a cuatro personas sentadas detrás de una mesa con cientos de papeles. Eran tres hombres y una mujer.

—¿Acompañante? —preguntó uno a Dave. Él asintió, y el evaluador señaló un conjunto de sillas que estaba a un costado—. Quédate ahí, por favor.

Dave obedeció. Yo me paré sobre una cruz, suponiendo que era el lugar donde querían que se quedaran los concursantes. Miraban los papeles.

—¿Cuál es tu nombre artístico, 1583? —preguntó el hombre que estaba en el extremo derecho de la mesa, el mismo que había hablado antes.

—Glenn Jackson.

Anotaron algo. Quizás era mi nombre, aunque lo había escrito en la postulación. Si era otra cosa, no imaginaba qué.

—¿Qué tienes para mostrarnos, Glenn? —siguió indagando. Al parecer era el único que me dirigiría la palabra.

—Cantaré *I Will Always Love You*, de Whitney Houston.

Enarcó las cejas.

—Suerte con eso —soltó.

No sabía si creía que haría un desastre y estaba siendo irónico o si me lo decía de verdad. Como fuera, Dave no podía intervenir como hacíamos con los encargados del restaurante y de las discotecas, así que bajé la cabeza y tomé aire. Estaba tan nerviosa que me temblaban las piernas y no dejaba de estrujarme las manos delante del abdomen. Solo había un modo de tranquilizarme: encomendarme a Dios para que me fuera bien o, al menos, para disfrutar lo que estaba a punto de hacer. En esa circunstancia, Él era el único con el poder de serenarme.

Ayúdame, Señor. Cantaré en tu nombre. Dame fuerza. Haz que mi voz suene al nivel máximo de este don que me has dado.

—*If I should stay…* —comencé. La voz fluyó como por un tobogán.

Solo me permitió cantar las cuatro primeras líneas.

—Suficiente —dijo. Aunque había que interpretar toda la canción a capela, no me dejó llegar ni a la parte que debía tener música.

Guardé silencio como si acabaran de retarme en la escuela. Era evidente que, aunque Dios había obrado y lo había hecho excelente, al evaluador no le había gustado. Me miró con el ceño fruncido.

—¿Tu voz cuando hablas siempre suena así de... ingenua?

Entreabrí los labios; moría por mirar a Dave y que me diera una pista de por qué ese hombre me hacía esa pregunta. Me ponía muy nerviosa negociar, y eso se parecía a un negocio. Sentí que me miraban como si yo fuera un número. Con ese cartel colgando de mi cuello, parecía uno. Me llamaba 1583.

—Sí —respondí—. Es mi voz.

—Cuando cantas suena bastante diferente, eso es bueno.

Otra vez no entendí si decía que eso era bueno porque significaba que mi voz en la cotidianidad era una basura o porque era bueno para la televisión.

—Cuéntame: ¿por qué te has presentado en esta convocatoria? —continuó.

—Quiero cumplir mi sueño. Y quiero compartir con los demás el don que Dios me dio. Creo que todo lo que Él nos ofrece tiene un propósito, y quiero descubrir el de mi voz.

—Dice aquí que naciste en Nueva York —señaló un papel. Debía de ser la solicitud que había completado Dave por Internet. Entonces no había necesidad de anotar mi nombre, debían haber escrito algo inimaginable.

—Sí, nací en Harlem.

—¿Estudias canto?

—Desde los cinco años. Canté góspel en la iglesia desde los doce hasta hace unos meses.

—Y, dime, ¿por qué crees que merecerías ganar esta competencia?

Respiré profundo y me encogí de hombros.

—Aunque seguramente esto que diré me jugará en contra, no tengo idea de por qué debería ganar. Hay mucha gente con talento ahí afuera —señalé la puerta—. Solo sé que tengo un sueño y que estoy trabajando muy duro para cumplirlo.

Asintió mientras los otros tres hacían anotaciones y miró a Dave.

—¿Quién eres tú? —preguntó, señalándolo.

—Soy su novio —respondió él desde el rincón.

Estaba sentado con las piernas abiertas, casi en el borde del asiento, cruzado de brazos. Como tenía la chaqueta sobre los muslos y llevaba puesta una musculosa, sus brazos tatuados estaban al descubierto. Parecía relajado.

—Y mi representante —me apresuré a intervenir. Si podía ponerlo a negociar en mi lugar, me habría sentido mucho mejor.

—¿Cómo terminaste en Los Ángeles? —indagó el productor, mirándome otra vez.

Respiré profundo y traté de resumir la historia.

—Dave y yo nos conocimos en New Hampshire. Yo estaba cursando un seminario bíblico y él vivía con su tío. Un día me cansé de ciertas cosas y le propuse que nos mudáramos. Yo quería ser cantante, y él, actor. Bueno, eso creí —me interrumpí y bajé la cabeza. Me había sonrojado—. No sé si lo que estoy diciendo sea importante. Lo siento, no quería hacerlo tan largo.

—Y ahora es tu novio —repitió el hombre.

Tragué con fuerza y lo miré.

—Sí.

La mujer se inclinó hacia él.

—Es interesante —le dijo—. Pareja interracial, chico con pinta de malo, chica buena…

—Sí, lo sé. Hay rebeldía, aventura, sueños… —contestó él, y volvió a dirigirse a mí—. Te permitiremos cantar delante del jurado. En la audición en el teatro deberás interpretar lo mismo de hoy, no puedes cambiar. Cuando firmes el contrato, te enterarás del resto.

—No hables tanto de Dios —me pidió la mujer, mirándome por sobre sus gafas de marco rojo—. Es aburrido para la audiencia.

—¿Cómo estamos de tiempo? —preguntó el evaluador al hombre que estaba en el otro extremo de la mesa.

—Puede ir ahora.

—Es por ahí —señaló la puerta que estaba del lado contrario al que habíamos entrado.

Todo había sucedido tan rápido que todavía no entendía que acababan de decirme que estaba dentro del show, aunque sea en la primera y multitudinaria instancia. Tampoco entendía nada de lo último que habían dicho: ¿ir a dónde? ¿Por dónde? ¿Para qué?

Busqué a Dave con la mirada, pero la silla estaba vacía: ni siquiera me había dado cuenta de que ya se acercaba.

—Gracias —dije.

—Buena suerte —contestó la mujer con una sonrisa.

—Llamen al 1584 —solicitó el evaluador mientras Dave y yo nos alejábamos. No reacioné hasta que estuvimos del otro lado de la puerta.

—¡Lo lograste! —exclamó Dave.

—Más bien creo que lo logramos —respondí, con una sonrisa enorme. No cabía en mí de la emoción, estaba a punto de echarme a llorar.

Dave me rodeó el rostro con las manos y me besó. Lo abracé con fuerza; necesitaba recargarme de su energía.

—No dijo nada de mi voz —comenté, repasando a la velocidad de la luz todo lo que había sucedido en diez minutos.

Me apartó para mirarnos.

—Le bastaron unos segundos para darse cuenta de que eres buena. Detrás de tu voz hay una historia que resultará interesante para la audiencia. Te dije que les importaban otras cosas; es televisión.

–¿Glenn Jackson? –preguntó un organizador con una planilla en la mano. Había pasado de ser "1583" a ser yo–. Síganme, por favor.

Nos llevaron a un camerino y nos hicieron sentar frente a un enorme espejo. Allí nos esperaban un estilista y una maquilladora.

–No, yo no –dijo Dave cuando la mujer se le acercó. El hombre ya estaba ocupándose de mi cabello.

La mujer miró a otra que acababa de entrar y yo no había visto hasta ese momento. La recién llegada se acercó.

–Hola, soy Alicia, formo parte de la producción –hablaba tan rápido que costaba seguirla–. Los trajimos primero aquí porque nuestros técnicos se van en media hora y necesitamos hacer algunas tomas. Pero cuando les entreguemos el contrato leerán que es obligación que los acompañantes estén en escena; por eso les permitimos entrar a la audición. Tú eres el acompañante –dijo a Dave.

–Sí, pero yo no puedo… –balbuceó él–. No quiero estar en televisión.

–Entonces tampoco puede estar ella. Lo siento.

Dave me miró con los labios entreabiertos y una expresión de genuino temor. Dijo que había estudiado actuación, ¿por qué podía tener fobia a las cámaras? Era evidente que existía otra razón. Estaba tan cerca de mi sueño… Pero no iba a cumplirlo a costa del sufrimiento de otra persona, mucho menos del chico que amaba. Jamás pasaría por sobre otro para llegar a mi meta.

–Entonces nos vamos –determiné, preparándome para levantarme del asiento.

–¡No! –se apresuró a exclamar Dave.

–Está bien –sonreí para tranquilizarlo.

—No —repitió él—. De acuerdo —concedió, y se apoyó en el respaldo a merced de la maquilladora.

—Perfecto —dijo la productora, sonriendo—. Regresaré por ustedes en diez minutos —y se retiró.

—Dave... —dije mientras la empleada le limpiaba la piel—. No tienes que hacerlo, en serio. Vámonos. Encontraremos otro modo de que pueda...

—No —me interrumpió—. Déjalo, no importa. Todo estará bien.

Guardé silencio, preguntándome qué problema tendría Dave con la televisión. Quizás no quería que lo viera su padre. Tal vez no había superado la mala relación con su familia, como sí creí que la estaba superando yo.

Cinco minutos después, mis rizos estaban más definidos que nunca, y el rostro de Dave carecía de brillo y sutiles diferencias tonales. Los empleados intercambiaron lugares y en otros cinco minutos habían removido mi maquillaje, puesto otro de calidad incomparable, y el pelo de Dave le daba un aspecto todavía más rebelde. Terminaron junto con la reaparición de la productora, como si estuvieran coordinados.

—Cierra los ojos —me pidió el estilista, y me roció fijador en el cabello.

La productora nos llevó a una réplica de la sala en la que habíamos esperado mi turno para la audición, solo que esta era mucho más pequeña. Había unas quince personas bebiendo café en un rincón, la mayoría tenían nuestra edad y llevaban carteles con los mismos números que usábamos los participantes. Se acomodaron enseguida en los asientos, dándonos la espalda, cerca de dos sillas marcadas con una cruz roja.

—Por ahí —dijo la productora, señalándolas.

Dave y yo nos ubicamos, y al instante teníamos a un técnico colocándonos un micrófono inalámbrico y a otro haciéndonos pruebas de luz con un aparato. Una chica llegó corriendo con una planilla entre las manos y se instaló frente a nosotros.

—Hola. Te voy a hacer unas preguntas, responde con naturalidad, por favor —me indicó.

Ya entendía: eran los videos de la preselección que a veces pasaban en el programa. De modo que no eran reales, no se filmaban en la verdadera sala de espera, sino con extras que seguro cambiaban de atuendo y de posición. ¡Con razón el fondo a veces aparecía un poco difuminado! Jamás me había dado cuenta cuando lo miraba por televisión. La luz de la cámara se encendió. La entrevistadora me pidió que contara de dónde era, por qué me había presentado en el concurso, si creía que podía ganar. Se parecía a lo que habían preguntado los evaluadores, solo que ella lo hacía con simpatía y amabilidad, en cambio los otros habían sido ágiles y fríos. No pude responder si creía que ganaría; Dave se adelantó y lo hizo por mí.

—Lo hará —contestó con entusiasmo y seguridad.

Resultaba evidente que había metido la pata al decir a los evaluadores que no tenía idea de por qué podría destacarme de los demás para ganar, y como Dave no había tenido tiempo de corregirme en privado, evitaba que me pusiera en evidencia de nuevo.

La filmación duró casi lo mismo que los preparativos y, en contra de lo que cualquiera podría suponer, no pidieron hacer una repetición.

—Creo que me confundí en una palabra —dije a la productora.

—No importa, así es más natural. Acompáñenme, por favor.

Terminamos en una oficina, escuchando una rápida y breve explicación de la productora.

—El contrato es por un año, comenzando desde ahora. Sin embargo, les haremos llegar una copia por correo electrónico y los citaremos para firmar la semana que viene. Díctenme un correo, por favor.

Escribió mi dirección en una tablet, sonrió y me extendió una mano.

—Bienvenida a bordo, Glenn.

25

Preparados, listos...

Recibí el correo electrónico con el contrato al día siguiente, mientras estaba en la cafetería. Reenvié los dos archivos adjuntos a Dave a escondidas en el baño. Me pedían que por la tarde me comunicara a un teléfono para arreglar la fecha y la hora de la firma, así que solo teníamos unas horas para analizarlo. Podíamos fijar la fecha y seguir pensando, pero al menos teníamos que tener una idea para cuando llamáramos.

Dave me envió un mensaje de audio un rato después. Regresé al baño para escucharlo.

"Lo básico es que debemos cerrar la boca desde el momento en que pisamos esa audición. También hay cosas buenas. Muy buenas, a decir verdad. ¿Tú ya lo leíste? ¿Qué opinas?".

Respondí por escrito.

> *No pude leer ni una palabra. La cafetería estuvo llena de clientes todo el tiempo. Nos vemos en casa.*

Mientras preparaba un batido de chocolate, no dejaba de pensar en el plural que había usado Dave. "Debemos cerrar la boca", "pisamos esa audición"... Solíamos referirnos de ese modo a nuestro equipo, pero ¿acaso él estaba incluido en el contrato también? La productora había dicho que era su obligación aparecer en televisión. No pensé que tendría que comprometerse, incluso, con una firma.

Volví al baño y descargué los archivos. Los abrí: el que tenía más páginas era el contrato del participante, el otro era para los acompañantes.

Alguien golpeó a la puerta y casi se me cayó el teléfono dentro del retrete del susto.

–¿Estás bien? –era Amy, mi compañera–. ¿Sigues descompuesta?

Había faltado el día anterior con la excusa de que estaba con vómitos.

–Un poco. Perdona, ya voy.

–No hay problema. ¿Por qué no le dices al Pato Donald que te sientes mal y te vas?

El Pato Donald era nuestro jefe. Le decían así porque una vez lo habían visto vestido con una camisa azul cielo y un pantalón blanco que marcaba su abultado trasero.

–No, está bien. Ya voy –contesté, guardando el teléfono.

Tiré la cadena para disimular y salí.

Una vez en casa, leí primero el contrato que tendría que firmar Dave. El secreto parecía una de las cláusulas más importantes, incluso la palabra se reiteraba varias veces en el documento. Básicamente, cedía los derechos de su imagen gratis. Se aclaraba que solo sería filmado o fotografiado cuando me acompañara a las galas, como llamaban a las presentaciones en vivo en el teatro, pero que debía acudir a algunas grabaciones y ensayos si se lo solicitaban.

Mi contrato era mucho más amplio, y el secreto se reiteraba todavía más. Cedía los derechos de mi imagen y de mi voz para imagen, audio y video, debía presentarme a grabaciones y sesiones fotográficas, a una escuela de canto y actuación tres veces por semana e infinidad de eventos más, por ejemplo, acciones publicitarias del programa. Todo eso si pasaba la primera ronda.

La explicación sobre las distintas instancias era muy clara: si avanzaba por todas, en total debía cantar en cuatro eventos. De cada uno saldría un ganador. Aunque los jurados otorgaban un puntaje que tenía un valor, la base del programa era la votación de los espectadores. Cada voto representaba un fan. Quien tenía más fans, ganaba la instancia. Supuse que en ello radicaba su ganancia, además de en los anunciantes, entre ellos, una empresa de telecomunicaciones.

Todas las presentaciones eran en vivo, y debía concurrir al teatro el día de mi gala y la siguiente para conocer los resultados de la votación. La del último programa, como los espectadores ya estaban familiarizados con los candidatos, se desarrollaba en el momento. Es decir que el ganador se anunciaba en la última gala, sin tiempo entre medio. Me pregunté hasta qué punto sería transparente el asunto de las votaciones. Aunque seguro existían leyes del Estado al respecto, quizás mentían y hacían ganar a sus amigos. Habría sido injusto, pero aún así no me importaba demasiado; no creía que pudiera avanzar mucho.

Si incumplía con alguna de las normas que se detallaban en una lista, estaba descalificada. Por ejemplo, decir algo que perjudicara la imagen del programa en público o romper algún acuerdo con la producción durante la emisión en vivo. Si me expulsaban, no tenía posibilidad de regresar.

Sin embargo, para los que perdían en cualquiera de las instancias hasta la semifinal, existía un episodio de repechaje en el que tenían la posibilidad de volver a ingresar para la final.

Algo que distinguía a Soy tu fan de otros programas similares era que cada participante armaba su propio repertorio y se ocupaba de su imagen para evidenciar su crecimiento como artista. Por supuesto, recibía ayuda de la escuela que, como no podía ser de otra manera, pertenecía a un productor del show. Sin embargo, aunque teníamos cierta libertad, en el contrato se especificaba que nuestras presentaciones tenían que ser aprobadas previamente por la producción. Se detallaba con cuánta anticipación debíamos presentar las propuestas y cuándo sería cada show, aunque se reservaban el derecho de cambiar las fechas según su criterio. El público jamás podía enterarse del control; para los espectadores, hasta los jurados se sorprendían con lo que presentaban los participantes.

Si pasaba la primera instancia, además de asistir tres tardes a la escuela, tenía derecho a usar una sala de ensayo diez horas por semana. La primera presentación se pagaba trescientos dólares. La segunda, seiscientos. La tercera, mil. La cuarta, que era la final, dos mil. El premio: cien mil dólares, un contrato con una discográfica para producir y grabar mis propias canciones y la posibilidad de conseguir un espectáculo en Las Vegas. Si se sabía aprovechar el empujón, era el puntapié perfecto para iniciar una gran carrera.

El programa estaba compuesto por dieciséis episodios y tenía una duración de cuatro meses. Solo catorce eran en vivo, el primero y el último se reservaban para la preselección y los mejores momentos de la temporada, respectivamente. Se transmitiría todos los sábados dos horas en las primeras instancias, luego una. Durante ese tiempo, debía estar disponible para viajar, en caso de que alguna gala se realizara en otra región del país. Los gastos del participante y un acompañante estaban cubiertos por la producción.

Cuando Dave llegó, nos sentamos a analizar los contratos. Los había impreso en una librería y en el viaje había señalado algunos puntos. Me explicó que suponía que el dinero por los espectáculos debían pagarlo para que los participantes se hicieran cargo de su propia vestimenta, ya que no había cláusulas que aclararan quién corría con los gastos respecto de los cambios de imagen. Solo se hacía referencia a que el participante debía aceptar la ropa de un auspiciante si alguno se interesaba por vestirlo y que la productora se quedaría con esa ganancia.

—Eso es usurero —dijo—, pero no hay nada que hacer. No modificarán una cláusula del contrato por una de cientos de participantes. Es tómalo o déjalo.

Respiré profundo y apoyé mi mano sobre la de él.

—Dave, no tienes que hacer esto. No sé por qué no quieres aparecer en televisión y no te presionaré para que me lo cuentes. Pero somos un equipo, y si uno de los dos no se siente cómodo, los dos nos vamos. Tú mismo se lo dijiste al empleado de la discoteca, ¿recuerdas? Si no estás bien con las cámaras…

—No te preocupes —me interrumpió—. No seré la estrella del programa, serás tú. Lo más probable es que nadie repare demasiado en mí. Todo va a estar bien.

—Es la segunda vez que dices eso —me miró, extrañado—. Lo dijiste en el camerino. ¿Algo podría ir mal?

—No.

Asentí con la cabeza. Por más que diéramos vueltas, Dave no me dejaría renunciar estando a un paso de cumplir mi sueño.

—Entonces haz el llamado. No hay mucho que pensar; si crees que el contrato es justo, hagámoslo. De todos modos, lo más probable es que me vaya del programa en la primera instancia, así que la audiencia perderá interés en nosotros rápido. Pero habré cumplido mi sueño. Haz el llamado.

Había pasado una semana desde la firma del contrato y todavía no le había contado a nadie que cantaría en Soy tu fan. Ni a mis amigas, ni a mis compañeros en la cafetería, y mucho menos a mi familia. Aún temía fracasar, y mis padres no se podían enterar hasta no verme frente a las cámaras.

La primera gala era en dos semanas, pero a mí me tocaba presentarme en la segunda.

Tenía una semana más para practicar, así que ensayé como nunca, decenas de veces por día la misma canción. Expresiones faciales, movimientos, entonación. Hice ejercicios de canto, bebí agua con miel y limón a diario y entrené mi respiración. Usé todas las estrategias que me habían enseñado durante tantos años en las clases de canto, y aunque extrañaba a mi profesora, me sentí conforme con mis logros. La meta no era ganar, sino cumplir un sueño, y eso ya lo tenía asegurado.

Mientras tanto, Dave se la pasaba en el sillón, mirando videos.

La primera vez que lo descubrí haciendo eso, aparecí por detrás de él, le di un beso en la mejilla y me apoyé en sus hombros. Estaba en YouTube, con un episodio de la temporada anterior de Soy tu fan.

—¿Qué haces? —pregunté.

—Estudio cómo ganar —respondió, sin apartar la atención de la pantalla.

—No te preocupes por eso. Solo con cantar en la primera gala mi sueño se habrá cumplido.

Pausó la reproducción, me tomó la mano y giró la cabeza para mirarme.

—No me gustaría que tu sueño durara una sola noche. Quiero que vivas en el sueño.

Mi corazón se inundó de amor. Acaricié su mejilla y le di un beso suave y profundo, como los que me daba él. Pronto hizo la computadora a un lado, se arrodilló y enredó los dedos en mi pelo. Me atrajo hacia él para seguir besándonos, y yo lo abracé.

El roce de mis pechos en su torso era tan placentero que el respaldo empezó a molestarme. Hubiera querido que desapareciera para que todo mi cuerpo pudiera estar en contacto con el de Dave.

Su mano recorrió despacio mi cuello, rozó mi clavícula y de pronto llegó a un pecho. Gemí en su boca, incapaz de pensar en nada más que en el placer que estaba descubriendo. Llevé mi mano a la de él y lo hice tocarme más.

Un sonido áspero escapó de su garganta. Una especie de rugido que me hizo desearlo más y apretarle el hombro donde descansaba mi mano.

Se apartó de golpe, tan agitado como yo, y se sentó en el sillón. Se pasó una mano por el pelo, apartándose un mechón corto de la cara.

—Será mejor que nos detengamos ahora o no podré parar —me avisó.

Su voz ronca me impactó tanto como su actitud. Tragué con fuerza; no había medido mis reacciones y me preocupó que tampoco tuviera ganas de medirlas. Dave lo había hecho por mí.

—Gracias —dije. Me miró.

—Me muero por ti, pero te respetaré siempre, Glenn. Así como tú me has respetado.

Presentí que no hablaba de sexo.

—¿Alguna vez te has sentido poco respetado? —indagué con cuidado.

—No avanzaré hasta que no me lo pidas —siguió diciendo, como si mi pregunta no hubiera existido. No insistí.

Dos semanas antes de la presentación, llegó más tarde del trabajo.

—¡Me asusté! —exclamé ni bien lo vi entrar—. Creí que te había ocurrido algo, que mi padre te había hecho arrestar de nuevo o que…

Me calló con un beso y puso una enorme caja entre mis manos. Estaba tan preocupada que no había reparado en ella.

—Es tu ropa para la gala —explicó.

—¿Tú la compraste? —asintió—. ¿Y si no me va o no me gusta?

—Es de tu talla, conozco tu cuerpo. Y te gustará, lo sé.

Deposité la caja en el sillón y desanudé el vistoso moño que la mantenía cerrada. La abrí y aparté el delgado papel que cubría la prenda. Era negra con lentejuelas.

La extraje y descubrí un hermoso vestido de fiesta.

Me cubrí la boca con una mano mientras volvía a depositarlo en la caja.

—¿No es mucho? Creerán que soy una exagerada, que ya me creo una estrella cuando no me conocen ni mis vecinos.

—Eso queremos —respondió él.

—¿Por qué? El vestido es precioso, y sí, es de mi talla. Pero no creo que yo quepa en él. ¿Entiendes a lo que me refiero?

—Perfectamente. Por eso lo compré.

—No entiendo.

—Miré casi todas las temporadas de ese programa, empezando por la última, y creo que ya conozco algunos secretos para el éxito. Me falta estudiar a los ganadores anteriores. Lo haré si pasamos a la siguiente ronda.

—Sigo sin entender.

—Al público le gusta pensar que quien tiene delante es un poco ridículo o exagerado y que jamás podrá hacer algo que los deje fascinados. Les gusta sorprenderse cuando los participantes les demuestran lo contrario. En tu caso, les haremos pensar que te crees una estrella cuando todavía no lo eres. Será un poco pretencioso, pero no ridículo; no quiero que te asocien con sentimientos extremos en un primer momento. Se reirán un poco en cuanto te vean, es lo que buscamos. Y como ni siquiera tú crees que quepas en ese vestido, tu actitud será creíble y, en el fondo, el público entenderá que, en realidad, eres humilde, aunque aún no lo vean.

»En cuanto empieces a cantar, sus bocas se abrirán más que la tuya, te lo aseguro. Y entonces, a medida que sigas cantando, empezarás a llenar ese vestido. Les habrás dado algo de qué hablar en la peluquería al día siguiente. Eso quiere cualquier productor: que se hable de su producto, que la audiencia crezca. Si haces crecer la audiencia, sigues en carrera. Las primeras votaciones duran una semana, pero tú tienes lo que dura una canción para impresionar a la masa. Hay que aprovechar esos cinco minutos con todo lo que tengamos disponible. ¿Confías en mí?

Dave sonaba tan decidido mientras que yo me sentía tan insegura…

—No espero ganar.

—Pero yo sí. ¿Confías o no?

—Sí. Lo usaré. Gracias.

Me abrazó y yo me apoyé en su pecho.

Todo lo que Dave decía tenía sentido, y estaba dispuesta a creer que era posible prolongar el sueño si él confiaba en mí. Me conformaba con una sola noche de una fantasía hecha realidad, pero claro que deseaba avanzar. Yo también quería vivir en el sueño.

Me probé el vestido: me quedaba estupendo.

—Parece muy costoso —dije.

—Tenemos que hacer sacrificios si queremos que pases a la segunda ronda.

Pedí prestado un par de zapatos que le había visto en una foto a Amy, mi compañera de la cafetería. Me los llevó al día siguiente y me los probé en el baño, antes de que llegara el Pato Donald. Eran negros y aterciopelados, y me quedaban de maravillas.

Desde que habíamos firmado el contrato mirábamos por Internet el canal de televisión que transmitiría el programa. Habían comenzado a pasar publicidades de Soy tu fan hacía un mes. Solo aparecían el jurado y las multitudes que esperaban en las preselecciones. Era imposible distinguir a nadie, sin embargo sabía que yo había estado ahí, y cada vez que veía algo, me latía el corazón con fuerza.

Miramos el primer episodio: no pasaron imágenes de ningún participante en particular, pero sí algunas audiciones desastrosas. Me sentí mal por las veces que me había reído de esas personas. Pensar que las convocaban a propósito para convertirse en el hazmerreír de la audiencia me dolió. Sin embargo, me deshice de esos pensamientos enseguida. Debía concentrarme en lo bueno del show.

El sábado siguiente transmitieron la primera gala. La mayoría de los cantantes eran muy buenos, tenían estilos diversos y algunas personalidades destacaban. Una chica hermosa y simpática, un participante que cantaba rock con voz aguda... Solo una perdió el tiempo mostrándose en cámara en lugar de cantar bien. Aún así, era muy atractiva, y si la masa escogía por la apariencia y no por la voz, podía ganar la instancia.

La semana previa a mi presentación, les escribí a mis amigas.

GLENN.

¿Miran Soy tu fan? ✓

LIZ.

¡Hola! No, no tengo tiempo.

VAL.

Miré el primer episodio, pero acompañé a Luke al bar el sábado siguiente y me perdí la primera gala. ¿Estuvo bien?

243

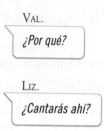

GLENN.

Sí, estuvo muy bien. No dejen de mirarlo este sábado. ✓

VAL.

¿Por qué?

LIZ.

¿Cantarás ahí?

Reí de los nervios. Odiaba que Liz fuera tan inteligente. Era así desde el colegio.

GLENN.

Jaja, ¡¡cómo creen?! ✓

Mientras escribía oraba para mis adentros. *Perdóname, Señor. Sabes que es una mentira piadosa. Todo sea por darles una sorpresa.*

LIZ.

Por las dudas no me lo perderé por nada del mundo.

26

I Will Always Love You

El viernes, Dave, como buen representante, llamó a la producción y gestionó un transporte para ir al teatro dos horas antes de que empezara el espectáculo. Comenzaba a las ocho y nos habían citado a las seis. Amaba su descaro; él tenía todo lo que a mí me faltaba. Según sus palabras, yo tenía lo que le faltaba a él, empezando por los sueños, así que nos complementábamos.

Nos forzaron a separarnos: los acompañantes iban a una sala, y los participantes, a un gran camerino compartido. Al parecer esta vez solo habría maquillaje y peinado para los protagonistas.

Dave me entregó la caja con el vestido y la bolsa con los zapatos, y yo le di mi teléfono para que lo cuidara.

Ni bien entré, me sorprendió el ruido de las conversaciones. Un hombre con una camiseta negra de manga corta se acercó y me preguntó quién era.

—Glenn Jackson.

Me tachó en una lista.

—Siéntate en la silla que tenga tu nombre. ¿Quieres dejar esas cosas por aquí? —señaló una montaña de cajas apiladas.

Apoyé lo mío donde me había indicado y busqué mi asiento. Lo encontré junto al de un chico que se llamaba Extra 1.

Lo saludé mientras me sentaba.

—¿Por qué no han puesto tu nombre en el cartel? —indagué con curiosidad.

—Porque en realidad me eligieron como refuerzo. Ya sabes, como el programa es en vivo, si alguien se descompone o le da pánico escénico, alguno de nosotros sale a cubrirlo. Entonces, entramos en el concurso —asentí con la cabeza; los productores tenían todo bien pensado. Él se inclinó hacia mí y siguió hablando en voz baja—. Por si acaso no aceptes tomar nada. Dicen que el año pasado un concursante no pudo salir a escena porque un extra le colocó un laxante en su botella de agua.

Me llevé una mano al pecho, horrorizada.

—¿Cómo alguien puede ser tan egoísta? ¿Eso ocurre muy a menudo en este tipo de programas? —pregunté. Él rio.

—¡No! No te preocupes. Solo sucedió esa vez. Estoy bromeando, tienes que beber algo si quieres que tu garganta resista.

El chico no competía, pero tenía un aire de profesor que me llevó a retirarle algo de confianza.

La estilista nos interrumpió. Me saludó y me preguntó si quería que me hiciera algo en especial en el pelo. Le di libertad de peinarme como quisiera. Mientras tanto, también se acercó un maquillador y me preguntó de qué color me vestiría.

La diferencia en mi pelo no fue muy notoria, solo perfeccionó mis rizos y le dio forma al bulto de cabello. El maquillaje destacaba un poco más: me puso delineador líquido en los párpados y una sombra café. Parecía que tenía pestañas postizas, pero era el efecto de una máscara carísima. Para los labios solo aplicó un brillo transparente.

Después fue el turno de la ropa. Algunos participantes se habían vestido antes de peinarse, lo cual tenía lógica. Pero como yo me ponía muy nerviosa, no quería transpirar y arriesgarme a afectar el vestido.

Un organizador se acercó y constató mi canción. La información que le habían dado era correcta. Me moría si se equivocaban, como había sucedido en mi primera presentación en una discoteca.

Mientras aguardaba, una chica hermosísima se acercó y puso una mano en el respaldo de mi silla.

—¡Qué nervios! —exclamó.

Se presentó y me preguntó qué iba a cantar. Conversó un instante más y puso una excusa para irse. A los dos minutos la vi hablando con un chico. Supuse que andaba averiguando qué interpretarían lo demás para hacerse una idea de qué estilo teníamos o si éramos mejores que ella.

Miré al resto de mis compañeros por el espejo. Quizás hacía mal en pensar en ellos en esos términos y debía empezar a verlos como competidores. No todos tenían esa apariencia, por supuesto, pero percibía que ellos habían ido a ganar y muchos, en el fondo, sentían miedo del resto.

De repente, el ambiente me golpeó como una bofetada. Estaba lleno de personas jóvenes y atractivas. Percibí su deseo de ser mejores que los otros, la fuerza de las apariencias y la frialdad del comercio. Éramos un producto vendible en televisión, y entrar en ese juego podía ser muy peligroso.

No quería pensar en lo sombrío de los concursos y de los medios, así que bajé la cabeza y oré un momento. No pedí nada. Solo di las gracias por esa gran oportunidad, por el hermoso vestido que luciría esa noche y porque en un rato cumpliría un sueño que hasta hacía unos meses me parecía inalcanzable.

Un organizador nos pidió que prestáramos atención. Las conversaciones se acallaron y todos lo miraron.

—Les daré algunas indicaciones para cuando suban al escenario y leeré el orden de aparición de los concursantes —anunció.

Nos explicó cómo se sucederían los acontecimientos en cuanto saliéramos al escenario, dónde debíamos pararnos y dónde estaban las cámaras. Recordó lo que estaba prohibido y leyó el orden. Yo era la número siete, saldría a escena en medio de la emisión.

Intenté pensar como Dave: ¿sería eso bueno? No me moría por ganar, pero él apostaba a ello, así que hice un esfuerzo. La gente solía recordar lo que le decían al comienzo y al final de una frase, lo habíamos estudiado en clase de Comunicación en la escuela. Supuse que lo mismo ocurriría con los programas de televisión. Sin embargo, muchas veces la gente no sintonizaba el canal a horario o lo apagaba cerca del final. En ese caso, estar en el medio era una ventaja.

En cuanto llamaron al primer concursante, fui a buscar mi vestido. Casi se me detuvo el corazón cuando no lo encontré en el sitio donde lo había dejado.

—Disculpe —dije a un miembro del equipo. Era imposible dar siempre con el mismo, parecía que rotaban por todo el teatro—. Dejé una caja con mi vestido aquí y ya no está.

—Busca mejor, puede que alguien la haya movido —respondió, casi sin prestarme atención, y se puso a hablar por el micrófono que estaba en el cable de su auricular. Se alejó.

Revolví los bultos con manos temblorosas, muy nerviosa. Por suerte hallé los zapatos; estaban aplastados por una valija de mano que había llevado otra persona. Me colgué la bolsa en el antebrazo y seguí removiendo cosas hasta dar con la caja. Se había aplanado y el moño estaba deshecho, pero el vestido seguía intacto.

Fui detrás de una cortina y me desvestí. Alguien la abrió sin querer cuando estaba en ropa interior.

—Lo siento —dijo, y se fue con la misma velocidad con que había aparecido.

Me sentí desesperar. No estaba preparada para todo aquello, solo quería cantar. Disfrutaba como nunca mientras estaba sobre el escenario, pero odiaba el proceso previo. ¿Por qué tenía que pasar por todo eso?

Intenté poner la mente en positivo diciéndome que los nervios me estaban traicionando y terminé de vestirme. Me calcé los zapatos y guardé mis cosas en la bolsa, hechas una pelota arrugada. Si se perdían, no me importaba. Lo esencial era el vestido y los zapatos prestados.

Me miré al espejo para reacomodarme el pelo y me sorprendí de mí misma. Tuve que contemplarme un instante. Nunca me había visto tan hermosa.

—¡Glenn Jackson! —gritó una voz de hombre. No tenía idea de cómo había pasado tanto tiempo y ya tenía que salir a escena.

Me acerqué a una persona que estaba en puntas de pie con el cuello estirado, buscándome. Asentó los talones en el suelo y giró hacia mí en cuanto me vio.

—¿Glenn Jackson? —preguntó.

—Sí.

—Vamos. En dos presentaciones te toca.

Abandonamos el camerino y fuimos por un pasillo hasta llegar a un cortinado. Cuando lo separó en dos, volví a ver a Dave, y sentí un gran alivio. Sus ojos se abrieron mucho y sus labios se curvaron hacia arriba. Supuse que estaba viéndome del mismo modo que yo me había mirado al espejo.

Me recibió con una sonrisa más abierta y puso las manos en mis mejillas.

—Eres preciosa —dijo—. ¿Recuerdas cuando te lo decía en la cafetería de mi tío? ¿Ahora me crees?

—Sí —respondí, riendo.

Delante de nosotros había un chico con una guitarra. Estaba acompañado de sus padres. La cantante que iba antes de nosotros ya había salido al escenario. Podía oír su interpretación, cantaba muy bien. También oí la devolución del jurado y los aplausos del público. Entonces, se me anudó el estómago.

La chica bajó e hicieron avanzar al muchacho. La voz del juez que lideraba a los otros tres era inconfundible. Era productor y profesor de canto, así que por lo general, cuando un cantante cometía errores, también era un poco duro. Las mujeres eran más sensibles y casi siempre tenían algo bueno para decir. Si el participante era poco para el concurso, lo enviaban a prepararse mejor con una sonrisa y voz dulce. Las dos eran cantantes de moda. El cuarto era cantante también, de una banda que en los 80 había sido muy famosa. Juzgaba de manera objetiva y precisa, pero casi siempre decía menos que los demás. Al menos ese era el papel que representaba cada uno; había entendido que estábamos en televisión y todo podía ser falso, una actuación.

Trajeron a la cantante que seguía después de mí. Cuando la interpretación del chico que estaba en el escenario terminó y los jurados empezaron con la devolución, quise salir corriendo.

—Estoy muy nerviosa —confesé a Dave.

Ya debía saberlo, siempre me ocurría lo mismo. Jamás dejaría de sentirme como la primera vez que había cantado en público, aunque al momento de hacerlo se evidenciara que ya tenía más experiencia.

—¿Qué pensabas de esta instancia del concurso? —preguntó él, acariciándome los brazos.

—Que era mi sueño hecho realidad.

—Entonces vívelo de esa manera. Tú ocúpate de soñar. Yo me ocuparé de que ganes. ¿Estamos de acuerdo? —asentí con la cabeza—. Mírate: fíjate a dónde has llegado. Estoy orgulloso de ti. No porque estés en este programa, sino porque estás viviendo del modo que quieres. Transmite tu luz y tu valentía. Si disfrutas, la gente disfrutará. Si sientes, la gente sentirá. Sé feliz, y ellos lo serán contigo.

El chico bajó las escaleras, enojado, y nos llevó por delante. Sus padres lo seguían, era evidente que la devolución no había sido buena. Me volví hacia el cortinado que ocultaba el acceso al escenario y empecé a temblar. Creí que me desmayaría; no quería que me trataran mal.

–¡Avancen! –nos indicó un organizador, sosteniendo el cortinado.

Subimos las escaleras. Ya estábamos sobre el escenario, apenas escondidos detrás de una parte del telón. Nos recibió el presentador que tantas veces había visto por televisión.

–Hola, ¿cómo están? –preguntó. Era tan simpático como parecía en el programa.

Dave respondió por los dos y me abrazó por la espalda, rodeándome la cintura. Apoyó el mentón en mi hombro y me dijo algo en su idioma. Lo único que entendí fue *saranghae*. Me dio un beso en la mejilla justo cuando el organizador me hizo avanzar.

Las luces me enceguecieron, eran fuertes y transmitían mucho calor. Me pareció escuchar algunas risas. *No te desanimes,* me dije para mis adentros. *La gente se rio de ti siempre; lo sufrías en el colegio. Dave lo planeó. Todo está saliendo como esperábamos.*

Cuando llegué a la cruz marcada en el suelo, delante del micrófono, pude ver a los jueces. Aunque les temía, al contrario de lo que debiera haber sucedido, mis nervios desaparecieron. Tenía delante a tres grandes cantantes, a un famoso productor y un teatro colmado de espectadores. Estaba vestida como una profesional y había trabajado duro para, aunque sea, acercarme a serlo. Había soñado con ese momento toda mi vida, nada podía salir mal.

–Buenas noches –me dijo Max Jones, el líder del jurado.

–Buenas noches –respondí.

Meredith Drew, una de las mujeres, miró a la otra con una expresión exagerada de ternura. Al mismo tiempo se oyeron algunas risas más del público.

Quizás mi voz sí evidenciaba ingenuidad, como me había dicho el primer entrevistador.

—¿Cómo te llamas?

—Glenn. Glenn Jackson.

—Tienes un gran apellido.

Me hizo sonreír.

—Sí.

—¿Crees que le harás honor esta noche?

—Haré mi mayor esfuerzo.

—Cuéntanos, Glenn, ¿de dónde vienes?

—Soy de Nueva York, pero estoy viviendo en Los Ángeles.

—Te ves muy joven. ¿Te mudaste sola o con tu familia?

Era evidente que las preguntas apuntaban a que contara mi historia en vivo. El casting inicial había servido para armar el show, y en ese momento, yo era la protagonista.

"No hables tanto de Dios", me había pedido la entrevistadora. El contrato especificaba que no debía romper ningún acuerdo hecho con la producción. Yo no había dicho que sí a su solicitud, así que supuse que no contaba como un convenio, sino como un consejo. Jamás negaría al Señor, sin importar cuánto se aburriera la audiencia.

—Me mudé con un amigo porque quería cumplir mi sueño de cantar en un teatro como este. Deseaba compartir el don que Dios me dio y descubrir para qué me lo asignó.

Oí algunas risas de nuevo; la gente era cruel, como mis compañeros en el colegio. Estaba acostumbrada a que se burlaran de mi religión, de lo que llamaban mi ingenuidad y de lo que creían aburrido de mi personalidad.

Los jurados no hicieron caso de la última parte de mi respuesta.

—¿Has venido aquí con tu amigo?

No podía ser más obvio que las preguntas estaban preparadas

–Sí. Pero ahora es mi novio.

Giré la cabeza hacia el costado y vi a Dave sonriéndome junto al presentador. Si había llegado ahí era gracias a él. Si mi sueño se cumplía esa noche era porque él lo había asumido como suyo.

–¿Qué vas a cantar?

–*I Will Always Love You*, de Whitney Houston.

Los jurados abrieron mucho los ojos.

–Has elegido una difícil –tan solo sonreí; no me parecía difícil, sino desafiante por el inicio a capela y los cambios de registro–. Cuando quieras.

Bajé la cabeza. *Gracias, Dios. Gracias*, pensé. Miré al musicalizador, y cuando vi su señal, empecé a cantar.

Oí algunas exclamaciones. Recordé las palabras de Dave: "En cuanto empieces a cantar, sus bocas se abrirán más que la tuya, te lo aseguro". Aunque los reflectores me dificultaban ver a la gente, alcancé a distinguir algunas expresiones de sorpresa y de emoción. Los jueces se miraron entre ellos haciendo gestos exagerados cuando hice un cambio de registro notorio y audaz requerido por la versión original de la canción.

Después de un instante de silencio, canté el estribillo con toda la energía que fluía por mis venas, y las reacciones de la gente se volvieron más efusivas. Una de las tantas veces que dije "*I will always love you*", "siempre te amaré", estiré un brazo y señalé la zona donde se encontraba Dave. Supuse que entendería mi mensaje secreto, lo que no tuve en cuenta es que la gente lo entendería también. El público estalló.

Sentía lo que estaba diciendo, y mi rostro y mi cuerpo lo demostraban. Estaba disfrutando como de pocas cosas en toda mi vida, y durante los cuatro minutos y medio que duró la canción, fui tan feliz como era capaz. Mi sueño se había cumplido y no podía más que agradecer.

En cuanto terminé de cantar, los aplausos hicieron estallar el teatro. De verdad se oían más fuerte que cuando habían cantado mis dos compañeros anteriores; debía ser porque ya no estaba detrás de las cortinas. Tuve palpitaciones cuando vi que las personas empezaban a ponerse de pie. Algunas gritaban; incluso una de las mujeres del jurado se levantó con las manos debajo del mentón y expresión de ensoñación, como si estuviera enamorada de mí. ¿Todo eso era por mi canción?

"Y entonces, a medida que sigas cantando, empezarás a llenar ese vestido".

Me encorvé un poco y me cubrí la boca, riendo. Estaba sonrojada.

La mujer del jurado se sentó y la gente enmudeció. Supuse que habían encendido algún cartel de esos que indican cuándo hay que aplaudir y cuándo hay que callar. Había tanto silencio que podía oírse la caída de un alfiler.

No era buena adivinando las intenciones de la gente, pero aun así traté de interpretar algo por las expresiones de Max Jones. Era raro que sonriera, pero ahí estaba, con una curva en los labios, mostrando sus dientes de publicidad de dentífrico.

—Debo decirte la verdad —soltó, e hizo una pausa. Mi corazón se comprimió como cuando miraba el programa por televisión. No había ido para ganar, pero me habría dolido que me bajara de la nube del sueño de un piedrazo—. Ha sido impresionante.

Volví a cubrirme la boca, sin poder ocultar la emoción.

—Me ha encantado —dijo Meredith—. Tienes una voz superpoderosa. ¡Y eres tan dulce!

Sus palabras me subieron a otra nube, una más alta que la anterior. Sentía que el vestido seguía llenándose.

—Tienes fuerza y carisma —comentó Denise Brown, la otra mujer del grupo—. Espero que tengas mucha suerte, porque la mereces.

–Gracias –susurré; no podía parar de reír. Estaba temblando de nuevo, pero esta vez no era de miedo, sino de emoción.

–No tengo mucho más para agregar –dijo Tony R, el otro hombre–. Me atrevo a apostar desde ahora que tienes un gran futuro en esto.

–Creo que todos estamos de acuerdo –dijo el líder. Los demás asintieron.

Presionó un botón y giré para ver la enorme pantalla que tenía detrás: apareció una estrella dorada, que era la puntuación más alta que podía entregar el jurado.

–Gracias –volví a decir, con una felicidad que me desbordaba. La gente y los jueces me aplaudían.

Dejé el micrófono en el soporte y corrí hacia Dave. Él me abrazó por la cintura. Yo le rodeé el cuello y nos besamos.

Nunca había imaginado cuán hermoso podía ser cumplir un sueño.

27

Conocer el mundo

Bajamos del escenario de la mano, guiados por el presentador. Del otro lado de la cortina nos esperaban dos organizadores, uno para llevar a Dave al cuarto de los acompañantes y otro para conducirme al camerino. No quería separarme de él, pero la velocidad que llevaban en ese lugar no daba tiempo para procesar nada y casi sin darme cuenta me encontré entre los demás concursantes.

—¿Y? ¿Cómo te fue? —me peguntó la chica bellísima que averiguaba qué íbamos a cantar los demás.

—Bien —respondí, sin aportar detalles.

—¿Pero te dieron una buena devolución? ¿Sentiste que fueron justos contigo? ¿Qué te dijeron?

—Sí, fueron demasiado generosos. Todo salió bien.

—Me alegro por ti.

Se mostraba sincera, pero me pareció falsa. ¡Y eso que era pésima adivinando las intenciones de la gente!

El organizador que nos había indicado el procedimiento nos había pedido que no nos desvistiéramos después de nuestra presentación, ya que debíamos salir al escenario para el cierre de la emisión. Aunque no me lo hubieran explicado, lo sabía por las siete temporadas anteriores que había visto.

Algunas compañeras que ya habían cantado se retocaban el peinado y el maquillaje. Me miré al espejo y me pareció que no era necesario. Tampoco en el caso de ellas. Aún así, no me opuse cuando me aplicaron polvo nuevo en el rostro por el brillo de la piel ante las cámaras.

Como mi silla estaba ocupada, me senté en la del Extra 1, que a su vez se había mudado a otra. Lo que acababa de vivir sobre el escenario volvió a reproducirse en mi cabeza como una película que acababa de ver y me había impactado. Los reflectores, los aplausos del público, la devolución del jurado... Cantar una de mis canciones favoritas en ese teatro había sido lo máximo.

Diez minutos antes del horario de cierre del show, nos hicieron formar una fila frente a la escalera que ascendía al escenario, en el orden en que habíamos cantado. No había rastro de los acompañantes. Subimos para la despedida, pero no tuvimos que decir nada. El presentador cerró la emisión, explotaron unos globos de los que cayeron papeles dorados y plateados, y la música hizo estallar a la multitud. Todos a mi lado bailaban en el lugar, seguían mostrándose carismáticos. Las mujeres del jurado también se habían levantado y bailaban; los hombres, en cambio, permanecían sentados acomodando papeles, como un extraño y primitivo resabio de qué deben hacer los hombres y las mujeres.

En la iglesia a veces cantábamos con mucha alegría y yo lo disfrutaba, pero esto era distinto. Sentí que las personas que tenía alrededor querían destacar ante las cámaras. El espíritu competitivo me resultaba ajeno, por eso me quedé estática mientras los demás brillaban. Miré a los costados como si hubiera caído de Marte y apenas me atreví a sonreír ante la actitud avasallante de mis compañeros.

Cuando bajé del escenario, nos llevaron otra vez al camerino. Busqué mi ropa, pero había tantos chicos amontonados, revoleando cajas y bolsas hacia todas partes, que terminé apartándome hasta que la mayoría ya se estaba vistiendo.

Encontrar mi ropa fue una odisea igual a cuando había buscado el vestido. Encontré mis prendas, pero se había perdido una zapatilla. Como no veía la hora de irme, me llevé lo único que había aparecido y salí.

—¿Terminaste? —me preguntó el organizador que estaba en el pasillo. Asentí—. ¿Tu nombre?

—Glenn Jackson —respondí, resignada. Acababa de participar del concurso y quizás algunos televidentes ya me recordaran, pero nadie parecía registrarme allí dentro.

El organizador presionó un botón en el cable de sus auriculares.

—Tengo a Glenn Jackson.

Al parecer quien sea que lo estaba escuchando ya sabía lo que tenía que hacer, porque dejaron salir a Dave de la otra puerta.

—Es por allí —señaló el organizador sin mirarnos. Estaba atento a su teléfono. Dave se acercó y me saludó con un beso. Acto seguido, me acarició los párpados con los pulgares.

—Tienes los ojos irritados —comentó.

—Estoy agotada —confesé. No me había dado cuenta de cuán cansada estaba hasta ese momento.

—Tu teléfono no ha parado de sonar —dijo, y me lo puso en una mano—. Dame eso —pidió, y me sacó la bolsa con la ropa y la zapatilla. La guardó en la mochila, me dio la mano y enfilamos en la dirección que nos había indicado el organizador. El pasillo iba en línea recta, solo teníamos que seguirlo.

Llegamos a una puerta con un cartel indicador: era una salida de emergencia. Un organizador nos saludó haciendo un gesto con la cabeza y abrió.

Las voces y los flashes me sorprendieron. Delante de nosotros, el camino estaba libre gracias a unas vallas y dos guardias de seguridad que custodiaban la salida. Detrás de las barreras había un pequeño tumulto.

Dave me apretó un poco más la mano y caminó delante de mí. Bajé la cabeza, un poco avergonzada, y oculté el rostro detrás de su brazo.

—¡Glenn! —me gritó una chica—. ¡Salúdame, Glenn!

¡No podía creerlo! Se había aprendido mi nombre en un rato.

Dave abrió la puerta del coche y me hizo entrar primero, poniendo una mano sobre mi cabeza. Volví a respirar cuando estuve en el asiento; había contenido el aire desde que habíamos salido del estudio. El chofer arrancó bastante rápido, justo cuando volvía a sonar mi teléfono. Espié la pantalla: era Liz. Atendí enseguida.

—¡Glenn Jackson! —exclamó con un entusiasmo que jamás le había escuchado. Había mucho ruido detrás, supuse que todavía tenía el televisor encendido—. ¡Maldita embustera! ¿Dónde estaba esa voz? ¿Dónde estaba esa estrella de vestido glamoroso lista para cantar en una ópera?

—En la iglesia —contesté, riendo. Volví a sentir las mejillas como fuego.

—¡No puedo creerlo! ¡Mi amiga está en Soy tu fan! ¿Te olvidarás de nosotras cuando seas todavía más famosa? ¿Eh?

—¡Quiero tu autógrafo! —gritó Val por atrás.

—¿Están reunidas? —pregunté.

—¡Claro! —contestó Liz—. Estamos en mi casa. También están Jayden y Luke.

—¿Y Devin?

—Esta noche se quedó con la madre de Jayden. Oye: venderé las cartas que me hacías a los trece años. ¿Te acuerdas? Más te vale llegar a la final, porque cuanto más famosa te hagas, más valdrán —me hizo soltar una carcajada—. Te felicitamos, Glenn. Estamos orgullosos de ti. Eres la mejor.

—Gracias —dije, avergonzada.

–Ahora, ¡a votar por ti!

Reímos un poco más y nos despedimos.

Sin la excitación de mis amigas, la mía también se sosegó. Dave puso un brazo sobre mis hombros y yo me apoyé en su costado. Aunque en el auto reinaba el silencio, en mi cabeza todavía había mucho ruido. Miré un rato el teléfono, esperanzada con la tontería de que alguien de mi familia me llamara, aunque sea para decirme que lo que había hecho era una vergüenza. Nada. Ni un mensaje siquiera. Me dolió más la indiferencia que si se hubieran enojado.

Dave me apartó el pelo y me dio un beso en la sien. Oculté el teléfono entre las manos y me recosté sobre su costado. No pude contener un bostezo. Nunca me había sentido tan cansada.

–¿Qué ocurrió en ese cuarto de acompañantes? –pregunté para no quedarme dormida.

–Escuché las historias de una decena de padres orgullosos mientras me preguntaba con desesperación cuándo me librarían de ese suplicio. Sabes lo pesados que pueden ponerse los padres orgullosos, en especial cuando creen que sus hijos ya son famosos solo por estar en una emisión de Soy tu fan.

Mi propia risa me espabiló.

Llegamos a casa en media hora. Era increíble: regresaba de un teatro lleno de fanáticos, con un vestido glamoroso, en un coche caro, pero vivía en un barrio pobre donde la gente más amable estaba tomando una cerveza e insultándose en la esquina.

Dave le agradeció al chofer y bajamos. Nos metimos rápido en el edificio y casi corrimos por las escaleras; no queríamos encontrarnos con los vecinos.

Lo primero que hice al llegar fue ponerme el pijama. Limpié los zapatos prestados para guardarlos en la caja y luego fui al baño. Me até el pelo y me removí el maquillaje, despidiéndome de mi noche de ensueños.

Cuando salí, encontré a Dave sentado en el sofá. Se había puesto ropa cómoda y estaba buscando algo en la computadora. Durante el tiempo que yo había tardado en volver a ser Glenn, la chica de Starbucks, él había preparado sándwiches y dos latas de refresco. Estaban sobre nuestras valijas, que seguían haciendo de mesa.

Me senté a su lado y abrí mi lata; tenía tanta sed que podría haber bebido del grifo sin parar. La mantuve sobre mis labios hasta que Dave fue a la página de Soy tu fan.

—¿Ya cargaron el episodio? —pregunté, inclinándome hacia la pantalla.

Miramos el programa desde el comienzo mientras comíamos los sándwiches. Era imposible que volviera a sentirme como cuando solo era una espectadora y desconocía el mundo interno de Soy tu fan. Al haber estado del otro lado, me había perdido todo el show. Ahora entendía por qué el chico que había pasado antes que yo había bajado llorando: Max le había dicho que le faltaba mucho para estar en el programa y que ni siquiera entendía cómo le habían permitido inscribirse.

—Qué duro. Innecesariamente duro —comenté.

—¿Hablaste con ese chico? —me preguntó Dave.

—No. Solo con "Extra 1".

—¿Extra 1? —rio él.

—Después te explico.

Cuando aparecí en la pantalla, me avergoncé y empecé a reír cubriéndome la cara. Me veía preciosa, sin dudas las cámaras hacían magia.

Me concentré en las reacciones del público que, desde el escenario, no había alcanzado a ver. Las risas cuando me vieron aparecer con un vestido de fiesta, cuando hablé por primera vez y cuando mencioné el don de Dios habían sido reales. Al verme como una espectadora externa, ya no tuve dudas de que lucía como una chica muy ingenua. También enfocaron las expresiones de la gente ni bien canté el primer verso. Las bocas se abrieron tal como había previsto Dave. A él lo enfocaron tres veces: cuando me preguntaron con quién había ido, cuando lo señalé y cuando nos reencontramos después de la devolución del jurado. Habían filmado nuestro beso.

Enrojecí como la lata vacía que tenía entre las manos. Nadie de mi familia se había comunicado, pero Soy tu fan era uno de los programas más vistos; sin dudas alguien les diría a mis padres que me había besado con un chico asiático, tatuado y con expansores, y que había dicho que era mi novio ante millones de personas. Sabrían que se trataba de Dave y creerían que terminaban de confirmar que había escapado para vivir en libertinaje con él.

Aunque me doliera que mis padres creyeran eso de mí, porque no era cierto, le tomé la mano para reafirmar nuestra relación y el sentido que tenía para nosotros. No me importaba lo que creyeran los demás, si yo estaba tranquila porque vivía de acuerdo con mis convicciones. Dave me miró con una sonrisa y me abrazó para seguir mirando el programa.

La chica bella y preguntona cantó en anteúltimo lugar. ¡Con razón andaba averiguando con desesperación qué cantaríamos los demás! Aunque entonaba, su voz carecía de fuerza y no hacía juegos arriesgados. A pesar de ello, los jurados le dieron el visto bueno. Supuse que cumplir con el parámetro de belleza preferido por la sociedad colaboraba bastante.

Estaba orgullosa de mí misma, de cómo había cantado, de las expresiones de mi cuerpo mientras lo hacía. Lo había disfrutado y me había dejado llevar por la pasión que me envolvía. Había sido la experiencia más hermosa de mi vida, y eso era suficiente para mí.

En cuanto el programa terminó, Dave quitó el brazo de mis hombros y me miró.

—Estuviste impactante —dijo.

—"Pero…". Presiento que hay una objeción.

—¿Quieres que te la diga ahora? —asentí—. Tenemos que corregir la actitud del final.

—Lo sé.

—Disfrutaste de tu canción. Lo sentí, me hiciste estremecer. Dime por qué parecías una paracaidista cuando los hicieron salir a todos para el cierre de la emisión.

—¡Es exactamente lo que pensé en ese momento! —exclamé, sorprendida por la percepción de Dave—. Sentía que había caído desde mi planeta a una fiesta en la Tierra y que no entendía nada de ella.

—Pues, aunque no lo creas, cada reacción de tu cerebro se transmite a través de tu cuerpo y de la pantalla. La gente se da cuenta. Dime el motivo, necesito saber qué pasó por tu cabeza para poder ayudarte.

—Me sentía un sapo de otro pozo —confesé, bajando la mirada.

—Eres una persona alegre, Glenn; siempre estás de buen humor, manifestando tus ilusiones. ¿Qué ocurrió allí con todo eso? ¿Por qué lo enterraste en ese rato? Tengo entendido que la música góspel transmite energía y felicidad.

—Sí. Es música para glorificar a Dios, y Dios nos llena, haciendo que nos sintamos felices.

—¿No eras feliz en ese momento?

—No —confesé, moviendo la cabeza.

—¿Por qué?

—Porque no me sentía cómoda con mis compañeros. En el camerino la mayoría me miraba como los chicos del colegio.

—Les tienes miedo —me quedé en silencio. Dave esperó. Como mis labios continuaban sellados, continuó—: ¿Por qué, si eres la mejor?

Alcé los ojos, riendo.

—¡No soy la mejor!

—Sí, lo eres. Eres la mejor de los que cantaron en esta emisión. Sabes que jamás te mentiría: siempre he sido sincero contigo, de lo contrario, no estaría cumpliendo con mi parte de nuestro acuerdo. Si no hubiera sido honesto todo este tiempo, no confiarías en mí como lo haces, ¿cierto?

–Sí. Lo sé. Pero ellos son mejores. Son… más inteligentes, más despiertos. Conocen el mundo.

–Eso no los hace mejores que tú: es lo que la sociedad te hace creer –como volví a bajar la cabeza, puso un dedo debajo de mi mentón y me la levantó–. Te apuesto a que la mayoría de esos chicos "de mundo" jamás hubieran defendido a una persona homosexual frente a toda una clase que estaba en su contra. Mucho menos harían una maleta, irían en busca de un nuevo amigo con aspecto de mafioso y le pedirían que los acompañe a cumplir un sueño. Eres grande, Glenn. No: eres inmensa. Ninguno debe hacerte sentir menos. Y vamos a ganar ese maldito concurso porque nací bajo el signo del tigre y los tigres no se rinden hasta alcanzar el éxito.

28

El tigre y el dragón

Aunque el domingo me levanté muy tarde, cuando salí del baño, Dave seguía durmiendo. Al parecer la noche anterior lo había dejado tan exhausto como a mí.

Preparé una taza de café para cada uno y me senté en el borde del sillón. Le acaricié el pelo y él sonrió. Se veía mucho más hermoso por la mañana, con la piel fresca y los labios con más color. Tomó mi mano y la besó. Me incliné y le devolví el beso en su mejilla.

Me sorprendió tomándome de la cintura y atrayéndome hacia él. Terminé acostada a su lado, nuestros cuerpos más cerca que nunca. Los besos suaves que me dio en la sien y su respiración sobre mi frente me adormecieron otra vez.

Cuando desperté, el café estaba helado. Me levanté para recalentarlo mientras Dave iba al baño. Cuando volvió, nos sentamos en el sillón. Él se puso con la computadora. Yo alcé los pies y doblé las rodillas pegadas a mi pecho. Recogí el móvil con una mano mientras sostenía la taza con la otra y me puse a revisar mi teléfono. Había miles de notificaciones.

—Dave —dije, boquiabierta. Él me miró—. Mi cuenta de Instagram ha ganado miles de seguidores.

Estaba sorprendida, pero creí que era bueno. Él, en cambio, me miró con preocupación. Me arrebató el teléfono y revisó las fotos a la velocidad de la luz.

—Haz el perfil privado, solo para tus amigos íntimos. Coloca como foto cualquier cosa menos tu rostro y elimina ahora mismo a toda esa gente que te agregó anoche. También a los desconocidos que te siguieran desde antes, incluso a los que eran solo conocidos. Excompañeros de la escuela, gente de la iglesia… cualquiera que pudiera robar una foto vieja tuya y vendérsela a la prensa. O, peor, publicarla gratis en cualquier red social contando alguna anécdota que te haga quedar mal con el público.

Hablaba tan rápido como la productora del programa de televisión y no había terminado de entender.

—¿Qué? —repliqué.

—No puedes permitir que el público vea estas fotos —señaló mi teléfono—. Aquí estás con tus amigas, despeinada y en pijama, igual que ellas. En esta otra estás con un pastor frente a una iglesia, utilizando una falda hasta debajo de la rodilla que apuesto que odias. Para millones de personas tu vida comenzó anoche. Eres una figura pública, tienes que ofrecer y conservar una imagen. Además, estarías exponiendo a todas esas personas con las que estás en esas fotos viejas. ¿Te gustaría que una mañana tus amigas aparecieran en pijama en un programa de chimentos?

—Apenas soy una concursante de la primera instancia de un programa de talentos, mi nombre no circulará en ningún programa de chimentos —dije.

—Por ahora —hizo una pausa y arremetió—. No veo en ti a una concursante más de un programa de talentos. Veo a una estrella. Veo tu futuro, y tengo que cuidar tu presente para que lo que viene sea bueno.

Me devolvió el teléfono y recogió el suyo. Yo pasé el dedo por la pantalla para echar un vistazo fugaz a las fotos. Hasta mi familia aparecía en ellas. Chloe tocando el piano, Ruth poniendo caras graciosas, Gabrielle plantando unas flores… Eso último me convenció: tenía que ocultar mi pasado. Debía proteger a mi familia y a mis amigas.

—Crearé cuentas nuevas e investigaré cómo conseguir que sean verificadas —siguió exponiendo Dave—. Si tienes otras redes sociales, haz lo mismo.

—Solo tengo Instagram —dije, todavía un poco en shock.

Dave me mostró su teléfono. Lil Sung, el rapero que conocimos en la audición de la producción, le había enviado un mensaje para felicitarme por mi actuación en el programa. Mientras yo leía con una sonrisa, él escribió en Google "Glenn Jackson". Suspiró y puso los brazos detrás de la nuca. Espié lo que miraba en la pantalla de la computadora: el buscador había arrojado algunas fotos mías en la gala y un video de YouTube. También aparecía mi nombre en algunas noticias. Entró en la página de una revista para chicas. Había una votación para ir estimando quién ganaría la segunda gala; la primera la había ganado un chico con una sonrisa encantadora que se llamaba Mark Mitchell.

Dave votó por mí para que aparecieran los resultados. Iba ganando Sharon Carter, la chica linda y preguntona.

Se pasó una mano por la cara; parecía nervioso.

—No quiero presionarme con eso —dije, y me concentré en cambiar mi cuenta pública de Instagram a privada.

Ni siquiera almorzamos. Dave se ocupó de crear mis nuevas redes sociales y yo de transformar la vieja en un espacio íntimo y reservado. Cuando terminé de eliminar seguidores, apenas me habían quedado veinte, pero al menos había disfrutado eliminar a Ben. Las redes públicas empezaron a obtener seguidores enseguida. Dave había puesto como foto una de las que me había tomado el fotógrafo y me hizo seguir a la productora, al canal, al programa en diversas partes del mundo, a algunos ganadores de las ediciones pasadas, cantantes famosas y a los sponsors. La cuenta de Soy tu fan América me siguió de regreso. Ahora tenía una red privada y otra completamente profesional.

—Tendré que estudiar más sobre esto —comentó Dave, leyendo un artículo en la computadora—. Supongo que, cuantos más famosos te sigan, más célebre será tu red social. Tenemos que conseguir seguidores prestigiosos.

Me sorprendía cómo funcionaba su mente, tan distinta a la mía. Yo solo quería ensayar, subir al escenario, cantar y soñar con convertirme en una profesional. Él trabajaba en las sombras con estrategias estrictamente racionales para que mi sueño se hiciera realidad. La pasión no bastaba: si Dave no hubiera estado a mi lado, me habría quedado cantando en la ducha, o a lo sumo en algún coro de Los Ángeles.

El lunes devolví los zapatos a mi compañera de trabajo. Al parecer no miraba Soy tu fan, porque no hizo comentarios. Tampoco los clientes. Evidentemente, mi apariencia en Starbucks era muy diferente a la de Glenn Jackson, la chica de la televisión. El cartel con mi identificación solo decía "G. Jackson"; había miles de personas con mi apellido. Todo fue bien hasta que una niña me señaló.

—¡Eres Glenn! ¡Eres Glenn! —gritó.

Mis compañeros de trabajo me miraron, los clientes espiaban.

No podía mentirle, era una niña de unos nueve o diez años. Me limité a sonreír, sonrojada, y le entregué su batido lo más rápido posible para que se alejara con su madre. La señora hablaba por el móvil y no se había dado cuenta de nada.

Ni bien se fueron, Amy me habló al oído.

—¿La conoces? Te miraba y gritaba de una manera que parecía tu fan —rio.

Sobreviví ese día con el riesgo constante de que alguien me reconociera y de que nuestro jefe se diera cuenta de que tenía a una famosilla de moda fregando el suelo de su negocio y preparando sus batidos. Era curioso: estaba en televisión, pero seguía trabajando en una cafetería. Me sentía como la Cenicienta con los trapos de limpieza y los ratones después de haber regresado de la fiesta en la que había lucido un par de zapatitos de cristal.

Volví a casa escuchando música. Si pasaba a la siguiente ronda, quizás pudiera cantar *I Have Nothing*.

Esa tarde comencé a ensayarla mientras Dave se ocupaba de estudiar el asunto de las redes sociales.

A las siete de la tarde nos dimos cuenta de que había caído la noche y no había nada para cenar.

–Yo voy –propuso Dave–. ¿Qué te gustaría?

Salté del cajón de ejercicios de Dave y recogí una botella de agua que estaba sobre las maletas. Bebí un poco mientras pensaba.

–Mmm… ¿Shawarma? –había un local de comida árabe cerca del edificio.

Dave asintió y se fue.

Me paré cerca de la ventana y retomé los ejercicios para ampliar el registro de mi voz.

Callé después de mucho tiempo, porque me pareció oír algo en la puerta. Creí que Dave tendría las manos ocupadas y que no podía abrir, así que giré para acercarme y ayudar. No hice a tiempo a llegar a la cocina: la puerta se abrió de golpe, con tanta fuerza, que se estrelló contra la pared.

El corazón se me subió a la garganta. Dos sujetos de la edad de Dave entraron en el apartamento como si fuera su casa. Uno era musculoso y llevaba una sudadera con la capucha puesta sobre una gorra, y el otro era delgado y alto. Los dos eran asiáticos. El de la gorra se me acercó con una navaja, y yo retrocedí. Intenté correr hacia la habitación, pero el más delgado se interpuso en mi camino y me empujó tan fuerte que terminé en el suelo. Al caer me doblé la muñeca, y el dolor me hizo emitir un quejido. Intenté ponerme en pie. Como no pude, el más grande me tomó de un brazo y me levantó; apretaba como la pinza de una máquina industrial.

Me arrojó contra la ventana, y el mecanismo de cierre me lastimó la espalda. Avanzó hasta quedar a un centímetro de mi rostro. Ahora que estábamos tan cerca, alcancé a ver un tatuaje de dos pequeños dragones entrelazados en su pómulo, cerca del ojo. Tenía collares que parecían cadenas, dorados como uno de sus dientes de oro. Lo vi cuando abrió la boca.

—¿Dónde…?

Algo lo arrancó del suelo y le impidió terminar la pregunta. La navaja voló por el aire y el tipo cayó sobre el sofá. Dave acababa de arrojarlo. No le dio tiempo a espabilarse y se le fue encima como un animal furioso. Lo tomó de la sudadera y lo levantó con una sola mano.

Nunca me había parecido tan peligroso y violento como cuando llevó al intruso contra una pared, le estrelló la espalda con rudeza para acorralarlo y acercó su rostro al de él. Le dijo algo en su idioma. El otro respondió de la misma manera. Dave volvió a contestar en coreano.

Algo me llamó la atención: el del tatuaje de los dragones tenía una tobillera electrónica. No supe qué hacer hasta que vi que su compañero recogía la navaja. No creí que se atrevería a hacerle daño a Dave hasta que avanzó con sigilo hacia él.

—¡No! —grité, y sin dudar le pateé la columna.

Dave giró la cabeza justo para verlo caer a sus pies. El grandote estuvo a punto de liberarse, pero Dave reaccionó a tiempo y le dio un puñetazo en el rostro. Acto seguido, le asestó un rodillazo en el estómago. Mientras los dos se quejaban por el dolor, él recogió la navaja.

Pateó al que estaba en el suelo para que se levantara mientras le mostraba el arma al del dragón. Le gritó en coreano. El más delgado se arrastró un poco hasta que al fin pudo ponerse en pie y huyó. El otro masculló algo y lo siguió. Recién entonces me di cuenta de que se oía una sirena, y entendí el motivo de la huida.

Dave cerró la puerta con un golpe. Como los bandidos habían roto la cerradura, puso la traba interna. Permaneció paralizado un momento, respiraba como si se hubiera estado ahogando y acabaran de rescatarlo. De pronto se volvió bruscamente y se acercó. Se detuvo en cuanto retrocedí un paso. Estaba aterrada. Aterrada de su pasado, del presente y de nuestro futuro. Esos dos no habían irrumpido en nuestro apartamento por casualidad, para robar como hubieran hecho con cualquier otro vecino. Por la forma en que se miraban, supe que Dave los conocía.

–¿Te lastimaron? –preguntó. Sonaba preocupado.

Como yo continuaba en silencio, intentando procesar lo que había ocurrido, acortó la distancia que nos separaba. Me apretó los brazos a los costados del cuerpo y me miró el cuello, la cabeza y la cara.

–¿Estás bien? –insistió.

Ante mi falta de respuesta, me soltó y movió de lugar la computadora. Separó las maletas, que estaban apiladas, y abrió una sobre el sillón.

–Tenemos que irnos –dijo–. Rápido, reúne tus cosas.

–No –contesté. Me miró.

–Esto no es un juego, Glenn, tenemos que irnos ahora.

–¡No! –repliqué, enérgica, y me acerqué–. No me moveré de aquí hasta que me digas quiénes eran esos dos.

–Por favor…

–No soy estúpida, ¡sé que los conocías! ¡Dime la verdad!

Volvió a apretarme los brazos.

–Por favor, ¿puedo contártelo después? Tengo que ponerte a salvo.

Lo empujé para que me soltara y me senté en el sofá. Él dio un manotazo a la maleta con tanta fuerza, que cayó del sillón y se desplazó hasta la ventana.

—No me moveré de aquí hasta que me digas la verdad —repliqué con voz dura, pero calmada.

Dave se sentó, apoyó los codos en las rodillas y ocultó el rostro entre las manos. Todavía estaba agitado y tenía sangre en los nudillos. Supuse que era de él y sentí el impulso de acariciarlo. No solo su piel estaba herida, podía sentir que también sangraba su alma. Solo si me decía la verdad tendría la posibilidad de ayudarlo.

—¿Quiénes son? —insistí.

—¿Por qué mejor no me preguntas quién soy?

—¿Quién eres, entonces?

Se mantuvo callado un momento. Respiró profundo, y aunque se descubrió la cara, no me miró.

—Te conté que mi familia era muy estricta. Así como la tuya, solo que bajo las normas coreanas. Podríamos decir que mi manera de reaccionar ante las reglas no fue como la tuya. Fue bastante insana.

—¿Te drogabas?

—No.

—¿No les debes dinero de drogas a esos dos que nos atacaron?

—No.

—¿Entonces?

Volvió a suspirar. Percibí que el dolor iba ocupando en Dave el lugar de la furia, y eso me estremeció.

—En mi barrio había pandillas. Los morenos como tú se enfrentaban con otros morenos. Los chinos… con los coreanos. Tae Hyung y Joe, los dos que acabas de conocer… Yo era de su pandilla. Tae Hyung es el líder.

Respiré profundo, tratando de asimilar que Dave en verdad era un mafioso.

Pandillas —repetí, azorada—. ¿Por eso pasaste noches en las comisarías? ¿Porque eras de una pandilla? —asintió—. ¿Qué hacían?

—Por lo general, peleábamos con las pandillas chinas o rompíamos el escaparate de algún negocio chino por encargo.

—¿Y lo no general?

Le demandó un momento responder.

—La pandilla de Tae Hyung a veces robaba.

Apreté los puños, mis ojos se humedecieron.

—Si tú eras de su pandilla, ¿entonces robabas?

Dave suspiró otra vez. Supuse que era su manera de tranquilizarse para asumir la verdad sobre sí mismo delante de alguien que lo había idealizado.

—Yo estaba ahí, así que podría decirse que sí.

—¿Usaban armas? ¿Amenazabas a la gente para que te diera sus cosas? ¿Heriste a alguien?

—No. Solo miraba. No hay diferencia, el hecho es el mismo.

Que asumiera su responsabilidad en los delitos era valioso, pero no alcanzaba para que terminara de comprender lo que escondía su mirada.

—Hay algo que no entiendo: dijiste que los coreanos se enfrentaban con los chinos. Si tú eras de la pandilla de Tae Hyung, los que deberían haber entrado a nuestra casa son chinos.

—No. Sucedió que Tae Hyung tenía un problema personal con Wang Chou, el líder de una pandilla china. Una vez lo acompañé a darle un escarmiento por haberse metido con un chico coreano; solíamos terminar a los golpes, pero nunca pasaba más que eso. Tae Hyung tenía una navaja, la usaba para asustar a las personas cuando les robaba. Esa noche apuñaló a Wang Chou. Lo mató. Y yo, su mejor amigo, era su único testigo.

Tuve que llevarme una mano al estómago adolorido. Dave, el chico cálido que me abrazaba y que luchaba para que pudiera cumplir mis sueños, había sido cómplice de un asesinato.

—¿Por qué vino a buscarte hoy? —indagué.

—Esa noche regresé a casa y vomité. Hacía tiempo que la pandilla no me llenaba. Lo había hecho a mis trece años, cuando golpearme con otros me servía para liberarme de la presión de mi familia y de la frustración por las altas expectativas que yo no cumplía. Me sirvió a los quince, cuando creía que los chinos nos faltaban el respeto solo por transitar por nuestra zona. Quizás también a los dieciséis, mientras me acostaba con cuanta chica se cruzaba en mi camino y ser un matón me ayudaba a conquistarlas. Después, ya no. Me cansé de la noche, de los paseos en automóvil amenazando chinos, de los robos, de los golpes... Me di cuenta de que a esas chicas a las que las excitaba verme golpeado, en realidad yo no les importaba. Tampoco a Tae Hyung, ni a Joe, ni a ninguno de la pandilla. Me cansé de las noches en la comisaría, faltándoles el respeto a los policías en los que veía a mi padre. Entonces lo denuncié. Fui a la maldita estación de policía en la que había pasado una decena de noches y lo denuncié.

Apoyé una mano sobre mis labios, estremecida. Una lágrima resbaló por la mejilla de Dave, pero él la secó rápido con los dedos.

—¿Por eso Tae Hyung llevaba una tobillera electrónica? —pregunté.

—No, eso fue por otra cosa. A la policía le costó tomar en cuenta mi denuncia; no me tenían confianza, y no los culpo. Aún así, terminaron arrestándolo y abrieron una investigación. El problema fue que no hallaron pruebas en su contra y el asesinato quedó en la nada. Entonces, Tae Hyung juró que se vengaría. Los traidores nunca salen ilesos en las pandillas.

»Para protegerme, mi familia me envió a lo de mi tío. Estaba ocultándome en New Hampshire, por eso nos conocimos.

»Estando allí me enteré de que atraparon a Tae Hyung por un par de robos que cometió en Los Ángeles y lo condenaron aquí. Antes de venir pregunté a Randy, un chico de otra pandilla coreana, si Tae Hyung estaba libre. Me dijo que no. Deben haberle dado salidas transitorias o libertad condicional; yo también reparé en la tobillera y en las sirenas, por eso se fueron. Pero volverán —me miró—. Es importante que nos separemos. Tengo que dejarte en un lugar seguro mientras yo intento arreglar esto. No puedo pasar la vida escondiéndome, esta historia tiene que terminar.

Sentí que mi corazón se rompía. El chico dulce y paciente de pronto se había convertido en un matón violento y peligroso. Pero pensar que ese matón dulce y paciente podía alejarse de mí me lastimaba como nada en el mundo.

Jesús se había acercado a los estafadores, a los ladrones, a las prostitutas. Los había amado a pesar de sus errores, sus dudas y su falta de fe. Yo también era imperfecta. Yo también dudaba y me equivocaba. ¿Por qué iba a juzgar a Dave?

—No —dije sin pensar.

—No sé qué haré. Volver a la policía, tal vez. No puedo hacer las cosas mal esta vez —siguió reflexionando él, como si yo no hubiera intervenido—. Estaré en el show, te lo prometo. Cada vez que aparezca en televisión cambiaré de escondite, tratando de no dejar rastro.

—Dave...

—Tendré que dejar la cafetería. Pediré dinero prestado a mi padre, al menos hasta que termines el programa y yo deje de aparecer en televisión.

—¡Dave! —exclamé. Al fin me miró.

—No llores, Glenn —pidió, y me acarició una mejilla para secarme una lágrima.

Me acerqué a él como una niña en peligro corre hacia su ángel guardián, o como un ángel guardián corre hacia un niño en peligro. Lo abracé tan fuerte que creo que sus pulmones se vaciaron de aire.

—No digas eso, no digas que te apartarás de mí —supliqué.

—No puedo arrastrarte a la vida que me gané al lado de Tae Hyung.

—¡Basta! Mereces mucho más que eso.

—No acabé en una cárcel, pero el mundo es mi prisión. No quiero que sea la tuya.

—No puedo seguir este camino sin ti. No quiero —arrodillada en el asiento, me aferré a sus hombros y lo sacudí—. Somos un equipo, ¿recuerdas? ¿Por qué tendríamos que serlo solo para cumplir mis sueños?

Sonrió, todavía con los ojos húmedos, y me acarició la cara.

—Por eso me enamoré de ti. Eres la persona más increíble que conozco y la única en este universo que confía en mí. La única que cree que puedo ser algo más que un matón o el chico de la cafetería. La única que cree que puedo respetar y amar, la única que me necesita.

—Eso no es verdad.

—Nunca fui como mis hermanos. Era el peor de los tres en la escuela y mis ideas no encajaban con las de mi familia. Jamás llené las expectativas de mis padres. Para colmo, me convertí en un pandillero y aumenté su vergüenza. Por estos días mi padre solo me llama creyendo que estoy en problemas. Mis hermanos me odian, soy la oveja negra de la familia. Mi madre tiene prohibido hablarme, y mis amigos de la infancia…

—Te amo, Dave —lo acallé, acariciándole el pelo. Sentí que el amor escapaba por sus ojos, y los míos le demostraron lo mismo—. *Saranghae*.

29

Bungee jumping

Armamos las maletas en menos de quince minutos y nos colgamos la mochila. Cuando intenté recoger mi equipaje para bajarlo del sillón, un dolor intenso se extendió por mi muñeca. Se me escapó un quejido y tuve que soltar la maleta. Me miré la mano. Dave no me dio tiempo a entender qué me ocurría, enseguida la tomó entre las suyas y empezó a revisarla en mi lugar.

—Está hinchada. ¿Qué sucedió? —preguntó.

—Me doblé la muñeca cuando caí al suelo.

—¿Te empujaron?

—Sí.

—Tenemos que ir al hospital.

Retiré la mano tocándome la muñeca.

—No, está bien. Ya mejorará.

Bajó mi valija y la de él del sofá y me indicó con la cabeza que me moviera hacia la cocina.

—Iremos al hospital —determinó. Antes de abrir la puerta me pidió que me pusiera contra la pared, donde quedaría oculta si sus viejos amigos volvían a entrar por la fuerza. Mi corazón golpeaba contra mi pecho. Oré para que nadie estuviera en el pasillo y fui escuchada.

Dave volvió a hacerse cargo de las dos maletas hasta la escalera.

–Quédate aquí –pidió.

–Puedo llevar la mía con la mano izquierda.

–No. Quédate, te avisaré si es seguro bajar y de paso me llevaré la tuya.

Levantó su maleta y bajó las escaleras muy rápido a pesar del peso. Lo perdí de vista, supuse que estaba espiando la calle. Volví a respirar cuando regresó y me informó que era seguro salir.

Tomamos el autobús y bajamos frente al hospital. Yo seguía insistiendo con que no era necesario desperdiciar tiempo allí, pero no hubo modo de convencer a Dave. Para colmo, no me dejó usar el seguro de salud que me proveía la cafetería y pagó en efectivo. Si algo no nos sobraba era el dinero.

–¿Qué sucedió? –me preguntó el médico en el consultorio mientras revisaba mi muñeca. El dolor me hacía fruncir los labios.

–Me caí –contesté, apretando los dientes.

–¿Se van de viaje? –señaló las maletas.

–Salíamos para ir al aeropuerto cuando se cayó –respondió Dave.

Me envió a hacerme una radiografía y al final determinó que solo tenía un esguince. No había fractura; aunque el dolor me hiciera ver las estrellas, era una lesión leve. Me sugirió que descansara, que me aplicara hielo y que me pusiera un vendaje compresivo. Si me dolía mucho, podía tomar un analgésico.

Buscamos un sector tranquilo del hospital y me senté a cuidar las maletas mientras Dave iba a la farmacia. Regresó con medicación, una botella de agua, una venda elástica y una almohadilla de gel congelado. Mientras yo ingería una píldora, abrió su equipaje y extrajo una camiseta. Envolvió la almohadilla con ella y me la entregó.

Dejamos transcurrir un rato en silencio, enfrascados en nuestros pensamientos. Supuse que Dave se preguntaba cómo se libraría de su expandilla. Yo admiraba cuánta fuerza había demostrado al apartarse de ella, aun cuando había sido su única forma de vida durante mucho tiempo.

Me di cuenta de que me estaba mordiendo el labio cuando un dedo de Dave lo acarició.

—¿Por qué no me permitiste usar mi seguro médico? —pregunté.

—No es bueno que dejemos rastros.

—¿Cuánto dinero nos queda?

—Nada.

—¿Y qué haremos? No tendríamos que haber venido aquí.

—Shhh... —chistó, y me acarició el cabello. Se aproximó a mi mejilla y me dio un beso—. Tú descansarás mientras yo lo resuelvo. Tengo que encontrar otro apartamento económico. En la página donde alquilamos la primera vez todavía está cargada la tarjeta de crédito de mi tío. Le devolveré el dinero después.

—¿Tae Hyung no sabe quién es tu tío?

—No. Es un hermano de mi madre, no llevamos el mismo apellido. No hay modo de relacionarlo conmigo si uso su tarjeta de crédito. Tranquila.

Puso un brazo sobre mis hombros y me hizo recostar la cabeza sobre sus piernas. Mis pensamientos volvieron a correr tan deprisa, que pensé que jamás podría dormirme. Me acordaba de la forma en que se había abierto la puerta cuando habían entrado los pandilleros, del tatuaje de Tae Hyung, de la agresividad de Dave mientras lo sostenía contra la pared. Eso último contrastaba con la caricia que ahora me hacía en el pelo y con la suavidad con que retiraba la almohadilla y la cambiaba de sitio para que no dañara mi piel. Desde que éramos amigos había estado a mi lado, luchando por mis sueños como si fueran suyos. No tenía dudas de que ese era el verdadero Dave, y que en parte su pasado lo había hecho así.

—Creo que todo lo que ocurre en nuestra vida tiene un propósito —dije—. No te avergüences de quien fuiste mientras eras amigo de Tae Hyung. Dices que yo soy buena, valiente y talentosa. Pues además de inteligente y generoso, tú eres la persona más leal que he conocido en este mundo, y estoy segura de que eso lo aprendiste en una pandilla.

—La lealtad es la regla número uno entre los miembros de una pandilla, y yo la quebré al denunciar a mi mejor amigo.

—No denunciaste a tu mejor amigo. Denunciaste a un asesino que te utilizaba para sentirse menos sucio. "Si otro mira lo que hago y no le parece repugnante, no lo es". Tae Hyung se engaña a sí mismo. Tú no.

Respiró profundo y me dio un beso en la cabeza. Después continuó acariciándome el cabello en silencio. La suavidad de sus dedos me ayudó a relajarme, y el cansancio me venció.

Dormí hasta que sentí una cosquilla en la sien.

—Ya amaneció —me informó Dave—. Alquilé un apartamento. Podemos ingresar a partir de las nueve, pero queda un poco lejos, así que podríamos salir ahora.

En el viaje me explicó que había hecho averiguaciones y sabía en qué cárcel estaba alojado Tae Hyung. Cuando lo dejaban salir, llevaba la tobillera electrónica, así que solo podía moverse en un radio limitado. La noche anterior lo había transgredido, por eso había aparecido la policía. Según sus deducciones, cuanto más nos alejáramos de ese radio permitido, estaríamos más a salvo, porque la policía tendría más oportunidad de aparecer antes de que Tae Hyung llegara a nosotros, forzándolo a retroceder. Por eso había alquilado un apartamento distante de los puntos en los que sospechaba que él tenía permitido moverse.

—Falté a la cafetería de nuevo, y esta vez sin aviso. Ni siquiera me di cuenta de pedirle una nota al médico que me atendió —dije.

—Tendremos que cambiar de empleo. No puede ser registrado o les facilitaría encontrarme; estoy seguro de que supo dónde vivía a través de mi trabajo. Si tú estás registrada, tendrás que dar la nueva dirección y seremos rastreables. Como me ven en el programa, saben que pueden llegar a mí a través de ti. Incluso tendré que solicitar a la producción que comiencen a pagarnos en efectivo para no tener cuentas bancarias —explicó.

—No sé qué trabajo pueda hacer sin que me registren. ¿Qué harás tú?

—Intentaré que me contraten en alguna tienda. En cuanto a ti, dedícate a la música. Estoy seguro de que ganarás esta ronda, así que tendrás que ir a esa escuela de música y actuación tres veces por semana. Te quedará lejos, no tendrás tiempo de trabajar.

—No viviré de ti, sentiría que me estoy aprovechando.

Sonrió y me acarició una mejilla.

—Haremos mucho dinero cuando ganes ese concurso —contestó. Esta vez el plural era solo para consolarme, le aparté la mano y le sostuve la mirada.

—La mayoría fracasa, ¿recuerdas? Eso me dijiste antes de venir aquí. No podemos confiar en que ganaré un concurso.

—"No importa lo que le ocurra a la mayoría, tú eres tú, y tienes que vivir tu propia experiencia". Eso me dijiste, y te lo recordé con otras palabras cuando viste a Lil Sung fracasar en su audición. Nos fue bien ahí. Confío en que nos irá bien ahora. Confío en ti y en mí. Nuestro equipo funcionará, ya verás. Tú sueña, que yo trabajaré duro. Es el lema coreano, ¿no?

Me hizo reír.

—Aparece en todos los k-dramas y todos los actores que sigo en Instagram lo usan. "Trabaja duro". *Fighting!* —el gesto de mi mano mientras decía esa última palabra, emulando el que hacían los actores en las novelas coreanas, lo hizo reír. Y así logramos distendernos después de una noche dura, en un viaje eterno en un autobús que parecía llevarnos al infierno.

La producción ya estaba al tanto de que tenían que pasar a buscarnos por nuestro nuevo domicilio. Vivíamos en las afueras de la ciudad, en un apartamento todavía más precario que el anterior, en un barrio más oscuro y solitario. No había sofá, así que Dave y yo teníamos que compartir la cama, que no era más que un colchón en el suelo. No teníamos casas de comidas rápidas cerca, solo un supermercado que cerraba temprano, y como no contábamos con un refrigerador, comíamos porquerías secas gracias al dinero que Dave había pedido a su padre y que él le había hecho llegar con un giro. No podía contar con mi familia.

Durante la semana lo noté decaído y preocupado. Habíamos renunciado a nuestro apartamento anterior y a nuestros trabajos por chat, y aunque él había recorrido varias tiendas, todavía no conseguía que lo contrataran, y menos sin registrarlo. En cuanto pedía que no lo hicieran, creían que era un inmigrante ilegal o un bandido, y nadie quería ese tipo de problemas.

Por mi parte, lo que más lamentaba de haber tenido que mudarme era que la iglesia me quedaba demasiado lejos y que tendría que abandonarla. En ese tiempo había tenido varias conversaciones con el pastor Connor y con algunos chicos de la comunidad, y no quería cambiar de ambiente. Incluso me había animado a preguntarle qué opinaba de la homosexualidad, y él me respondió con otra pregunta: "¿Tú eres homosexual?". Usó el verbo "eres" y no "crees que eres" o "te sientes", y mucho menos "estás confundida creyendo que eres", y eso ya me pareció bastante abierto de su parte. "Solo responda la pregunta, por favor", le pedí. "Pienso que no es lo que Dios quiere, pero ¿quiénes somos nosotros para juzgar a los demás? Tengo un amigo homosexual, y lo quiero mucho. Es una buena persona y un sujeto muy divertido. Cuenta los mejores chistes".

Me dejó helada. Pero fue el día en el que supe que esa sí era mi comunidad, y tener que dejarla me dolía. Una vez que había encontrado un sitio para mí, lo perdería.

En cuanto a mi incipiente carrera, había perdido el entusiasmo; ni siquiera tenía ganas de cantar. A veces me forzaba a hacer algunos ejercicios para no perder el entrenamiento de la voz, pero no duraba demasiado en ello. No deseaba leer ni mirar dramas. Tampoco podía preocupar a mis amigas con lo que estaba sucediendo, así que tanto Dave como yo habíamos entrado en un limbo.

Me preocupaba su realidad. Yo, si quería, podía llamar a mi padre y rogarle entre lágrimas que me comprara un pasaje de avión para regresar a casa. Estaba segura de que al otro día me hallaría en Nueva York. Él, en cambio, no tenía una guarida.

El sábado me preparé para ir a Soy tu fan. Habíamos preguntado a la producción si tenía que vestirme de alguna manera en particular y si los estilistas del teatro me ayudarían con el maquillaje y el peinado, como en la gala. Respondieron que no. Debía vestir de manera casual y arreglármelas sola con todo. Solo se requería mi presencia los primeros diez minutos del programa, para dar los resultados de la votación.

Dave había seguido la elección paralela del público en la página web de la revista para chicas: los resultados continuaban favoreciendo a Sharon. Según esos mismos datos, un chico se quedaba con el segundo puesto. El tercero era mío, pero no bastaba para llegar a la siguiente instancia. Había que ganar.

Mis redes habían tenido un crecimiento moderado. Ni bien las había creado, se habían sumado cientos de seguidores. A medida que transcurrieron los días, se incorporaban cada vez menos. Era lógico, dado que no había subido nada más después de la foto de perfil y otras dos de la sesión con el fotógrafo profesional.

Dave dijo que esa noche haríamos un video en vivo para Instagram. Teníamos que mejorar mi presencia en las redes sociales si queríamos ganar votos. Esa semana había sido difícil, por eso las habíamos descuidado. Si por esas causalidades pasaba a la siguiente ronda, tendríamos que volver ocuparnos. Todo lo que dejáramos librado al azar sería desperdiciar una oportunidad de ganar fans.

A pesar de la preocupación y de los errores, él había trabajado. Leyó libros sobre redes sociales, comparó las mías con las de mis competidores y trazó un plan para mantenerme vigente entre episodios si me salvaba de la eliminación esta vez. Él creía que Sharon había contratado un publicista. Después de haber leído sobre estrategias de promoción en redes sociales, le parecía extraño que su cuenta hubiera crecido tanto en comparación con los demás concursantes, incluido el ganador de la primera emisión. Apostaba a que había comprado seguidores.

Yo no estaba hecha para ese tipo de competencia. Si bien Dave también pensaba que tenía que hacer mi propio camino sin mirar al resto, era inevitable estudiar un poco sus movimientos. Esa chica, por ejemplo, había subido un video casi a diario. Había firmado autógrafos a la salida, mientras que yo agachaba la cabeza y me ocultaba detrás del brazo de Dave. Tendríamos que corregir eso también, debía aprender a disfrutar del éxito y dejar de sentir vergüenza de que me creyeran más de lo que yo misma pensaba que era. ¡Si toda esa gente hubiera sabido que vivía en una pocilga, comiendo patatas fritas! Debían imaginarme en el jacuzzi de una mansión.

Estuvimos en el teatro una hora antes. En lugar de ingresar directamente, Dave hizo que me detuviera a un costado de la entrada secundaria para que transmitiéramos en vivo.

–No sé qué decir –me lamenté–. Ya es tarde para intentar salvar la instancia con un video, no tiene sentido.

–Di que acabas de llegar al teatro para conocer el resultado de las votaciones y que confías en que tu interpretación les haya gustado y te voten. Después, canta un poco. Cuatro líneas de la canción bastarán, solo para que te recuerden. Suspiré, dudosa acerca de poder hacerlo; nunca me habían gustado los videos prefabricados. Por respeto a Dave, que se había esforzado tanto, asentí con la cabeza.

–Avísame cuando estés grabando –solicité.

–Levantaré este dedo –dijo, mostrándome la señal.

Esperé unos segundos. Cuando el dedo se levantó, creí que me moría de nervios.

–Hola, ¿cómo están? Espero me recuerden, soy Glenn. Estoy a punto de entrar al teatro para conocer los resultados de la votación. Sé que comparto la emisión con grandes artistas, pero... Bueno, que gane el mejor. No se pierdan el show de esta noche, seguro será grandioso. Gracias y buena suerte para todos.

Dave se quedó esperando. Yo me quedé esperando. Un momento después, cortó la transmisión.

–¡Glenn! –exclamó, riendo.

–Sí, lo sé, fue un desastre –respondí, bajando la cabeza.

–Les has hecho más promoción a los demás que a ti, y te olvidaste de cantar un fragmento de la canción.

–Lo siento. Es que se nos ocurrió hacer esto a último momento y no sé... No estoy preparada.

–Está bien. No te preocupes. Les gustará de todos modos. Ciento dos ya lo estaban viendo –me ofreció su mano–. Entremos.

Esta vez no nos separaron; todos los concursantes del episodio anterior esperaban en una misma habitación junto con sus acompañantes. No teníamos contacto con los participantes de la nueva emisión ni con sus familiares. Solo estábamos nosotros y dos organizadores que nos acompañaban.

Las sillas se hallaban ubicadas alrededor de la habitación. Había un inmenso televisor encendido en el que transmitían la programación del canal. Supuse que serviría para que los acompañantes pudieran mirar el programa mientras nos esperaban.

Sharon Carter llegó con aires de diva. Estaba más rubia y tenía una cabellera preciosa: lacia en las raíces, con movimiento hacia las puntas. Se había pintado los párpados de un color rosa suave y los labios de rojo. Llevaba puestas botas café, vaqueros azules con un ancho cinturón al tono del calzado, camiseta blanca y una camisa escocesa blanca y roja. Por el atuendo de primera marca de sus padres, resultaba evidente que tenían mucho dinero. Quizás hasta había contratado un asesor de imagen. Era todo lo contrario a mí: rica, segura de sí misma y vanidosa. Llamaba la atención de todos; no me extrañaba que las encuestas la favorecieran y que ganara esa noche. Dave era el único que no perdía las esperanzas. El resto parecíamos aplastados por la presencia de Sharon.

En mi caso, me aplastaba también la realidad. Como daba por sentado que perdería en esa instancia del concurso, ya estaba planeando cómo seguir en la música sin depender de un programa. Volvería a ofrecerme en las discotecas. Quizás, en algún momento, ya que teníamos que ocultarnos de la pandilla, nos conviniera postularnos para un crucero. Yo podía cantar y Dave hacer de animador. Era una buena idea.

—¡Concursantes de la segunda emisión! —gritó un organizador que acababa de abrir la puerta.

Me levanté y miré a Dave, que ya se había puesto de pie detrás de mí.

—Eres la mejor —me dijo, y me besó.

Sonreí como agradecimiento y fui con el resto de mis compañeros. Esta vez, los acompañantes se quedaban en el cuarto.

Cuando pisé el escenario, olvidé todo lo malo que habíamos vivido esa semana y volví a sonreír como si fuera a cantar de nuevo. Era la última vez que vería al jurado y la última que estaría frente al público en un teatro tan grande y majestuoso, y no podía más que disfrutarlo. Volví a sentirme agradecida por esa enorme oportunidad que la vida me había dado y mis ojos se humedecieron.

El presentador se colocó en medio del escenario, delante de nosotros. Tenía unos papeles en la mano.

—Queremos contarles que la votación estuvo muy reñida. De hecho el ganador de esta noche ha superado al segundo puesto por apenas cien votos. ¡Cien votos! No es nada —la gente aplaudió—. Señores del jurado, ansiosos espectadores... ¿Quieren saber quién ganó la emisión número dos de Soy tu fan y tiene un pase para la segunda instancia de pruebas? —la gente gritó un eufórico "sí", y mi piel se erizó. La pasión me encendió, mi corazón comenzó a latir con fuerza—. Demos un fuerte aplauso a la nueva concursante de la segunda instancia de Soy tu fan —*acaba de develar que es una mujer. Dirá que es Sharon Carter,* pensé. Miré a un costado: Sharon apretaba las manos debajo del mentón y sus rodillas se mecían; era presa de la emoción—. ¡Glenn Jackson!

Fue como si me hubieran arrojado a un abismo interminable para hacer *bungee jumping*. Me cubrí la boca y, en lugar de avanzar hacia el presentador, que me ofrecía su mano, di un paso atrás.

—¡No huyas, ven aquí! —bromeó, y me sujetó para llevarme hacia adelante. Los aplausos y los gritos de la gente, sumados al bullicio que había en mi cabeza, me impedían oír con claridad al jurado.

—Nos da mucho gusto que sigas acompañándonos, Glenn —dijo Denise.

Max aplaudía desde su asiento, con los brazos en alto.

Cuando bajé del escenario, me llevaron a una oficina. Presentía que ya no volvería a ver a mis compañeros. A cambio me reencontré con Alicia, la productora que había conocido el día de la primera audición.

–¡Felicitaciones, Glenn! –exclamó. Estaba del otro lado de un escritorio atestado de carpetas, con un ordenador, un móvil y una tablet. Apoyó un papel en la mesa, de mi lado. Era un cronograma–. Estos son los días y horarios en los que debes asistir a la escuela –hablaba aún más rápido de lo que recordaba–. Del otro lado encontrarás el teléfono y la dirección de la sala de ensayos que te hemos asignado. Puedes ir cuando quieras, un máximo de diez horas por semana. El único requisito es que la reserves un día antes. Tu siguiente presentación es en seis semanas, tienes tres para enviarnos tu propuesta. ¿Está todo claro?

–Sí. Gracias.

En ese momento, la puerta se abrió y volteé para ver quién entraba. Dave se acercó con la expresión de mayor excitación que le había visto nunca.

–¡Lo hiciste! –exclamó–. ¡Lo lograste!

–Lo logramos –lo corregí, y le di un abrazo. Me sentía mejor cuando estaba en equipo.

30

El desafío

Estaba tan contenta que cuando la puerta de servicio del estudio se abrió, me atreví a salir delante de Dave.

Algunas de las personas que se amontonaban en la acera, detrás de las vallas, gritaron mi nombre.

—¡Gracias! —grité—. ¡Muchas gracias!

Y me largué a caminar entre ellos con toda la felicidad del mundo.

—¡Salúdame, Glenn! —me gritó alguien.

Busqué con la mirada de quién podía provenir el pedido y distinguí a la misma chica que había estado allí el sábado anterior. Me acerqué y conversé con ella un momento. Volví a darle las gracias; era lo mínimo que podía hacer por todos los que habían confiado en mí cuando ni siquiera yo lo hacía.

Al ver que me había detenido, algunas personas más empezaron a hablarme.

—Cuando sea grande quiero cantar como tú —me dijo una niña.

Sonreí, enternecida, y miré hacia atrás para comprobar si Dave había escuchado el comentario. Me encontré con la lente de la cámara del teléfono y entendí que estaba transmitiendo en vivo. No me había dado cuenta hasta ese momento y no tenía idea de cuándo había comenzado, pero apostaba a que sería un gran video.

Un encargado de seguridad puso una mano en mi espalda y me condujo al automóvil que nos esperaba en la calle. Supuse que tenían que salir otros compañeros y que necesitaban mover nuestro coche.

En el auto le pregunté a Dave qué había hecho. Me cedió su teléfono y miré el video que, en efecto, había transmitido en vivo. Me veía natural, feliz y relajada, disfrutando de la admiración de completos desconocidos que ahora sentía más cercanos. Supe que jamás olvidaría esos primeros rostros y palabras de personas que valoraban mi talento. En cuanto a lo comercial, mis seguidores habían aumentado en ese rato, y muchos habían visto la transmisión en vivo.

—Todavía no entiendo cómo gané —le dije a Dave, devolviéndole el teléfono—. Por los resultados de la encuesta de la revista y por la cantidad de seguidores, creí que ganaría Sharon.

—Su publicista debe haber contratado *bots*.

—¿*Bots*? ¿Te refieres a esos programas que hacen una tarea automática?

—Sí. Votos automáticos en la revista y en el programa, seguidores falsos… Somos lo que mostramos: entonces se ocupó de mostrar a Sharon como una participante exitosa. La gente suele seguir al más popular, porque da la ilusión de ser mejor que el resto. Nosotros no podíamos pagar nada de eso, y aun así ganaste. ¿Qué te dice eso?

—¿Que el concurso está arreglado a mi favor? ¿Por qué lo harían? Ni siquiera interpreté una canción actual.

—No. De ser así, quizás les convendría que hubiera ganado Sharon; es una figura más similar a las que están de moda.

»Es la primera vez que confío al cien por cien en que el concurso va en serio. Si ganaste aún a pesar de los votos comprados de otra participante, piensa: ¿cuánta gente real te sigue? ¿Cuántos fans sumaste para pasar los comprados por Sharon? Los publicistas no son tontos y tienen acceso a información que nosotros ni siquiera imaginamos. Además, en el programa dicen cuántos votos recibió el ganador. Si compró cierta cantidad de fans ficticios fue porque creyó que con ese número triunfaría sin arrojar datos exorbitantes que delataran la maniobra. Cuando dijo tu cantidad de votantes, superaste al ganador de la emisión anterior y a Sharon, que también lo habrá superado. Estás obteniendo la fidelidad de un público que dará mucho dinero a la producción, Glenn, y en algún momento eso se traducirá en éxito para ti. En una carrera profesional.

Dave calló cuando vibró su móvil. Observó la pantalla y me lo mostró: era un mensaje de felicitación de Lil Sung. Antes de que yo pudiera decir algo, extrajo el mío de su bolsillo. Vibraba por un llamado de Liz. Contesté mientras Dave le respondía a Lil Sung.

—¡Hola! —susurró ella, con el mismo entusiasmo con el que hubiera gritado—. ¡Has ganado! ¡Estoy como loca! ¡Felicitaciones!

—Gracias. ¿Por qué hablas así?

—Devin está dormido. Tuvimos que mirar la mitad de tu premiación sin volumen, pero ha sido maravilloso —me hizo reír—. No te olvides de tus amigas, ¿okey?

—Nunca las olvidaría. Lo prometimos, ¿recuerdas?

—Sí, siempre lo recordaré; fue el día que me di cuenta de que podía estar embarazada —rio—. ¿Cuándo apareces de nuevo?

—Dentro de seis semanas.

—Estaré prendida al televisor. ¿Cómo está tu chico de k-drama?

—Bien. Estamos regresando a casa. ¿Cómo está Jayden?

—Todos estamos muy bien. Los dejo descansar. Adiós, Glenn. Te quiero.

—Y yo a ti.

Ni bien corté, el teléfono volvió a vibrar: era Val. Festejamos que acababa de pasar a la siguiente etapa, nos preguntamos un poco sobre nuestras vidas y nos despedimos. Cuando corté, me quedé mirando el teléfono. Extrañaba a mis amigas y a mi familia, y quizás también un poco Nueva York. Vivía en un sueño cuando pisaba un escenario, pero lo único que amaba de volver a la vida fuera del teatro era a Dave. Por lo demás, vivíamos en un apartamento destruido, con suerte teníamos para comer y, lo más terrible, todavía no habíamos podido resolver el asunto de la pandilla. Estábamos sentados sobre una bomba de tiempo, y solo me olvidaba de ella cuando íbamos al teatro.

—¡Ey! —exclamó Dave, posando un brazo sobre mis hombros—. ¿Qué ocurre? ¿Estás bien?

—Tenemos que resolver el asunto que ya sabes —no quería mencionarlo delante del chofer.

—Fui a la policía el otro día. No me prestaron mucha atención.

Di un respingo.

—¿Fuiste? ¿Por qué no me avisaste para que te acompañara? Yo también podría haber declarado.

—Por si ocurría lo de esta noche. Ahora eres una figura pública, Glenn; no puedes involucrarte en problemas. No quiero que quedes implicada en algo que podría perjudicarte.

—¿Por qué no te prestaron atención?

Se acercó a mi oído para que el conductor no oyera.

—Me preguntaron si en realidad no había ido a verme por asuntos de la pandilla. Les basta con ingresar mi nombre y el de Tae Hyung en un programa para saber que nos metíamos en problemas juntos. Hasta dormimos en las mismas comisarías.

Nos miramos a los ojos muy cerca mientras Dave hacía un gesto de impotencia con la boca. Me sentí triste por el prejuicio que recaía sobre él y lo abracé. Quería que supiera que no estaba solo. Si él era leal a mí, yo era leal a él. Ahora yo era su pandilla.

El lunes, Dave me acompañó a la escuela y dijo que me esperaría por la zona para pasarme a buscar. Nuestro barrio era peligroso y debía aprender un camino seguro para moverme sola. Además, no conocía bien el transporte.

Tenía tres horas de clase los lunes, miércoles y viernes, y había reservado la sala de ensayo por tres horas los martes y jueves. Dave estaría conmigo esos dos días. Así, mis tardes de toda la semana estaban ocupadas. Tenía la esperanza de hallar un trabajo de medio tiempo para las mañanas, igual que él.

El primer día conocí al ganador de la primera emisión. Era un chico de cabello castaño y ojos café, con una increíble habilidad para la música. Sabía tocar varios instrumentos y tenía una voz muy peculiar. No me parecía extraño que hubiera ganado y vi grandes posibilidades de que pasara a la siguiente ronda.

Me cayó bien desde el principio. No tenía el divismo de Sharon, no se hacía el profesor como el Extra 1 ni emanaba el aire competitivo de otros concursantes. Reímos juntos de un chiste que hicimos sobre los reflectores del teatro y hasta me halagó por mi presentación. No pude hacer menos que felicitarlo por la suya, aunque en la escuela cantara todavía mejor. Resultaba evidente que los nervios lo habían traicionado un poco delante de las cámaras.

La profesora me explicó que los lunes y viernes practicaríamos canto. Los miércoles, actuación. Una clase era tan importante como la otra si queríamos ser profesionales, así que me pidió que procurara asistir a todas. Tomó como ejemplo los videos musicales; teníamos que saber actuar si queríamos hacer una buena interpretación.

Era una mujer de unos cincuenta años, experta en entrenamiento de cantantes profesionales. Había trabajado junto a muchos famosos y se notaba su dedicación a la música en el nivel de exigencia que tenía con sus alumnos. En esa escuela eran mucho más meticulosos y estrictos que en las clases que yo había tomado para cantar en la iglesia. En el canto profesional no había espacio para errores.

Cuando salí, Dave estaba esperándome. Nos abrazamos, nos dimos un beso y caminamos hasta la parada del autobús de la mano. Me preguntó cómo me había ido, y yo quise saber qué había hecho él en esas tres horas. Me dijo que había aprovechado para buscar trabajo y para controlar mis redes sociales: habían crecido bastante desde que había ganado el episodio.

—Tenemos que elegir la siguiente canción —comentó—. ¿Has pensado en algo?

—Quiero probar con *I Have Nothing*.

—¿Estás segura? —indagó, frunciendo los labios.

—¿Por qué no? ¿No me sale bien?

—Sí, te sale muy bien. Pero, no sé… Algo no termina de convencerme. Probemos mañana.

El martes estrenamos la sala de ensayos, que incluía al musicalizador. Era un lugar hermoso, con pisos de madera flotante, paredes con diseños y un sistema de insonorización. Supuse que también servía como estudio de grabación. Allí la canción sonaba mucho mejor, y más cuando empecé a implementar algunos consejos que me había dado la profesora el día anterior. Por un instante me imaginé grabando mi propio álbum y sentí que un nuevo sueño crecía en mi interior.

Todo fluyó con serenidad mientras cantaba *I Have Nothing* por tercera vez hasta que la música se cortó en medio de la canción.

–Lo siento, Glenn. Esto no está funcionando –dijo Dave por el parlante. Lo miré con la confusión grabada en mi rostro. Él estaba del otro lado del vidrio, junto al musicalizador. Vi que le entregaba su teléfono y que le daba algunas indicaciones, pero como se había alejado del micrófono, no pude oírlo–. Probemos con algo diferente. Canta –me pidió.

Mi boca entreabierta se transformó en una sonrisa de incredulidad cuando empezó a sonar la voz de Axl Rose.

–¡Esos son los Guns N' Roses! –protesté.

–Sí –respondió–. Sé que sabes la letra. Canta.

–¡No puedo cantar *Estranged*! No es mi estilo, y presentarme con una canción de un intérprete con una voz tan peculiar sería suicida.

–¿Puedes cantar, por favor?

Suspiré y dejé pasar un intervalo musical. Cuando Axl Rose volvió a cantar, lo hice sobre su voz. Sí, sabía la letra; Dave escuchaba esa canción al menos dos veces por semana mientras preparaba la cena.

–¡A eso me refería! –exclamó al micrófono, y abandonó el cuarto del musicalizador para acercarse a la sala. Reí hasta que él entró–. ¿Por qué dejaste de cantar? ¡Continúa! –solicitó mientras se sentaba en una banqueta.

Volví a cantar por sobre la voz original y de las indicaciones de Dave.

–Suéltate, Glenn, estás como en una caja repleta de cerillas. Muéstrame tu lado rebelde y libertino.

–No tengo uno –dije, interrumpiendo una línea de la canción.

–Yo sé que sí, así que déjalo salir. Concéntrate. Siente la música, siente la letra.

Aproveché un largo intervalo musical de los tantos que tenía la canción para protestar.

–Esto no tiene nada que ver con lo que yo hago.

–Es lo que queremos. Tienes que sorprender al público. Verte cantar otra canción de Whitney Houston sería como repetir el mismo episodio de una serie que te gustó, pero te empieza a aburrir.

–Puedo buscar una similar de otra cantante.

–Borra la palabra "similar" de tu mente. La gente no quiere algo similar. Quiere que le demuestres que eres una artista versátil. Eres una cantante profesional, Glenn; puedes cantar cualquier cosa que te propongas.

Seguí cantando. Y con cada línea la canción me convencía un poco más.

–¡Así me gusta! –exclamó Dave, cruzado de brazos–. Gime más.

Solté una carcajada en medio de un verso.

–¡No puedo gemir! –exclamé, temiendo horrorizar al musicalizador.

–¿Por qué no? Es rock. Tengo que excitarme mientras tú te quejas de la desilusión y del desamor, que es de lo que trata la canción.

No estaba acostumbrada a los desafíos. Me sentía más segura con lo que siempre me había gustado cantar, y esto era mucho más difícil que la música country, el pop y la electrónica. Era una canción de rock cantada por un hombre con una voz muy peculiar, y si no terminaba de sentirla para que me saliera bien, la arruinaría. Era responsable de un gran éxito ajeno y tenía que hacerle honor. Era como volver a sentirme diminuta dentro de un vestido y tener que llenarlo poco a poco.

Cerré los ojos y guardé silencio un momento, esperando a que la voz penetrara en mi corazón, además de en mis oídos. Podía sentir el dolor… El dolor y la desilusión. Nunca me había dado cuenta hasta ese momento del poder que tenía el rock. El ritmo que antes percibía como violento y confuso empezó a parecerme pasional y profundo. Las letras de algunos estilos musicales eran llanas, directas. Aquí había ideas complejas y ocultas. Ideas que tenía que contar con mi voz y con mi interpretación.

Lo primero que hice fue quitar el micrófono del soporte y empezar a moverme. Era imposible estar quieta con esa música, mi cuerpo pedía desplazarse. Canté un verso que trataba de una tormenta en el río, luego uno que expresaba que todo lo conocido se hallaba allí y que no podía morir. Sentí dolor y esperanza, frustración y decepción. Por primera vez me involucré de verdad en lo que expresaba el sujeto lírico de la canción y terminé temblando.

Cuando todo quedó en silencio, me di cuenta de que hasta me había agitado. Dave quería excitarse, pero me había excitado yo.

—Esto te llevará directo al siguiente nivel —decretó, poniéndose de pie—. ¿Qué dices? ¿Tomas el desafío?

—Absolutamente.

31

Estranged

La producción aprobó la canción sin vueltas. Les había gustado el demo y mi variación. Solo exigieron que la acortáramos, ya que el tiempo máximo de presentación era de cinco minutos por participante, y la canción duraba más de nueve. Lo hicimos con ayuda del musicalizador. Aunque no pudimos deshacernos de un intervalo de música bastante extenso, quedó perfecta; la idea era que me luciera con juegos con la voz y con mi propia versión de la canción. Resultó una mezcla entre la imitación de la original y mi estilo. El factor sorpresa era nuestra mejor arma. Haríamos uso de ella.

Dave aprovechó la visita a los productores para pedirles un adelanto por mi segunda presentación. Les costó aceptar que cobráramos en efectivo, pero terminaron accediendo.

Entonces fuimos a una tienda de ropa.

—No —decretó él ante mi quinto cambio de *look*. Suspiré, ofuscada, a punto de levantarlo del sillón que estaba frente a los probadores y obligarlo a aceptar alguna opción. Desde allí juzgaba, con un pie sobre la rodilla contraria y los brazos extendidos a lo largo del respaldo, cada atuendo.

–¿Hay algo en particular que quiera, mi señor? –pregunté, irónica, haciendo una reverencia. Él soltó una carcajada.

–Quiero encontrar un atuendo que, ni bien salgas, te transporte a un escenario cantando *Estranged* en mi imaginación.

Me volví y probé con el sexto cambio que me ofreció la vendedora: un pantalón corto negro, una camiseta negra sin mangas con el logo de Los Ramones en color blanco y botas de combate. Me sentía rara con las piernas tan al descubierto, nunca las había llevado así en público, pero me gustaba. Tenía lindas piernas, solo que nunca las había admirado de esa manera.

Salí rogando que esta vez Dave se convenciera, aunque ya no guardaba muchas esperanzas. Para mi sorpresa, entrecerró los ojos y el "no" se hizo esperar. Se levantó y se acercó quitándose la camisa escocesa de manga larga que llevaba puesta sobre una camiseta gris. Como era blanca y negra, creí que quería que me la pusiera desprendida para que combinara con mi camiseta. Me sorprendió atándola en mi cintura. Se alejó unos pasos y empezó a sacarse las pulseras. Me las puso y sonrió. Me hizo girar y me impulsó a volver delante del espejo.

–Es perfecto –decretó.

Tenía razón. Nunca se me hubiera ocurrido vestirme de esa manera, pero así, yo también podía imaginarme sobre el escenario, cantando *Estranged* y dejándome llevar por el poder del rock. Tenía un aire al cantante original sin perder mi esencia, y además la camisa me hacía sentir más cómoda al cubrir un poco más mis piernas. Me sentía tan auténtica como con el vestido de fiesta.

De allí nos dirigimos a la peluquería.

–Necesito que su cabello adquiera un tono rosado –le explicó Dave al estilista.

Giré en la silla y lo miré preocupada.

—¡¿Me harás teñir el pelo de color rosado?! —exclamé. Al menos podía consolarme con que había solicitado una tintura de corta duración.

Dave siguió dirigiéndose al empleado.

—No. Tú me entiendes, ¿verdad? No quiero que sea rosado, quiero que tenga una tonalidad rosada sobre su color.

—Sí, entiendo. Es un poco difícil.

—Hazlo bien.

Guardé silencio. Me daba impresión romper con tantas reglas en una sola presentación, pero confiaba en Dave. Si él decía que tenía que teñirme de leopardo, lo haría con los ojos cerrados.

Mientras el estilista trabajaba, me la pasé rogando que lo que Dave había pedido me sentara bien. Si terminaba con la cabeza del color de un elefante de felpa que había tenido en la infancia, tendríamos que gastar lo poco que nos quedaba del adelanto en una tintura de mi color para volver al origen.

Contuve la respiración mientras el estilista me sacaba la toalla. Me sentí aliviada cuando vi que mi tono estaba casi intacto. Solo había una leve diferencia, como si en algunas partes estuviera más claro. Activó el secador. A medida que mi cabello se fue secando, me quedé con la boca abierta. El resultado era increíble: un tono rosado cubría mi clásico castaño oscuro sin prevalecer sobre él, tal como Dave había solicitado.

Lo vi sonreír a través del espejo.

—Perfecto —dijo, complacido.

Aprovechamos ese día para tomar algunas fotos y elegimos una para subir a mis redes sociales. También empezamos a mostrar algo de los ensayos sin develar qué canción había elegido ni mi vestuario. Lo único visible era el suave tono rosado de mi pelo, por lo cual había recibido elogios. Los fans dejaban muchos comentarios en cada foto, historia o video que subía, casi todos positivos. Por supuesto, siempre había gente que. vivía de hacer sentir mal a los demás, pero Dave no me permitió enfocarme en insultos y menosprecios.

—Noventa por ciento de comentarios positivos, diez por ciento odio. No merecen tu tiempo —determinó. Y le hice caso. Después de todo, estaba acostumbrada a recibir odio en el colegio. Si había sobrevivido a la escuela, podía sobrevivir a los *haters* del mundo virtual.

Dos semanas antes de que apareciéramos en el programa, Dave consiguió trabajo en un local de insumos tecnológicos. Cambiamos el horario de la sala de ensayo al último turno y aun así él solo podía estar presente una hora. De todos modos conseguimos crear una buena versión de la canción, y estaba segura de que daría un buen espectáculo. Aunque Dave afirmaba que ganaría, yo no quería creerlo. No quería apropiarme de un sueño que estaba al alcance de mi mano y que a la vez se podía evaporar en un suspiro.

El día llegó casi sin que me diera cuenta, y de pronto me encontré junto al escenario, con sus manos sobre mis hombros, procurando deshacer el nudo de mi estómago.

—No tienes nada que temer.

—Sabes que mi sueño ya está cumplido; no tengo ambiciones. Pero tú sí, y no quisiera decepcionarte. Has trabajado muy duro.

—Jamás podrías decepcionarme, y tú también has trabajado duro. Mis expectativas se cumplieron en cuanto aceptaste el desafío de interpretar esta canción. En cuanto a tu sueño, recién comienza. Viniste a Hollywood para ser cantante profesional. Lo conseguiremos de esta o de otra manera. Tu única tarea es disfrutar. Lo harás bien. Lo sé.

Mientras hablábamos, pasaban el video que habíamos grabado el día de la primera audición frente a los productores. Ahora el público conocería mi historia completa, y eso me ponía un poco nerviosa. Mis padres no se habían comunicado conmigo desde que había dicho en la estación de policía que estaba en Los Ángeles por voluntad propia, pero ¿y si estaban mirando el programa? ¿Y si alguien les contaba que me había visto? Sin dudas ya sabían que estaba en Soy tu fan, y la historia de que había abandonado el seminario bíblico para probar suerte en Hollywood con un desconocido los haría quedar muy mal frente a sus amigos y fieles. Lo peor era que eso todavía me importaba. No me preocupaba mi imagen, pero mi ascenso arrastraba en caída libre a mi familia, y me dolía saber que después de ese video se enojarían todavía más.

—Te ves desanimada —comentó Dave.

Me oculté apoyándome en su pecho y nos abrazamos.

Tuvimos que separarnos cuando el presentador abrió la cortina y nos hizo señas para que subiéramos al escenario. Nos quedamos detrás del fragmento de telón que servía como escondite para los acompañantes y esperé a que mencionaran mi nombre para aparecer delante de las cámaras.

Mi atuendo despertó ceños fruncidos, miradas entre los jurados y bocas abiertas. No alcanzaba a distinguir mucho por los reflectores, sin embargo los rostros de los espectadores de las primeras filas eran visibles y lucían desconcertados.

—Buenas noches, Glenn —me dijo Max—. Es un placer volver a verte.

—Gracias. Igualmente.

—¿Qué tal la escuela de canto y actuación?

—Muy bien.

—¿Qué vas a cantar esta noche?

—Es una sorpresa.

Los murmullos de la gente no se hicieron esperar. Algunos rieron.

—¡Uy! ¡Cuánto misterio! —exclamó Meredith.

—Ya queremos saber qué te traes entre manos. Adelante —dijo Max, y el silencio indicó que debía comenzar.

Era difícil, había que empezar junto con una suave música, casi susurrando; rogaba que el musicalizador me siguiera el ritmo a tiempo o tendría que hacer arreglos sobre la marcha.

Quité el micrófono del soporte y me lancé a la aventura. En cuanto canté las primeras palabras, hubo nuevos murmullos entre el público. Cuando la música estalló, y con ella también mi voz, la sorpresa de los jurados dio como resultado risas de alegría y comentarios. Habíamos conseguido el efecto esperado.

Como sucedía cada vez que pisaba un escenario, los problemas desaparecieron y me transformé en otra persona, una todavía mejor de la que era en los ensayos. Me moví de un lado a otro, dejé salir a través de mi voz poderosa toda la fuerza que recorría mi cuerpo al ritmo del rock y así logré una interpretación audaz y sentida. Cada gemido que salía de mi garganta partía en realidad de mis sentimientos, liberados gracias a la canción.

Para terminar miré a los jurados intentando volver a la realidad, pero todavía estaba un poco dentro de mi imaginación. Había mirado el video de los Guns N' Roses mil veces, y algunas de sus imágenes todavía desfilaban por mi mente mientras regresaba al centro del escenario. Devolví el micrófono al soporte y agradecí los aplausos. Terminaron en cuanto Max alzó un brazo.

El silencio me anudó el estómago. Creía que lo había hecho muy bien, pero el rostro de Max siempre era inexpresivo, sobre todo cuando tenía que dar las devoluciones. Nunca se sabía con qué iba a salir.

—No sé por qué siento que… ¿cómo decirlo? —siempre hacía lo mismo: daba suspenso a sus frases y hacía que todos creyeran que diría algo malo—. Siento que contigo jamás nos aburriremos.

Reí junto con los espectadores. Max miró a Meredith, y ella sonrió. Tenía los ojos brillantes, parecía haber disfrutado mi presentación.

—No sé cómo se te ocurrió cambiar de estilo de manera tan drástica, pero creo que fue un acierto. Te felicito por haber mostrado otro lado de tu capacidad como artista.

—Sin dudas fue un cambio muy difícil, todo un desafío —acotó Tony R. Le tenía un poco de miedo, ya que era un experto en rock—. Es una canción inconcebible con otra voz que no sea la del intérprete original, sin embargo lo has hecho muy bien.

Me cubrí la boca con las manos; que el líder de una exitosa banda de rock de los 80 me dijera eso era lo máximo.

—¿Qué opinas, Denise? —indagó Max.

—Me ha gustado mucho. ¿Nos regalas otro de esos gemidos? —bromeó. Aunque me hizo sonrojar, reí junto con el público.

—Creo que esta noche nos has demostrado que no cometimos un error al calificarte con la estrella de oro en tu primera gala —continuó Max, y miró a sus colegas—. ¿Hay alguna objeción?

Todos le dieron el visto bueno, así que presionó un botón y una estrella dorada apareció en la pantalla gigante que estaba a mi espalda. Salté de alegría, les di las gracias y corrí a abrazar a Dave, que me esperaba detrás del telón. Bajamos en compañía del presentador.

Cuando salimos del teatro, volví a saludar a la gente. Me sentía cada vez más a gusto entre los desconocidos que clamaban mi nombre y me hubiera gustado poder pasar más tiempo con ellos.

Subimos al coche y le pedimos al chofer que nos llevara a nuestro apartamento. Dave había cobrado el resto de mi dinero, y mientras yo hablaba con mis amigas por teléfono, él se ocupó de reservar el apartamento que habíamos elegido por Internet para nuestra nueva mudanza.

—¡Ha sido increíble, Glenn! —gritó Val—. Jamás hubiera imaginado que cantarías una de los Guns N' Roses.

—A eso me refería cuando te pedía en la escuela que cantaras una que supiéramos todos —acotó Liz por atrás. Era evidente que tenían activado el altavoz.

—¿En dónde están? —indagué.

—Estamos en mi casa —contestó Val—. Mamá está arriba con Devin; aquí es un griterío. Por cierto, Liz me confirmó que yo seré la madrina.

—¡Mentira! —discutió Liz, divertida.

Me eché a reír. La competencia por quién sería la madrina del hijo de Liz se había iniciado entre Val y yo desde que nuestra amiga nos había contado que estaba embarazada. Las extrañaba. Las extrañaba mucho. También a mamá, a papá y a mis hermanas.

En cuanto corté con mis amigas, pensé en escribir a Ruth, pero me contuve. Temía que me tratara mal y salir todavía más herida de lo que ya estaba. Por suerte llegó el clásico mensaje de Lil Sung y me distraje dándole las gracias. El llamado de Val y Liz y la felicitación de nuestro amigo se estaban convirtiendo en una costumbre. Lástima que no pudieran compensar la falta de apoyo de mi familia.

El vehículo se detuvo en la puerta de donde vivíamos. Dave y yo subimos las escaleras corriendo. Habíamos empacado y nuestras maletas esperaban en la cocina. Intenté ir por ellas, creyendo que nos mudaríamos en ese preciso momento, pero Dave puso la traba a la puerta, me tomó de la cintura y me atrajo hacia él. Reí mientras me alzaba en el aire diciendo que vivía con la mejor cantante del mundo y un montón de exageraciones más que me levantaron ánimo cuando todavía pensaba un poco en mi familia.

Ni bien me dejó en el suelo, me adueñé de sus labios. Nos dimos un beso fuerte y pasional, parecido al rock.

—Espera. Celebremos —susurró contra mi boca, y buscó el teléfono. Volví a reír cuando empezó a sonar mi versión de *I Will Always Love You*.

Dejó el aparato sobre la encimera y me abrazó. Empezamos a bailar lento en la penumbra. Ni siquiera habíamos encendido las luces; solo nos iluminaba la escasa luz que entraba por las ventanas. Cerré los ojos con la mejilla apoyada contra su pecho y empecé a experimentar sensaciones muy intensas. Un dedo de Dave me recorrió la columna por sobre la camiseta. Estrujé su camisa y me mordí el labio cuando su mano se quedó en mi cadera.

Mis impulsos se volvieron irrefrenables y le acaricié la espalda. Nuestros pies se movían cada vez más lento, pero nuestra respiración se agitaba. Trasladó la otra mano de mi cintura a mis costillas, y desde allí a un pecho. Temblé y lo miré a los ojos; sentía que el fuego se esparcía por mi cuerpo.

Sus manos dejaron de tocarme para quitarme la camisa, que todavía estaba anudada en mi cintura, y la arrojó al suelo. Se inclinó sobre mis labios y los rozó con la lengua mientras sus manos entraban por debajo de mi camiseta. Siguió jugando sobre mi boca al tiempo que recorría mi vientre con una caricia lenta y placentera en dirección ascendente. De pronto, un pulgar se coló dentro de mi sostén, y fue como si un rayo me hubiera atravesado.

El beso se volvió más pasional y profundo, aunque siguió siendo lento. Sentí que Dave bajaba las copas de mi brassier y descubría mis pechos por debajo de la camiseta. Gemí dentro de su boca cuando los tocó sin reparos, con toda la mano. Jamás había experimentado nada tan excitante como eso y había perdido toda voluntad de que nos detuviéramos.

Me invitó a que nos sentáramos en el suelo sin usar palabras y después puso una mano sobre mi hombro para recostarme de espaldas.

—Dave… —susurré. No quería que nos detuviéramos, pero tenía miedo.

—Tranquila —me dijo.

Bajó el cierre de mis pantalones y me los sacó despacio. Pasó las manos por mis piernas varias veces, y en cada una llegó un poco más arriba hasta que tiró de mi ropa interior y la deslizó hacia abajo.

Oí su respiración, se había hecho más rápida. Se acostó a mi lado y me besó en la mejilla varias veces mientras levantaba mi camiseta. Estaba muy nerviosa, nunca había dejado que un chico me viera desnuda y un montón de prohibiciones daban vueltas por mi cabeza. Siempre había dicho que me casaría virgen. ¿Por qué no quería parar ahora?

Sus labios se dirigieron a mis pechos, y entonces se me escapó otro gemido; nunca había experimentado nada tan intenso. Al mismo tiempo llevó una mano a mi lugar más íntimo y empezó a tocarme de una manera experta. Terminé moviéndome contra sus dedos, incapaz de contener las sensaciones que me provocaba.

Nunca había hecho eso, ni siquiera con mis propias manos, así que todo fue sorprendente e inesperado. Fue hermoso. Estallé en una sucesión de espasmos que dejaron mi mente en blanco; por primera vez solo existía mi cuerpo.

Dave volvió a besarme en la boca y yo tuve la necesidad de apretarlo más contra mis labios poniendo una mano en su cabeza. Tenía la sensación de que acababa de hacerme el amor, aunque nuestros cuerpos no se hubieran unido. ¿Estaba mal si lo había disfrutado? No me detuve a reflexionar, quería hacerle sentir lo mismo a él.

Dejó de besarme y me abrazó. Todavía nos costaba respirar y parecía que nuestros corazones estaban corriendo una maratón.

—Quisiera seguir abrazándote, pero tengo que ir al baño —susurró contra mi sien, y la besó. Me acomodó la camiseta y se levantó.

Giré sobre mí misma y lo miré mientras se dirigía al baño.

—¿Quieres que te acompañe? —pregunté. Sabía lo que él iba a hacer y quería estar ahí. Quería que me enseñara a ofrecerle esos segundos maravillosos que él me había dado a mí.

—No —contestó con voz calmada y cerró la puerta.

Ahora entendía por qué huía al baño cada vez que nuestros besos se tornaban más íntimos. El deseo debía ser difícil de soportar para él, que estaba acostumbrado a tener relaciones todos los fines de semana.

Pensar en eso, en lugar de ponerme celosa, me hizo sonreír. La vida que Dave había llevado hacía mucho más valioso que estuviera esperándome o conduciéndome de a poco a un camino que yo temía recorrer. Me había dado placer sin esperar nada a cambio, como cuando trabajaba para llevarme a lo más alto y que pudiera convertirme en una cantante profesional.

Dave aseguraba que nadie, excepto yo, confiaba en él. ¡Claro que confiaba!, al punto de que una sola palabra, "tranquila", me acallara, como si supiera que a pesar de que yo estaba entregada, él velaría por mí.

El problema con los demás era que solo veían el lado negativo de la vida y de la personalidad de Dave. Siempre me habían dicho que era muy ingenua, y a decir verdad me costaba interpretar las dobles intenciones de la gente, porque yo no tenía maldad. Tal vez con él había servido que fuera ingenua. Quizás Dave era leal a mí porque yo había sido leal a él. Desde todos los aspectos posibles formábamos un equipo, una sociedad, y eso era increíble.

Después de cantar *Estranged*, mi número de seguidores en las redes sociales volvió a aumentar.

El sábado, cuando fuimos a la siguiente gala, estaba tranquila. Si bien la competencia se ponía cada vez más difícil y solo íbamos quedando los mejores, no temía perder. Mi mayor preocupación era ofrecer un buen espectáculo, no tanto el resultado del concurso.

Aun así, cuando el presentador estaba a punto de nombrar al ganador, se me anudó el estómago. Todos los que seguían en carrera me parecían excelentes artistas, y encontraba muy difícil que mi versión de *Estranged* pudiera superar el talento de los demás.

Por esa razón, cuando el presentador volvió a decir mi nombre, creí que era mentira.

Había ganado. Había pasado a la semifinal, y no veía la hora de que Dave y yo pudiéramos celebrar.

Mucho que aprender

Después de haber pasado a la semifinal, las actividades para la producción aumentaron. Tuve que concurrir a una sesión de fotos y responder algunas entrevistas. También me presentaron a un sponsor que se ofreció a proveerme la ropa, pero al final el acuerdo no se concretó.

Algunos días los eventos que me asignaba la producción me hacían sentir que estaba en una película. Sin embargo, en realidad vivíamos en un monoambiente sin muebles ni refrigerador. Teníamos una sala amplia que hacía las veces de habitación y comedor, y lo único bello de ese sitio era una vieja pared vidriada que daba a la calle.

Estaba en nuestro nuevo apartamento, mirando el teléfono. Dave acababa de irse a trabajar y yo me había sentado en la posición del indio para mirar ese barrio de mala muerte moverse bajo mis pies. Me servía para detener un poco el ritmo demencial de mi vida desde que había dejado Nueva York y evaluar mis pasos. No me arrepentía del camino que había tomado, pero hacía varios días que solo pensaba en mi familia. Ni siquiera las horas en la escuela de música me distraían, y todavía no habíamos comenzado con los ensayos porque no habíamos podido pensar en una canción.

Después de meditar un largo rato, suspiré y le escribí a Ruth con un nudo en el estómago.

> Hola, Ruth, soy Glenn. ¿Cómo estás? Sé que papá no quiere saber nada de mí, pero espero que tú puedas responderme y que luego borres la conversación. Sigo preocupada por Chloe. ¿Cómo está nuestra hermana? ¿Le devolvieron su teléfono? ¿Crees que si le escribo respondería? Contéstame, por favor. Los extraño mucho.

Me mordí la uña. Me dolería más si no respondía que recibir una negativa. En cambio, si me hubiera comunicado con papá, habría preferido que no respondiera. No le escribiría. Tenía la esperanza de que Ruth o mamá me respondieran.

Esperé el mensaje contando los segundos. Mi hermana tenía desactivada la función para ver la última conexión y la lectura de mensajes, así que era imposible saber si lo había visto o no. Cansada de aguardar y con el miedo de que fuera en vano, me di una ducha y me vestí para hacer algunas compras. Como no teníamos nevera, debíamos ingeniárnosla para comprar comida que no requiriera refrigeración, y solía pasar mucho tiempo en el supermercado recorriendo las góndolas para obtener algunas ideas.

Cuando recogí el teléfono para irme, encontré una notificación de Ruth.

Mi corazón se aceleró, y un cariño inagotable brotó de mi interior. Me mordí el labio mientras abría el chat; tenía ganas de llorar.

RUTH.

Estoy en la escuela, escapé de la clase para responderte. Chloe no tiene teléfono aún. ¿Tú estás bien? Papá nos dijo que fuiste engañada.

Me apresuré a contestar, temiendo que hubiera abandonado el baño para volver a clases.

GLENN.

¿Engañada? No. Nadie me engañó.
Me mudé a Los Ángeles por voluntad propia.

Por suerte enseguida apareció la leyenda "escribiendo" en el chat.

RUTH.

No pareces obligada a cantar en ese programa, pero también hay chicas que no parecen maltratadas y sin embargo…

GLENN.

Nadie me obligó y nadie me maltrata, te lo aseguro. ¿Entonces saben que participo en Soy tu fan? ¿Papá te deja mirar el programa?

RUTH.

Claro que no, lo miro a escondidas, como hacías tú con los k-dramas.
Ese chico que te acompaña, ¿de verdad es tu novio? No tiene buena pinta.

GLENN.

No digas eso. Dave es la persona más buena y generosa del mundo.
Por favor, no prejuzgues.

RUTH.

No parecía que te estuviera obligando a nada.

GLENN.

Es la segunda vez que lo dices. ¿Por qué lo repites?

RUTH.

Porque papá nos dijo que te había engañado y que te estaba obligando
a hacer su voluntad. Siempre creí en él, pero últimamente siento
que en realidad acomoda la verdad.

Me llevé una mano al pecho; no podía creer que Ruth se hubiera dado
cuenta de lo mismo que yo. Jamás creí que alguien más lo notaría.

RUTH.

Tengo que volver a clases.

GLENN.

Espera, por favor. ¿Cómo está mamá?
¿Cómo están nuestras hermanas?

RUTH.

Todas están bien.

GLENN.

¿Qué dicen de mí?

RUTH.

Papá nos prohibió hablar de ti, solo te mencionamos en la oración antes de la cena. Oramos para que el Señor te devuelva al camino correcto.

GLENN.

Este es el camino correcto. ✓

RUTH.

Tengo que irme. Lo siento. No desaparezcas.

"No desaparezcas". ¿Eso significaba que podía volver a escribirle? ¿Quería decir que podíamos volver a ser hermanas?

GLENN.

No lo haré. ✓

Haber hablado con mi hermana y saber que podía volver a hacerlo renovó mis fuerzas. Esa tarde fui a la escuela con más entusiasmo y a la noche le conté lo ocurrido a Dave mientras cenábamos. Estábamos sentados uno frente al otro, delante del ventanal, con sándwiches en un plato.

Su reacción me sorprendió, apenas sonrió con los labios apretados.

—¿Qué ocurre? —pregunté.

—Nada —contestó.

—No parece. ¿Qué pasa? —insistí.

Él permaneció un momento callado.

—Me había acostumbrado a esto.

—¿A qué?

–A ti siendo libre. No me malinterpretes, me alegra que vuelvas a tener contacto con tu familia. Es solo que... –interrumpió la frase.

–Tienes miedo –completé–. Miedo de que cambie en algo nuestro vínculo.

–Sí.

Me estiré y le tomé la mano.

–¿Crees que mi amor es tan débil? –pregunté–. ¿Piensas que los mandatos de mi padre podrían afectarme de nuevo?

–Tu familia nunca me aceptaría.

–¿Y tu familia me aceptaría? Una chica cristiana entre budistas...

–Sería mejor eso que el desastre en el que me convertí yo. Así que sí, te aceptarían tarde o temprano, porque tienes valores y provienes de una familia igual de conservadora que la mía.

–Tú no eres un desastre.

–Sabes que lo soy. De lo contrario no tendríamos que mudarnos cada vez que aparezco en televisión.

Me enderecé y me crucé de brazos.

–Ahora entiendo: te sientes culpable. No es necesario. Nuestra situación cambiará. Si gano el concurso, tendremos otra vida y Tae Hyung quedará en el olvido. Nos mudaremos a un vecindario mejor, mucho más seguro. Y hasta quizás tenga guardaespaldas cuando sea muy famosa –bromeé, procurando distender el ambiente. Ni yo me creía que de verdad llegaría a ser como Whitney Houston, pero seguía soñando. No conseguí contagiar mi buen humor a Dave–. ¿Por qué tienes tanto miedo?

–Porque te amo, Glenn, y nunca me había enamorado de nadie. Quisiera que por un momento estuvieras dentro de mí para entender lo que siento. Tú sabes que eres lo mejor que me ha pasado en la vida, en cambio yo soy lo peor de la tuya.

–Otra vez estás diciendo tonterías. ¿Dónde quedó eso del que nació bajo el signo del tigre? ¿Qué ocurre? ¿El tigre se asusta tan pronto? Quisiera que estuvieras dentro de mí para verte del modo en que yo te miro. Me pareces admirable. Sabes mucho de todo y nadie te pasa por encima. Conoces las intenciones de la gente antes de que abra la boca y la abres primero, diciendo siempre algo genial. Tienes intuición, inteligencia y carisma. Quisiera ser la mitad de hábil y previsora que tú. Impones respeto, y yo no habría sobrevivido en esta ciudad y en el medio musical sin ti. Te debo todo, Dave. Así que deja de menospreciarte y haznos el favor de besarme.

Esperé un segundo. Como él no se movía, aparté los sándwiches y me senté a horcajadas sobre sus piernas. Lo abracé por el cuello y él posó las manos en mi cintura. Nos besamos de manera suave y lenta. Luego trasladé mis labios a su cuello, como algunas veces hacía él conmigo. Empecé a moverme sobre su cadera como hacía unos días lo había hecho contra sus dedos, era algo instintivo. Dave metió las manos por dentro de mi blusa y me acarició. Otra vez bajó las copas del brassier y me levantó la ropa. Miró sin reparos mis pechos desnudos, y el calor abrasador de sus ojos me hizo llevarle la boca allí.

Eché la cabeza atrás, emitiendo ruidos inconscientes desde mi garganta. Ansiaba revivir lo de hacía algunas noches, pero sentí que esta vez tenía que ser diferente.

Le quité la camiseta y lo besé en el hombro y en el pecho. Bajé por su abdomen y llegué a su cadera. Le desprendí el pantalón y aparté su ropa interior.

Fue todo un descubrimiento. Nunca había visto a un chico desnudo excepto en alguna página de Internet a la que había llegado sin querer.

—Está bien, Glenn —dijo, enredando los dedos en mi pelo. Yo había quedado entre sus piernas abiertas.

—Enséñame.

Nos miramos un momento en silencio.

—¿Estás segura?

Me incliné hacia adelante y le di un beso en el brazo, sobre uno de sus tatuajes. Lo mordí en ese mismo sitio mientras lo miraba a los ojos con todo el convencimiento del mundo.

Entonces me enseñó. Y yo aprendí lo bien que se sentía brindar placer.

Por la mañana, después de que Dave se fue a trabajar, decidí distenderme un poco mirando un k-drama. Hacía tiempo que los problemas de la vida cotidiana y las prácticas para el concurso me habían alejado de mis pasatiempos favoritos después de la música y merecía un descanso.

Investigué en los últimos estrenos terminados y encontré la historia de un médico joven que había salvado la vida a una paciente adolescente en un accidente y se reencontraba con ella después de algunos años. Revisé los comentarios: me negaba a mirar historias de amor con finales tristes. Como parecía que el último capítulo le había gustado a todo el mundo, puse el primer episodio.

Los acordes iniciales de la cortina musical me recordaron otra canción. Pausé la reproducción e hice memoria. Después de un rato hallé la respuesta.

Busqué la canción de mi recuerdo en Internet y la accioné. La amaba desde la primera vez que la había escuchado.

Esa noche, cuando llegó Dave, me planté delante de él con el teléfono en la mano.

—Tengo la canción que quiero cantar en la semifinal —anuncié—. Por supuesto, tienes que aprobarla. Y, si lo haces, tendrás que trabajar mucho más duro.

Frunció el ceño con una sonrisa; era evidente que lo había sorprendido.

Pulsé el ícono de reproducción.

En cuanto la cantante entonó la primera palabra, Dave se echó a reír. Me pidió que la detuviera a la mitad.

—Es preciosa, pero será difícil que la producción la acepte. No es comercial.

—Para este mercado, quizás. Pero se sorprenderán y sé que les gustará —refuté. Él asintió.

—Es lenta; recuerda tu estilo original y a la vez da una sensación de novedad, pero está en otro idioma. Uno complicado y muy diferente al inglés. Será difícil que recuerdes la letra.

—Tú me ayudarás a pronunciar, asociar y recordar.

—De acuerdo. Puedo hacer que pronuncies a la perfección. Pero tiene partes cantadas por un rapero, y si las quitáramos, la canción perdería parte de su magia.

Torcí la boca en un gesto travieso.

—¡Me extraña de ti! ¿Acaso no estás pensando lo mismo que yo? —indagué, mirándolo de costado.

Dave volvió reír bajando la cabeza.

—Okey. Déjame visualizarlo —pidió—. Tú y él sobre el escenario. Tu vestido es sencillo, no de fiesta. De cóctel. Tiene que ser rojo. Él, con esa ropa típica de los raperos, sus collares y pulseras, y algo rojo que combine contigo a pesar de las diferencias —entrecerró los ojos—. Tú cantas en su idioma, él hace un estilo de música típico de los tuyos; como una mezcla cultural. Aparece después, cuando el público crea que solo cantarás tú, como de costumbre —sonrió—. Me gusta. Es perfecto.

Di algunos saltos en el lugar.

—¡Sí! —exclamé—. Siempre soñé con cantar en coreano.

—No te entusiasmes. Primero tengo que hacer que la producción apruebe la canción, en especial por la intervención de otro cantante. Y tenemos que hacer que él acepte.

—Así será. En dos semanas estaré cantando *Incurable Illness* con Lil Sung en el escenario.

33

Incurable Illness

Lil Sung se sumó a la propuesta enseguida. Como sabíamos que la producción jamás le pagaría, le ofrecimos un porcentaje de lo que me darían a mí; Dave decía que las cuentas claras conservaban la amistad y que el trabajo de todos merecía una recompensa. Lil Sung se negó a recibir una ganancia. Aseguró que presentarse en el programa le abriría puertas y que se daba por satisfecho con eso.

A continuación Dave pidió una cita con la producción. Nunca lo acompañaba cuando había que negociar y no fui tampoco esa vez; confiaba en él. Aunque todavía no estábamos seguros de que aprobarían la canción, comencé a practicarla con vocalización. Evité cantarla para no grabarme palabras mal pronunciadas, aunque estaba ansiosa por hacerlo. Esperábamos que, ahora que los productores ya me conocían y sabían que no haría quedar mal al programa, la admitieran antes de grabar el demo mostrándoles la versión original.

Cuando oí la puerta, casi me arrojé sobre ella.

–¿Y? –pregunté. El rostro de Dave se había vuelto tan inexpresivo como el de Max.

–Me costó un poco, pero al final dijeron que sí. Quieren la muestra para esta semana.

Grité de felicidad mientras daba un salto y lo abracé.

–Cuéntame todo –pedí–. Necesito saber más.

Nos sentamos y Dave me explicó que, tal como él había pronosticado, los productores le advirtieron que sería difícil ampliar el público con una canción destinada a personas con un gusto peculiar. Además, le advirtieron que el intérprete que me acompañara también tendría que firmar un contrato.

–Les dije que en esta oportunidad no buscábamos ampliar tanto el público, sino fortalecer el que ya tienes ganado, pero que aun así confiábamos en que aumentaríamos la audiencia. Estuve investigando hoy en el trabajo –extrajo unos papeles arrugados del bolsillo y los desplegó; estaban impresos por computadora, escritos en hangul–. Son estadísticas que encontré en notas de revistas y páginas de Corea. Aunque parezca mentira, el público que mira k-dramas en Norteamérica conforma una audiencia bastante aceptable. La mayoría son chicas de entre doce y diecisiete años, la edad en la que se enfocan los productores de Soy tu fan. Eso les gustó. Lo siento, no pude contártelo antes, se me ocurrió a último momento. Sentía que nos faltaba algo más comercial para defender nuestra propuesta.

Me eché a reír. Lo que menos me interesaba era que no me hubiera consultado sus argumentos.

–¿Qué importa? ¡Eres un genio! –exclamé–. Tenemos que avisarle a Lil Sung.

Esa misma noche, Dave tradujo la letra para que la entendiera. Las versiones de Internet no tenían en cuenta matices de significación que podían marcar una diferencia en la interpretación. A continuación comenzó a enseñarme a cantar por fonética.

La tarde siguiente acompañó a Lil Sung a firmar su contrato y luego nos reunimos en la sala de ensayos para empezar a practicar. Me equivocaba mucho; aunque había escuchado la canción cientos de veces, el desafío de cantar en un idioma que no dominaba era mayor que haber hecho rock.

Practicamos dos semanas sin descanso hasta que me salió a la perfección y Lil Sung y yo formamos un equipo sólido y poderoso.

Del mismo modo incansable buscamos un vestido que encajara con lo que Dave había imaginado. Me probé decenas de atuendos rojos en diferentes tiendas accesibles para nuestro escaso presupuesto. Nada lo convencía, hasta que hallamos uno con un escote irregular muy raro, una franja a modo de cinturón y la falda acampanada hasta la mitad del muslo. Para Dave seguía el estilo que solían usar las mujeres coreanas y a la vez se veía genial en una chica morena. Había investigado la ropa asiática de moda en páginas de venta por Internet, y yo la conocía a la perfección gracias a los dramas. Tenía razón: el vestido combinaba las dos culturas a la perfección.

Lo compramos y nos dedicamos a buscar el calzado. Fue fácil: enseguida hallamos unos hermosos zapatos clásicos rojos de charol con una línea negra en diagonal. Le habíamos pedido a Lil Sung que usara ropa negra con detalles en rojo; la combinación sería visualmente perfecta.

Ruth me escribió por su cuenta dos días después de que habíamos conversado por primera vez. Me preguntó cómo estaba, y yo aproveché a indagar acerca de la situación en casa. Se mostró interesada por Los Ángeles y el concurso. Otro día le escribí yo, y me preguntó por mi novio. Así seguimos iniciando conversaciones, una vez cada una. Me hacía bien estar en contacto con ella. Aunque no se manifestara a favor de mis acciones ni me brindara su apoyo explícitamente, que aunque sea pudiéramos escribirnos me reconfortaba.

Para la noche de la función, el tono rosado de mi pelo ya se había diluido y le pedí al estilista del concurso, en acuerdo previo con Dave, que me hiciera un alisado.

Había aprendido la lección, y aunque en esta instancia quedábamos menos concursantes, ya no dejaba mi ropa entre otras cajas ni tiraba los zapatos en una bolsa que podía mezclarse con las demás. Tenía todo conmigo, delante de mi asiento, mientras esperaba que la maquilladora terminara con su trabajo y el estilista con mi cabello. En cuanto acabaron, fui al vestidor. Cuando me miré al espejo después de colocarme el vestido y los zapatos, me costó reconocerme. Estaba tan hermosa que me sentí la protagonista de una historia de fantasía.

Lil Sung llegó justo cuando yo salía. Se había puesto un vaquero negro grande, una musculosa del mismo color con líneas rojas, y una gorra y zapatillas al tono. Sus collares, anillos y pulseras dorados combinaban con mis alhajas delicadas del mismo color. No necesitaba mudarse de ropa ni que lo peinaran, solo el maquillaje para las cámaras, así que teníamos tiempo de sobra.

Los demás concursantes nos miraron, extrañados, mientras nos saludábamos. Sin duda no habían visto a Lil Sung en el concurso y se preguntaban qué estaba haciendo allí. El contrato no establecía que los participantes debíamos cantar siempre solos, y si había libertad para planificar las presentaciones, a lo sumo podían sentir envidia porque no se les hubiera ocurrido la idea de hacer un dúo, no enojo. Presentía que nadie quería compartir el escenario y su instante de fama, en cambio a mí no me importaba. Solo quería cumplir sueños, y esa noche iba a por otro. Si podía ayudar a alguien más a cumplir el suyo, ¿por qué evitarlo?

—¡Estás preciosa! —exclamó Lil Sung.

—Tú también —respondí, riendo, un poco sonrojada.

Un rato después nos llamaron para acercarnos al escenario. Allí me reencontré con Dave y nos saludamos con un beso, como si no nos hubiéramos visto en años. Lil Sung y él se estrecharon las manos en un saludo amistoso al tiempo que el presentador se nos acercaba.

–Me dijeron que tú apareces por el otro lado –dijo a Lil Sung–. Sube y ve por detrás de esta cortina –explicó, señalando la inmensa tela roja que formaba parte del telón, y se lo llevó.

Mientras esperábamos la orden para subir, pasaron algunas imágenes de mis ensayos en la sala y de mi desempeño en la escuela. Por supuesto, no habían filmado a Lil Sung para que su aparición fuera una sorpresa.

Suspiré estrujándome las manos. No podía creer que, sin importar cuántas veces me presentara, siempre me pusiera tan nerviosa. ¿Hasta cuándo padecería el tormento de creer que algo saldría mal y que no sería lo suficientemente buena para ofrecer un buen espectáculo?

–¿Quién es la estrella? –me preguntó Dave para tranquilizarme.

–Yo –respondí con timidez. Me sonrojaba asumir que mucha gente creía que era famosa.

–¿A quién admiran?

–A mí.

–Devuélveles su admiración con afecto. Eres una especialista en eso.

El presentador reapareció.

–Es hora –subimos y esperamos a que me anunciara al público. Dave me dio un ligero apretón en la mano y nos soltamos para que yo avanzara hasta el centro del escenario. Los aplausos y algunas exclamaciones colmaron el recinto. Los rostros de los jurados denotaron que estaban sorprendidos; mi cabello alisado me hacía parecer otra persona.

–Casi no te reconocemos –bromeó Max. La gente rio junto conmigo–. ¿Cómo has estado? Te extrañamos.

–Y yo a ustedes –respondí. Me sentía mucho más cómoda que en la primera emisión.

El público volvió a aplaudir. Alguien gritó mi nombre.

—Además, nunca sabemos con qué nos sorprenderás —acotó Meredith.

—Estoy segura de que ni siquiera imaginan lo que he traído hoy —contesté.
Todos rieron.

—¿Nos dirás el nombre de la canción? —indagó Max.

—Se llama *Incurable Illness*, y es de Navi y Kebee.

—¡¿Qué es eso?! —exclamó Denise.

—Ya lo verán.

—Adelante —intervino Max, haciendo un gesto con la mano.

Fue muy divertido ver los rostros de los jurados cuando la canción, desconocida para ellos, comenzó. Fue todavía más interesante ver las bocas abiertas y los rostros de confusión cuando el idioma los sorprendió. Resultaba evidente que se consultaban en qué lengua estaba cantando. Entoné el estribillo con fuerza y sintiendo cada palabra, de modo que mi interpretación les hiciera apreciar el sentido de la canción, sin importar el idioma. De todos modos, la respuesta llegó en cuanto extendí la mano hacia la derecha y Lil Sung apareció cantando la primera de sus estrofas.

El teatro se llenó de exclamaciones y manifestaciones de asombro. Se transformaron en muestras de satisfacción ni bien empezamos a combinar las voces: yo cantaba lento con voz dulce, Lil Sung hacía rap con los gestos típicos del hip hop, y lo que era en apariencia incompatible se fusionó a la perfección.

Los aplausos se extendieron por el teatro apenas Lil Sung, que tenía los últimos versos, cerró la interpretación. Volví a extender un brazo hacia él y lo presenté.

—Con ustedes, ¡Lil Sung!

Él se inclinó como hacían los artistas y la ovación creció. Nos saludamos haciendo una inclinación como los personajes de los k-dramas y después nos abrazamos entre risas.

—¡Lo amé! —gritó Meredith.

—Me parece haberte visto antes —dijo Max a mi compañero, entrecerrando los ojos. Dave les había dicho que Lil Sung había pasado por la primera audición, era evidente que Max ya lo sabía y lo preguntaba a propósito.

Las voces del público se acallaron de golpe.

—Fui rechazado en las audiciones generales —contestó Lil Sung.

—¿Ahí se conocieron? —indagó Denise con una sonrisa.

—Sí —respondí yo—. Desde que lo escuché rapear por primera vez me hice fan de este gran artista y estoy muy agradecida de que hayamos podido cantar juntos.

No entendí por qué el público aplaudió todavía más fuerte e incluso lanzaron algunos gritos.

—Tendremos que revisar los criterios de evaluación de esas audiciones iniciales, Max —comentó Tony R, lo que generó nuevas risas entre los jurados y la gente.

—Quiero que me cuentes algo —intervino Meredith, señalándome—. ¿Hablas coreano? Cantaste en coreano, ¿verdad?

—Sí —contesté—. Lamentablemente, no hablo coreano. Mi novio me adeuda esas clases, no hemos tenido tiempo todavía. Pero canté por fonética gracias a él —sabía que en ese momento las cámaras debían estar enfocando a Dave y me preguntaba qué cara estaría poniendo él. Seguro había reído.

—Lo que más me gusta de ti es que no le temes a nada y todo te sale bien —dijo Max.

—Gracias —sonreí—. Pero a decir verdad le temo a todo. Es la persona en la que más confío la que no le teme a nada y siempre cree que lo haré bien, entonces lo hago.

Meredith se llevó una mano al pecho con expresión soñadora, igual a como lucía yo cuando hablaba de las novelas que leía.

—Nos gusta que asumas desafíos y que siempre hagas algo más para superarte —expuso Denise.

—Además de un desafío, creo que en este caso era un riesgo —añadió Tony—. Es una canción desconocida para nosotros. Podría haber quedado como una presentación confusa y poco significativa para una instancia de semifinales, pero creo que nos has dejado a todos ansiosos por correr a escuchar la versión original.

La gente volvió a aplaudir y yo empecé a sonrojarme por los elogios. Sabía que lo había hecho bien, pero no podía creer que nunca me corrigieran nada en las galas. Pocas veces había sucedido eso en las temporadas anteriores del programa, y solo con cantantes que me habían parecido excelentes y hoy eran muy famosos.

—Creo que no hay nada que debatir —dijo Max, mirando a sus colegas, y presionó el botón que coronó mi actuación con una nueva estrella dorada.

Lil Sung y yo volvimos a abrazarnos y saludamos a la multitud entre aplausos. Nos retiramos hacia la orilla del escenario, donde nos esperaba Dave. Él y Lil Sung se abrazaron y luego Dave y yo nos besamos.

Esa noche, al salir del teatro, la gente me pidió autógrafos. Nunca había sucedido antes, y miré a Dave sin poder creerlo. Él transmitía en vivo para mis redes sociales; ese tipo de videos naturales tenía mucho éxito.

La primera foto que firmé quedó como si la hubiera escrito una niña de seis años. Estaba tan nerviosa y sorprendida que mi mano temblaba y casi no pude escribir mi nombre. Las siguientes quedaron bastante mejor.

Tuve que subir al auto para que pudieran salir otros compañeros, dejando a algunas personas con ganas de que las saludara. Recibí el clásico llamado de mis amigas y les conté que la final era en tres semanas. El sábado siguiente había otra semifinal y el otro, el repechaje. Cuando corté, Dave me estaba mirando.

—Le dije al conductor que nos dejara en un restaurante. ¿Está bien? —preguntó.

Asentí, un poco sorprendida. Hacía tanto que no gastábamos dinero en una salida que me parecía un milagro que pudiéramos hacerlo esa noche.

Fuimos a un restaurante con Lil Sung y celebramos nuestro éxito hasta la madrugada. Cuando llegamos a casa, recogimos nuestras valijas y emprendimos una nueva mudanza.

Tuvimos que esperar sentados en la parada del autobús a que amaneciera, ya que el horario de entrada al apartamento era a las nueve de la mañana. Dave me había cubierto con su cazadora, pero aun así tenía frío.

Empecé a dormitar sobre su hombro. Estaba exhausta del show y también un poco confundida: acababa de bajar de un escenario lujoso y ahora iba rumbo a la austeridad absoluta.

Me espabilé cuando él me besó en la cabeza, acariciándome la mejilla.

—Lo siento —susurró contra mi sien—. Te prometo que esto terminará.

—Tendremos que acostumbrarnos a vivir de un lado a otro, porque nos la vamos a pasar de gira —bromeé, intentando conservar el optimismo—. Y cuando tengamos una casa, será una mansión en Miami con guardias de seguridad, así que Tae Hyung será solo un mal recuerdo

El pecho de Dave vibró con su risa, y yo me reconforté con su sonido. Soñar, aunque sea con imposibles, me mantenía optimista.

El nuevo apartamento era otro monoambiente, pero al menos habíamos accedido a un alquiler amoblado. Teníamos cama, mesa y sillas, incluso un sofá al que me arrojé ni bien entramos.

—¡Cómo extrañaba esto! —exclamé.

Dave se acostó a mi lado, nos cubrió con la cazadora y dormimos sin siquiera ponernos el pijama.

El sábado asistimos a la emisión de Soy tu fan. Por primera vez en todo ese tiempo, me sentía tranquila. Tenía una extraña seguridad, un raro convencimiento de que llegaría a la instancia final.

—Somos testigos de que todos los participantes están trabajando muy duro en la escuela de talentos —dijo el presentador—. Aún así, el público ha elegido a su favorito de la emisión anterior. Cada vez quedan menos concursantes y la calidad artística de todos es excelente. Como saben, en esta instancia una estrella dorada del jurado equivale a cinco mil fans. Nuestra ganadora de esta noche ha obtenido esa estrella dorada y ha superado a sus compañeros gracias a los votos del público, que crece cada día más. ¿Quieren saber quién acaba de ganar un lugar en la final? ¡Glenn Jackson!

Avancé antes de que extendiera su mano para invitarme, entre los aplausos y los gritos del público. Sonreí y les di las gracias, aunque no tuviera micrófono.

Estaba en la final.

34

Caída al vacío

Ni bien subimos al coche, le escribimos a Lil Sung.

GLENN.
No podría haberlo hecho sin ti. ¡Gracias! ✓

LIL SUNG.
Estoy feliz de que hayas ganado. ¡Vamos por más!

Hablé con mis amigas y, cuando cortamos, encontré un mensaje de Ruth.

RUTH.
Miré el programa a escondidas. No puedo creer que estés en la final.

GLENN.
¿No me tenías confianza? ✓

No es eso. Es que nunca imaginé que fueras así.

GLENN.

¿Así cómo?

RUTH.

Valiente.

Esa misma semana empezamos a preparar la siguiente canción. Para ello Dave invirtió parte de nuestro dinero en un estudio de mercado. Según él, debíamos conocer a nuestro público si queríamos ganar la temporada.

—Según la encuesta, la mayoría de tus fans son chicas de entre doce y quince años.

—Son muy pequeñas —comenté.

—Apuesto a que tu dulzura les llama la atención. Se sienten identificadas y a la vez te toman como un modelo a seguir. Quieren ser como tú.

—¿Qué canción les gustó más? —habíamos preguntado eso.

—La primera. Es lógico; aunque en realidad hayas obtenido más votos con *Estranged*, en cuanto repasan la trayectoria de un artista, el comienzo tiene más peso que lo que queda en el medio. Creo que lo mejor para la gala final será recordarles algo de ese comienzo sin que sea igual.

—Entonces volveremos a los lentos en inglés, pero está prohibido tocar a Whitney.

—Exacto. Además, quiero introducir algo nuevo, un aspecto diferente de ti. Debemos elegir algo un poco más sensual.

—Acabas de decir que la mayoría de mi público tiene entre doce y quince años.

—Te aseguro que la mayoría de esas chicas no juega con muñecas. Por otro lado, ya las tienes ganadas. Es una final, necesitamos más público, y si algunos chicos un poco más grandes se vuelcan a ti, mejor.

—No me gustan las canciones que implican subir al escenario prácticamente desnuda y videos casi pornográficos. Nunca haré eso.

—No tiene que ser una canción nueva ni… "pornográfica" –ahogó la risa–. Tiene que ser algo popular, que conozcan personas de cualquier edad.

—¡Ya sé! Busquemos la canción de una película. Una clásica que todos hayan visto sin importar la generación.

Dave asintió. Encendió la computadora, entró a YouTube y escribió en el buscador "canciones románticas de películas". Escuchamos varios compilados sin que nos produjeran nada especial.

De pronto, cuando empezaba a creer que tendríamos que desistir de mi idea, mi corazón dio un vuelco al escuchar una canción. Miré a Dave y supe que le ocurría lo mismo: *Take My Breath Away*, de Berlin, era la melodía perfecta. Sonaba en una película, como la primera que había interpretado, y era sensual, además de romántica. No había mucho que pensar. Esa noche nos quedamos hasta tarde mirando *Top Gun*. Siempre ayudaba asociar la canción a elementos conocidos por los televidentes.

La producción aceptó la canción y empezamos a imaginar el vestuario. Un sponsor me ofreció un vestido rosado largo de fiesta con lentejuelas y un tajo que llegaba hasta la mitad del muslo derecho. Para el calzado, otro sponsor me dio un par de zapatos al tono, con bellos tacones tornasolados. Acordamos que le pediría a la estilista que solo diera forma a mis rizos naturales y que solicitaría un maquillaje neutro.

El sábado miramos la otra semifinal y al siguiente, el repechaje. Sharon estaba allí, compitiendo por un lugar en la última gala. Por supuesto, ganó por unos cuantos puntos, y con eso nos convertimos en cuatro finalistas.

—¡Maldición! —masculló Dave en cuanto anunciaron su nombre.

—Sería muy injusto que ganara la gala final una tramposa —me quejé. Nunca me enojaba, pero la injusticia desfilaba por mis ojos y me permití molestarme esa vez.

—Acepto con entusiasmo el desafío de superar la creatividad y el talento de otros artistas. Pero pelear contra *bots* me hace sentir estúpido —agregó Dave, tan enojado como yo.

—¿Qué hacemos? ¿Podemos denunciarla a la producción? —antes no me importaba perder, pero ahora que había llegado tan lejos, en gran parte gracias a Dave, me daba pena que hubiera trabajado tanto en vano. Sabía lo que Sharon estaba haciendo y no era justo que se saliera con la suya.

—No creo que les importe si les aporta ganancias. Solo nos queda esforzarnos todavía más.

Nos fuimos a dormir poco después de que terminara el programa. Hacía unas semanas que compartíamos la cama, y aún así, nunca habíamos ido más allá de los besos y las caricias. Cada vez lo amaba y lo deseaba más, pero todavía no me sentía lista para avanzar. Él respetaba mis tiempos, y estaba agradecida por eso. Tan agradecida, que a veces se me ocurría la loca y tonta idea de casarnos. Vivíamos juntos, nos llevábamos bien y nos amábamos, ¿por qué esperar? El problema era que Dave no era el tipo de chico que contraía matrimonio, mucho menos a su edad. No quería pensar que algún día nuestras diferencias nos separarían, no quería que nuestra relación acabara. Lo abracé y me apoyé contra su pecho. Él pasó una mano por detrás de mi cuello y me dio un beso. Un rato después, me quedé dormida.

Desperté a causa de una vibración, sin idea de cuánto tiempo había transcurrido. Me removí contra el costado de Dave, creyendo que soñaba.

—Apágalo —susurré. Era evidente que se trataba de su teléfono.

—No es el mío —contestó él.

Me aparté y giré para mirar mi mesa de noche: la pantalla de mi móvil se iluminaba y el aparato temblaba. Me puse boca abajo y lo recogí con los ojos entrecerrados; todavía estaba adormecida. Me aparté el pelo de la frente para verificar de quién se trataba. Era Ruth.

Miré fugazmente la hora: era imposible que me estuviera llamando a las tres de la madrugada. Lo único en lo que pude pensar fue en que le habían robado el teléfono o que lo había perdido hacía unas horas y quien lo había encontrado molestaba para obtener una recompensa o para devolverlo.

Suspiré y atendí. No hubo respuesta, pero reconocí el llanto de mi hermana. Ella nunca lloraba. Se me anudó el estómago; temía que hubiera seguido mi ejemplo y hubiera escapado de casa. Yo me había ido a los dieciocho años, pero ella todavía tenía que terminar el colegio. Debía permanecer con mis padres.

—Ruth —dije—. Sé que eres tú, ¿qué ocurre? ¿Por qué lloras?

—Glenn… —susurró—. Chloe… Chloe se suicidó.

Sentí que acababan de romper el suelo y que caía al vacío. Me senté en la orilla de la cama con el corazón en un puño.

—No —contesté, muy segura—. No, no puede ser.

—Glenn —murmuró Dave, tocándome la espalda.

—No es cierto, Ruth. Tiene que haber un error —aseguré.

—Se ahorcó en el altillo, mamá la encontró hace unas horas. La policía está arriba, investigando. A Chloe se la llevaron porque dicen que tienen que hacerle una autopsia —sollozó mi hermana.

—¿Papá y mamá la habían encerrado en el altillo de nuevo?

—No. Se dirigió allí a la medianoche. Yo la oí salir de nuestra habitación. Creí que iba al baño y volví a dormir. ¡Volví a dormir, Glenn!

Empecé a temblar, creí que me desmayaría. Por un instante pensé la

334

tontería de que papá había enviado a Ruth a mentir para que yo regresara a casa. Sabía que me estaba engañando a mí misma, pero tenía que escapar de la realidad de alguna manera.

—Glenn, ¿qué ocurre? —preguntó Dave, acercándose preocupado. Se sentó y me abrazó por la espalda. Me apartó el pelo de la cara y me besó en la sien.

—No puede ser... —susurré, y al instante empecé a gritar—. ¡Dime que no es cierto! Por favor, dime que es mentira. ¿Está en el hospital? ¿Se salvará?

—¡Te digo que está muerta! Se la llevaron en una camilla con una de esas bolsas que usan en las películas. Escribió "sálvame" en su brazo y se ahorcó con una soga que estaba en una caja en el altillo. ¡Nuestra hermana está muerta! ¿Qué hicimos?

Se me cayó el teléfono. La pregunta no solo era qué habíamos hecho, sino qué habíamos omitido. Me cubrí el rostro y me eché a llorar sin consuelo. Era como si alguien me hubiera agujereado el corazón y retorciera mis entrañas. Sentía como si hubiera muerto yo.

Cada día de mi vida junto a Chloe pasó por mi cabeza en un segundo. La imaginé tocando el piano en la sala, estudiando en el escritorio de nuestro cuarto, callada y cabizbaja durante las revisiones de papá. ¿Por qué había pensado que no valía la pena seguir viviendo? ¿Por qué había creído que la salvación estaba en la muerte? ¿A quién le pedía que la salvara?

Dave se levantó y recogió el teléfono.

—Hola, Ruth —dijo—. Soy Dave. Por favor, no cuelgues. Dime qué ocurre —miró la pantalla—. Me cortó —se puso en cuclillas y me tomó las manos—. Glenn.

—Mi hermana Chloe... —susurré con un hilo de voz—. Dice Ruth que se suicidó.

—No... —murmuró Dave, con el rostro desfigurado de preocupación.

—Es mi culpa. Es culpa de todos nosotros.

—¿De qué hablas, Glenn? Claro que no es tu culpa.

—Mis padres la obligaron a encerrarse y a escribir como una demente. La estigmatizaron, la enloquecieron. Y yo me fui. ¡Me fui y la dejé sola!

—No te fuiste: huiste porque eras tan víctima como ella. No había nada que pudieras hacer.

—Debí quedarme. Debí ayudarla.

—¿Cómo? Estaba cautiva de tus padres; si no te ibas, te atraparían a ti también.

—Tenía catorce años, no puede estar muerta. ¡No puede haber hecho esto! Tengo que irme. Tengo que volver.

Me levanté e intenté moverme. Dave me lo impidió interponiéndose en mi camino. Me sujetó de los brazos y buscó mis ojos.

—Tranquilízate, por favor —pidió, y me abrazó.

Sentí que sus manos eran cadenas. Su sola presencia me recordaba que yo era débil y egoísta. En ese instante, Dave se convirtió en la representación del error que había cometido al alejarme de casa, y tuve la injusta necesidad de apartarme de él.

—Suéltame —rogué, removiéndome para que me liberara—. Suéltame, por favor, ¡tengo que ir a casa!

En cuanto aflojó un poco los brazos, lo aparté y me arrojé sobre el teléfono. Llamé a Ruth. Atendió enseguida.

—¡Solo hablaré con mi hermana! —rugió.

—Soy yo —dije, procurando calmarme—. Ve al estudio de papá y revisa su escritorio. En el segundo cajón guarda unas tarjetas de crédito de emergencia. Necesito que fotografíes una del frente y del reverso y que me envíes las imágenes.

—¿Para qué?

—Debo volver a Nueva York, pero no tengo dinero. Usaré su tarjeta. Por favor, hazlo.

Cortamos y me vestí. Acto seguido, me zambullí en el guardarropa en busca de mi maleta.

—Glenn… —susurró Dave a mi espalda—. Déjame acompañarte. Puedo usar la tarjeta de mi tío para mi pasaje.

Mi corazón se destrozó un poco más al saber que iba a herirlo. Aun así, fui sincera con él.

—No puedo —contesté.

Oí los resortes de la cama, supuse que se había sentado.

—No deberías ir sola en el estado en el que te encuentras. Debes entender que lo que sucedió no fue tu culpa. Tienes que ir a Nueva York, pero no puedes llegar con esa sensación. Si vas así, te atraparán de nuevo.

Giré sobre los talones con un movimiento brusco.

—Por favor, no me lo hagas más difícil. No entiendes. Me fui de casa como una cobarde. Mi hermana Ruth cree que soy valiente, pero soy todo lo contrario. Ni siquiera tengo el valor de presentarme en televisión, lo hago porque lo tienes tú. Escapé como una egoísta, y mi hermana pagó las consecuencias.

—No murió porque te fuiste.

—¡No hice nada para impedirlo!

Se levantó con el mismo ímpetu con que hablaba yo.

—¡¿Qué podías hacer?! ¿Encerrarte con ella?

—La dejé sola.

—Tú también estabas sola. ¿Cómo ibas a venir a Los Ángeles si yo no aceptaba tu propuesta? ¡Sola! Porque así están todas ustedes. Si existe Dios, solo lo tienen a Él.

—¡Basta!

Volvió a asirme de los brazos e intentó abrazarme.

—Tranquila, por favor. Llora todo lo que necesites y luego buscaremos el modo de regresar a Nueva York juntos, como hemos hecho todo hasta ahora.

Lo aparté con todas mis fuerzas.

—No puedo llegar a casa contigo. Lo lamento. Sé que es injusto, pero no es el momento de que mi familia tenga otro disgusto. No eres tú, son ellos. Aun así, no puedo llevarles más problemas.

—No entraré a su casa. Te esperaré en la esquina, no me importa. Solo quiero cuidarte. No me siento tranquilo dejándote ir en estas condiciones. Puedes tener un accidente o simplemente necesitar un abrazo cuando llores. ¿Por qué me impides acompañarte si estás triste o dolorida?

—No puedo estar contigo en este momento. Te veo y siento que fui una egoísta, que mi hermana estaba pensando en quitarse la vida mientras nosotros lo pasábamos bien en un concurso de televisión. Me siento terrible por eso.

—No siempre lo hemos pasado bien. Estamos haciendo sacrificios.

—Necesito ver a Chloe. No puede haber muerto. ¡No puede haber hecho esto! ¿Por qué no me quedé con ella? ¿Por qué no la ayudé?

—Glenn, por favor, cálmate.

—Tienes que entender. Necesito estar con mi familia, necesito volver a casa sola. Quizás nunca debí irme. Te amo, lo sabes. Pero estoy muy confundida. Lo siento.

Me volví y comencé a arrojar mi ropa sobre la cama. Aunque podía sentir el alma de Dave destrozándose, la mía estaba tan rota que mi cerebro no alcanzaba a razonar con claridad. Solo pensaba que había abandonado a Chloe cuando más me necesitaba y que había sido tan cómplice de mis padres como Ruth.

Recibí el mensaje de mi hermana justo cuando terminaba de armar la maleta. Me senté en la sala y busqué los pasajes más próximos en una aplicación. Conseguí un asiento en una aerolínea costosa para dentro de tres horas. Los compré sin dudar y sin seleccionar pasajes de regreso.

Me levanté del sillón arrastrando mi equipaje.

—Glenn, por favor… —volvió a rogar Dave.

—Compréndeme, te lo suplico.

—Sé que en este momento tienes que estar con tu familia, pero no puedo permitir que te vayas sintiéndote culpable —explicó de forma apresurada—. Siento que te hace daño mirarme y temo que no regreses. Temo que termines encerrada en otra especie de ático.

Tragué con fuerza y bajé la cabeza. No era capaz de procesar los sentimientos de Dave cuando los míos bullían como el agua hirviendo y me creía egoísta y repugnante.

—Lo siento —balbuceé—. Abandoné a mi familia una vez, no sé si pueda hacerlo dos. Necesito tiempo.

Dave pestañeó y vi que por su mejilla se deslizaba una lágrima.

—Todavía es de madrugada. No puedes salir sola, te acompañaré al aeropuerto —replicó con la voz quebrada.

Recogió la maleta por mí y se lanzó a caminar hacia la puerta antes de que yo pudiera objetar nada.

35

El abismo del dolor

En el aeropuerto, mientras hacíamos la fila para despachar la maleta, se me anudó el estómago. Miré el perfil de Dave, que en ese momento leía un cartel informativo, y sentí el dolor inconmensurable de perderlo. Le tomé la mano intentando relegar la muerte de mi hermana y pensar en él. No merecía mi egoísmo.

—Por favor, no estés así: no estamos terminando nuestra relación —le dije. Enseguida giró hacia mí y noté que continuaba preocupado—. Te prometo que te escribiré cada vez que tenga oportunidad.

—Te agradeceré que lo hagas —respondió—. Por favor, ten cuidado.

Asentí.

Tal como había prometido, le escribí en cuanto pisé el aeropuerto de Nueva York.

> Llegué. Estoy bien. Te escribiré más tarde. ✓

Dave.

> Gracias. Te amo. Por favor, cuídate.

Mientras esperaba la maleta, envié un mensaje a Ruth.

Glenn.

> Estoy en el aeropuerto. ¿Dónde están ustedes? ✓

Ruth.

> Estamos en la iglesia. En una hora comienza el responso y luego vamos al cementerio. No quiero estar aquí, Glenn. No puedo respirar.

Glenn.

> Tranquila. Estaré ahí enseguida. ✓

Recogí la maleta y me dirigí a la salida del aeropuerto. Mientras buscaba un taxi, llamé a Val.

—Mi hermana Chloe se suicidó —anuncié sin rodeos, con la garganta cerrada.

—¿Qué? —respondió mi amiga. Sin duda no podía creerlo—. Oh, Glenn, lo lamento tanto. Sabes que te entiendo mejor que nadie —ella había perdido a su hermana—. ¿Dónde estás? ¿Le avisaste a Liz? ¿Podemos ir a verte?

—Estaré en la iglesia.

Corté para detener un vehículo y me apresuré a subir antes de que otra persona se me adelantara.

Volver a ver mi casa sacudió mi corazón; mi infancia pasó por delante de mis ojos como una película borrosa. Hallé la puerta abierta, en ese momento mis tíos salían con unos arreglos florales entre las manos.

La hermana de mi mamá dio un respingo al verme. Mi prima, que tenía la edad de Ruth, abrió mucho los ojos con expresión de sorpresa.

–Hola –dije, y me encaminé a la casa con la maleta. La dejé junto a un sofá y volví a salir–. ¿Van a la iglesia?

Subí al coche en cuanto mi tía hizo un gesto afirmativo con la cabeza.

En el trayecto comencé a sentirme muy rara. Mi prima, que iba a mi lado en el asiento de atrás, no me sacaba los ojos de encima. Mis tíos me miraban por el espejo retrovisor. Mi tía no aguantó más y giró para verme a los ojos.

–¿Llegaste recién? –preguntó. Asentí–. ¿Has venido sola?

–¿Me vieron en televisión? –indagué, suponiendo que me preguntaba si había ido sola porque conocía la existencia de Dave.

–Nos alegra que estés de regreso –dijo sin responder a mi pregunta–. Qué pena que se deba a una tragedia –su frente se arrugó y comenzó a llorar–. ¡No sabes cuánto lo lamento! La última vez que vimos a tu hermana fue el domingo en la iglesia. Hacía tiempo que la notábamos cambiada; tu partida la había afectado… No creímos que no volverías a verla. Jamás imaginamos que pudiera sufrir un accidente de esta magnitud.

Me tomó un momento ordenar las ideas. Había dos partes del discurso de mi tía que me retorcieron las entrañas: "tu partida la había afectado" y "jamás imaginamos que pudiera sufrir un accidente". ¿Ahora resultaba que un suicidio era un accidente y que yo tenía la culpa? Claro que me sentía culpable, pero no porque creyera que mi hermana se había quitado la vida por mi ausencia. Mi culpa radicaba en que no la había ayudado, en que había escapado en lugar de quedarme a batallar contra lo que la había herido.

Empecé a preguntarme cuántas veces me habrían manipulado antes sin que me diera cuenta. Era como si la edad, haberme mudado y haber pasado tanto tiempo con Dave me hubieran abierto los ojos y ahora me costara menos entender las intenciones de las personas. Quizás antes de irme a Los Ángeles hubiera caído en la trampa y le hubiera creído. Ya no.

Me respaldé en el asiento despacio y bajé la cabeza. No quise generar un conflicto discutiendo por sus afirmaciones equivocadas; estaba demasiado triste por mi hermana y no tenía fuerzas. Además, habría sentido que le faltaba el respeto a su recuerdo.

Quería pensar que me hallaba en una pesadilla, que nada de eso era real. Había sostenido en brazos a Chloe el día que había nacido, la había acompañado a la escuela cuando era pequeña, la había escuchado practicar sus lecciones de piano todos los días. La recordaba seria y callada, como siempre se había mostrado, y no paraba de preguntarme si acaso esa no era una falsa Chloe, una chica que no era feliz porque no podía ser ella misma. La habían encontrado besándose con una compañera en un rincón del colegio... Apostaba a que durante esos instantes sí había sonreído, sí había sido feliz.

Bajé del auto frente a la iglesia y miré hacia arriba: ya nada se veía tan grande como cuando era una niña. Había gente en las escalinatas de la entrada y en el recibidor. Un compañero del coro abrió mucho los ojos al verme, pero no se me acercó. Avancé sin prestar atención a la gente, aturdida por sensaciones horribles.

Siempre había sido una persona sencilla, que se contentaba con poco. Estaba agradecida y, como me conformaba, no había mucho que me hiciera sufrir. Dios me había acompañado desde que tenía memoria, así que desconocía el dolor y la desolación que me aquejaban ahora. ¿Cuándo me había convertido en un espectador externo de la que solía ser mi vida? ¿Cuándo había dejado de contentarme con ella? ¿O acaso siempre había querido que fuera diferente? La muestra más clara de ello era que solía refugiarme en la ficción. La imaginación permitía vivir otras vidas.

Avancé por el pasillo con la mirada fija en la nave central, donde estaba el ataúd de mi hermana. A la izquierda se hallaba el atril, y a la derecha, su foto. Estaba temblando, y un torrente de lágrimas rodaba por mis mejillas. Divisé a mi familia en los primeros asientos; papá lloraba con decoro. Seguí adelante hasta el féretro y caí de rodillas, presa del dolor. El ataúd estaba cerrado, ni siquiera podría ver por última vez a Chloe. No podría darle un beso ni un abrazo de despedida. Debí haberla abrazado cuando vivía.

Cuatro manos me sujetaron de la cintura y me levantaron. Alguien me dio vuelta tomándome de los hombros: eran mis amigas. Liz tiró de mi camisa y me estrechó contra su pecho. Pronto Val se sumó y formamos un bloque de tres contra el mundo.

El apoyo de mis amigas me ayudó a serenarme. Cuando el pastor comenzó a hablar desde el atril, ellas me acompañaron a donde estaba mi familia, me dejaron en la fila de bancos y se alejaron. Me ubiqué junto a Ruth y nos miramos. Mi hermana tenía los ojos irritados y los labios pálidos. Sabía que quería decirme algo, pero no alcancé a entender su silencio. Suspiré y miré hacia adelante: papá tenía los ojos clavados en mí; parecía enojado. Mamá lloraba sobre su hombro. Junto a ella estaba Gabrielle, que no me había visto. En nuestra fila se hallaban mis otras hermanas.

Inesperadamente, Ruth tomó mi mano, y yo se la apreté. Chloe... Nos faltaba Chloe...

—Cuando la tragedia golpea a personas tan jóvenes, solemos entrar en rebeldía —dijo el pastor. Era un colega de papá en la misma iglesia, y solía ir a nuestra casa a almorzar con su familia. Tenía dos hijas mujeres y dos varones; una tenía la edad de Chloe y la otra, la mía—. Se requiere de fe y sabiduría para aceptar la voluntad de Dios y transformar la ira en sanidad. El dolor que hoy experimentan estos padres, estas hermanas, esta comunidad que conoció a Chloe y compartió tantos momentos con ella, es inmenso.

Solo nos queda el alivio de los recuerdos y la Palabra: "Bienaventurados los que lloran, porque ellos recibirán consuelo".

El discurso continuó en torno a algunos consejos para hallar la sanación y a las promesas del Reino de Dios para los muertos. Nadie hacía referencia al suicidio ni a que mi hermana era homosexual. De acuerdo con los valores de la comunidad de mi padre, ambos pecados le habrían negado la entrada al cielo. Sin embargo, ahí estábamos, aferrándonos a la confianza en una vida eterna.

A continuación el pastor invitó a algunas personas a subir al atril y dedicar unas palabras a Chloe. Suzanne, la directora del coro, destacó la habilidad de mi hermana con el piano, su dedicación al estudio y su personalidad contemplativa. Karen, una compañera de la escuela, dijo que, aunque Chloe era callada y le costaba hacer amigos, no tenía problemas con nadie. Por último habló mamá. Le dio las gracias por los años que había compartido con nosotros y le pidió que nos cuidara desde el cielo. Por último nos pidió que la acompañáramos en una oración por el alma de mi hermana y por nuestro dolor.

Después de unas palabras finales del pastor, algunos hombres cargaron el féretro y los familiares salimos tras ellos. Mis padres iban delante de Ruth y yo. Detrás de nosotras caminaban nuestras hermanas menores.

No podía creer que estaba en esa situación; la noche anterior me había ido a dormir con Dave pensando en el concurso. Jamás hubiera imaginado que Chloe se quitaría la vida. Me pregunté cómo habría tomado la decisión, si le habría llevado tiempo o si la idea habría surgido en un instante, si los motivos se habrían ido acumulando o si habría existido un desencadenante.

No me di cuenta de que estaba llorando hasta que Val me tomó la mano al pasar y la miré. Ella también tenía las mejillas húmedas, sin duda se acordaba del funeral de su hermana. Junto a ella estaba Liz; también lloraba. Les sonreí con los labios apretados y seguí caminando. Mi padre no me había permitido asistir al funeral de la hermana de Val, por eso, que ella estuviera acompañándome ahora cobraba un sentido especial. Me hubiera gustado ser la Glenn que era ahora en aquel momento y haber impuesto mi deseo de acompañar a mi amiga en lugar de sucumbir a las órdenes de papá. Me hubiera gustado ser fuerte y decidida para actuar según mi voluntad. Ahora entendía todo: él jamás había querido a mis amigas. A nadie que no fuera como él, en realidad. Por eso se enfrentaba a sus demonios al no poder dejar de amarme a pesar de que yo no era lo que él quería.

Subí a la camioneta de mis padres junto a mis hermanas.

—¡Glenn! —exclamó Gabrielle, y me abrazó.

Respondí dándole un beso en la cabeza. Un instante después, Delilah y Ava también estaban abrazándome.

Cerré los ojos e imaginé que uno de los brazos que me rodeaban era de Chloe. Habría querido decirle que todos la amábamos y hacer que se sintiera comprendida. En lugar de ayudarla, le habíamos hecho sentir que no merecía estar viva, que no tenía salida, y no podía perdonarme por eso.

Ni bien arrancamos, mamá giró en el asiento para mirarme.

—Has regresado —dijo, emocionada y triste al mismo tiempo. Su mirada me partió el alma—. ¿Qué pasó por tu cabeza, Glenn? ¿Por qué te fuiste así?

Fue como si me hubieran clavado una estaca. Solo así se podía matar a un monstruo, y en ese momento me sentía uno. Aún así, no sabía si quería quedarme. Tampoco si había hecho bien en irme. Estaba muy confundida, ni siquiera tenía idea de cómo me sentiría al instante siguiente.

—Hablaremos de eso más tarde —sentenció papá, y todo se sumió en silencio. Solo quedaron nuestros sollozos y alguna mirada de desconsuelo.

El entierro me provocó otra vorágine de sentimientos. Mis padres estaban quebrados; Ruth, Delilah y Ava se hallaban desoladas. No sabía hasta qué punto Gabrielle entendía lo que estaba sucediendo, pero lloraba en brazos de mi tío, sin duda asustada por el dolor de mamá y papá.

Volvimos a casa devastados. Nuestros tíos se ofrecieron a acompañarnos, pero papá les dijo que preferíamos estar solos y que nos aislaríamos por unos días hasta poner en orden nuestra familia.

Ruth me ayudó a llevar la maleta a nuestro cuarto y nos sentamos sobre su cama. Mirábamos la de Chloe, ya que las tres solíamos compartir el cuarto.

—¿Cuándo fue la última vez que hablaste con ella? —pregunté.

—Antes de dormir. Le pedí que apagara la luz; estaba escribiendo en un cuaderno.

La miré enseguida.

—¿Dejó una carta?

—No. Era una canción.

—¿Una canción de la iglesia?

—No —se levantó y tomó un cuaderno de una pequeña biblioteca que teníamos en la habitación. Lo abrió y busco entre sus páginas hasta dar con lo que buscaba.

—¿Cómo sabes que estaba escribiendo esto? —indagué, sorprendida.

—Lo dejó abierto cuando se fue a la medianoche. Yo lo guardé para que no se lo llevara la policía. Si te fijas, el último verso está incompleto.

Suspiré, esforzándome por entender. Nunca hubiera apostado a que Chloe escuchara canciones que no fueran de la iglesia, mucho menos *My All*, de Mariah Carey.

—¿Crees que sea algún mensaje? ¿Por qué habrá dejado la última línea incompleta? —pregunté. Ruth se encogió de hombros y se secó una lágrima.

—No lo sé.

Esa noche, una vez acostada, miré el teléfono y encontré mensajes de Dave.

> ¿Cómo estás?

> Glenn, ¿estás bien?

> Te amo. Por favor, cuídate.

Suspiré y redacté una respuesta.

> Estoy devastada. También te amo, solo necesito un tiempo aquí. ✓
> Gracias por comprender.

Durante dos días nos reunimos como familia para almorzar y cenar. Nadie hablaba en la mesa. Lo único que se decía era una breve oración de bendición de los alimentos y luego nos quedábamos cabizbajos y pensativos, con pocas ganas de comer. Pasaba el día con Ruth, que no estaba yendo al colegio, hablando o revisando las cosas de nuestra hermana.

Encontramos una pequeña caja con candado oculta tras una madera suelta en el suelo, debajo de su cama. Cuando nos cansamos de buscar sin éxito la llave entre sus pertenencias, terminamos rompiendo la traba con una tenaza. Adentro había un *pendrive* y algunas cartas. Todas tenían la firma de una chica llamada Valentine.

Las ordenamos por fecha y comenzamos a leerlas.

Nunca creí que encontraría una mejor amiga como tú. Eres la persona más especial que he conocido, mi hermana de la vida.

En la siguiente había una serie de preguntas escritas con la letra de Chloe y respuestas elaboradas por la chica.

¿Cuál es tu color favorito?

El violeta.

¿Playa o montaña?

Montaña.

¿Cuál es tu canción favorita?

La nuestra: *My All*, de Mariah Carey. Es la que sonará en mi fiesta de dieciséis.

Ruth y yo nos miramos al instante. Empezábamos a comprender. Leímos cada carta hasta llegar a la última.

Lo que sucedió en mi casa mientras mirábamos la película me dejó tan asombrada como a ti. No creas que he besado antes a otras chicas. Eres la primera, pero no puedo hacer de cuenta que no ocurrió. Creo que te amo, Chloe. Ojalá que tú me ames también.

Algún día podremos ser libres. Quiero que tu rostro sea lo primero que vea al despertar.

Por favor, no me dejes. Lo que sucedió en la escuela fue una porquería. Mi madre también enloqueció, pero a la larga aceptó que me atraen las chicas. Tus padres lo entenderán también. Deja de repetir que lo que somos es un pecado. La rana es una rana, no maúlla aunque la gente prefiera los gatos. ¿Puedes vivir sin ser lo que eres?

Dejé de leer, cargada de angustia. De todos modos, esa era la última carta y se cerraba con esa pregunta: *¿Puedes vivir sin ser lo que eres?* Tenía clara la respuesta: Chloe había intentado no ser lo que era y había fracasado. Si bien un suicidio es un desenlace muy complejo que se origina por muchos factores combinados, nuestra familia no había colaborado con una resolución favorable. Todos nosotros, cada uno a su modo, presionando o ignorando a Chloe, la habíamos orillado a la autodestrucción.

Conectamos el *pendrive* a la computadora: contenía fotos y videos de Chloe con Valentine. La novia de nuestra hermana era una chica de tez blanca, pelo negro enrulado y ojos castaños. Mediría un metro sesenta, y aunque no estaba excedida de peso, tampoco era delgada. Tenía bastante busto. No era una de las típicas chicas lindas de la escuela, sin embargo resultaba atractiva. En algunas fotos vestía camisa y corbata, pero usaba el pelo suelto. Ruth la reconoció enseguida: la había visto sentada en la mesa con Chloe en el comedor del colegio y la había llevado a su casa para hacer trabajos de diferentes asignaturas. También había ido alguna vez a la nuestra.

En los videos, las dos reían, hacían bromas y cantaban modificando las letras de canciones populares para que resultaran graciosas. Chloe jamás reía en casa, y en el colegio siempre había sido una chica tímida; casi parecía una anciana. Descubrimos gracias a esos videos que jamás la habíamos visto ser ella misma, una persona libre y feliz. Lo que creíamos que era verla brillar solo habían sido destellos pálidos de lo que podía ser en realidad. La única que la había conocido de verdad era Valentine, y ni siquiera había podido despedirse de nuestra hermana. ¡Era tan injusto que no hubiera podido asistir a su funeral! Con Valentine, Chloe parecía otra persona. Una chica joven, alegre y divertida. Una persona mejor.

Esa noche, en la cama, volví a pensar en Dave y en nuestro amor. Él tampoco respetaba el modelo de lo que mis padres querían para mi vida, sin embargo con él yo también era mejor.

Estimulada por una necesidad casi dolorosa, le escribí antes de que él me enviara un mensaje, como había sucedido los días anteriores.

GLENN.

> *Hola. ¿Cómo estás? ¿Todo está bien por ahí?* ✓

DAVE.

> *Todo está bien. ¿Cómo estás tú?*

GLENN.

> *Bien.* ✓

DAVE.

> *¿Cómo están tus padres y tus hermanas?*

GLENN.

> *No lo sé, solo hablo con Ruth. Papá y mamá guardan silencio,* ✓
> *y mis hermanas más pequeñas no terminan de tomar conciencia*
> *de lo que ocurrió.*

DAVE.

> *Lamento oír eso. Debe ser muy difícil para todos.*
> *Glenn… Me siento terrible de tener que decirte esto, pero quedan*
> *pocos días para la gala final. Me avisaron que es en un hotel en Las Vegas.*
> *La producción nos paga el pasaje y la estadía; salimos el viernes.*

> *Entiendo que estás pasando por un momento terrible y no me gustaría que sintieras que te estoy presionando, pero ¿qué quieres hacer con eso? Tenemos que ser responsables, debo reunirme con los productores y acordar algo, aunque sea avisarles que no irás.*

GLENN.

> *No sé. No puedo decidir ahora. Por favor, no digas nada.*
> *Esperemos al jueves.*

A decir verdad, no creía regresar por el momento. Temía alejarme de casa y no advertir otra tragedia. Había tomado una decisión incorrecta respecto de Chloe y no me perdonaba por haber sido tan egoísta. Presentarme en la gala como si lo estuviera pasando bien sería injusto y desleal. Sin embargo, tampoco me atrevía a renunciar. Empecé a temer que las luces de la fama temporal me hubieran enceguecido. No quería convertirme en ese tipo de persona. Quería recuperar mi anhelo de ser útil a los demás.

Comencé por hacerle una propuesta a Ruth. Para mi sorpresa, ella aceptó.

Fuimos juntas a la casa de Valentine. Su mamá nos permitió conversar con ella en la sala. La chica estaba tan triste como nosotras, pálida y desmejorada.

—Queremos agradecerte —le dije—. Delante de su familia, nuestra hermana era seria, tímida y callada. Contigo, en cambio, reía, cantaba y bailaba. Si Chloe conoció la felicidad, fue gracias a ti.

Apoyé la caja con las cartas y el *pendrive* sobre la mesita de la sala que nos separaba, y Valentine estalló en llanto al verla. Su madre le acarició el hombro y me sonrió con los ojos húmedos. Yo le devolví una sonrisa triste; también lloraba.

Por esos días me formulé muchas preguntas, y tambien Ruth. Al menos nos teníamos la una a la otra para apoyarnos e intentar resolverlas.

—¿Por qué crees que nuestros padres, si querían protegernos del mundo, no nos enviaron a una escuela de nuestra comunidad, como hicieron después con Chloe? —indagó ella desde su cama. Era de noche, y las luces estaban apagadas.

—Una vez le oí decir a papá que nuestro abuelo había asistido a nuestro colegio y que por eso él tenía una deuda de agradecimiento con la institución. Al parecer el abuelo era muy pobre, y sus maestros colaboraron para que terminara el colegio. Tal vez por eso nos controlaba tanto: tenía miedo de los demás, y habría preferido enviarnos a una escuela religiosa. Si no lo hizo, fue porque él es así: esquemático.

La noche siguiente, después de la cena, por primera vez papá envió a nuestras hermanas más pequeñas a la cama y nos pidió a Ruth y a mí que nos quedáramos para conversar.

—Glenn: te has sentado a la mesa de tus padres durante tres días —dijo—. Espero que esa aventura que decidiste vivir haya terminado.

—No queremos que te vayas de nuevo —intervino mamá—. No puedes irte ahora que Chloe no está. Te necesitamos.

—No sé —confesé—. No sé qué haré.

—Asumiste una conducta vergonzosa. No sé cuántos pecados habrás cometido con ese asiático, lejos de la iglesia, pero si te arrepientes de corazón, el Señor te perdonará —añadió papá.

Fruncí el ceño. Solo le faltaba enviarme al altillo a escribir en un cuaderno, como había hecho con mi hermana.

¿Acaso no había aprendido nada?

Mamá bajó la cabeza, tenía los ojos húmedos.

—El accidente de Chloe nos ha tomado por sorpresa... —murmuró.

–¿Qué accidente? –la interrumpí–. ¿Por qué disfrazan su muerte? ¿Por qué insisten en llamar accidente a un suicidio que debimos haber evitado?

–Fue un accidente –defendió papá con tono duro.

–¡No! –exclamé–. No lo fue. Tu hija se ahorcó en el altillo donde la obligabas a escribir como una demente que Jesús la sanaría de su enfermedad homosexual. ¡Se escribió un pedido de salvación en el brazo antes de matarse! ¿Por qué repites que fue un accidente?

–El mal la capturó y ella obró en consecuencia.

–El diablo puso la soga en su cuello –soltó mamá.

–¡No fue el diablo! –exclamé yo–. ¡Fueron ustedes! ¡Fuimos todos nosotros! Es fácil culpar al demonio para no hacernos cargo de nuestros errores.

–Lo que le sucedió a tu hermana es lo que ocurre con todas las personas que caen en un abismo de pecado –argumentó papá–. No queremos que a ti te ocurra lo mismo. Las tentaciones del mundo son peligrosas y te han capturado, como le sucedió a ella.

–Entonces seguirán por el mismo camino –manifesté con rabia–. En lugar de aceptar la realidad y reflexionar sobre lo que la provocó, la niegan con lo que han hecho siempre: disfrazar la verdad a su conveniencia. ¿Qué ocurre? ¿Por qué les dicen a sus conocidos que Chloe tuvo un accidente? ¿Acaso si supieran que se suicidó les habrían impedido despedirla en la iglesia? ¿No habría tenido derecho a una sepultura cristiana y eso les parecería injusto? Si les parece injusto, entonces hay algo del dogma que no termina de convencerlos, pero no quieren aceptarlo. ¿O será porque, si dijeran la verdad sobre cómo trataron a Chloe, sus propios fieles aborrecerían el método con el que pretendían quitarle su homosexualidad? No estoy culpándolos. No tengo dudas de que nos aman, porque somos sus hijas. Pero si de algo estoy segura es de que nos comportamos muy mal con Chloe y de que somos parte del problema que la llevó a terminar con su vida.

—¡Cállate! ¡Cállate de una vez por todas! —gritó papá, golpeando la mesa—. El diablo se ha metido en tu boca y todo es obra de ese chico con el que vives en Los Ángeles. Jamás debimos enviarlas a esa escuela. Debí hacer caso a mi instinto y cambiarlas de ambiente lo antes posible. Lo haré con las pequeñas. No permitiré que también acaben pervertidas.

—Es más fácil culpar a cualquiera que reconocer tus errores, ¿cierto? —contraataqué—. El diablo, la escuela, mi novio... ¡Es más fácil juzgar los demonios ajenos que los propios!

—¡Tiene razón! —gritó Ruth, como nunca había hecho antes. Lloraba—. ¡Todo lo que dice Glenn es verdad! Chloe no sufrió un accidente, ¡se quitó la vida con la soga con la que jugábamos cuando éramos niñas! Yo la vi. La vi colgando de la viga del techo cuando mamá gritó porque la había encontrado. No fue un accidente. Chloe prefirió morir porque le hicimos creer que era una mala persona si le atraían las chicas. La llevamos a pensar que si no podía cambiar, merecía morir. ¡Nosotros la matamos!

Mamá estalló en llanto.

—¡No! ¡No! —gritó, negando con la cabeza, con las manos sobre los oídos.

Papá se levantó, tan furioso que pensé que iba a golpearnos.

—¡Retírense! —ordenó—. No vuelvan a aparecer hasta que reflexionen sobre lo que están diciendo.

Era inútil: nunca cambiaría. Me puse de pie, indignada, y corrí a mi dormitorio. Ruth me siguió.

Cuando entró, yo estaba hundida en la furia. Todo lo que había soportado desde que me había enterado de que Chloe se había suicidado se apoderó de mí y salió en forma de exabruptos. Grité y arrojé al suelo todo lo que estaba en el escritorio de un manotazo. Golpeé la pared, haciendo temblar un cuadro.

Ruth se sentó sobre la cama, llorando, y yo caí de rodillas frente a ella.

—¿Por qué me fui? —sollocé—. ¿Por qué no me quedé para ayudar a Chloe? ¿Por qué fui tan egoísta? No me convencí de que ella estaba mejor a causa de mi ingenuidad: me refugié en esa idea para no regresar. En el fondo sabía que era mentira, y aún así preferí la distancia. No me hice cargo del problema.

—¿Y por qué crees que hiciste mal? —contestó Ruth—. ¿Por qué debías quedarte? No voy a negarlo: te juzgué en un comienzo, como hacían papá y mamá. Orábamos para que entraras en razón y volvieras, pero con el tiempo, mirando el programa, empecé a dudar. Parecías feliz allí, así como Chloe en los videos con esa chica Valentine. No veía ninguna señal de que te hubieras involucrado en todas las cosas malas que describía papá.

—Debí hacer algo por Chloe. Siempre se puede hacer algo, pero yo elegí no involucrarme.

—¿Por qué te culpas? Tú, al menos, te fuiste. Yo me quedé. ¿Entiendes? Yo fui una de las que le dijo que lo que hacía estaba mal. Yo dejé de hablarle cuando papá le permitió volver a nuestro dormitorio, yo le dije que me daba asco imaginarla con una chica. ¿Quién la mató, Glenn? ¿Tú, ignorándola, o yo, estigmatizándola? Siempre me preguntabas por ella. No creo que no hayas intentado nada. Lo dices, pero no te creo. Y si fue así, yo sí hice algo: presionarla. Eso es peor.

—Fui a verla al altillo cuando papá la tenía encerrada, pero ella estaba enceguecida —confesé, llorando—. Busqué ayuda en profesionales… Nadie se ocupó en verdad de mi caso.

—Lo sabía: era imposible que tan solo te hubieras ido —Ruth me dio la mano. Alcé la cabeza y nos miramos—. Ni se te ocurra hacerle caso a mamá: no puedes quedarte. Tienes que volver a Los Ángeles. Tienes que ir a la gala final.

—No puedo —sollocé—. Me siento mal, solo quisiera retroceder el tiempo.

—¿Para qué? ¿Para quedarte en casa? ¿Para seguir en el seminario? Chloe se habría suicidado de todos modos. Me siento culpable, pero nosotras también padecemos el fanatismo de papá. Todavía somos victimas. Por favor, no desperdicies lo que has logrado ni la oportunidad que Dios te ha dado. Gasté todo mi crédito del mes votando por ti. Toda la escuela está votando a tu favor. Los chicos de la iglesia, los profesores...

Sonreí a la fuerza; no podía creerlo.

–¿Gastaste tu crédito votando por mí?

–Sí. Así que más vale que ganes.

36

#YoTeAbrazo

Era jueves. Si no compraba los pasajes a Los Ángeles ese mismo día y me subía a un avión, no podría ir a Las Vegas el viernes. Sin embargo, todavía no estaba convencida. ¿De qué me serviría aparecer en la gala final? Mi sueño ya no tenía peso en comparación con el dolor que me oprimía por dentro. No había podido ayudar a Chloe y, antes de volver a dedicarme a mi vida, tenía que encontrar una forma de canalizar eso.

En casa nunca se había hablado de homosexualidad. Se daba por sentado que, como éramos creyentes, todas éramos heterosexuales. Que ansiábamos formar una familia y ser "sumisas a nuestros esposos", como se indicaba en Efesios 5:22. Que concordábamos con todos los mandatos de la iglesia a la que asistíamos y que pensábamos igual que nuestros padres.

Sin embargo, mis propias ideas me demostraban que eso no era cierto. La verdad que mi hermana había descubierto sobre sí misma era el más claro ejemplo de que, en realidad, éramos iguales a todos los demás seres humanos. Por lo tanto, en las demás familias que se basaban en las normas de mi padre, también las apariencias engañaban.

Empecé a preguntarme qué se ocultaría en la mente y en el alma de cada persona que había conocido, de cada chico que me había cruzado en el seminario. Incluso los que decían que se iban a casar vírgenes y luego tenían sexo en la arboleda me demostraban que nada era lo que parecía.

Tenía que haber más chicos y chicas como Chloe. Más homosexuales que no podían escapar del juicio y la condena, y, creyendo que no podían curarse, entendían que la única salida era la muerte. Había escapado del tema cuando me había tocado de cerca; quizás porque no estaba preparada para afrontarlo. No había podido ayudar a mi hermana, pero quizás pudiera hacer algo por otras personas. Por esas personas que necesitaban un abrazo y una palabra de aliento, que necesitaban la comprensión de alguien de una comunidad que parecía en su contra. Solo en ese caso tendría sentido la fama. Esa era la respuesta a la pregunta que siempre me había formulado, el propósito de mi don. Ayudar a los demás, como Dave había hecho conmigo, como hacía cada persona que me votaba. Todas eran señales de que ese era el camino correcto.

Encendí la computadora y abrí tres redes sociales. Creé una página de Facebook, una cuenta de Twitter y una de Instagram llamadas "Yo te abrazo". Busqué imágenes que pudieran representar la idea que me interesaba defender y terminé construyendo una conjunción usualmente incompatible. Puse la bandera de la diversidad sexual de fondo, una cruz a la izquierda y #YoTeAbrazo a la derecha. Me pareció que en forma de *hashtag* llamaría más la atención. Aunque había usado una letra simple del procesador de textos, servía como eslogan. En la descripción de las cuentas escribí: "Si eres miembro de la comunidad LGBTQ+ y no encuentras comprensión en tu iglesia; si te sientes solo, juzgado y presionado por tu entorno social, escríbeme. Dios te ama incondicionalmente. Soy cristiana y te abrazo".

Me sequé una lágrima que rodaba por mi mejilla y cerré las sesiones para abrir la de la página de vuelos. Volví a usar la tarjeta de papá para comprar el pasaje de regreso a Los Ángeles y en cuanto lo conseguí, envié un mensaje a Dave.

GLENN.

> *Llego mañana a las nueve de la mañana. Dime que el vuelo* ✓
> *de la productora sale a la tarde; no consigo pasajes para estar antes.*
> *¿Me vas a buscar al aeropuerto? Te amo. No veo la hora de abrazarte.*

DAVE.

> *¡Cielos, Glenn! Empezaba a pensar que jamás regresarías. Gracias.*
> *El vuelo que nos asignó la producción sale a la noche. Te esperaré*
> *en el aeropuerto a las nueve.*

Esa vez no escapé. Bajé las escaleras de casa con mi maleta, pidiéndole a Dios la fortaleza para seguir haciendo lo que yo creía que era correcto.

Me acerqué a mis padres, que estaban sentados en el sofá, en compañía de Ruth. La expresión de papá se endureció de inmediato en cuanto vio el equipaje.

—Si te vas, no te atrevas a regresar —me amenazó.

Mamá se levantó y se echó a llorar.

—¡Por favor, no de nuevo! —exclamó—. Ya perdimos una hija, no quiero perder dos.

—Estoy viva —repliqué—. ¡Viva! Y viviré todavía más si puedo perseguir mis sueños. No les pediré que acepten lo que quiero, pero tampoco permitiré que sus creencias interfieran con las mías.

—Está claro que eliges alejarte de Dios —dijo papá.

—Yo siento que me estoy acercando —respondí con seguridad—. Los amo. Espero volver a verlos pronto.

Le di un abrazo a Ruth y fui hacia la salida llevándome mi equipaje. Que mi hermana me ayudara abriéndome la puerta fue tan importante para mí como haber decidido regresar a Los Ángeles: necesitaba sentir que mi familia me brindaba su apoyo, y me sentía acompañada por Ruth.

—Estaré esperando que ganes —dijo con una sonrisa. No se parecían en nada, pero por un instante me pareció ver en ella a Chloe.

Cuando llegué a la acera, oí la voz de mamá.

—¡Glenn! —volteé y la encontré corriendo hacia mí. Me abrazó, y yo creí que comenzaría a rogar que me quedara—. Ten cuidado —pidió para mi sorpresa—. Te amo. No insistiré para que te quedes, pero, por favor, prométeme que recordarás todo lo que te hemos enseñado. Así sabré que estás a salvo.

—Regresa a la casa ahora mismo —le ordenó papá.

Ella no le hizo caso y me miró con expresión suplicante.

—Nunca lo he olvidado —aseguré con los ojos húmedos.

Mamá esbozó una sonrisa apretada.

—Que Dios te bendiga, hija —dijo, y me besó en la frente.

Jamás pensé que mamá había aprendido la misma lección que Ruth y yo después de lo sucedido con Chloe. Que para ella, como para nosotras, la tragedia tuviera un significado más allá de lo que siempre creímos me alentó. No solo estaba apoyando a una de sus hijas aunque eso fuera en contra de sus deseos, sino que, además, de cierta forma, se estaba oponiendo a papá; estaba dejando de hacer su voluntad. Quizás, ahora que él se había quedado solo con sus actitudes caprichosas, cambiara también. Oraría por eso.

Caminé hasta la esquina y detuve un taxi. La actitud de mamá había oficiado como una señal más de que estaba haciendo lo correcto, y me puse todavía más ansiosa por regresar a Los Ángeles.

El vuelo se atrasó, y eso me puso nerviosa. Llamé a Dave y le pedí que, si no alcanzábamos el vuelo a Las Vegas, solicitáramos otra manera de llegar.

—Además necesito que negocies un cambio –dije–. No puedes salir de la oficina de los productores sin obtener su aprobación.

—¿Qué necesitas?

—Cantaré otra canción.

—Yo también lo había pensado –confesó él–. No tuviste tiempo de practicar *Take My Breath Away*. Aunque no sea lo ideal, será mejor que nos presentemos con *I Have Nothing*.

—No. Cantaré *My All*, de Mariah Carey.

Se produjo un instante de silencio.

—Glenn… –murmuró–. Esa tampoco la has practicado, sería muy arriesgado.

—La he cantado alguna vez y la tengo en mi teléfono. La escucharé durante todo el vuelo y cantaré en mi imaginación. Confía en mí, lo haré bien. ¿Tú lo harás bien? Por favor, es muy importante para mí, necesito el permiso para cambiar de canción.

Dave respiró profundo, generándome un milisegundo de tensión.

—Soy David Kim, tu representante, ¿recuerdas? Por supuesto que lo haré bien.

Me hizo reír.

—Amo tu seguridad –susurré, embelesada. Lo extrañaba tanto que quería transportarme en un abrir y cerrar de ojos a donde pudiera abrazarlo–. Amo tu inteligencia, tu escuela callejera. La forma en que me brindas tu apoyo, tus tatuajes…

La risa grave de Dave removió todavía más mis sentimientos.

—Creí que odiabas eso.

—Hace mucho que me parecen bonitos. O, al menos, así los veo en ti –la realidad me sacudió cuando vi en la pantalla que acababan de reprogramar mi vuelo. Ya habían autorizado el abordaje–. Mi vuelo está saliendo ahora

—dije, entusiasmada—. Voy a la puerta de embarque. Nos vemos pronto; contaré las horas para verte.

En cuanto me senté en el avión, conecté el cargador del teléfono, me puse los auriculares y comencé a reproducir la canción. La primera vez que la escuché, mi piel se estremeció. Lloré un poco mientras recordaba a Chloe. Todavía me parecía verla en casa, estudiando su lección de piano y haciendo las tareas del colegio. Era muy buena en física y matemática, apostaba a que habría sido ingeniera. Era culta y estudiosa; estaba segura de que se habría transformado en una mujer muy exitosa. ¿Por qué era tan fácil terminar con una persona llena de momentos y de promesas? ¿Cómo en un instante podía desaparecer algo tan hermoso como una vida?

Tragué con fuerza y me sequé los ojos, procurando apartar los recuerdos de mi mente. Debía concentrarme en la canción, tenía que ser fuerte. De lo contrario, no podría concretar el propósito de mi voz.

Pensar en ello me hizo sentir culpable. Dave había trabajado muy duro para que yo ganara el concurso, y lo más probable era que perdiera. En la vida a veces hay que tomar decisiones. Elegir atemoriza. Pero, como una vez escogí fugarme a Los Ángeles con él, dejando de lado a mi familia, ahora también había tenido que priorizar otra cosa más allá de sus deseos y de los míos. Solo esperaba que pudiera perdonarme.

Bajé del avión y empecé a sobrepasar gente en el corredor. Quería reencontrarme con Dave lo antes posible; necesitaba que nos abrazáramos y nos besáramos, sentir que nos acompañábamos. Por suerte la zona de recogida de equipaje estaba junto a la puerta y él estaba esperándome.

Verlo me hizo temblar. Corrí hacia él y cumplí el deseo que me había estrujado el estómago durante horas. Pude percibir su alivio al reencontrarnos y le permití notar el mío. Me rodeó la cara con las manos y me besó en las mejillas después de que nuestros labios se habían saciado.

—Por momentos llegué a pensar que no volverías —se lamentó, apoyando su frente contra la mía.

—Lo siento —dije, estrujando su camiseta a la altura de los riñones—. Perdóname por haberte hecho creer eso.

—¿Estás bien? ¿Cómo se quedó tu familia?

—Será duro, pero haremos que lo sucedido no haya sido en vano —respondí.

Recogimos mi maleta y salimos de la mano en busca de un transporte público. Por suerte conseguimos un asiento y pudimos sentarnos juntos.

Nos quedamos un rato callados, tomados de la mano sobre su rodilla. Mi mejilla estaba sobre su hombro y yo me deleitaba con su presencia.

—¿Qué ocurrió con los productores? ¿Aceptaron el cambio? —pregunté, con un nudo en el estómago. Necesitaba que así fuera.

—En un principio se negaron. Les expliqué lo de tu hermana, pero no había caso: decían que era demasiado tarde, que ya tenían planes en función de la presentación que habías elegido primero y que era injusto para los demás concursantes que te permitieran modificarla. Discutí bastante y tuve que amenazarlos con que te retirarías del concurso, pero al final conseguí el permiso. Puedes presentarte con *My All*.

Apoyé una mano en su mejilla y le besé la otra con fuerza.

—Gracias. Sabía que lo harías bien.

—¿Por qué esa canción?

—Prefiero no decir el motivo por ahora —Dave no insistió; siempre respetaba mis tiempos—. Tenemos que bajar —dije de pronto. Acababa de darme cuenta de que estábamos llegando a nuestra parada.

Dave me tomó de la muñeca e impidió que me levantara. Su mirada no auguró nada bueno.

—¿Qué sucede? —interrogué, preocupada.

—Nos mudamos.

—No apareciste en televisión. ¿Por qué nos mudaríamos?

Dave suspiró.

—Hace dos días, Randy, ese chico de una pandilla coreana del que te hablé, me llamó. Tae Hyung está libre —mi cuerpo se estremeció, sentí que me insertaban en otra pesadilla—. Por suerte nos vamos a Las Vegas esta misma noche; no creo que me siga hasta allí. Después… veremos qué hacer. Si ganas, estaremos protegidos. Si no, supongo que lo mejor será que nos mudemos a algún pueblo. Lo siento. Encontraremos la forma de que puedas cantar en otra parte.

Le apreté la mano y le acaricié el antebrazo para que supiera que tenía todo mi apoyo. Había tenido que ir a casa sola para despedir a Chloe, pero a partir de ese día, todo lo resolveríamos juntos, pase lo que pase.

—Claro que cantaré en cualquier parte —aseguré—. Estaremos bien.

Giré en el asiento y lo abracé.

A veces, las personas que nos necesitan no están tan lejos. No son desconocidos, no tenemos que inventarles un rostro. Están ahí, a nuestro lado, aguardando por nosotros en el asiento junto al nuestro.

My All

Nuestro nuevo refugio ya no era, siquiera, un apartamento destruido: era un cuarto de una pensión para aspirantes a actores. Teníamos una habitación con llave solo para nosotros, pero el baño era compartido. Adentro no había más que una cama y dos mesas de noche. Resultaba paradójico: a medida que yo había ido ascendiendo en el programa de televisión, mi realidad fuera del teatro había caído.

Traté de pensar que no importaba tanto dónde viviéramos; en unas horas viajaríamos a Las Vegas y, después del show, huiríamos a cualquier pueblo lejos de la Costa Oeste y de Tae Hyung. Era injusto que tuviéramos que ocultarnos, como si nosotros fuéramos los criminales, y que él estuviera libre. Pero no había otro modo de resolverlo.

Me senté en la cama y abrí los brazos para que Dave se acercara. Enseguida se acomodó a mi lado y nos abrazamos. Terminamos acostados, besándonos. Lo había extrañado tanto que sentí más que nunca. Fue tan intenso, que de nuevo se me ocurrió la loca idea de insinuarle que nos casáramos.

Reprimía las ganas de avanzar más allá de los besos y caricias desde hacía meses. No es que lo hiciera solo por una norma religiosa, sino porque, para mí, el matrimonio significaba compromiso, y el sexo era el resultado de ello. Era una forma de demostrar que tenía la intención de envejecer con alguien, y esperaba que para la otra persona simbolizara lo mismo.

Después de pasar unos minutos en silencio, Dave me besó en la frente y susurró algo en coreano.

—Traduce la frase para mí, por favor. O mejor enséñame tu idioma, así puedo entender por mis propios medios —solicité contra su pecho. Él rio.

—Te di las gracias por haber regresado.

Respondí improvisando palabras en una lengua que no existía. La carcajada de Dave resonó en el pequeño y empobrecido cuarto.

—¿Y eso qué es? ¿Un idioma inventado por Tolkien? —preguntó.

—Te respondí que yo soy la agradecida de que me comprendas.

—Tenía miedo, pero acababas de perder a tu hermana. ¿Cómo no iba a comprenderte?

—No me refiero solo a eso. Sé que llevas esperándome casi un año, desde que nos conocimos y nos hicimos amigos —lo miré, risueña—. Era horrible estar en la *friendzone*, ¿verdad?

Volvió a reír. Amaba la forma de sus labios y sus dientes eran perfectos; una combinación irresistible cuando, además, los acompañaba ese sonido grave que salía de su garganta.

—Era un poco duro, sí —confesó—. En especial cuando nunca antes había estado en esa posición y ni siquiera tenía la esperanza de que la chica que quería pudiera sentirse atraída por mí en algún momento. Espero haber desempeñado bien el papel.

—Lo hiciste muy bien. Pero la chica no se daba cuenta de que ya estaba enamorada de ti.

Desperté sobresaltada, sin idea de la hora, ante un llamado de Dave.

—Nos quedamos dormidos —explicó, tocando mi brazo—. Tenemos que irnos, el avión sale en dos horas.

Me levanté como si me hubieran avisado que había una bomba en el cuarto y me mudé de ropa a las apuradas. Guardamos nuestras únicas pertenencias cada uno en su maleta y abandonamos la pensión para ir a la parada del autobús que nos llevaba al aeropuerto.

Llegamos justo a tiempo para despachar nuestro equipaje. Mientras lo veía alejarse en la cinta, no podía creer que toda mi vida entrara en una maleta. Jamás hubiera imaginado que terminaría de esa manera. Aun así, no me arrepentía. Nada me ataba a ninguna parte ni necesitaba otra cosa que no fueran Dave y una nueva aventura por experimentar cada vez que hubiera oportunidad. No había buscado esa realidad, pero mentía si decía que no la disfrutaba. Por alguna razón sentía que de eso se trataba vivir: de experimentar en el camino de la bondad.

Aproveché el viaje de una hora en avión para contarle detalles de lo que había sucedido en Nueva York mientras había estado con mi familia. No alcanzó el tiempo para que le confesara por qué había elegido cambiar *Take My Breath Away* por *My All*. Terminé llorando sobre su pecho y destaqué que la muerte de mi hermana, al menos, había hecho reflexionar a mamá y a Ruth.

En el aeropuerto de Las Vegas nos esperaba un chofer con un cartel con nuestros nombres. En el estacionamiento encontramos un precioso Mercedes Benz con los bordes de las puertas luminosos: era nuestro transporte pagado por la producción. Miré a Dave y me eché a reír. Habíamos salido como mendigos de una pocilga y de pronto éramos príncipes.

Nos alojamos en uno de los hoteles más famosos de Las Vegas, donde se realizaría la gala. El cuarto era inmenso y desde los ventanales se podía apreciar la parte sur del boulevard Las Vegas. Estaba decorado en tonos rojos, con cuadros de las películas de Anthony Hopkins. Sobre las camas había algunas notas explicativas de la producción. Dave se ocupó de leerlas mientras yo investigaba el baño, donde hallé una tentadora bañera con hidromasaje. Llevaba horas sin tocar el agua, necesitaba relajarme.

–Oye, representante –dije–. ¿Te gustaría compartir la bañera conmigo? Después podríamos ir a dar una vuelta. No conozco Las Vegas, mi padre jamás me hubiera permitido venir a esta "ciudad de pecado" –pronuncié eso último imitando el tono de un hombre autoritario–. Quiero aprovechar cada segundo.

Cuando me miró, sus ojos destellaron por un momento. Sin embargo, había en ellos un manto de preocupación.

–Ven –dijo, apoyando una mano en la orilla de la cama. Acepté su invitación y me senté–. Sería bueno que practicáramos un poco la canción.

Se me escapó una sonrisa. No le veía sentido a practicar, de todos modos quedaría fuera del concurso. Solo quería disfrutar la experiencia de estar en un hotel tan famoso, en una ciudad llena de vida y del show que daría la noche siguiente. Solo quería sentir.

–No te preocupes por eso –respondí, tomándole la mano. Todavía me sentía culpable al pensar que echaría todo su trabajo a perder, así que necesitaba alejarlo de la responsabilidad de llevarme a la cima.

–El castigo por ser desobedientes acaba de llegar en esta nota –indicó, mostrándome un papel.

–¿Qué dice? –pregunté.

–Por supuesto, no aclara el motivo, pero te han asignado el último turno en el espectáculo. Eso significa que la gente te recordará más tarde, por lo tanto, tendrás menos posibilidades de reunir la mayoría de los votos.

—Creí que los lugares se asignaban por sorteo y que los espectadores llevaban votando por nosotros desde la última semifinal.

—¿Y tú les crees eso del sorteo?

Se produjo un instante de silencio. Volví a sonreír con calma.

—No importa —respondí—. Si Dios quiere que gane, ganaré.

—Glenn, respeto tus creencias, pero Dios no nos trajo a este hotel. O, al menos, no ha sido solo Él. Los dos luchamos para llegar aquí, en especial tú. No podemos dejar esta instancia en manos de la fe.

—Tranquilo, todo saldrá bien.

—Estás como… resignada.

—Quizás. Sí.

—¿Por qué?

Suspiré.

—No hay razón para temer. Estamos en este programa por una causa mucho más importante que ganar un concurso. Ya verás —le di un beso en la mejilla y le arrebaté el papel para dejarlo sobre la cama—. ¿Vienes a la bañera y luego damos una vuelta? Di que sí. Por favor… No puedo salir en esta ciudad caótica sin ti.

Supe que había conseguido mi cometido cuando se echó a reír.

Nos bañamos juntos y salimos a recorrer Las Vegas. Los hoteles eran magníficos, y por primera vez entré a un casino.

—¡Juguemos! —rogué.

—Solo nos quedan cien dólares —me advirtió Dave.

—Mañana cobraremos más. ¡Gastemos lo último que tenemos! Será divertido salir al escenario sabiendo que no nos queda un centavo en los bolsillos.

Por más descabellada que pareciera mi idea, Dave terminó haciéndome caso. Invertimos nuestros últimos cien dólares en jugar a la ruleta y al póker. Él conocía el juego. Yo me limité a permanecer detrás de su silla, intentando comprender por qué dejaba los naipes sobre el paño y apenas levantaba el borde para espiar qué le había tocado en lugar de sostenerlos. No ganó mucho, pero consiguió recuperar lo que habíamos perdido en la ruleta y con eso volvimos a jugar, esta vez en las tragamonedas, hasta perder todo.

Para entonces, eran las cuatro de la madrugada y tuvimos que regresar al hotel si queríamos dormir un poco. A las nueve teníamos que estar en una sala de conferencias, por lo cual debíamos desayunar a las ocho y levantarnos, como tarde, a las siete y media.

El sábado fue difícil. Tenía sueño y, para colmo, la brisa de la madrugada había perjudicado mi desempeño vocal. En la reunión nos encontramos con los demás finalistas y con los productores. Ninguno parecía enojado por mi cambio de último momento. Hasta me dieron las condolencias y me dijeron que valoraban que a pesar de la difícil situación que me tocaba atravesar estuviera allí para participar del espectáculo. Dijeron que eso hacía un verdadero artista. "El show debe continuar, bien lo dice la canción de Queen", completó Alicia, una de las productoras, en un intento de broma mezclada con cortesía. Sin embargo, yo sabía por lo que me había contado Dave que habían discutido a causa de mi cambio de último momento. Ojalá su actitud significara que habían dejado atrás las diferencias.

Nos explicaron algunos detalles de esa noche y nos hicieron compartir un rato entre los concursantes. Luego hubo una conferencia de prensa. Las preguntas fueron generales y las mismas para todos los finalistas.

Cuando regresé a la habitación, hice algunos ejercicios para mejorar mi voz. Si bien sabía que esa noche se acababa la fantasía, quería terminar en lo alto, ofreciendo un espectáculo digno de todos los anteriores que habíamos brindado y, sobre todo, digno de mi hermana.

Por la noche nos dirigimos al teatro. Nos hicieron entrar por una puerta de servicio y otra vez nos separaron. Al entrar al camerino, saludé a los dos intérpretes que habían llegado antes que yo y acomodé las prendas que me habían ofrecido los anunciantes. El vestido estaba cubierto por una tela negra y los zapatos, en la caja. Me senté donde estaba mi nombre pegado en el respaldo y esperé a los estilistas mientras comentábamos con los demás finalistas lo mismo de cada vez que nos enfrentábamos al concurso.

Como siempre, Sharon llegó última y con aires de diva. Casi parecía que nos saludaba por mera cortesía. Sus *bots* estarían votando como locos. Me preguntaba si en todos los concursos ganarían siempre los tramposos.

Los estilistas terminaron conmigo enseguida: había solicitado un look natural, solo mis rizos marcados y poco maquillaje, así que no había dado mucho trabajo. Quería ser lo más transparente posible, ya que develaría mis sentimientos en el escenario. Era una noche especial, un momento único, y quería vivirlo siendo yo misma, sin máscaras que pudieran ocultar a la verdadera Glenn.

La espera hasta mi turno de actuar fue eterna. Comencé a ponerme nerviosa, como cada vez que tenía que subir al escenario. Para colmo, nadie regresaba al camerino; después de actuar, todos iban a parar a otra habitación. Cuando salió el anteúltimo concursante, me quedé solo con una organizadora.

—¿Te has preparado mucho? —me preguntó, sin dudas para distraerme. Se hacía evidente que no tenía idea de lo mal que lo había pasado esa semana.

—Sí —respondí, apelando a los meses anteriores, en los que había entrenado tanto como un atleta para ir a las Olimpíadas.

Cuando me llevaron al escenario, me reencontré con Dave. Para entonces estaba tan nerviosa que creí que iba a desmayarme.

—Estás preciosa —me dijo él.

Yo no había tenido fuerzas para disfrutar de lo bella que me sentía en ese vestido rosa con lentejuelas. Me quedaba entallado y marcaba mi cuerpo.

Tenía un tajo que dejaba al descubierto una de mis piernas, y los zapatos eran hermosos.

Del otro lado del cortinado que nos separaba del escenario, oía con claridad el video promocional que estaban proyectando. En ese momento sonaba mi versión de *Estranged*. Sin duda estaban haciendo una recorrida por mi trayectoria en el programa.

—Creo que voy a vomitar —dije. Para empeorar la situación, el presentador se asomó y nos llamó con un gesto para que nos preparáramos para subir al escenario. Dave apoyó las manos sobre mis hombros y sonrió con un gesto tranquilizador.

—Eres la chica más talentosa y especial que conozco. Estás destinada a ser una estrella. Sabes que eres una excelente artista sin importar el resultado de esta noche. Tu sueño se cumplió, no por haber cantado un par de veces en un teatro, sino porque ya eres una profesional. Estás aquí, brillando en ese majestuoso vestido, aun cuando tu alma está rota. Sal y demuéstrales de qué estás hecha: amor, sueños y fe.

—No sería nada sin tu coraje, tu empeño y tu inteligencia.

—Entonces represéntame también.

Me besó en la mejilla con una fuerza estremecedora y me dio la mano para subir juntos al escenario.

Suspiré y caminé entre aplausos hasta quedar en la cruz que se hallaba en el suelo, en medio del escenario. Me planté frente a los jueces y contemplé el teatro: era más grande que el de Los Ángeles y estaba lleno de público nuevo. Las entradas para la gala final estaban en venta desde hacía un mes y se habían agotado en dos días.

—¿Cómo estás, Glenn? —me preguntó Max—. Nos enteramos de algo muy triste que te sucedió la semana pasada. ¿Quieres contarlo para que lo sepa la audiencia?

Me temblaban las piernas y las manos. Tragué con fuerza y quité el micrófono del soporte. Lo apreté tanto como mis dientes, suspiré y lo acerqué a mi boca mientras pensaba: *Dios es mi roca. Dios me fortalece.*

–Lo siento –dije con voz suave–. Sé que esto no estaba pautado, pero para mí es lo más importante esta noche.

Los ceños fruncidos de los jurados sirvieron como muestra de lo mal que les sentaba que los concursantes se salieran del libreto. Era consciente de que lo que haría traería peores consecuencias que haber cambiado de canción a último momento, pero aún así tenía que hacerlo.

–Lo más importante es oírte cantar –replicó Max, y trató de velar la advertencia con una sonrisa–. ¡Estás en la gala final!

El público aplaudió. Apostaba a que se lo habían ordenado desde un cartel indicador.

–Sé que esto puede ocasionar que sea descalificada… –me temblaba la voz.

–Entonces no lo hagas –me advirtió Meredith con voz helada. Pero yo estaba en llamas, y nada me apartaría de mi objetivo. Sabía que estábamos en vivo y que no existiría otra oportunidad para lo que quería hacer. Era ahora o nunca.

–Mi hermana de catorce años se suicidó hace una semana –se oyó una exclamación unánime del público. Vi algunos rostros: unas chicas se cubrieron la boca con el ceño fruncido, parecían tristes y horrorizadas.

–A eso nos referíamos –intervino Max. Se lo notaba aliviado de que la conversación se dirigiera al puerto que él deseaba–. Lo sentimos mucho y valoramos que estés aquí esta noche. Eso hace una verdadera artista –miró al público–. Creo que en esta gala Glenn merece un aplauso extra para darle ánimo.

El sonido de las palmas no pudo acallarme.

–Aunque lo aprecio, no necesito que me aplaudan. Necesito que escuchen –dije. No sé si el cartel que daba las órdenes les pidió que suspendieran el aplauso o si la gente decidió hacerme caso por su cuenta, pero así sucedio, y yo aproveché el silencio–. Sé que lo que contaré quizás les resulte aburrido y que lo que haré tal vez no corresponda a este programa. Pero por esto vine esta noche, así que igual lo diré, sin importar las consecuencias para mí como participante.

»Provengo de una familia muy conservadora. Mi padre es pastor y mi madre lo acompaña en esa tarea. Mis cinco hermanas y yo nos criamos entre la música góspel y oraciones al amanecer, durante cada comida y antes de ir a dormir. Todo marchaba bien siempre que respetáramos las reglas, en especial las de nuestro padre: nada de música que no fuera religiosa, nada de libros, nada de ser lo que él interpretaba que Dios no quería que fuéramos. Podría pasar horas explicando esto, pero creo que ya entienden el contexto. Todo eso llevó a mi hermana Chloe a ocultar que era homosexual. Después de que la descubrieran, no resistió la presión familiar y social ni la culpa que durante años se le inculcó que debía sentir por hacer algo que ni Dios ni la sociedad querían, y se suicidó.

»Es un asunto muy complejo para resumir en pocas palabras; creo que siempre hay más de un factor que lleva a una persona a quitarse la vida. No estoy culpando a mis padres, pero entiendo que todos tenemos la responsabilidad de cuidar al otro, estemos de acuerdo o no con sus convicciones, y a veces nos olvidamos de eso.

»Sé que estarán pensando que la religión es una porquería, que Dios es un invento, que sus mentiras tienen la culpa de que mi hermana haya tomado esa decisión tan triste. Pero para mí no es así. La Iglesia es el lugar donde crecí, el lugar donde viví los momentos más hermosos de mi infancia y adolescencia. Es mi casa. Dios es mi Padre, mi guía, el único en quien puedo confiar cuando todo lo demás se desvanece o cuando el dolor es tan grande como ahora.

»El problema no es la Iglesia, y mucho menos Dios: somos las personas. Las personas que interpretamos sus mensajes a nuestro modo, que extremamos una doctrina y que nos apropiamos de palabras que quizás no entendemos porque nos falta sabiduría. Debemos ser humildes y aceptar que tal vez no alcanzamos a interpretar la profundidad de la palabra de Dios y que algunos de nuestros actos no son consecuencia de ella, sino de nuestra ideología.

»Yo creo que su palabra es de amor. Y que no tenemos derecho a hacer que nadie sienta que Dios o que los demás no lo amamos lo suficiente como para no ser digno de la vida.

»Las personas que en este momento estén sintiendo eso deben saber que están equivocadas: Dios sí los ama y quiere que vivan. Sé que hay muchos mirando, muchos que se sienten como mi hermana Chloe. Quiero decirles que no todas las Iglesias son como la de mi padre, que no todos los cristianos nos comportamos de la misma manera y que no todos los juzgamos. Muchos los abrazamos.

»Si eres una persona del colectivo LGBTQ+ y estás sufriendo porque te sientes incomprendido por tu comunidad o por la sociedad en general –dije, mirando a la cámara con los ojos llenos de lágrimas–. Si crees que tu vida no vale la pena, que nadie te apoya y que Dios ha dejado de amarte: eso es mentira. Entra en Facebook, Twitter o Instagram y busca la cuenta Yo te abrazo, usando esa frase en el *hashtag*. Es mía. Seguro algunas personas publicarán muchos mensajes de odio. No los leas. Tan solo ingresa a los mensajes privados y escríbeme. Estaré ahí para ti. Esperaré tu mensaje para decirte que te Dios te ama, que yo te amo. Que somos muchos los que te abrazamos.

El silencio que siguió a mis palabras me estremeció. La energía que llenaba el teatro era única, diferente de todas las que había sentido en mi vida. Me di cuenta de que no había mirado los rostros de la gente durante mucho tiempo, solo a la cámara. Los jurados estaban impávidos. El público lloraba.

De pronto se oyó un aplauso. Uno solo en medio de la nada. Entonces alguien se levantó y se sumó con sus palmas. Lo mismo sucedió con otro, y otro más, hasta que todo el teatro estaba de pie y el ambiente se había convertido en una ovación entre lágrimas.

Meredith estaba tan afectada como yo.

—Es muy difícil continuar después de esto —dijo. Por primera vez no usó el tono aniñado de siempre. Sus mejillas estaban rojas, lloraba en serio, no estaba actuando.

—Aunque quizás ya esté descalificada, solo les ruego que me permitan cantar —pedí—. Es muy importante para mí terminar la presentación.

—Por supuesto —respondió Max. Tenía la voz gruesa; me pareció que evitaba hablar—. ¿Qué vas a interpretar?

—*My All*, de Mariah Carey.

—Adelante.

Me sequé las lágrimas con la mano a la velocidad de la luz. Aunque seguía temblando, el comienzo de la música me ayudó a cerrar los ojos y concentrarme en mí misma. Por primera vez no intenté conectar con el público y solo pensé en Chloe. En nuestra infancia, en nuestra familia, en nuestros corazones rotos. En lo que jamás volvería, en lo que se había ido: la risa de mi hermana, su extraordinaria capacidad intelectual, los instantes de felicidad que había vivido con Valentine.

Canté mejor que nunca, o al menos eso sentí mientras dejaba escapar el dolor por mi garganta, procurando no llorar. Las lágrimas me traicionaron cuando entoné el estribillo final. Cambié algunas palabras de la letra a propósito, dije lo que me salió del alma.

I'd give my all to have	Lo daría todo por tener
Just one more **day** with you	Solo un día más contigo
I'd risk my life to feel	Pondría en peligro mi vida para sentir
Your **soul** next to mine	Tu alma junto a la mía
'Cause I can't go on	Porque no puedo continuar
Living in the memory of our past	Viviendo en el recuerdo de nuestro pasado
I'd give my all for **you Chloe** tonight	Lo daría todo por ti, Chloe, esta noche
Give my all for **you Chloe**	Daría todo por ti, Chloe,
Tonight	Esta noche

Cuando terminé, salí de una especie de trance. Estaba agitada y lloraba; tenía la garganta cerrada. La gente volvió a ponerse de pie, al igual que los jurados. Aplaudían tan fuerte que terminaron de devolverme a la realidad. El dolor se había ido; acababa de vaciarme en ese escenario y necesitaba recargarme de algo bueno.

Dejé de resistir y, temblando, coloqué el micrófono en el soporte. Corrí hacia Dave. Él me abrazó, emocionado, y me besó en la cabeza. Me sentía protegida entre sus brazos. Con Dave, sentía que mi vida podía volver a empezar y convertirse en algo mejor.

38

Todo lo que tengo

Dave me ayudó a bajar del escenario y empezamos a caminar por el pasillo. Un miembro del equipo nos indicó una puerta y entramos a una habitación. Estábamos solos. Dave me acompañó para que me sentara y fue por un vaso de agua. Se arrodilló frente a mí para acariciarme el pelo.

—Lo siento —susurré. Había arruinado su trabajo de meses, debía sentirse defraudado.

—Te admiro, Glenn —respondió, y me besó en la mejilla, llevándose mis lágrimas—. Dices que yo soy valiente, y tú, una cobarde. Creo que es al revés. Provenimos del mismo tipo de contexto familiar, pero mientras que yo me oculté en conductas agresivas y autodestructivas, tú saliste al mundo para mejorarlo. Estoy seguro de que el día que mueras, en unos cien años, el mundo será un poco mejor gracias a ti.

Lo abracé fuerte hasta que, poco a poco, me calmé. Entonces me limpié la nariz y Dave se sentó frente a mí. Extrajo su teléfono mientras yo seguía cabizbaja, recuperándome despacio de lo que acababa de vivir.

—Glenn… —murmuró él. Lo miré—. Tus redes sociales explotaron: ganaste

379

miles de seguidores en minutos, y siguen creciendo –hizo una pausa–. Eres *trending topic* en Twitter.

–¿Qué? –reí. No podía creerlo.

–Tu nombre y apellido están en el número uno.

–¡No bromees!

–Y tu *hashtag* #YoTeAbrazo está en el número diez.

Nos miramos. Mi boca estaba abierta. En la de Dave se había dibujado una sonrisa.

Poco después, una estilista entró para retocar mi maquillaje. Terminó justo para cuando un organizador se asomó y nos avisó que debíamos volver al espectáculo.

Una vez más, Dave me acompañó hasta la escalera que conducía al escenario y nos despedimos con un beso. Él se quedó con el resto de los acompañantes mientras que yo me sumé a la fila de finalistas que ya estaban apareciendo frente al público.

Los jurados estaban de pie, la gente aplaudía. El ambiente era una fiesta llena de risas y gritos. Sharon estaba radiante, saludaba como una reina a quienes gritaban su nombre y les arrojaba besos. Los otros dos finalistas sonreían y se estrecharon las manos en un gesto amistoso.

El presentador invitó a la directora y a nuestros profesores de la escuela al escenario. Cada uno destacó aspectos del trabajo que habían hecho con nosotros y de nuestro desempeño.

Los jurados también nos dedicaron unas palabras. Max fue el último en expresarse.

–Es un orgullo haber sido testigo de su evolución en cada gala. El trabajo de los cuatro ha sido extraordinario. Esperamos que el ganador comience a partir de esta noche una carrera exitosa y larga, y que el resto de ustedes encuentre el modo de hacer la suya, porque creo que todos la merecen.

—Así parece según las votaciones, Max —comentó el presentador.

El público guardó silencio de golpe. Otra vez me puse nerviosa. Sharon se mecía sobre sus pies, con las manos unidas debajo del mentón. No alcanzaba a ver al resto de mis compañeros, solo a los espectadores. Algunos se cubrían la boca, como quería hacer yo en ese momento. Se había formado un nudo en mi estómago. ¿Acaso no estaba descalificada? Creí que harían referencia a mi discurso antes de cantar o a que había huido del escenario sin escuchar la devolución de los jurados.

—Fue la votación más sorprendente —siguió explicando el presentador—. Durante la semana, todo parecía volcarse a favor de una participante. Durante la emisión, todo cambió. ¿Quieren saber el resultado? —el público gritó un estruendoso "sí"—. ¿Quieren saber qué artista tiene más fans? —la gente volvió a gritar.

Yo no soportaba más el suspenso. Tragué con fuerza. Si no estaba descalificada, quizás sí me interesaba un poco ganar. *No pasa nada si pierdes,* pensé. *Si ganas sería más fácil resolver algunos inconvenientes y podrías dedicarte a lo que te gusta sin miedo a pasar necesidades, pero hay otras formas de llegar a ser una profesional. No todos ascienden por la escalera llena de luces, algunos tienen que ir por las sombras.*

—El ganador de la octava edición de Soy tu fan es…

Gracias, Señor.

—La chica sensible, la caja de sorpresas…

Gracias por haberme permitido vivir esta experiencia, porque Tú has hecho posible que conociera a Dave y que él y yo formáramos tan buen…

—¡Glenn Jackson!

¡¿Qué?!

Los aplausos, las luces, la mano del presentador… todo se dirigía a mí. Yo, en cambio, volteé y miré hacia donde había dejado a Dave. Lo vi subir de dos

381

en dos los escalones y caminar hacia mí. En una fracción de segundo llegó a donde yo lo esperaba, me levantó tomándome de la cintura y yo lo abracé. Nos dimos un beso delante de las cámaras, como si estuviéramos solos.

–¡Lo hiciste! –gritó.

–Lo hicimos –lo corregí.

–Como sea –respondió él, en éxtasis total, y volvió a besarme. Después me liberó y me impulsó a caminar hacia adelante.

El presentador volvió a ofrecerme su mano y yo la tomé. Me entregaron un ramo de flores y un disco simbólico con mi foto. Era una de las que me habían tomado en la sesión a la que me había llevado la producción.

–¡Felicitaciones, Glenn! –exclamó Max, abriendo mucho los brazos cada vez que aplaudía. Denise se secó una lágrima.

–Te lo mereces, linda –dijo.

–Queremos que siempre nos sorprendas como has hecho en este certamen –acotó Meredith.

No podía creerlo. Estaba allí, frente al público, con los ojos nublados de emoción y un torrente de ilusiones agitándose de nuevo en mi interior. Todos esos sueños que creí que se habían extinguido con la muerte de Chloe, todos mis deseos, estaban regresando con más fuerza que nunca.

Mis compañeros se acercaron a felicitarme; los aplausos no parecían tener fin. Sharon fue la última en saludarme. Sin duda, ni ella ni yo podíamos creer que mis fans hubieran superado a sus *bots*.

El episodio terminó pocos minutos después, con el presentador alzando mi mano como si fuera una boxeadora que acababa de ganar una pelea. Metafóricamente, lo era.

En cuanto la emisión terminó, el presentador me dio un abrazo y los jurados subieron al escenario para estrecharnos las manos.

–Ahora pertenecemos a la misma discográfica, Glenn –sonrió Maredith.

No retuve mucho de esos diálogos. Estaba todavía un poco abstraída, no terminaba de comprender que había ganado el concurso y que mi vida había dado un vuelco en un par de minutos. Sentí la mano de Dave tomando la mía; fue un gran apoyo para resistir tantas emociones en tan poco tiempo.

–¡Excelente, Glenn! –exclamó Alice, acercándose–. Batimos récords de rating, estamos felices. ¿Puedes pasar por nuestra oficina antes de irte? Cualquier organizador te indicará dónde la montamos –antes de que la última palabra terminara de abandonar sus labios, giró hacia los demás concursantes–. ¡Todos estuvieron geniales! ¡Felicitaciones!

Se la veía muy contenta, era evidente que les habíamos hecho ganar mucho dinero.

Yo no cabía en mí de la felicidad, aunque también me sentía un poco abrumada. Había vivido emociones extremas y contradictorias en el lapso de una semana, y necesitaba un poco de paz.

–¿Ya puedo ir al camerino para quitarme el vestido? –pregunté a Max.

–Sí, por supuesto –miró a Dave antes de que nos alejáramos y le extendió la mano–. Bien hecho. Presiento que tienes un gran futuro como representante: en tu primer intento ya has construido una estrella. Felicitaciones.

Dave le estrechó la mano con una sonrisa segura, sin objetar ni aceptar las palabras del productor.

Cuando bajamos del escenario encontramos a Sharon hablando por teléfono, muy enojada. La ignoramos y seguimos nuestro camino. Dave me acompañó hasta la puerta del camerino, al que entré sola. Me vestí con una falda cuadrillé, una camisa blanca y botas negras. Era lo que Dave me había sugerido que utilizara para salir del teatro, ganara o no. Me acomodé un poco el pelo y le pedí a la maquilladora que retocara mi rostro. No me había dado cuenta de que, al ganar, había llorado de nuevo, y otra vez parecía un mapache.

Cuando salí fui a buscar a Dave para ir a la oficina de los productores, como me habían indicado. Antes de que pudiéramos alejarnos, Sharon se interpuso en nuestro camino.

—Te felicito —dijo a Dave—. Eso que le hiciste hacer hoy fue un golpe maestro.

Dave le devolvió una sonrisa serena.

—Yo no le hice hacer nada, solo la ayudé a sacar a la luz otras partes de sí misma. Glenn es genuina, por eso es una estrella —respondió. Sharon se humedeció los labios.

—Quiero que me representes. ¿Tienes una tarjeta?

Por primera vez vi a Dave dudar ante una situación relacionada con el trabajo. Sharon no era precisamente mi persona favorita, pero tenía un estilo innegable, y a Dave le sobraban habilidad e intuición para hacerla destacar. Él tenía miedo de asumir el desafío, pero yo sabía que también estaba destinado a crecer. No tenía por qué ser el chico de la cafetería para siempre, aunque le hubieran hecho creer que no podía aspirar a más.

Le apreté el brazo y él al fin se atrevió a hablar, como si yo le hubiera dado cuerda.

—Dame tu móvil, te apuntaré mi número —respondió a Sharon.

Ella le cedió el teléfono y él escribió su número. Se despidieron con una sonrisa amable.

Preguntamos a un organizador dónde tenían los productores su oficina y nos llevaron a una pequeña habitación al fondo del pasillo del teatro. Allí dentro estaban Alice y otro hombre que enseguida dejaron de hablar entre ellos para mirarnos.

—¡Ya eres una estrella, Glenn! —exclamó ella—. ¿Cómo te sientes?

—Todavía no puedo creerlo —respondí. Ella rio.

—Trabajaremos esa timidez sin quitártela del todo, a la gente le agrada.

—Queremos que descanses —dijo el hombre—. Nos comunicaremos con ustedes en la semana para acordar una nueva reunión en Los Ángeles. Recuerden que el vuelo sale mañana a las tres de la tarde. Seguro nos veremos ahí.

—Se puede ir al hotel por pasillos internos, pero sería bueno que salieras por la puerta lateral y que reingresaras por la principal. Hay mucha gente esperándote y queremos filmar algo de interacción con el público para el último programa —comentó Alice.

Estaba cansada, pero el público me había votado. Ellos habían cumplido mi sueño y merecían que pasara tiempo a su lado. Además, lo necesitaba. Las personas me recargarían de energía positiva.

Dave y yo les agradecimos, los saludamos y nos fuimos. Un organizador nos escoltó por el pasillo y se detuvo frente a la puerta negra de salida.

—¿Están preparados? —preguntó. Dave me miró por sobre el hombro a la vez que apretaba mi mano, buscando mi respuesta. Asentí con la cabeza.

—Sí —dijo.

Cuando la puerta se abrió, los flashes me enceguecieron. Había pocos guardias y el pasillo para dirigirme al automóvil que nos llevaría hasta la entrada principal era muy angosto. Las barricadas se movían; había muchas más personas ahí que en el teatro de Los Ángeles.

Dave se lanzó a caminar delante de mí, sin soltarme. Miré a los costados, sonriendo a quienes sostenían carteles con mi nombre y mi foto.

—¡Un autógrafo, Glenn! —gritó una chica. Estaba tan eufórica que me llevó a preguntarme dónde estarían los Beatles. Si era por mí, seguía sintiéndome la chica que iba a cantar a la iglesia, y no podía creer que alguien enloqueciera por una firma mía.

—¡Glenn, mírame! ¡Por favor, quiero una foto contigo! —gritó alguien más del otro lado. Lloraba.

Dave se detuvo de repente, y yo colisioné con su espalda. Me asomé por el costado: una valla se había caído, y una decena de personas se abalanzaba sobre nosotros. Él dio un paso atrás. Intenté retroceder, pero un guardaespaldas se había colocado justo detrás de mí y me impidió dar el paso. Dave se movió un poco; supuse que quería protegerme hasta que los guardias reacomodaran la valla.

Sentí que Dave me apretaba la mano. Mi respiración se cortó, intuí que algo estaba ocurriendo. La tensión en sus músculos me sobresaltó, pero por la posición en que habíamos quedado, no alcanzaba a ver más que su hombro.

De repente, su espalda dio un golpecito contra mi pecho, como si alguien lo hubiera empujado y él hubiera opuesto resistencia para mantenerse en su sitio. El guardaespaldas consiguió pasar por un costado y empezó a empujar a la multitud para que los custodios pudieran levantar la valla.

El camino se había despejado, pero Dave no se movía. Le di un empujoncito y él cayó de rodillas. Me moví hacia adelante, me incliné y le sujeté los hombros.

–Dave. ¡Dave! –exclamé. No entendía qué ocurría, pero sentí terror.

Él alzó un poco la cabeza; tenía los ojos vidriosos. Apoyó una mano sobre la mía y entreabrió los labios.

–Tú… Estás… –murmuró. Casi no podía oírlo.

Ya no tenía dudas de que algo estaba muy mal. Pensé que poner el cuerpo para contener a la gente le había demandado demasiado esfuerzo e iba a desmayarse. Cuando se dejó caer hacia atrás y vi que había una mancha de sangre en su camiseta a la altura del hígado, pensé que mi alma se arrojaba desde un edificio.

–Dave. ¡Dave! –exclamé.

La gente comenzó a gritar. Un guardia de seguridad se agachó a nuestro lado y empezó a hablar por el handie.

Giré la cabeza, intentando comprender qué había ocurrido. Entonces la vi: la misma espalda que había salido corriendo de nuestro apartamento, el mismo chico que me había golpeado y nos había obligado a gastar el poco dinero que teníamos en una consulta médica. Tae Hyung.

—¡Atrápenlo! —exclamé, señalándolo.

Por supuesto, en medio del caos, nadie me entendió.

Miré a Dave, que me tomaba la mano en el suelo con el rostro contraído.

—No —murmuró con los dientes apretados.

Solo una palabra. Una palabra que, sin embargo, lo encerraba todo. Dave conocía mis intenciones, y yo temblé al reconocer que solo tenía un instante para tomar una decisión crucial: me quedaba con él sabiendo que me necesitaba o corría detrás de quien acababa de herirlo e intentaba ponerle fin al problema que nos había llevado a ese punto. Había que cortar ese lazo con el pasado o jamás podríamos vivir en paz.

Apreté los puños y, con la respiración agitada, le solté la mano. *Cúbrelo con tu protección, Señor,* rogué. *Y cúbreme a mí.*

—¡Nooo! —gritó Dave, levantándose apenas. Lo vi caer rendido por el dolor de nuevo casi al instante.

Nunca había sido buena en los deportes, pero salté la barricada como en una competencia; una fuerza sobrenatural se había apoderado de mí. Mi falda se enganchó con un extremo de metal y se rasgó, dejándome la pierna al descubierto. Enseguida colisioné con el muro que formaban los espectadores. Los empujé con la energía de cien personas a la vez y empecé a correr detrás de Tae Hyung.

—¡Deténganlo! —grité a las personas que caminaban por la acera. Nadie entendió de qué hablaba ni a quién señalaba en el enjambre de gente que circulaba por el boulevard.

Tae Hyung era rápido y hábil; me costaba seguirlo. Me dolía el costado y casi no podía respirar. Dobló en la esquina, y yo aceleré mi carrera, temiendo perderlo de vista. Grité, desesperada, y eso me dio fuerzas. Logré colgarme de sus hombros antes de que saltara sobre un artefacto ornamental y se alejara todavía más, y lo abracé con las piernas.

Sentí el frío de la navaja en mi muslo izquierdo. Mi piel se rasgó como hacía un momento había sucedido con la falda, entonces me aferré a su cuello. Tae Hyung intentó librarse de mí cortándome en los brazos. Seguí apretando con todas mis fuerzas mientras gritaba; si lo soltaba, la pesadilla nunca terminaría.

No sé cuántos segundos pasaron, pero parecieron horas. Por suerte, finalmente se oyó una voz de alto. Tae Hyung volteó, conmigo todavía colgada de su cuello. Entonces pude ver a dos policías y a dos guardias de seguridad del hotel que doblaban la esquina.

El alivio de su llegada me hizo perder fuerzas, y Tae Hyung lo aprovechó en su favor. Jaló de mi brazo herido y en una fracción de segundo me tuvo contra su pecho, con la punta de la navaja en mi cuello. Los policías lo apuntaban con sus armas y Tae Hyung respiraba en mi oído.

—Déjenme ir o la mataré. ¡La mataré! —gritó.

Mucha gente se acumuló a unos metros. Alcancé a ver que algunos filmaban, otros se cubrían las bocas abiertas con algunos dedos.

—Suéltala ahora o disparo —ordenó un agente.

—¡La mato! —repitió Tae Hyung, enterrando la navaja otro poco.

Ayúdame, Dios. Ayúdame, rogué.

Todo sucedió tan rápido que no hice a tiempo a procesarlo. Recién me di cuenta de que el policía había disparado cuando Tae Hyung cayó a mi lado, con un agujero de bala en la frente.

Di un paso atrás, temblando, y me cubrí la boca para no vomitar sobre el cuerpo que, en una fracción de segundo, se había convertido en un cadáver.

Dave. Dave, Dave, Dave, gritó mi mente, y me eché a correr otra vez. Me pareció oír que los policías me llamaban, pero no les hice caso.

Doblé la esquina y vi una ambulancia: estaba frente al teatro. Seguí corriendo entre la multitud, que abrió el paso al verme, hasta llegar a la valla. Desde allí alcancé a divisar que estaban cargando a Dave en una camilla dentro de la ambulancia.

–¡Necesito pasar! –grité–. ¡Déjenme pasar!

Como los guardias no podían apartar la valla por el riesgo de que la gente se amontonara en la salida de nuevo, volví a saltar con ayuda de algunos espectadores. Un guardaespaldas me ayudó a llegar del otro lado tomándome del brazo y yo me metí en la ambulancia, detrás de la camilla.

–¡Oiga! –se quejó un médico. Era evidente que no miraba Soy tu fan, ni siquiera nos había reconocido.

–Ella tiene que ir –explicó brevemente el guardaespaldas.

Me acomodé junto a la camilla mientras un enfermero colocaba un respirador a Dave. Le tomé la mano y me apoyé contra su hombro. Estaba pálido e inconsciente, y temí que muriera.

–Por favor… –rogué, un poco para Dios y un poco para Dave.

Las puertas de la ambulancia se cerraron y la sirena se encendió para ensordecerme.

Me di cuenta de que todo lo que tenía ya no se hallaba en una maleta. Estaba en esa camilla, a punto de desvanecerse para siempre.

39

Ser valiente

El médico daba órdenes al enfermero mientras le realizaba los primeros auxilios a Dave. De pronto, me miró.

—¿Qué relación tienes con el paciente? —preguntó.

—Soy su novia.

—¿Consume drogas?

Quisiera haber tenido tiempo para ofenderme porque el doctor confundiera la apariencia de Dave con la de un drogadicto. Se sentía horrible que prejuzgaran a alguien que amaba; lamentaba haber hecho lo mismo alguna vez. Supuse que el asunto de las drogas era importante para saber qué medicación podía aplicarle y cuál no, así que me limité a responder.

—No.

Le aplicó una inyección. Por suerte, llegamos al hospital muy rápido.

Corrí junto a la camilla, tomando la mano de Dave, hasta que lo ingresaron a la sala de emergencias. Cuando la puerta se cerró y él desapareció del otro lado, me sentí vacía. Di unos pasos atrás y busqué unos asientos donde esperar. Me temblaban las manos, y hasta ahora ni siquiera me había acordado de cuánto me dolían los cortes que me había hecho Tae Hyung.

No podía creer que estuviera muerto. ¿Y si ocurría lo mismo con Dave? Fue inevitable pensar en mi hermana Chloe. La había perdido hacía una semana, no quería que sucediera lo mismo con mi novio. Por primera vez me enojé con Dios. Me pregunté por qué estaba siendo tan duro conmigo. Después de pensar un rato me cuestioné si quizás no quería mostrarme que había elegido el camino equivocado. Pero, de ser así, ¿no tendría que haber perdido el concurso?

Me tomé la cabeza entre las manos; ¿desde cuándo los mensajes de Dios eran tan confusos? Siempre había creído que todo estaba claro. El problema era que jamás me había cuestionado las reglas y, así, la responsabilidad sobre mi vida no era mía. Tampoco los errores, ni el éxito.

—Oye —me dijo una voz de mujer. Alcé la cabeza: era una doctora—. Los consultorios están por aquel lado —señaló—. ¿Qué te sucedió en los brazos y en las piernas?

—No estoy esperando para los consultorios, sino a mi novio. Lo están atendiendo en la sala de urgencias.

—No puedes quedarte aquí. El corte de tu brazo es profundo, necesita una sutura. Ven conmigo.

—Prefiero quedarme.

—Lo siento, tienes que acompañarme.

Bajé la cabeza para comprobar si los cortes se veían tan mal: había gotas de sangre en el suelo. La doctora tenía razón: yo también necesitaba atención médica.

La acompañé a una sala donde una enfermera me higienizó las heridas y un doctor me realizó una sutura. Me prestó un alfiler de gancho para que reparara de forma provisoria la falda rasgada y que no se me viera la pierna hasta el comienzo de la ropa interior. Por último me pidió que fuera a la farmacia, donde me entregarían algunos analgésicos. Le di las gracias y me dirigí allí. Acabé en el baño, ingiriendo una píldora con agua del grifo.

Volví a la recepción y pregunté por Dave a una empleada. Me dijo que no tenía noticias y que, si quería, podía esperar en los asientos que estaban en el pasillo que llevaba a la sala de urgencias. Me senté a orar con la cabeza apoyada en la pared y los ojos cerrados.

Los abrí cuando oí una puerta. Una enfermera abandonaba la sala. Me levanté y fui a su encuentro.

—¿Vienes con el paciente de la herida punzocortante? —me preguntó.

—Sí. ¿Se encuentra bien? —respondí de forma acelerada. Mi corazón latía tan rápido como había pronunciado la palabra. Temblaba.

—Todavía estamos ocupándonos de él. Quería entregarte esto y pedirte algunos datos —me dio una bolsa. Espié y alcancé a ver la ropa de Dave—. Hay teléfonos en el interior, no han dejado de sonar —siguió explicando ella.

Le agradecí y la acompañé a una oficina para responder sus preguntas. Me pidió datos sobre Dave, en especial referidos a asuntos médicos de los que no tenía idea. Volvió a preguntarme si consumía drogas, alcohol o cigarrillos. No preguntó su nombre, me explicó que lo había extraído de su identificación.

—¿Cómo van a pagar al hospital? No encontramos ninguna credencial del seguro social en la billetera.

Tragué con fuerza. No había pensado en lo abultada que sería la cuenta de la clínica hasta ese momento. Entonces entendí que estaba en problemas y tenía que resolverlos sola. ¿Qué habría hecho Dave? Generar confianza y ganar tiempo. Eso tenía que hacer.

—Somos parte de Soy tu fan, puede comprobarlo encendiendo el televisor, así que no se preocupe por el seguro social. Pagaremos en efectivo.

Asintió e hizo una marca en la ficha. Me pidió que firmara una autorización en caso de que tuvieran que intervenir quirúrgicamente a Dave y para realizar otros procedimientos necesarios sin preguntarme antes. Di mi conformidad y volvimos al pasillo. Ella regresó a la sala de urgencias y yo me quedé otra vez en compañía del miedo.

Busqué en la bolsa y extraje los teléfonos. La productora había llamado al de Dave una decena de veces y en el mío había mensajes de mi hermana Ruth, de Liz y de Val. También había llamadas perdidas de mamá. En ese momento recibí una de Liz. Respondí sin dudar.

—¡Glenn! —exclamó—. ¡Qué miedo! No atendías; temí por ti. Vimos lo que sucedió en las noticias. ¿Estás bien? ¿Cómo está Dave?

—Todavía no lo sé. Solo me entregaron su ropa y las cosas que él llevaba en los bolsillos.

—¿Qué pasó? ¿Por qué los atacaron? ¿Fue un fan?

—Es largo de explicar.

—Tienes razón, lo siento. ¿Estás sola? ¿Necesitas algo?

—Dinero.

—¡Maldición! Es justo lo que no tengo. Hablaré con Val.

—No. Espera.

Atendí el llamado que en ese momento entraba al teléfono de Dave. Era de Alice.

—Glenn, ¿cómo estás? —me preguntó—. Max y yo estamos yendo al hospital. Un guardia de seguridad nos dijo a dónde lo llevaron, se lo preguntó al médico de la ambulancia.

—Necesito dinero —solté así, sin más. No había tiempo para mi temor a negociar.

—Le pagamos a Dave por tu actuación de esta noche, pero te llevaremos más.

Busqué en la bolsa sin colgar. Metí la mano en los bolsillos del pantalón y hallé los dólares doblados a la mitad.

—Gracias —dije, y nos despedimos. Volví a mi teléfono—. Olvídate del dinero, Liz. ¿Liz?

Oí que hablaba a lo lejos, sin duda estaba usando el móvil de Jayden. "Me dijo que necesita dinero. Jayden y yo solo tenemos doscientos dólares, ¿tú tienes más?". Era indudable que, fiel a su estilo expeditivo, ya estaba hablando con Val. Esperé a que regresara, esforzándome para mantener la calma.

—¿Glenn? —preguntó finalmente.

—Aquí estoy.

—Val tiene algunos ahorros. ¿A dónde te hacemos llegar el dinero?

—No hace falta. La producción le pagó a Dave por mi actuación, y aunque no creo que alcance para cubrir todos los gastos médicos, al menos servirá para que nos dejen ir firmando algún documento con la deuda.

—¿Estás segura? Permítenos enviártelo igual. No es mucho, pero podría servirte como respaldo.

—No te preocupes. Gracias por ser incondicionales, no como mi familia —empecé a llorar.

—Glenn, por favor, tranquila. Todo saldrá bien.

En ese momento, volvió a sonar el móvil de Dave. Decía "*hyeong*". No tenía tiempo de repasar el breve glosario coreano que retenía en mi mente gracias a los dramas, así que me apresuré a despedirme de Liz y atendí.

—¿Eres Glenn? —preguntó una voz masculina—. ¿Es cierto lo que dijeron en televisión? Vi a mi hermano en el programa contigo, necesito saber si está bien.

—No lo sé —sollocé—. Todavía está en la sala de urgencias.

—Dime en qué hospital se encuentran. Queremos ir para allá —supuse que con "queremos" se refería a toda la familia de Dave.

Le di los datos y nos despedimos al mismo tiempo que volvía a sonar mi móvil. Era mamá.

—¡Dios mío, Glenn! ¿Estás bien?

—Sí.

—¿Y el chico?

—Todavía está en la sala de urgencias. Ora por él.

—¡Oh, cielos! —sonaba afectada, y eso me hizo sentir acompañada. Aunque me esforzara por negarlo, necesitaba el apoyo de mi familia—. ¿Es cierto que atrapaste al atacante? ¿Cómo hiciste esa locura? ¿Dónde estás? No puedo tenerte lejos en este momento.

—Estoy en el hospital.

—Tenemos que conversar. Miré el programa con Ruth y estuve hablando con tu padre. Queremos ir a verte.

—No.

—Glenn, dime dónde estás. Te prometo que no intentaremos hacer que regreses a casa. Confía en mí.

Si bien todavía dudaba de que no intentaran convencerme para que volviera a Nueva York, ¿qué podía hacer? Sin Dave me sentía sola, y jamás dejaría de amar a mamá, a papá y a mis hermanas, por más injustos que pudieran ser a veces. Le di la dirección del hospital y le pedí que me llamara en cuanto pisaran Las Vegas, por si me había ido de allí para cuando ellos pudieran llegar.

Alice y Max aparecieron poco después de que hubiera cortado con mamá. Alice se mostró mucho más humana que en el programa: se sentó a mi lado y me tomó la mano antes de hablar. Max, en cambio, se aproximó a la puerta de la sala de urgencias e intentó espiar por el vidrio, aunque era opaco y no se venía nada.

—¿Cómo está? —preguntó ella.

—Todavía no lo sé.

—¿Cómo estás tú? —miró mi brazo—. Te lastimó, qué maldito.

—Pudimos apartar a la policía del asunto por unas horas —me explicó Max, que se había plantado frente a nosotras—, pero tendrás que declarar pronto.

Asentí con la cabeza. Todo lo que me importaba era Dave, y empezaba a desesperarme sin noticias.

Poco después salió un doctor. Me levanté y me acerqué a él, seguida de Alice y de Max.

—Tuvimos que intervenirlo quirúrgicamente, pero se encuentra estable —esa única oración logró devolverme la respiración—. Pasará la noche en terapia intensiva y, si todo sigue bien, se quedará un día más en una sala común. Lo mantendremos sedado en un comienzo, luego iremos reduciendo la medicación hasta que despierte. ¿Alguna duda?

—¿Puedo verlo? —pregunté.

—No, y te sugiero que vayas a casa. Recién podremos darte más noticias mañana a las nueve. Te llamaremos si ocurre algo inesperado.

"Algo inesperado". ¿Así le llamaban a la muerte?

Max hizo algunas preguntas más y después me acompañó a la recepción junto con Alice. No quería irme, casi me estaban obligando.

Ella preguntó a cuánto ascendía la suma de gastos médicos hasta el momento. El número me dejó helada. Alice no se inmutó. Extrajo una tarjeta de crédito y pagó.

—Yo… —balbuceé. Me daba vergüenza. Alice sonrió.

—Es una tarjeta corporativa. Todavía tenemos que pagarte tu premio, ¿recuerdas? Sabemos que nos lo devolverás —explicó.

—Además, necesitamos que se recupere —acotó Max.

Ella le agradeció a la recepcionista y se llevó la factura. Después puso una mano sobre mi hombro.

—Te llevaremos a la estación de policía y luego al hotel. Reservamos algunos días más de estadía con todos los gastos pagos para que puedas quedarte aquí. Cambiaremos tu boleto de avión y el de Dave a uno abierto; tenemos cuenta con la compañía aérea, así que no te preocupes por eso. No podemos venir mañana por la mañana, pero te dejaremos el número de una agencia de coches con chofer para cuando necesites trasladarte. Por supuesto, tienen una cuenta con la productora y el gasto correría por nuestra cuenta. ¿Te parece bien?

No podía creer que se estuvieran ocupando de mí. Era evidente que ser una estrella de su compañía tenía beneficios y que cuando la vida se ponía difícil, Dios siempre ponía en mi camino personas para que me ayudaran. Les agradecí y dejé que me llevaran con la policía.

Conté todo con lujo de detalles: quién era Tae Hyung, qué había ocurrido a la salida del teatro del hotel, qué había hecho el policía antes de disparar. Estaban muy interesados en eso, sin duda para evitar que su compañero sufriera algún tipo de acusación. Alice y Max escuchaban con atención, sin intervenir.

Cuando terminé de declarar, volvimos al automóvil. Me avergonzaba que los productores hubieran escuchado la triste historia detrás de Dave y yo.

—Espero que puedan perdonarnos —dije, bajando la cabeza.

Alice frunció el ceño, mirándome por el espejo retrovisor. Max se volvió en el asiento del acompañante y rio, sin molestarse en ocultar sus emociones.

—Seré honesto contigo: no nos importa el pasado de tu compañero —explicó—. Solo debemos evitar que a partir de ahora se asocie al programa con un suceso negativo. Para eso tenemos que transformarlo en una aventura, debemos impedir que el público lo vincule con una tragedia. Eres la ganadora y la gente te ama. Nos ayudarás a volver esta tragedia en nuestro favor y asunto resuelto. ¿Contamos contigo?

Asentí sin dudar. Se habían portado bien conmigo; merecían que entrara en su juego para el beneficio de todos.

Una vez en el hotel, me refugié en la habitación procurando pensar que todo iría bien. Me di un baño y me acosté; no tenía hambre para cenar. Miré el teléfono: había recibido una llamada de mamá. Se la devolví.

—Estamos en el aeropuerto —me avisó—. Llegaremos mañana cerca de las nueve y media.

—Estaré en la dirección que les di a partir de las nueve —respondí.

—¿Se sabe algo del chico? ¿Pudiste verlo?

—¿Puedes dejar de llamarlo "el chico"? Su nombre es Dave. Y no, no pude verlo, pero me dijo el médico que, por el momento, evoluciona bien.

—Me alegro, seguiré orando por él.

—Gracias. Buen viaje.

Miré el reloj después de que cortamos: eran las cuatro de la madrugada. Tenía que dormir un poco si quería recuperarme.

En cuanto apagué la luz, repasé lo que había sucedido en ese largo día y casi me eché a llorar. Me sentía sola sin Dave y todavía tenía miedo de lo que pudiera ocurrir con él. Debía tener fe de que todo estaría bien. Dentro de poco nos hallaríamos en alguna casa alquilada, cocinando juntos, ya sin miedo a que Tae Hyung apareciera. Aunque había puesto en peligro la vida de Dave y había arruinado la de muchas personas, sentí pena por él. Le dediqué una oración con la esperanza de que su alma encontrara en el más allá el consuelo que no había encontrado aquí.

Me acordé de los problemas que había superado en esas horas y reconocí que, cuando tenía que ser valiente, lo era sin siquiera pensarlo. Sucedía que desde la infancia me había acostumbrado a apoyarme en alguien más, y esa cualidad mía no había tenido oportunidad de aflorar.

Volví a agradecer la ayuda de los demás: los productores que habían pagado la atención médica, mis amigas que habían estado al teléfono para contenerme, mis padres y hasta la familia de Dave. Nadie había dudado ni por un minuto en lo que tenía que hacer.

Un pensamiento llevó al otro y terminé recordando a mi hermana y que casi perdí a Dave de la misma manera inesperada. Nunca había sentido en carne propia el dicho que expresa que la vida es corta y que no sabemos qué sucederá al instante siguiente. Entonces, ¿por qué esperar para lo que me sentía preparada hoy? Si había sido valiente para atrapar a un asesino, también podía serlo para mi propia vida. Me prometí que, si Dave salía adelante, dejaría de ser una cobarde, como lo había hecho una vez al salir de New Hampshire, y me atrevería a vivir.

Negocios

Por la mañana desayuné temprano y a las ocho me presenté en el hospital. Me dijeron que Dave había sido trasladado a una habitación individual y que podría subir a verlo a las nueve. Esperé con tranquilidad a que se hiciera la hora: si lo habían trasladado de la terapia intensiva a una sala común significaba que estaba mejor.

A las nueve corrí al elevador como una maratonista. Subí al tercer piso y busqué la habitación 305. En el pasillo encontré a un chico coreano. Supuse que era el hermano de Dave y me acerqué.

–Hola –dije.

–Hola. Gusto en conocerte en persona, Glenn –respondió él–. Mis padres están adentro.

–Lo mismo digo –respondí, y me metí en la habitación, ansiosa de ver a Dave.

Su padre se hallaba a los pies de la camilla, sujetando el respaldo. Su madre se había quedado de pie cerca de la ventana. El señor Kim era alto y canoso, parecía cualquier actor que hacía de padre en los dramas. La madre de Dave era bajita y robusta; lo único que su hijo tenía de ella eran el pelo y los ojos. En lo demás, era idéntico a su padre.

Dave todavía estaba dormido. El señor Kim me miró por sobre el hombro. Respiré profundo y me aproximé con un poco de temor.

—Hola —lo saludé, agachando la cabeza.

No sabía qué hacer. Recordaba por los dramas que los coreanos seguían un estricto protocolo de edades, y que no había que mirar a las personas mayores a los ojos con el mismo descaro con que lo hacíamos en Norteamérica. Me di cuenta de que ver series no me hacía experta en su cultura y que quizás siempre me rechazarían sin importar cuánto me esforzara por convencerlos de que era digna de Dave.

El señor Kim se volvió hacia su esposa y le dijo algo en coreano. La señora contestó. Me resultó imposible distinguir si estaban enojados o simplemente mantenían una conversación de la que no querían que yo formara parte.

Levanté la mirada de golpe cuando él empezó a hablar en mi idioma con la cabeza gacha.

—Mucho gusto, señorita Jackson —dijo con voz serena—. Queremos pedirle disculpas en nombre de nuestro hijo y agradecerle que haya colaborado con la paz de nuestra familia. Lamentamos profundamente lo que ese viejo conocido de David le hizo. Perdónenos, por favor.

Mi boca se abrió como la de un pez a punto de comerse a otro. Jamás imaginé que me pediría disculpas; creí que estarían molestos porque yo había hecho que Dave se mudara a Los Ángeles y que apareciera en televisión y que me culparían por lo que le había hecho Tae Hyung. Debí suponer que serían ellos quienes estarían avergonzados: siempre era así en los dramas coreanos. El sentido de la responsabilidad en ciertas culturas era asombroso.

—No hace falta que me pida disculpas —dije.

—Insisto —respondió él, bajando más la cabeza. Comprendí que tenía que aceptar si quería que se sintiera mejor.

—De acuerdo. Está bien. *Kamsahamnida* —"Gracias". Era lo único de mi breve glosario que Dave me había confirmado que estaba bien.

La señora Kim sonrió, resultaba evidente que le había caído simpático que supiera una palabra en su idioma.

—Soy Sun Hee, pero en este país tan solo me llaman Susan —se presentó. Me hizo reír.

—Gusto en conocerla, Sun Hee —contesté.

—Mi nombre es Dong Yul, pero me dicen Don —dijo el señor Kim.

Asentí con una sonrisa; me sentía aliviada y feliz de que me hubieran aceptado con tanta generosidad. Ahora más que nunca esperaba que mi padre no fuera grosero con ellos, porque no lo merecían. No debían recibir su prejuicio.

Nos sentamos junto a Dave: sus padres de un lado de la camilla, y yo, del otro. Sun Hee me preguntó acerca del programa de televisión y el señor Kim indagó un poco sobre mi pasado.

—¿Dave les contó cómo nos conocimos? —pregunté. Dong Yul asintió con la cabeza.

—Me contó muchas cosas. También estamos agradecidos con usted por eso: desde que viven juntos, Dave es diferente. Se lo nota mejor.

—Sospecho que sé cuál fue el secreto para que eso sucediera —admití—. Creo en él. Dave dice que hizo salir a la luz aspectos de mí que yo ni siquiera sabía que existían, y tiene razón. Supongo que hice lo mismo con él. Si gané el concurso, fue gracias a Dave. Es el chico más despierto y hábil que conozco. Solo necesita que confíen en él.

Percibí que mis palabras habían calado hondo en el padre de Dave, me pareció que tomaba mi consejo. Hizo un gesto afirmativo con la cabeza, como si estuviera reflexionando sobre lo que yo acababa de decir. Según Dave, su padre siempre lo había creído un bueno para nada. Deseé que el señor Kim cambiara su mirada respecto de su hijo, porque estaba equivocado.

La vibración del teléfono de Dave interrumpió la conversación. Lo extraje del bolsillo y miré la pantalla: se trataba de un número desconocido. Por las dudas, respondí.

—Hola, Glenn. Soy Sharon —¿Sharon? Mi sorpresa se transformó en silencio. Por suerte, ella siguió hablando; nunca había tenido problemas para eso—. Lo siento, no quise llamar antes porque imaginé que estarían ocupados, pero sé lo que sucedió. ¿Están bien?

No terminaba de salir de un estado de asombro que entraba en otro. Sharon no solo se estaba preocupando por alguien que no era ella misma, sino que, además, parecía sincera.

—Sí, por suerte Dave ya está fuera de peligro —respondí—. Gracias por preocuparte.

—No es nada. Si necesitan algo, no dudes en llamarme. Mis padres tienen una casa en Las Vegas, puedo prestártela si necesitan un lugar donde quedarse hasta que él se recupere.

—Por el momento puedo quedarme en el hotel, pero en caso de que necesitemos más días aquí, te avisaré. Aprecio mucho tu oferta. Gracias de verdad.

—No es nada. En serio, llámame.

Nos despedimos poco antes de que terminara el horario de visitas.

Cuando salimos, el hermano de Dave seguía en el pasillo. Su padre me lo presentó y me contó que su hermana no había podido ir. Me preguntó si yo me quedaría con Dave en la habitación o si prefería que alguno de ellos lo cuidara.

—Me quedaré —le respondí—. Solo tendré que salir de la habitación un rato cuando lleguen mis padres.

—¿Puedo quedarme yo? —preguntó Sun Hee—. Quisiera ver a Dave despierto. Hemos venido en automóvil y tenemos que volver a San Francisco lo antes posible. Es un viaje de diez horas y no podemos cerrar el negocio mucho tiempo. Nuestro hijo mayor tampoco puede faltar tantos días al trabajo.

—Lo entiendo. Claro —respondí—. Me quedaré abajo esperando a mis padres y subiré en la próxima hora de visita.

—Gracias —dijo la señora con un tono suave y regresó a la habitación.

Me dirigí a la planta baja con el padre y el hermano de Dave.

—¿Quieres que nos quedemos para acompañarte? —me ofreció el chico.

—No, está bien, gracias. Vayan a descansar. Esperaré a mis padres.

Los dos asintieron y se retiraron. Yo me senté en la sala y extraje mi móvil, temiendo no haberlo sentido vibrar y haber perdido el llamado de mamá. Llegó justo en ese momento.

—El vuelo se atrasó un poco, pero ya estamos en el aeropuerto. Enseguida vamos al hospital.

—Los espero en la sala de espera de la entrada.

Desde que cortamos se me anudó el estómago. Tenía miedo de la actitud de papá, y aunque mamá afirmaba que había estado conversando con él, no confiaba en que lo hubiera convencido para que me dejara vivir según mis propias reglas. Llamé a Ruth para obtener algo de información y estar prevenida.

—¡Estaba tan preocupada! —exclamó ella—. Mamá me prohibió llamarte, dijo que estarías muy ocupada y que ella me mantendría al tanto. Recién me avisó que están en el aeropuerto.

—¿Te has quedado a cargo de la casa?

—Sí. Soy la mayor aquí desde que te fuiste. ¿Cómo estás? ¿Cómo está el chico coreano?

—Se llama Dave. Dilo. Di su nombre, por favor: no reconocerlo es una estrategia para alejarlo de mí en tu mente. Lo mismo hace mamá.

—De acuerdo: Dave. Dave, Dave, Dave.

—Gracias. Ya está fuera de peligro.

—¡Gloria a Dios!

—Sí —dejé pasar unos segundos—. Mamá dice que habló con papá. ¿Escuchaste algo? ¿Qué crees que me dirá él? No le tengo miedo, pero tampoco tengo ganas de que me torture con sus advertencias en este momento.

—No sé de qué hablaron porque no escuché todo. Sin embargo, puedo decirte que se desesperó cuando mamá le confesó que habíamos visto el programa y que habías ganado, pero que poco después en las noticias dijeron que los habían atacado a ti y a Dave a la salida del teatro. En un canal emitieron un video que grabó un testigo: estabas colgada de la espalda del atacante, y el tipo te cortó.

—¿Enfocaron eso? —me horroricé. La televisión era cada día más perversa.

—Sí, aunque esfumaron ese sector de la imagen.

—¿También se vio el disparo del policía y la muerte de Tae Hyung?

—No, eso no. El video terminaba contigo sobre el atacante. ¿Se llamaba Tae Hyung? ¿Cómo lo sabes?

—Es una larga historia. Te la contaré algún día. Ahora dime: ¿escuchaste algo de la conversación de mamá y papá?

—Muy poco, pero lo que oí fue bastante decisivo. Ella lloraba, le dijo que ya había perdido una hija y que no quería perder dos. Que si no aceptaba que te ayudáramos, ella dejaría de respetar sus mandatos. Le leyó unos pasajes de la Biblia. No alcancé a oír bien cuáles eran, pero sí que los padres debían respetar a los hijos. Supongo que intentaba convencerlo de que tenía que aceptar que hicieras tu vida.

Respiré profundo.

—Gracias. Espero que papá no se ponga fastidioso, es lo último que necesito en este momento.

—Tranquila: yo creo que no. Confía en él.

Había sido más fácil confiar en Dave cuando le ofrecí ir juntos a Los Ángeles, porque casi no lo conocía. En cambio sabía que papá era rígido y estricto. Excepto, claro, que hubiera madurado la idea de la muerte de Chloe y que, como mamá, también hubiera cambiado. Papá era la persona más terca que conocía, era lógico que le demandara más tiempo aceptar que no todo podía marchar según sus caprichos. Deseaba que hubiera empezado a modificar sus estructuras.

Cuando los vi llegar, mi cuerpo se tensó. Me di cuenta de que los había necesitado más de lo que creía y corrí a abrazar a mamá entre lágrimas.

—¡Glenn, querida! ¡Hija! —exclamó ella, acariciándome el pelo y la mejilla.

Me besó en la frente, apretándome contra su pecho. De pronto, también sentí la mano de papá sobre mi hombro. Lo miré, angustiada, y sin pensar lo abracé también. Él no era muy expresivo, sin embargo en ese momento respondió a mi cariño del mismo modo. Todavía no ponía objeciones ni me recriminaba nada, y eso era todo un logro.

Fuimos a la cafetería de la esquina.

—¿Cómo está Dave? —preguntó mamá.

—Todavía duerme, pero está bien.

—Me alegra oír eso —sonrió y me tomó una mano por sobre la mesa—. Ganaste el concurso. Mi hija es cantante.

El orgullo oculto en esa última frase me hizo sonreír también. Me sonrojé y bajé la cabeza. Papá seguía en silencio, y no sabía si eso era bueno o malo. Supuse que era lo mejor, si lo que tenía para decir era más de lo que había dicho siempre, pero necesitaba entender cómo nos relacionaríamos a partir de ahora.

—¿Por qué están aquí? —pregunté.

—Porque estuviste en peligro, Glenn —respondió mamá—. Te subiste a la espalda de un atacante armado con una navaja, mira cómo te dejó el brazo.

Miré la venda de mi antebrazo, pensando que, por suerte, las piernas estaban cubiertas por el pantalón y mamá no podía ver el resto de las heridas.

—¿Quién era ese hombre? —indagó papá. Su tono exigente y sus ojos entrecerrados me pusieron incómoda. Sin embargo, logré apartar el miedo y ser honesta sin esperar represalias. Ya no tenía poder sobre mí.

—Era un viejo conocido de Dave.

—Glenn: necesitamos saber la verdad —solicitó mamá—. Por favor, no lo tomes a mal; eres nuestra hija y te amamos, solo queremos cuidarte. ¿Ese chico se rodea de gente peligrosa? ¿Esa es la clase de amigos que tiene, personas como el que lo atacó?

—Ya no. No podemos juzgar a nadie por su pasado. ¿Cuántos fieles de la iglesia salieron de las drogas o de la delincuencia? Mamá, tú has ido a misionar a las cárceles.

—Es difícil aceptar que nuestra hija elige a ese tipo de personas después de todo lo que le hemos enseñado —explicó ella.

—Dave ya no es ese tipo de persona.

—¿Era un drogadicto?

—No. Formaba parte de una pandilla. No les mentiré, ¿está bien? Dave es el chico con el que quiero pasar el resto de mi vida. Seguiré saliendo con él, les guste o no; tendrán que aceptarlo.

—¿Es cristiano? —indagó papá.

—Su familia es budista.

—¿Budista? —repitió mamá—. Glenn…

—Ellos no han tenido problema en que una cristiana salga con su hijo, ¿por qué tendrían que tenerlo ustedes? ¿Acaso no dice la Biblia que Dios es uno solo, sin importar su nombre, que todos somos iguales, que todos somos hermanos? ¿No van pastores a reuniones con curas y rabinos para favorecer la comunión entre las iglesias?

—Los valores de esa familia han de ser… —comenzó papá.

—Igual de estrictos que los tuyos —lo interrumpí—. Pero nosotros no somos ustedes y viviremos a nuestro modo.

—¿Dave es budista? Dijiste que su familia lo era —indagó mamá.

—No.

—¿Cree en Dios, al menos? —preguntó papá.

—No cree en la religión, pero la respeta. No niega la existencia de Dios, y en los tiempos que corren, eso me parece suficiente —suspiré—. Díganme una cosa: ustedes me han criado. He vivido conforme a sus valores dieciocho años. ¿Confían en mí?

—Claro que confiamos en ti —respondió mamá—. Pero el mundo es…

—Ya conozco esa frase: "el mundo es un lugar engañoso y peligroso". Y sí, lo es. Pero también es maravilloso, y Dave se ha llevado toda la porquería que hemos atravesado en estos meses para que el mundo siga siendo bello para mí. ¿Qué persona hace eso, además de tus padres? Lo amo. Es el chico más generoso que he conocido, y no le hace falta que un dios se lo ordene para serlo. ¿Pueden confiar en mí? ¿Pueden intentar ver en él lo que veo yo, sin prejuicios?

Mamá bajó la cabeza. Estrujaba una servilleta.

—Lo intentaré. Te lo prometo —dijo.

—¿Y tú? —pregunté, mirando a papá.

—Quiero conversar a solas con él en cuanto se recupere —sentenció.

—Si vas a exigirle que no vuelva a acercarse a mí o cualquier otra cosa digna de una telenovela, tienes que saber que no lo hará. Dave jamás me dejaría por ti.

—Pides confianza, pero no confías en tus propios padres —respondió él con voz calmada.

Asumí que tenía razón y acepté su tregua. Era eso o seguir defendiendo ideas que, si no pasaban tiempo con Dave, jamás comprobarían. Y como en esto no entraba la fe, necesitaban pruebas.

Continuamos conversando del concurso, de los productores, de lo que Dave y yo habíamos vivido esos meses. Como se hizo el mediodía, papá ordenó algo para comer. Solo había sándwiches.

—Debiste habernos pedido dinero —protestó mamá cuando le conté del tercer cambio de apartamento.

—Por aquel entonces querían que escarmentase y que regresara a casa a fuerza de necesidades. Jamás me lo habrían prestado.

—Es posible —admitió papá.

No podía creer que lo hubiera reconocido, como tantas otras cosas. Lo más asombroso llegó cuando tocamos el tema de Chloe.

—Lo que dijiste en el programa… —susurró mamá, cabizbaja—. Antes de ver lo que había pasado a la salida del teatro en el noticiero buscamos las páginas que mencionaste con tu hermana. Lo que escribieron algunas personas es emocionante. Lo que pusieron algunos cristianos, en cambio, me avergüenza.

»Quiero que sepas que tu padre y yo jamás deseamos la muerte de los homosexuales —sus ojos se humedecieron—. Me atrevería a afirmar que toda esa gente que escribió atrocidades en tus páginas en nombre de Dios se irá al infierno mucho antes que cualquier homosexual. Cada palabra que escribieron… era como si le desearan la muerte y el infierno a Chloe. Pero Chloe era buena y no merecería eso. ¿Por qué habrían de merecerlo otros chicos?

Miré a papá mientras me secaba una lágrima.

—¿Y tú qué opinas de eso? —indagué. Él suspiró. Miraba la bandeja. Por lo que pude distinguir en sus ojos, supuse que evitaba demostrar que también se había emocionado.

—Tu hermana era muy joven, quizás solo estaba experimentando —respondió.

—Ella parecía bastante segura —lo corregí.

—Es normal experimentar durante la adolescencia —insistió papá.

No creí que él pudiera admitir eso. La sexualidad, como muchas otras cuestiones, siempre había sido un asunto denegado. La única verdad era que había que mantener relaciones con una pareja del sexo opuesto y solo después del matrimonio. Punto.

Que se escudara en la negación no era lo más adecuado, pero me pareció mejor a que dijera que los homosexuales debían curarse y otras ideas que, para mí, eran barbaridades. Teniendo eso en mente, le perdoné sus estructuras por un momento. Quizás nuestra nueva relación consistiera en negociar. Y así me di cuenta de que lo que más me incomodaba se había transformado en una forma de hallar el equilibrio. Me di cuenta de que siempre había visto el lado negativo de los negocios y no lo bueno. Era hora de cambiar también eso.

41

Misterios

Regresamos al hospital por la tarde, para el segundo turno de visitas. Encontramos a los padres de Dave en la sala de la planta baja, estaban esperándome. Saludaron a papá y a mamá con el respeto que siempre demostraban. Por suerte mis padres también se comportaron bien con los Kim y pude sentirme en paz. Una de las peores pruebas ya había sido superada.

–Dave despertó hace un rato –me informó Sun Hee–. Solo pregunta por ti. No me creyó que estabas bien y quería ir a buscarte. Por suerte su hermano se quedó con él cuando yo le dije que bajaría por ti. Ha de estar reteniéndolo, porque te he esperado media hora.

Corrí al elevador. Subía demasiado despacio para mi gusto, por eso recuperé tiempo apresurándome en el pasillo de las habitaciones. Ni bien me acerqué a la puerta, oí la voz de Dave, y sentí que mi alma celebraba dentro de mi cuerpo. En ese momento él le estaba diciendo a su hermano que si yo no aparecía en un minuto, saldría de la cama para conseguir un teléfono.

–¿Hago eso o me das el tuyo? –preguntó, justo cuando yo abría la puerta. Siempre negociando, siempre hábil. Di gracias a Dios porque volviera a ser así.

—¡Dave! —exclamé, y me dirigí a la camilla.

—¡Mierda, Glenn! —soltó él. Era su manera de decirme que se había sentido aterrado hasta que aparecí.

Lo abracé por los hombros, procurando no provocarle dolor. Me tocó el pelo y respiró contra mi cuello como si hubiera retenido el aire mucho tiempo. Poco después, me miró a los ojos mientras me encerraba las mejillas entre las manos.

—¿Estás bien? ¿Por qué corriste detrás de Tae Hyung? Tienes el antebrazo vendado, ¿te hizo daño? ¿Dónde está? Nadie quiere decirme nada. Necesito que…

—Tranquilo —lo interrumpí, poniendo una mano sobre su pecho—. Está muerto. Un policía tuvo que dispararle.

Sus párpados temblaron. Supuse que lo atravesó una mezcla de consuelo y tristeza: antes de ser una amenaza, Tae Hyung había sido su amigo.

—No hubiera querido que terminara así —susurró.

—Lo sé —dije, acariciándole el pómulo con el pulgar. Su sentimiento hacia un enemigo lo hacía todavía más noble; no tenía dudas de que, si mis padres no podían ver la clase de persona que era Dave, el problema eran ellos y no él.

—Es el destino que les espera a todos los pandilleros —concluyó—. Tarde o temprano, si no te matan otros pandilleros, lo hace la policía.

—Por eso es bueno que tú hayas tenido la valentía de salir de ese papel —respondí. En un instante, la sala se llenó de visitas. Mis padres habían subido con los de Dave, y de pronto éramos seis.

—Ellos son mis padres —expliqué a Dave, aunque por el color de la piel debía ser obvio.

—Hola, Dave —lo saludó mamá—. ¿Cómo te sientes?

—B… bien —murmuró él, y me miró—. ¿Acaso morí y estoy en alguna especie de limbo? Dime la verdad.

Estallé en risas.

—Estás vivo, no te preocupes —aseguré, tomándole la mano.

—¿Todo está bien? —me preguntó.

—Todo está bien.

Su ceño fruncido seguía causándome mucha gracia, pero evité volver a reír. Era lógico que haber encontrado a sus padres en la habitación lo hubiera sorprendido. Ver allí a los míos era sencillamente increíble.

Después de la hora de visita, lo dejamos a solas con su padre y nos dirigimos a la sala de la planta baja. Cuando el señor Kim apareció, se despidieron de mis padres y de mí para regresar a San Francisco. Mis padres se fueron poco después. Se quedarían en un hotel hasta que Dave saliera del hospital y se aseguraran de que teníamos a dónde ir. Les dije que una amiga nos prestaría una casa, pero querían comprobar que fuera un lugar adecuado y que no pisaría un monoambiente en un barrio peligroso nunca más.

En cuanto se fueron, me dirigí a la recepción y pregunté a cuánto ascendían los gastos médicos. La producción había pagado una parte, pero el resto tendríamos que cubrirlo nosotros, y era consciente de que un día de internación debía costar una fortuna.

—Están pagos —contestó la empleada.

—No puede ser —respondí.

—Fueron cobrados a una tarjeta de crédito a nombre de Kim Dong Yul.

La gracia que me hizo el ceño fruncido de la empleada al leer el nombre no pudo evitarme la sorpresa. Debí imaginar también que los Kim pagarían los gastos médicos de su hijo, era parte de las estrictas responsabilidades de su cultura.

Esa noche me quedé a cuidar a Dave.

—¿En dónde te quedarías si no estuvieras aquí? —preguntó.

—La producción pagó unos días más de hotel.

—Ve a descansar. Estoy bien.

—Lo sé, pero quiero quedarme contigo.

—Estás incómoda en esa silla, no soporto verte así.

Reí encogiéndome de hombros.

—Hemos dormido en lugares peores.

Él también rio. Se puso serio al instante, con una mueca de dolor.

—Es cierto —admitió.

Conversamos un rato acerca de lo que había ocurrido en esas horas y después me senté a su lado para acariciarle el cabello. Quería que se durmiera para que recuperara fuerzas y se repusiera más rápido.

En cuanto percibí que respiraba profundo, volví a mi asiento y extraje mi teléfono. No había dejado de pensar en lo que había dicho mamá acerca de mis páginas: no las había revisado después del programa, y no tenía idea de qué había sucedido con ellas, más allá de sus palabras.

Encontré cientos de mensajes. La gente había hecho comentarios, tanto públicos como privados. Algunos de apoyo, otros de odio. Leí uno de un tal Robert Woods.

Deja de mentir a la gente: tú no eres cristiana, eres una blasfema. Dios está en contra de la homosexualidad y castigará a los homosexuales con el infierno. Si persistes con tu actitud desde la fama, ayudarás a Satanás a condenar miles de almas.

Continuaba citando una decena de pasajes bíblicos en los que se condena la homosexualidad.

Cerré el mensaje de inmediato. El fundamentalismo había matado a mi hermana y, sin importar lo que me dijeran, haría todo lo posible para que no matara a nadie más.

¡Glenn! No puedo creer que esté en contacto contigo. ¡Te admiro! ¡Soy tu fan! Por favor, salúdame. Solo escribe "hola" y seré feliz. ¿Puedes?

Me hizo reír. Había gente que no entendía que esa página era para otra cosa. Eliminé ese tipo de mensajes privados antes que ningún otro y luego abrí todos los que, por la primera oración, me pareció que contenían quejas. Algunos eran agresivos; otros, muy sutiles.

¿De verdad piensas que estás ayudando a las personas enfermas de homosexualidad? ¿Sabes por qué un hombre se acuesta con un hombre o una mujer con otra mujer, o por qué un hombre se disfraza de mujer o viceversa? Por moda, porque las personas como tú muestran esa enfermedad como algo natural. ¿Es natural un resfriado? Existe, pero no es el estado en el que deberíamos vivir, o nos sentiremos mal. Como tú no eres homosexual, no lo entiendes, pero he hablado con muchos de ellos y todos se sienten así. ¿Por qué te parece que se sienten de esa manera?

Porque existen personas como tú, pensé. Quien había escrito eso era una mujer con un bebé de unos dos años en su foto de perfil. Me pareció que se expresaba desde la ignorancia, por eso dejé de leer.

Continué abriendo odio, quejas y reclamos sin hacerles caso. Mis convicciones eran firmes y nadie me haría desistir de ellas. Cuando terminé con todos, solo quedaban sin abrir los que creía que eran positivos o de personas que necesitaban ayuda. Miré la cantidad de mensajes leídos y los no leídos: ganaban ampliamente los últimos, así que me concentré en ellos y en lo bueno del mundo.

Hola. Perdón por escribir a esta hora. Mi nombre es Carla, tengo quince años y soy de Minnesota. Estoy desesperada. Mis padres no saben que soy transexual y me llaman Charly. También estoy obligada a vestirme como varón. Lo siento.

Glenn, te vi en el programa. Soy gay, pero nadie lo sabe. Eres la primera a la que se lo cuento. Gracias por leerme.

Hola, Glenn. No sé si de verdad tú leas esto, pero quiero decirte que eres lo máximo. Gracias por abrir este espacio. Mi hija más pequeña es una niña transexual y es tu fan. Te amamos.

Hola. A quien sea que reciba este mensaje quiero contarle que también soy cristiano. Pero desde que un compañero se enteró de que soy gay y se lo dijo a un chico de la iglesia, ese chico se lo contó a sus padres y sus padres a los míos... y estoy odiando a Dios. No quiero sentir eso. Es que no soporto más los sermones del pastor, ni la presión de mis padres. Temo estar enloqueciendo. A veces pienso que lo mejor sería dejar de existir, ya no quiero sufrir. En la escuela me fastidian todo el tiempo, inventan que me atraen compañeros y estoy solo. Sin amigos, sin familia y sin la iglesia, solo me queda Dios. Si pienso que Él también me dará la espalda, estoy muerto. Lo siento, creo que estoy divagando. Por favor, ¿qué hago en mi situación? Solo quiero dejar de sentir esto.

¿Esta página es real? ¿De verdad van a ayudarme? Hace mucho que no voy a la iglesia, siento que no pertenezco allí. ¿Igual van a ayudarme, o hay que creer en Dios para que lo hagan? Soy lesbiana y mis padres me golpean por eso. Un chico de mi barrio intentó abusar de mí diciéndome que si probaba su pene me atraerían los varones. ¿No les parece que el mundo está podrido? ¿Y yo soy la enferma?

Nunca pensé que llevar adelante Yo te abrazo sería tan duro y complejo. No podía sola con la vida de cientos de personas al borde del abismo. Necesitaba un equipo: profesionales capacitados que estuvieran interesados en mi idea. Pero, ¿dónde los conseguiría? Casi todas las personas que conocía estarían en contra de la iniciativa.

De pronto, mi mente se iluminó y pensé en el pastor Connor. Me daba un poco de pudor escribirle después de haber abandonado su iglesia y haberme despedido solo con un mensaje escrito, pero presentía que era la persona ideal para acompañarme y tenía que intentarlo.

> Hola. Soy Glenn. ¿Me recuerda? Sé que hace mucho que no nos vemos ✓ y eso me apena, pero necesito hablar con usted.

Respondió enseguida.

PASTOR CONNOR.

> ¡Claro que te recuerdo, Glenn! Imaginé que estarías muy ocupada con el programa. No nos perdimos una sola emisión. ¡Felicitaciones! También vimos lo que sucedió en la última emisión. ¿Estás bien? ¿Cómo está tu novio?

Mi corazón se llenó de satisfacción. Esas personas que se habían ganado mi cariño y a las que, sin embargo, no había podido volver a ver, seguían mis pasos, y estaba segura de que habían orado por mí. No para que dejara el concurso, como mi padre, sino para que lo ganara, y eso me hizo sentir bien.

GLENN.

> Está mejor, gracias. ¿Vio también lo de Yo te abrazo? ✓

PASTOR CONNOR.

> *Sí.*
>
> *Te admiro, Glenn. Desde que te vi en nuestra iglesia la primera vez supe que eras un ser con mucho poder. La clase de persona con la fuerza que se necesita para transformar las cosas que no están bien.*

Mi garganta se anudó, tuve ganas de llorar. Había mucha gente que me admiraba, incluido el pastor Connor, y yo no alcanzaba a entender el motivo. No me sentía poderosa, ni valiente, ni grandiosa. Aún así, recibir esos halagos se sentía bien. Esas personas jamás podrían llenar el lugar de mi padre, pero podía vivir sin que él dijera esas cosas de mí. Que las pensaran otros al menos me indicaba que no estaba equivocada, que seguir mis convicciones había sido para bien.

GLENN.

> *Es demasiado para mí sola. Nunca creí que los mensajes que recibiría* ✓
> *serían tan complejos. Hay problemas que no sé afrontar. Temo no ser*
> *suficiente. Nadie lo es. Necesito ayuda, y el primero en quien pensé*
> *fue en usted. ¿Qué dice? ¿Está adentro?*

PASTOR CONNOR.

> *Con toda seguridad. Gracias por haber pensado en mí.*

Le agradecí y abracé el teléfono como si lo abrazara a él. Sabía que el mundo estaba lleno de gente buena, solo tenía que encontrarla. Ya tenía un pastor. Ahora necesitaba más. La fama podía ayudarme a conseguir profesionales: haría una convocatoria en mis redes sociales. Psicólogos, médicos, educadores… cualquiera que estuviera de acuerdo con la propuesta de la página y que tuviera experiencia y voluntad para tratar con casos tan serios. También necesitaba un abogado, porque a partir de que sumara voluntarios, sería conveniente inscribirnos como una asociación sin fines de lucro. Tenía un gran plan en mente, y daría todo de mí para que funcionara. Estaba acostumbrada a hacer las cosas que me importaban con dedicación.

Pasé la noche respondiendo mensajes. Cuando terminé, hice algunas averiguaciones para concretar otro proyecto, uno personal.

Por la mañana, antes de que Dave despertara, el médico me explicó que le daría el alta y que convenía que hiciera reposo al menos una semana, en especial para recuperarse de la pérdida de sangre y de la operación. Tenía pago el hotel por dos días más, pero si podíamos relajarnos en un lugar más tranquilo, sería mejor.

Llamé a Sharon. Me había ofrecido una casa y dentro de poco Dave se convertiría en su representante. Nos unía algún tipo de vínculo, más allá del programa. Accedió al préstamo enseguida y dijo que en un rato enviaría a alguien con las llaves. A continuación me envió por mensaje un código que debía utilizar para ingresar; supuse que desactivaría una alarma.

Cuando el médico autorizó a Dave a irse, se vistió y fuimos a la planta baja. Le habían ofrecido una silla de ruedas, pero se negó a utilizarla. Le pedí que se sentara en la sala mientras yo consultaba en la recepción si quedaban gastos por pagar y llamaba a la agencia de automóviles. Ya tenía la llave que me había enviado Sharon y la dirección. No había deudas, todo se había debitado de la tarjeta del padre de Dave.

Ni bien terminé de hablar por teléfono, volteé y lo encontré parado detrás de mí.

–¿Qué haces? Tienes que tener cuidado.

–No soporto estar quieto, me siento un estorbo –explicó.

–Entonces prepárate para pasar unos cuantos días estorbando –bromeé, poniendo las manos en sus brazos para impulsarlo a caminar hacia atrás.

Un coche enviado por la producción nos pasó a buscar enseguida. El chofer había cargado en el auto nuestro equipaje en el hotel, tal como le había solicitado. Subimos y le dije la dirección de la casa que nos prestaría Sharon.

–¿Vamos a otro hotel? –me preguntó Dave–. La dirección que acabas de mencionar es en las afueras de la ciudad.

–No vamos a un hotel. Ya verás.

–¡Estás demasiado misteriosa!

Ni siquiera imaginaba el misterio que le develaría en un rato.

42

Sí

Me sentía tan feliz y agradecida de que Dave y yo volviéramos a reír juntos, que me apoyé en su pecho. Sentí sus labios sobre mi pelo, estaba besándome en la cabeza. Cerré los ojos y disfruté de estar a su lado tanto tiempo como fue posible.

Me incorporé cuando el coche se detuvo y presentí que Dave se tensionaba.

—Tiene que haber un error —balbuceó.

Yo no conocía la casa de los padres de Sharon, y aunque intuía que tenían mucho dinero, jamás hubiera imaginado que se parecería a una de esas mansiones de gente famosa que suelen salir en los documentales sobre Miami.

Mis labios se abrieron de forma desmesurada: habíamos salido de un monoambiente caído a pedazos para disfrutar unos días en el paraíso de una mansión victoriana.

—No hay un error —dije—. Sharon nos prestó esta casa por unos días.

—¡¿Sharon?! —exclamó Dave—. A cada minuto me convenzo más de que, en realidad, sí morí y todo esto es un producto de mi imaginación.

Reí y lo golpeé en el brazo.

—¡Calla! ¿Te ayudo a bajar?

—Ni lo sueñes. Ya me siento tan bien que incluso podría cargarte en mi espalda hasta la puerta. ¿Acaso no es esa una típica escena de los k-dramas?

Volví a reír y bajé del coche antes de que mis mejillas se sonrojaran.

Del otro lado de la verja negra labrada había un jardín precioso. Fuimos por un sendero hasta las escaleras de la entrada. La puerta era de madera blanca y había unos jarrones con flores junto a ella. Busqué la cerradura, pero no permitía colocar ninguna llave. Estudié el entorno y encontré un panel numérico a la derecha con una ranura del tamaño de la llave. La coloqué allí, digité el código que me había enviado Sharon en un mensaje de texto y la puerta se abrió.

El interior de la casa era todavía más fascinante que el exterior. Las baldosas negras y blancas brillaban con la claridad natural que entraba por un enorme tragaluz del techo, había una escalera de mármol con una baranda negra de hierro, muebles de diseño y cristalería fina.

—Imagina el día en que vivamos en un lugar así —le dije a Dave, dando una vuelta sobre mis pies para mirar alrededor.

—Algún día lo lograrás. Sueña en grande, trabaja duro —contestó él, un poco en serio y un poco en broma, y empezamos a subir las escaleras.

Revisamos las habitaciones. En el dormitorio principal había un enorme vestidor y un baño con hidromasaje.

—Si no me hubieran prohibido mojar la herida, ya estaría llenando esa bañera —comentó Dave.

—¿Para qué queremos la bañera? Debe haber una piscina climatizada en alguna parte —respondí.

—Bien pensado —replicó él.

—¿Qué quieres hacer?

—¿Me lo preguntas en serio? Estoy en un dormitorio con la chica que amo después de haber regresado de la muerte, creo que sabes qué me gustaría hacer.

Solté una carcajada y me volví hacia donde estaba la cama con dosel.

—Será mejor que descanses —sugerí.

En ese momento sonó mi móvil. Miré la pantalla: era papá. Una mano cálida de Dave se apoyó en mi hombro justo cuando un escalofrío recorría mi espalda.

—¿Me vas a contar cómo desperté en un mundo donde mi familia y tu familia nos visitan y hasta se saludan? —preguntó a mi oído, y me dio un beso suave en la mejilla.

—Después de que responda la llamada —contesté, y salí de la habitación para sentirme un poco menos incómoda si mi padre se ponía pesado y tenía que defender a Dave de algún ataque.

Por el tono de papá cuando respondió a mi saludo, supuse que seguía en plan negociador.

—¿Ya llegaron a esa casa que les prestaron? —preguntó.

—Sí. Es una mansión, así que no tienes nada de qué preocuparte: estaremos bien.

—Ahora que Dave salió del hospital, me gustaría concretar lo que te había pedido: quiero hablar con él a solas.

Suspiré. Sabía que la paz no duraría mucho tiempo.

—¿Es necesario que sea ahora?

—Si todo está bien, tu madre y yo regresaremos a Nueva York esta noche; no podemos dejar a tus hermanas solas mucho más tiempo. Tengo que hablar con él antes de irme.

Dejé transcurrir un segundo mientras lamentaba a toda velocidad que papá tuviera razón. Debía arriesgarme.

—Te daré la dirección y podrán venir en un rato, pero antes le preguntaré a Dave si quiere conversar a solas contigo. Cuando llegues te diré si lo harán o no. ¿Está bien?

Supuse que el silencio que siguió a mi pregunta encubrió los intentos que mi padre estaba haciendo para no imponer su voluntad. Finalmente suspiró y aceptó el acuerdo. Cada día estaba más sorprendida de mi propia capacidad para negociar.

Regresé a la habitación un poco nerviosa. Dave se había sentado en la orilla de la cama y tocaba la pesada tela bordó del dosel.

—Es increíble, solo este cortinado debe valer más que el alquiler que pagábamos en nuestro primer apartamento —bromeó—. ¿Qué te dijo tu padre? ¿Por qué tienes esa cara?

—Mis padres vendrán en un rato. Si todo está bien, regresarán a Nueva York esta noche. Mi padre me pidió hablar contigo a solas. Le dije que te preguntaría primero; no tienes que aceptar si no quieres.

—Quiero hablar con él, claro.

—Comprenderé si no quieres, en serio.

Se echó a reír.

—Acabo de decir que quiero hablar con tu padre. ¿Por qué diría eso si en realidad no lo sintiera? Glenn: puede que para ti tu padre sea una especie de dios invencible, pero no lo es para mí. Para mí no es más que un hombre, mucho menos rudo que la mayoría de los que he conocido en mi vida. Así que yo también quiero conversar con él. No le tengo miedo, ni siento que él tenga algún poder. Lo respetaré, porque es un adulto y porque es el padre de la chica que amo, pero nada más que eso.

—Gracias.

—No tienes que agradecerme. Quizás hasta me dé gusto conversar con él.

—Lo dudo.

Entonces él tendrá el placer de conversar conmigo.

Su desfachatez me hizo reír.

Unas horas después, estaba con mamá, sentada a la mesa de la cocina, mientras que Dave y papá se habían quedado en la sala. Conversamos sobre Chloe y lloramos un poco juntas pensando en cosas graciosas que mi hermana hacía cuando era pequeña.

En cuanto callamos un momento, miré el reloj del móvil: habían pasado cuarenta minutos desde que papá y Dave estaban conversando. Me preguntaba cuánto tiempo se necesitaba hasta que alguno de los dos estallara. Posiblemente sería mi padre, y yo tendría que acudir al rescate de mi novio.

Unos golpes a la puerta me sobresaltaron. Me levanté y abrí enseguida: era mi padre.

—¿Vamos? —preguntó a mi madre. Parecía tranquilo, ¿era posible que todo hubiera salido bien?

Los acompañé a la sala, donde Dave esperaba junto a la puerta. Mi madre lo saludó con una sonrisa y él estrechó la mano de mi padre. Lo noté seguro en sus movimientos, tanto como cuando hacía negocios con productores y dueños de establecimientos. Por último, mis padres me abrazaron y mamá me acarició el pelo.

—Te extrañaré mucho. Por favor, veámonos pronto —dijo.

—Claro que sí. Yo también los extrañaré.

Fue una despedida extraña, entre dolorosa y agradable. Ni bien cerré la puerta, me volví hacia Dave, que ya se dirigía al sofá, y fui tras él.

—¿Qué pasó con mi padre? —pregunté, muerta de ansiedad. Él siguió adelante hasta sentarse—. ¿Me contarás? ¿Te trató mal? ¿Te dijo algo ofensivo o hiriente?

Dave suspiró con una sonrisa serena.

—Nada de eso ocurrió. Quizás dejó escapar un poco de prejuicio, pero no me afecta. No te preocupes: estamos bien.

—¿Te refieres a él y tú o a nosotros?

—A todos. No se comportó de la forma tan terrible que imaginas. Es más, creo que intentaba ser amable.

Me senté a su lado.

—Cuéntame detalles.

—No puedo. Lo siento.

—¿Por qué no?

—Porque me hizo prometer que sería una conversación de hombres.

—¡¿Qué?! Eso es machista y retrógrado, y tú no eres así.

—No lo soy, pero sí me gusta cumplir mis promesas. Espero pueda dejarte tranquila con esto: no estamos en condiciones de pasar unas vacaciones juntos, pero sí de compartir una cena. Con el tiempo, quizás, podamos hacer lo otro.

Tuve que tragarme la curiosidad y aceptar el misterio.

—Suena bien —admití—. En especial porque, por tu forma de expresarlo, parece que pasaremos muchos años juntos.

Dejé la frase en suspenso para ver qué me respondía. Me puso nerviosa que tan solo sonriera. ¿Y si le caía mal lo que había planeado? Quizás no convenía dejarme llevar por las ilusiones.

Para matar el tiempo fuimos a una sala de cine que estaba en el subsuelo y miramos una película. Después ordenamos una pizza y miramos otra. Para entonces, ya había caído la noche. Estábamos a oscuras, tan solo iluminados por la luz de la pantalla gigante.

—Será mejor que te acuestes —sugerí a Dave, y lo tomé del brazo para impulsarlo a ponerse de pie.

—Estoy cansado de estar acostado —se quejó él, y me retuvo a su lado.

Me acomodé en el sillón otra vez y empecé a jugar con el borde del cuello de su camiseta. Él metió una mano por dentro de mi ropa y me acarició la piel del costado, sobre las costillas. Fue una sensación alucinante, todavía más intensa que las que había experimentado antes. Alcé la cabeza y mis labios se encontraron con los suyos, que me esperaban para darnos un largo beso. Terminé con las manos sobre su abdomen, rozando la venda que cubría su herida con la punta de los dedos.

—Pensarás que estoy loca —susurré contra sus labios. Su lengua me impidió seguir hablando—. Pero... —otra vez tuve que callar y entregarme al beso, era más fuerte que cualquier otro pensamiento—. Tuve miedo de no volver a verte.

Me miró y me acarició una mejilla sonrojada. A juzgar por su expresión, yo no era la única excitada.

—Por suerte eso no ocurrió —respondió.

—Lo sé. Aún así, pensé en el tiempo y en lo que a veces no nos atrevemos a hacer por temor o mandato social. No nos detenemos a pensar que luego puede ser muy tarde. Por eso quiero hacer lo que dicte mi corazón. Quiero arriesgarme, quiero vivir.

Volvió a acariciarme la mejilla.

—No pienses en nada negativo, Glenn. Lo que sucedió con tu hermana y con Tae Hyung debe haberte afectado, pero...

—No estoy explicándome bien —lo interrumpí. Él aguardó. Creí que sería fácil seguir, pero me puse muy nerviosa y callé. Mi corazón latía tan rápido y fuerte que quizás alguien pudiera oírlo desde afuera. Después de un respiro, reuní coraje y me atreví—. Pensé en las cosas que queremos y que, aunque no le harían daño a nadie, reprimimos. Quiero decir que... te deseo. Te deseo para siempre a mi lado. Estoy segura de que me amas y de que te amo, y quiero pasar el resto de mi vida contigo. Negociemos. ¿Quieres casarte conmigo?

Los labios de Dave se abrieron y soltó el aire, como si hubiera estado conteniéndolo. Probablemente no podía creer lo que estaba oyendo.

–¡¿Estás loca?! –exclamó–. ¿Quién querría casarse conmigo?

–¡Dave! ¡Qué respuesta horrible! ¡Lo estás arruinando todo!

–¿Estás segura?

–¿Crees que te propondría matrimonio si no estuviera segura? Ya averigüé en las iglesias de la zona. Hay un pastor que nos casaría en estos días si obtenemos una licencia –moví la cabeza, cubriéndome la cara–. ¡Agh! Lo siento. Quizás no sabes cómo decirme que no, por eso respondes de ese modo. Debí suponer que no querrías.

–Cállate, Glenn –ordenó.

–Sé que no eres el tipo de chico que se casa, pero creí que quizás…

–¡Basta! –rio–. Ahora eres tú la que está arruinándolo todo. Pregúntame de nuevo.

–¿Qué? –masculle, buscando sus ojos. Había en su mirada un matiz apasionado y divertido.

–Que me lo preguntes de nuevo, como si hubiéramos retrocedido la película.

Me tomé un instante para recuperar las fuerzas y repetí:

–¿Quieres casarte conmigo?

–Sí.

Epílogo

Dos años después.

"Final de show en 3, 2, 1…".

La voz en el auricular a veces me enloquecía. Por suerte había desarrollado una tolerancia infinita y casi podía ignorarla aunque no debiera.

Faltaba poco para que terminara el recital. Estaba de espaldas al público, viendo el inmenso cartel que decoraba el fondo del escenario, sin poder creer que la de esa fotografía fuera yo. Era la tapa de mi álbum, y en ella me encontraba delante de un tapiz blanco, con una musculosa metalizada plateada con capucha y los labios maquillados de rojo. La imagen terminaba en mi cadera, por eso apenas se avistaba una falda con tachas. Lo más increíble era que, por sugerencia de los productores, había permitido que me colocaran en la nariz el piercing que una vez había inventado Dave para mí.

Giré sobre los talones para volver a mirar a la gente y canté la última palabra de la noche: "vivirás". La canción se llamaba igual, y llevaba tres semanas en el primer puesto de los rankings.

El público gritó, aplaudió y empezó a pedir una más. Me gustaba complacerlos, pero esa noche era imposible. Tenía que terminar el show a horario o perderíamos el vuelo a Nueva York. Estábamos en Seattle, en medio de mi segunda gira nacional, y teníamos apenas unas horas para atravesar el país.

Saludé varias veces al público y les arrojé besos. Les agradecí por seguir apoyando la causa Yo te abrazo y les pedí que jamás se rindieran.

—¡Que Dios los bendiga a todos! ¡Sueña en grande, trabaja duro! —grité con inmensa alegría. Era el título de mi álbum y nuestro mensaje para todos: *Dream big, work hard*. Se nos había ocurrido a Dave y a mí, y por suerte a los productores les había encantado.

Desaparecí en una cortina de humo, brillando de excitación. Amaba que las personas salieran de mi espectáculo tan felices como yo.

Dave me esperaba junto al escenario. Salté a sus brazos antes de terminar de bajar la escalerilla y él me recibió con un beso.

—¡Estuviste genial! —exclamó—. Cada noche te aplauden más.

Me dejó en el suelo y me tomó de la mano para acompañarme al camerino sorteando con amabilidad a las personas del *staff* que me saludaban a nuestro paso. Algunos organizadores me felicitaban, era costumbre aplaudir detrás de escena cuando terminaba el show para celebrar que todo había salido bien.

Me vestí a la velocidad de la luz, me peiné un poco y salí sin retocarme el maquillaje. Dave se levantó de la silla en la que me había esperado sin apartar los ojos del móvil. Volvió a ofrecerme su mano y salimos al pasillo mientras él enviaba un mensaje de voz. "Volveré el lunes, pero dile que puede llamarme mañana por la mañana a mi móvil".

—¿Quién es? —indagué con curiosidad cuando terminó de enviar el mensaje.

—Es Taylor. Dice que una discografica quiere hacerle una oferta.

—¡Felicitaciones! —exclamé. Dave suspiró.

—Fue difícil. Si lo conseguimos, sentiré que ganamos la lotería.

Taylor era el líder de una banda de rock que Dave representaba. Desde que Sharon también había obtenido cierta fama, muchos artistas buscaban su patrocinio, y hasta había tenido que rechazar a muchos porque no les encontraba demasiado talento ni una veta comercial, como hacían los productores de los programas.

Delante de la puerta de servicio, guardó el teléfono y apoyó las manos sobre mis hombros, como hacía cada vez que yo salía al escenario. Llevaba más de dos años cantando para el público, sin embargo todavía me ponía nerviosa antes de presentarme en escena. Dave se ocupaba de tranquilizarme recordándome todo lo bueno que yo tenía para ofrecer a las personas.

—¿Estás lista? —preguntó—. Te avisaré cuando sea la hora de irnos. No podemos llegar tarde al aeropuerto.

—Estoy lista —dije enseguida, para no perder más tiempo.

Dave dio la orden al custodio para que abriera la puerta y tres guardaespaldas me rodearon. Pronto la multitud apareció del otro lado y los flashes me iluminaron. Sujeté el brazo de Dave y él avanzó hasta que estuvimos en medio del sendero delimitado por las vallas de seguridad. Entonces me volví hacia mis seguidores para sacarme fotos con ellos y firmar autógrafos. Llevaban pósteres que salían en las revistas, me regalaban peluches y cartas. Iba depositando todo en los brazos de un guardaespaldas mientras los otros dos permanecían atentos a lo que ocurría alrededor.

—Hora de irnos —me informó Dave al oído, entonces me apresuré a avanzar hasta el coche, que esperaba en la calle con la puerta de atrás abierta.

Antes de subir, saludé al público mientras los guardaespaldas colocaban los obsequios en el baúl y desaparecí en el interior antes de que los gritos de los fanáticos me impidieran irme. Me apenaba no poder destinarles más tiempo esa noche.

El vehículo arrancó en cuanto Dave se sentó a mi lado. Él puso un brazo encima de mis hombros y yo me apoyé en su costado. Suspiré; estaba feliz, pero cada show demandaba mucha energía y me dejaba exhausta.

–No solo tengo buenas noticias para Taylor –anunció Dave con tono misterioso, acariciándome el cabello. Alcé la cabeza para mirarlo sin despegarme de él–. Estoy acordando tu primera gira internacional.

–¡¿De verdad?! –exclamé, alejándome para mirarlo a los ojos. Jamás hubiera imaginado que diría eso.

–Acaban de avisarme extraoficialmente que nuestra oferta cayó muy bien a los inversores de Canadá y México. ¿Qué te parece?

Aplaudí, riendo, y salté en el asiento.

–¡No puedo creerlo! –grité, y me cubrí la boca para no seguir haciendo ruido. Dave rio conmigo y me abrazó para celebrar con un beso.

Yo no había tenido mucho que ver con la oferta, era él quien siempre llevaba adelante los negocios que me daban más y más fama. Aún así, siempre usaba el plural, porque para él era un trabajo de los dos.

Pensar en eso me llevó a recoger la revista Rolling Stone que habíamos dejado en el coche cuando bajamos en el teatro. Volví a admirar la tapa: era la primera vez que Dave salía en una, ya que nunca antes había aceptado dar una nota. Estaba sentado sobre un parlante. Tenía puestos un pantalón de vestir, una camisa arremangada y tiradores, un sombrero negro y zapatos lustrados. Se veían algunos de sus tatuajes y, por supuesto, los expansores. Su mirada profunda acompañaba una semi sonrisa. Todo denotaba su gran personalidad. Siempre había sido fotogénico. La nota se titulaba "El hacedor de sueños", y trataba acerca del modo en que estaba obteniendo reconocimiento para varios artistas.

Abrí la revista y busqué una página de la entrevista. Releí uno de los fragmentos de sus respuestas que más me gustaba: "Los sueños son la base de todo, pero a veces necesitan que alguien más les dé forma para hacerse realidad". ¡Ya creía que sí!

Una vez en el aeropuerto, el chofer bajó nuestra maleta, el traje de Dave y mi vestido, que estaban envueltos en fundas protectoras. Me prometió que entregaría los regalos de mis seguidores a la producción para que los enviaran a nuestro apartamento y se retiró.

Dave y yo habíamos comprado un piso en Los Ángeles y teníamos una empleada que se ocupaba de cuidarlo, como de recibir los regalos que me enviaba la gente a través de la productora. Además, Dave había adquirido un terreno en las afueras, y ya que no podíamos tener mascotas por nuestra vida agitada, había contratado dos empleados para que recogieran animales abandonados y los cuidaran en nuestro campo. A veces, cuando teníamos algunos días libres, íbamos a la finca, y yo disfrutaba viendo a Dave siendo tan feliz con sus amados perros. Del mismo modo disfrutaba él cuando me acompañaba a la iglesia y me veía cantar y adorar a Dios, como siempre había hecho. A veces teníamos una vida mundana, y la apreciábamos más que a la fama.

Nos dirigimos a un guardia de seguridad para pedirle ir por el acceso especial. No hizo falta que nos presentáramos, nos reconoció enseguida y nos guio para despachar el equipaje y llegar al sector vip sin que nadie notara nuestra presencia. Amaba el contacto con el público, pero cuando el tiempo escaseaba, las fotos y los autógrafos podían convertirse en un problema.

En la sala de espera, el guardia que nos había acompañado no se iba. Me di cuenta de que no sabía cómo pedirme lo que muchos querían, así que lo ayudé a soltarse un poco. Terminó confesándome que su hija era mi fan y que sería feliz si él regresara a casa después de su turno con un autógrafo mío. Firmé uno para la chica y le ofrecí sacarnos una foto para que le creyera. Él fue por más y pidió que Dave también apareciera. Me encantó verlo en esa foto, haciendo un gesto con la mano y con una enorme sonrisa. Tenía una personalidad y un estilo cautivantes; me hubiera gustado que aceptara dar más notas a la prensa y que no se pasara la vida en las sombras, haciendo brillar a otros. "Cuando ustedes triunfan, yo brillo a escondidas", solía decirme él. Era verdad.

Por suerte, la espera fue corta. Apenas alcanzaron a servirnos una copa de champaña antes de que anunciaran el abordaje para los pasajeros de primera clase.

Mi teléfono sonó mientras caminábamos hacia el avión.

—¿Estás en el aeropuerto? —preguntó mamá.

—Sí, estamos abordando. Ya casi nos vemos, ¡qué emoción!

—Te extrañamos, hija. Contaré las horas para verte.

Corté la llamada entrando a la aeronave.

Nos sirvieron una copa y un bocadillo como recepción y, poco después de despegar, nos dieron la cena. Aún entonces, mi cabeza todavía era un torbellino: así sucedía cada vez que terminaba un show, una conferencia de prensa o un encuentro con los fanáticos. Últimamente, casi todos los días de mi vida consistían en momentos intensos que demandaban toda mi energía, así que amaba cuando al fin podía relajarme. Casi siempre, Dave contribuía con eso.

En cuanto apagaron las luces, estiró una mano y comenzó a acariciarme el pelo.

—¿Intentarás dormir? —preguntó con voz suave.

—Sí.

—Avísame si no puedes, leí sobre una técnica nueva para ayudarte.

—¿Nos encerraremos en el baño del avión para... ya sabes? —bromeé. Solía quedarme dormida después de que hacíamos el amor, así que siempre era un buen remedio. Él rio.

—No me tientes. Imagina que nos descubrieran: saldría en todos los medios. Ya sabemos cómo hacer resurgir tu carrera si algún día empieza a derrumbarse —la risa también era un buen remedio para la sobreexcitación. Me ayudaba a relajarme.

Me costó conciliar el sueño. No me gustaba dormir en los vuelos y, además, mi mente todavía estaba invadida de música, gritos, aplausos y luces. Sin embargo, en cuanto anunciaron que el avión estaba llegando a Nueva York, desperté añorando dormir un poco más. No había caso: teníamos que bajar.

Llegamos a la casa de mi familia por la mañana. Era un día gris con lloviznas aisladas que podían presagiar una tormenta, pero al menos no hacía frío. Esperaba que no lloviera hasta el día siguiente, para que todo saliera como estaba planeado. No había tiempo de extender la bienvenida, teníamos que prepararnos para el evento del mediodía.

Mientras Ruth me prendía el vestido, tuvimos la oportunidad de conversar un poco.

—¿Conociste a Charlie Dawn en ese lugar? ¿Es tan lindo como parece por televisión? —me preguntó. Charlie era un cantante que se había puesto de moda casi al mismo tiempo que yo, pero trabajaba en el ambiente de la música desde hacía diez años.

—Sí. Lo conocí y es muy lindo.

—¡Vaya! —exclamó Ruth, y se sentó en la orilla de la cama—. ¡Me gustaría tanto conocerlo en persona! Tienes mucha suerte.

Me senté a su lado y apoyé una mano en su rodilla.

—Le pediré a Dave que se contacte con su representante para que nos dé acceso privilegiado a su show y a su camerino. Charlie es encantador, sin duda nos recibirá con alegría. ¿Te gustaría?

—¿De verdad? —contestó Ruth, con la mirada llena de ilusión.

—Es un hecho.

Nos abrazamos y después de un momento, ella volvió a hablar.

—Por suerte papá no me obligó a ir al seminario que él quería y me dejará elegirlo a mí.

—Y a mí no me obligó a un matrimonio por conveniencia. Va mejorando —bromeé. Las dos reímos—. Te traje algo —abrí mi bolso y le entregué una pequeña caja negra con el logo de una importante empresa de cosméticos—. Son sombras. ¿Recuerdas cómo debes aplicarlas?

Ruth me demostró su felicidad con una enorme sonrisa.

—Sí. ¡Gracias! Las estrenaré en mi primer día de universidad.

Me despedí de ella y me dirigí a las escaleras para ir a la sala. Estaba segura de que Dave había terminado antes que yo y que me esperaba allí.

Me detuve antes de llegar abajo, cuando escuché la voz de papá.

—¿Sigues respetándola y protegiéndola como acordamos?

—Siempre será así. Del mismo modo que ella me respeta y me protege a mí.

—Es una chica muy especial. Es inteligente e increíblemente generosa.

—Lo sé. Usted mismo me lo dijo la primera vez que conversamos, ¿recuerda?

—¿Has pensado en lo que hablamos la última vez que los visitamos sobre esos piercings?

Bajé otro escalón, dispuesta a interrumpirlos. No quería que papá dijera nada que pudiera ofender a Dave.

No hice a tiempo a aparecer: él se las arregló muy bien. Puso una mano sobre el antebrazo de mi padre con una sonrisa serena. Pude notar que papá se sintió un poco desconcertado, pero no se apartó ni se quejó por la actitud de Dave.

—No se preocupe, ella está bien. Vive en un sueño, y muy pocas personas pueden hacer eso.

Para mi sorpresa, mi padre apoyó una mano sobre la de él. Nunca imaginé que papá pudiera sentirse comprendido por Dave.

—Sé gentil con ella siempre —le pidió—. La Biblia nos dice que debemos honrar a nuestras esposas.

—Tanto Glenn como yo lo somos. Gracias por haber creado a la mujer de mi vida. Una mujer fuerte y valiente, con creencias profundas y llena de bondad.

Aparecí antes de que me hicieran llorar. Enseguida rompieron con el contacto que mantenían y se levantaron. Resultaba evidente que era otra de sus conversaciones secretas.

Dave no se había puesto un traje, sino una ropa similar a la que había usado para la tapa de la revista. Amaba que siempre fuera él mismo, sin importar cómo fueran los demás.

—¡Estás hermoso! —exclamé.

—Mucho mejor que en nuestra propia boda, ¿verdad? —bromeó él.

Por primera vez en dos años, papá le prestó su automóvil para que condujera a la iglesia donde se casaban Liz y Jayden. Tal como Dave había predicho, poco a poco iba ganando la confianza de mi padre, y algún día, quizás, pudiéramos pasar unas vacaciones juntos.

Aunque el lugar donde se llevaría a cabo la ceremonia era un vecindario bastante tranquilo, tuvimos que estacionar a una manzana. Al parecer, nuestros amigos se habían hecho de muchos conocidos en esos años, a juzgar por la cantidad de vehículos que rodeaban la zona y las personas que se hallaban en la puerta de la pequeña iglesia. La fachada de piedra, bellísima por donde se la mirara, le daba un aspecto medieval que combinaba muy bien con dos amantes de la literatura como eran mi amiga y su novio.

Incluso antes de cruzar la calle, distinguí a Jayden, Luke y Devin entre la gente. El niño estaba en brazos de la madre de Liz, que conversaba con unos invitados. Los chicos hablaban entre ellos. Nos acercamos casi corriendo. Grité de emoción cuando los tuve al lado. Los chicos rieron y nos abrazamos.

–¡Glenn! –exclamó Jayden–. Soy tu fan –bromeó, y todos reímos.

Dave los saludó con un choque de manos. Algunas personas nos miraban, sin duda nos habían reconocido. Lo bueno de estar en un espacio pequeño e íntimo era que nadie se atrevería a acercarse para pedirnos fotografías y autógrafos.

Me acerqué a la madre de Liz y la saludé mientras sonreía a su nieto.

–¡Hola! –exclamé–. ¡Hola, Devin!

Muy pronto me hallé entre los chicos, con el ahijado que compartía con Val entre mis brazos.

–¿Estás nervioso? –preguntó Dave a Jayden.

–No, solo estoy temblando –respondió él, riendo, y nos mostró una mano. De verdad estaba temblando, debía estar muy nervioso.

Reí, enternecida, y lo tomé del brazo.

–Todo saldrá bien, ya verás –intenté tranquilizarlo.

–No te preocupes, casarse no es tan malo como aparenta –le dijo Dave.

–A ti te metieron en el problema. Yo me metí por mi cuenta –repuso Jayden.

–Huye, hermano, todavía estás a tiempo –le dijo Dave a Luke.

–¡Cállense! –exclamé yo–. La que huirá seré yo de esta conversación machista y sin sentido. ¿Dónde están mis amigas?

–Están en la habitación de los preparativos –explicó Luke, señalando el costado de la iglesia–. Val no dejaba de hablar de que vendrías, estará feliz de verte.

Sonreí y le dejé el niño a Jayden para ir en busca de mis amigas.

El pasillo exterior de la iglesia estaba tranquilo, allí no había gente. Encontré la habitación de preparativos al fondo: era una pequeña construcción de piedra. Golpeé a la puerta y entré cuando la voz de Val me indicó que podía pasar.

Liz estaba de pie frente a un espejo, y Val, a su lado. El vestido blanco entallado de Liz le quedaba precioso, y se había dejado su hermoso cabello rubio suelto. En cuanto me vio, giró y gritó con una gran sonrisa. Val me miraba de la misma manera. Corrí hacia ellas y nos abrazamos con tanta fuerza, que temí que hubiéramos dañado en algo la belleza sublime de la novia más linda.

Parecía mentira que mi amiga Liz, la que siempre había dicho que nadie podía enamorarse de ella ni ella de nadie, la que no creía en el matrimonio ni en que algún día sería feliz, estaba a punto de casarse vestida de blanco, en una iglesia, rodeada de invitados. También era paradójico que yo, que siempre había soñado con lo que ella tenía, me hubiera casado con un chico del que jamás pensé que podía enamorarme, en una iglesia perdida de Las Vegas, con dos productores de televisión como testigos y sin un solo invitado. Me había puesto el vestido rosa brilloso con el que había cantado en la gala final del concurso, y Dave, un traje de corte raro comprado a último momento.

–¡No puedo creer que estés aquí! –exclamó Liz–. Plantaría la boda para que fuéramos a tomar un batido las tres juntas, como en los viejos tiempos –bromeó con lágrimas en los ojos. Por mi gira y las obligaciones contractuales, hacía meses que no nos veíamos.

–¡Cállate, tonta! –la regañé, y le sequé la mejilla–. Tú nunca llorabas, ¿por qué lloras ahora, que te arruinarás el maquillaje? ¿Haber tenido un hijo y que Jayden te haya propuesto matrimonio te transformó en una chica sensible?

–Eso nunca –se defendió. Al instante se puso seria y continuó–. Quería agradecerte. No puedo creer que nos hayas enviado todos esos regalos para Devin y que nos hayas obsequiado la luna de miel. Todavía me da vergüenza aceptarla.

—¿Vergüenza de qué? Quiero que Jayden, mi ahijado y tú vayan al Caribe. Es un lugar increíble. Y ya sabes: cualquier cosa que necesiten, no dudes en avisarme —siempre le ofrecía eso, pero Liz jamás me pedía nada, por eso aprovechaba cualquier ocasión para hacerles regalos que pudieran resultarles útiles.

—Lo siento, pero es mi ahijado —intervino Val.

—¡Es mío! —bromeé yo.

—Lo comparten —terció Liz.

—¡Estás preciosa! —exclamé, mirando su vestido—. Creo que, a este paso, terminarás congregándote en una iglesia.

—Ni lo sueñes —replicó Liz.

—Lo mismo decías de las bodas, de los hombres y de tener hijos —se entrometió Val.

—¡Basta! No me ayudas —protestó Liz.

—¡Cuánto las extrañaba! —exclamé yo, muerta de risa, y volvimos a abrazarnos.

—¿Dónde está Dave, "El chico de k-drama"? —indagó Val.

—En la puerta de la iglesia. Lo dejé conversando con "El chico con el que me enojé en el bar" y con "El peor de la clase".

Las tres volvimos a reír hasta que alguien abrió la puerta. Era la madre de Jayden con su hermano.

—Es la hora, Liz —dijo—. No te atrases, o harás que mi pobre hijo empiece a pensar que te fugaste.

Si mi estómago se llenó de mariposas con la perspectiva de que una de mis mejores amigas estuviera a punto de contraer matrimonio con el chico de sus sueños, el de ella debe haber salido volando.

Val y yo nos apresuramos a ir a la iglesia antes que Liz. Llegué a acomodarme en mi posición junto a la banda musical justo cuando las puertas se abrían. Entonces me llené de emoción. No solo estaba a punto de cantar *The Prayer*, una gran canción de Celine Dion, junto al cantante lírico de la iglesia, sino que, además, iba a hacerlo en la boda de una de mis mejores amigas.

Y allí estaba ella del otro lado: radiante en su vestido blanco, con su hijo en brazos, sonriendo con la felicidad que solo conocí cuando me casé con Dave en la iglesia perdida de Las Vegas. Podría decirse que el niño la escoltaba hasta donde la esperaba Jayden, porque, en parte, su nacimiento la había llevado allí, a prometer que amaría y sería amada para siempre.

Así, mientras mi amiga se casaba y su hijo interrumpía de a ratos al sacerdote para decir "mamá", "papá" o cualquier otra cosa divertida, pensé en el milagro de la vida. Pensé en todas las chicas y chicos que, a diferencia de mi hermana, habían encontrado en Yo te abrazo un primer y pequeño motivo para seguir adelante. Pensé en mi propia vida y en cuánto había crecido en unos pocos años. En mi familia, en mis sueños cumplidos, en cuán importante había sido Dave para mis metas.

"Vivirás", me dijo.

Le gustaba cumplir promesas.

Nota de la autora

La historia de Chloe está inspirada en un hecho real que sucedió en mi entorno cuando tenía dieciséis años. Quedé tan impactada en ese momento como sigo sintiéndome ahora cuando me entero de situaciones parecidas. Por esa razón no quise hacer con esta obra una crítica, sino un llamado a la reflexión. No importa lo que creamos: el único lenguaje siempre debe ser el amor.

Playlist de Vivirás

- ▶ Aerials, SYSTEM OF A DOWN
- ▶ Sound of a Gun, AUDIOSLAVE
- ▶ Show Me How to Live, AUDIOSLAVE
- ▶ Estranged, GUNS N' ROSES
- ▶ Speed, BILLY IDOL
- ▶ Breakin' Down, SKID ROW
- ▶ Black Hole Sun, SOUNDGARDEN
- ▶ I Have Nothing, WHITNEY HOUSTON
- ▶ I Will Always Love You, WHITNEY HOUSTON
- ▶ My All, MARIAH CAREY
- ▶ Incurable Illness, NAVI FT. KEBEE
- ▶ Titanium, DAVID GUETTA FT. SIA
- ▶ Shivers, ARMIN VAN BUUREN
- ▶ We Found Love, RIHANNA FT. CALVIN HARRIS
- ▶ One Last Time, ARIANA GRANDE

Los k-dramas favoritos de Glenn (¡y Anna!)

I Hear Your Voice

Park Soo Ha es un joven que adquirió la capacidad de leer los pensamientos de la gente tras un trágico accidente en el que murió su padre. Desde ese entonces, busca a una mujer que se puso en peligro por él en ese momento y a la que prometió proteger.

Jang Hye Song es una abogada amargada, un poco soberbia e inmadura, sin pasión por su trabajo. Pero su vida cambia cuando se encuentra con Park Soo Ha, un joven demasiado maduro e inteligente para su edad, que esconde un secreto que los une.

Él la ayudará a resolver los casos en la corte con su gran habilidad y se protegerán mutuamente del pasado que vuelve a amenazarlos.

Secret Love

Jo Min Hyuk lo tiene todo: es atractivo, joven y rico. Sin embargo, no es libre de elegir a la persona con la que quiere casarse. Eso lo lleva a mantener una relación secreta con una muchacha de menor nivel social que él, mientras que, paralelamente, se compromete con la elegida de su familia.

Kang Yoo Jung es una mujer que lucha cada día por salir adelante en medio del sacrificio y la entrega. Está de novia con el próspero abogado Ahh Do Hoon y sueña con casarse con él. Sin embargo, una trágica noche lo cambiará todo.

Ahh Do Hoon atropella a la amante secreta de Jo Min Hyuk, pero es Kang Yoo Jung quien asume la culpa. Creyendo que ella arruinó su vida, Jo Min Hyuk estará dispuesto a vengarse. Pero ¿qué pasará cuando se encuentren? ¿Creerá Jo Min Hyuk que Kang Yoo Jung en verdad mató a su amante? ¿Podrá resistirse al amor que poco a poco va sintiendo por ella?

Heart to Heart

Cha Hong Do es una joven que sufre fobia social. El destino la cruza con Go Yi Suk, un psiquiatra con dificultades para ejercer su profesión que terminará haciendo un gran trabajo con ella. Sin embargo, a medida que el amor nace y crece entre estos dos protagonistas, también lo hace un secreto del pasado. Hong Do y Yi Suk están más ligados de lo que piensan, y una verdad oculta podría separarlos para siempre.

Hotel King

Cha Jae Wan es una persona racional y perfeccionista que esconde un pasado marcado por el maltrato y el abandono. El resentimiento por su pasado y la presencia de un benefactor temible harán que busque venganza, para lo cual se convierte en el gerente del Hotel Ciel.

Ah Mo Ne es la hija del hombre del que Cha Jae Wan se quiere vengar. Llega al hotel que él dirige para heredar la fortuna de su padre, pero el encuentro con este hombre de hielo hará que su presente dé un vuelco inesperado.

¿Es cierto todo lo que cree Cha Jae Wan? ¿Podrá Ah Mo Ne romper las barreras de su dolor y ayudarlo a sanar?

The Master's Sun

Tae Gong Sil puede ver fantasmas, y el terror que eso le produce le impide conservar cualquier trabajo.

Joo Joong Won, en cambio, es un empresario rico y avaro que solo se guía por la razón.

A pesar de sus diferencias, el destino los une una noche de tormenta, y a partir de ese momento, cada uno se convierte en un oasis para el otro. ¿Qué pasará cuando el peligro comience a acecharlos?

¡QUEREMOS SABER QUÉ TE PARECIÓ LA NOVELA!

Nos puedes escribir a **vrya@vreditoras.com**

con el título de este libro en el asunto.

Encuéntranos en

 facebook.com/VRYA México

 twitter.com/vreditorasya

 instagram.com/vreditorasya

COMPARTE
tu experiencia con
este libro con el hashtag
#vivirás